殷国明文集 ①

禁忌与突破

新时期文学批评备忘录

殷国明———

著

九州出版社
JIUZHOUPRESS

图书在版编目（CIP）数据

禁忌与突破：新时期文学批评备忘录／殷国明著
. --北京：九州出版社，2022.11
ISBN 978－7－5225－1485－7

Ⅰ.①禁… Ⅱ.①殷… Ⅲ.①中国文学—当代文学—
文学批评史 Ⅳ.①I206.09

中国版本图书馆 CIP 数据核字（2022）第 230298 号

禁忌与突破：新时期文学批评备忘录

作 者	殷国明 著	
责任编辑	王 偌	
出版发行	九州出版社	
地 址	北京市西城区阜外大街甲 35 号（100037）	
发行电话	（010）68992190/3/5/6	
网 址	www.jiuzhoupress.com	
印 刷	唐山才智印刷有限公司	
开 本	710 毫米×1000 毫米 16 开	
印 张	23.5	
字 数	337 千字	
版 次	2023 年 8 月第 1 版	
印 次	2023 年 8 月第 1 次印刷	
书 号	ISBN 978－7－5225－1485－7	
定 价	99.00 元	

序

有生命感的文学批评

殷国明先生的论文集《新时期：禁忌与突破》将要出版，听到这个消息，作为学生及这本书的整理、编定者，我非常高兴。我记得，由于我的拖沓，这本书从 2010 年秋季到 2011 年初，断断续续编了近半年才得以定稿，后来又因故未能及时面世。最近，先生嘱咐我写个序，我想推辞，因为觉得自己学识浅陋，胜任不了。他说，不要紧，两三千字就够了，作为我们师生情谊的一个纪念。看来，再推脱就说不过去了。这两年来，我有幸跟随先生求学，受他的影响与教益颇多，对他的批评著述也比较熟悉。当然，熟悉并不代表我有能力对国明先生的批评观念、特点作出恰如其分的分析和评价，只能说尽力而为谈点个人的感受与理解吧。

国明先生是"文革"后培养的第一批本科生和硕士生，他最初的研究领域是中国现当代文学。20 世纪 80 年代，特别是 1985 年后，文论及批评研究日渐兴盛，开始摆脱旧的政治意识形态的束缚而回归自身，在概念、术语、范畴、方法、观念、理论等各个层面不断有所突破和创新；文论及批评也由单一、僵化、封闭的状态走向多元、灵动、开放的科学形态。正是在这种开放、多元的研究氛围下，国明先生的文学批评搞得有声有色，成为当时青年批评家圈子里较为活跃的一个，并写下了众多有自己见解的文论及批评文章，像《应该冲破僵化封闭的文学批评模式》《加强横向学科领域的穿插和重新组合》等。

尽管国明先生是以中国现当代文学作为研究的主要领域，但是面对20世纪80年代纷至沓来的西方理论、批评方法，以及中国文论中的文艺心理学、文艺美学传统，他都广泛汲取，为己所用。逐渐地，他的学术研究领域越来越宽广，视野越发宏阔，方法越加多样：从现当代文学到比较文学；从具体作家作品、文学流派到文论及美学；从中国传统文论到跨文化文论；从鲁迅研究、女性文学到城市文学；从文学批评到文化批评等，这些领域或方法他均有涉猎并有不少新见。当然，值得指出的是，国明先生的研究或者说批评是建立在对具体的作家作品、文学现象、批评文本、文化事实的细致分析及认真解读的基础上的，因此其观点具有鲜活的生命力和较强的说服力，比如收入本书中的文章虽然时间跨度比较大，有写作于几年、十几年甚至二十几年前的，但绝大多数现在读来依然感到亲切而不乏启发意义。

在我看来，国明先生的这种立足具体文本，重视艺术形式，强调艺术作品人物的主体性及批评家主体的参与意识，提倡有生命感的文论与批评的观点，在他长达三十年的学术研究生涯中是一以贯之的，也是他的文论及批评的总体特色和核心理念。换句话说，国明先生在进行学术研究及批评时，始终是围绕着人，以人为出发点，也以人为最终目的。既着重以文学艺术中的人为分析的主体，也强调作为主体的研究者、批评家的切身生命感受与体验。显然，这种"有生命感"的文学研究观念、思路及方法受到中西文化传统的影响，更与他的老师钱谷融先生的"文学是人学"学说一脉相承。下面，我将对国明先生的文学批评特色做进一步的具体分析。

纵观本书里国明先生的文学批评文章，第一个特点就是立足于具体的作家作品分析，文本细读功力比较扎实。如前所述，国明先生的学术研究是从现当代文学起步的，具体文学作品分析自然是他的看家本领，譬如收入本书中他所解读过的作家有沈从文、鲁迅、王蒙、张贤亮、白先勇、陈若曦、也斯、谭恩美、韩东、张爱玲、陈寅恪、贾平凹等。国明先生对这些作家作品的细读，大致可以归纳为如下几种情形：一是对王蒙"情有独钟"。从 20 世纪 80 年代到 20 世纪 90 年代，他写了三篇评论王蒙的文章：《两种不同的生命流程》《杂色不杂 杂中有一》《如何阐释"水落石出"》。或许是因为他和王蒙都在新疆生活过很多年，当然这是玩笑话，最主要的还是王蒙作品风格及创作手法等方面的创新吸引了他。20 世纪 80 年代初，当王蒙发表《蝴蝶》《杂色》《夜的眼》等作品时，不仅是普通读者看不懂，就连专业的批评家也感到"困惑"，无从下手。而国明先生则以他批评家的敏锐感受到了王蒙在创作上的突破与创新，即王蒙小说从片面注重客观现实的反映走向对人的主观世界、生命流程的展现。恰如国明先生在《杂色不杂 杂中有一》里所分析的："他（王蒙——引者注）迷恋于人的主观世界的丰富性，更重要的是看到了人的性格与人的主观思想的一致联系，他不甘心只描写人物在心灵的酝酿成熟后才显现的那一部分内在世界，而想描写一个完整的内在世界和内在世界的酝酿过程。"但国明先生并没有止步于此，在赞扬王蒙的同时，毫不客气地指出了王蒙小说中所存在的艺术上的失误，譬如说王蒙在作品中的好发议论及理念化的欲望。由此可以看出国明先生对艺术思维创新和艺术意味至上的信仰和坚守。二是善于运用比较批评的方法。像《一个世界性的主题：种族的困惑——兼从比较的角度评论白先勇的〈纽约客〉》《〈桃源梦〉：一种传统文化理想终结的证明——兼通过比较分析现代寓言小说的艺术特征》等，我想这可能和国明先生所接受的知识结构及从事的现当代文学学科有关。我们知道，一方面从晚清被迫打开国门以来，中国的文学艺术就不可避免地受到外国文化思想的冲击，这在处于现代化进程中的现当代文学领域表现得尤其明显，所以中国现当代作家或多或少受到了别国文学的影响，而研究现当代作家作品自然少不了在世界性的背景下运用比较分析的方法。另一方面，20 世纪 80 年代的中国比较文学是一门"显学"，比较文学的方法和视野无疑对国明先生的学术研究产生了重要的启发作用；如此看来 20 世纪 90 年代后国明先生转向学术的跨文化、跨语境比较的倡导及研究也就不足为奇了，这是一个自然而然的结果。三是对港澳台文学创作的关注。国明先生 1984 年研究生毕业后去了广州的暨南大学任教，广州毗邻港澳台，与那边的作家联系较多，加上暨南大学本身有着华侨文学、比较文学研究的氛围，像当代比较文学研究的先行者饶芃子便在那里任教，也许是这样的原因，国明先生写了不少关于港澳台作家作品的批评文章，如白先勇、也斯等。从这些作家作品的选择上，可以感受到国明先生的艺术洞察力和审美趣好，在这里我不做具体展开，读者们尽可以自己去阅读，去体会。

国明先生的文学批评论文给人的第二个感受是，具有较强的怀疑与反思精神。我们知道，大到人类发展，小到学术研究，怀疑与反思都是一种弥足珍贵的精神，它推动着社会和学术向前发展，这是被中西方无数的文化、文学历史所证明了的。近代以来的西方之所以能够在学术、理论及批评领域取得长足进步，其中重要原因之一便是不断地有对传统理论及批评表示怀疑与反思的优秀理论家涌现，像尼采、海德格尔、德里达、福柯等，都发出过"重估一切价值""反偶像""解构传统"的"叛逆"声音。相较而言，近代以来的中国则由于各种原因，造成了作为主体的中国知识分子独立意识和怀疑、反思精神的日益萎缩，结果是理论与批评的大幅落后，由灿烂辉煌的古代中国文明衰退到一度是"万马齐喑究可哀""拿来主义""全盘西化""一边倒""文革"时的封闭困境，直到20世纪80年代重新开放、"走向世界"，这种困局才有所缓和。但也仅仅是缓和而已，其根深蒂固的弊端一直潜伏于历史文化的海底，没有得到较好的梳理和解决，所以才有当下存在的理论及批评的危机感。

80年代是中国文论与批评发展的黄金时期。当各种外来的名词、概念、方法、理论纷纷在中国文坛操练，人们为批评的繁荣欢呼时，国明先生却处于纠结的状态中，一方面他为批评的突破和新变感到高兴，撰有《我与批评》《我的批评观》《论批评的发现》等文章；另一方面他注意到批评繁荣的背后所存在的问题，比如说"批评的宣泄""'主义'的困惑""当代批评所面临的'断层'"以及"在新名词浪潮背后"的局限、批评界"反创新的热情"、"批评范畴的障碍"等。在当时批评处于急切想引进、实验、突破和创新的时候，国明先生的这种对批评的批评声音无疑显得太不和谐、格格不入，以至连他自己都觉得，这是不是有点泼冷水、煞人风景的味道。国明先生的观点当然没有得到多大的回应，老实说即便是今天的批评界关注的人也为数不多，这是一件遗憾的事情。因为在我看来，当下中国理论及批评之所以有强烈的危机意识和焦虑感，除了受到政治、经济等外在因素的影响外，20世纪80年代批评自身的诸多局限（"历史遗留物"）也是一个至关重要的历史原因。而如果不认真梳理自身的这些局限，批评的回归从何说起呢？批评进一步突破与创新也可能由此受阻。从这个意义上来说，国明先生从20世纪八九十年代到21世纪一直持续对理论和批评上的怀疑、反思的研究姿态就显得很有意义。

应该说明的是，在这里，国明先生并不是想否定20世纪80年代文学批评取得的诸多成绩和突破，相反，作为参与者和见证人，他正是从那个时候成长起来的。他熟悉那段批评历史，对那段历史也有感情。就像我们前面所概括的，批评在方法、观念、思维方式上都有了突破，只是在他看来，这种突破和创新有限，需要继续往前。所以，他的"怀疑"批评的批评，目的不是要否定批评的成绩，相反是为了文论和批评的进一步创新和重建。打个不恰当的比方，就像一个人一样，看到自己的优点并不难，难就难在意识到自己的缺点与不足，并作出反省。而国明先生的这种怀疑、反思及重建的努力在他的学术研究中清晰可见，譬如《点、线、面的缺失和突破》《现代中国文艺美学建设的艰难和困惑》《独创的贫困——有感于"跨世纪文学批评"》《个性与传统：建立一种博大的美学胸怀——关于全球化声浪中中国文艺理论建设的思考》等，从创作到理论、从历史到现实、从中西交流到古今交流等各个层面对中国当代文论和批评的问题和突破、建设做了认真的探讨。譬如《"中国性"与"现代性"——关于中国现当代文学研究中的话语选择》，面对西方"现代性"理论在中国现当代、文艺学等研究中的席卷之势，他一方面指认西方现代性理论的弊端，质疑西方现代性的通约性，另一方面引入了"中国性"的思考，这种怀疑与反思是有意义的。再比如对近些年时兴的城市文学研究，他也有自己的观点，表达了对一些城市文学研究只关注城而没有人，没有人的诗意的栖居的怀疑和反思。在他看来，没有人的城市只是一座死城，同样没有人的城市文学研究便不能称其为城市"文学"研究，只能视为"城市"研究。他说，"城市是以人为主体，并通过人的创意和想象构建出来的……因此，都市文学想象与美学构建就是在这种文化语境中发生和出现的""人类选择了城市，并不意味着放弃诗意"。（见其《城市中的"人"与"诗意"》）分析至此，我们可以看出，怀疑与反思是贯串国明先生文学批评的另一条重要红线。

当然，如果细化，国明先生的文学批评（确切说是现当代文学批评）特点还有很多，比如说主张批评者自由、轻松的心态，批评家的才气和灵性，批评家的博大胸怀，批评富有思辨性、理论化色彩浓等。所以，读国明先生的批评文章，既能领略批评家自由、轻松的心态，又能体味批评中散发的那股理论气息，两者处于较好的交融状态，而绝没有挥着理论大棒吆东喝西、生搬硬套文章时的那种索然无味的感觉。国明先生是很反感这种概念化、理念化，而且目中无"人"式的批评文章的。总之，无论国明先生的文论及文学批评有多少特点，其背后最终立足的是一个"人"的地基，包括文本中的"人"，作为研究者、批评家主体的"人"，以及现实中的"人"。这种对人，对人的心灵，对人的生命的关注便是他学术研究、文学批评研究的核心所在，也是他的批评文字保持着一定吸引力和生命力的奥秘。国明先生曾经谈及过对文学理论与文学批评的看法，不妨一引："我提倡有生命感的文学理论与批评。我喜欢卢梭、尼采、王国维、郁达夫、鲁迅等人。他们文字中（主要指理论与批评文字——引者注）有生命活力，体现了他们作为一个活生生的、有血有肉的生命个体的存在。"（见其《文学课堂：读书·溯源·传承·创新》）可见，国明先生的文论及批评是一种有生命感的文论及文学批评，这种传统在中西文化中渊源有之，并有其独特魅力和生命活力。毋庸避讳的是，国明先生的文学批评也存在着这样或那样的问题，比如说有的文章观点虽然富有新意，但缺乏足够的论证，有主观性较强之嫌。也许，人文研究本就不同于自然科学研究，其带有的不确定性既遭到人们的诟病，又能带给人们丰富的想象快感，留下的批评空隙，却成为批评再次发现、创新的出发点。

最后需指出的是，国明先生的研究领域宽广，从基础理论到前沿学术，从现当代到古代，从文学到文化等，以上仅是针对他的文学批评的分析和评价，而且仅是我个人的一点理解和感受，遗漏谬误在所难免，但愿没有太多歪曲国明先生的原意。

是为序。

彭海云

于华东师大樱桃河畔博士生公寓

2012 年 10 月 14 日

写在前面

转型：关于新时期文学批评的回望

在 20 世纪中国文学批评史中，新时期与"五四"新文学时期是两个历史节点，有着极其相似而又截然不同的意味和特点，它们似乎承担着同一种历史命运，但是遭遇了不同的文化境遇，接受着后人的历史咨询。

历史从来是难以分割的，但是，就人类认识历史的文化逻辑而言，不能不进行某种时间的划分，用新的文化理念、思想范式和叙述方式来命名和识别不同的时代，把自己的历史足迹确定下来——因此，历史永远是人为的，它的永恒性和延续性是潜在的逻辑，而人们津津乐道的总是它的变化和转换。无疑，20 世纪中国文学批评之所以被我们所认知，首先就体现在它与过去时代的不同方面，呈现一种新的、不断转换的文化状态。

于是，进入这个时代，就意味着进入了一个新的时间隧道——而这个时代隧道上有一个醒目的站名可能就是"转型"。

因此，"转型"成为理解这个时代的第一个关键词——中国文学批评呈现从传统到现代的迁移与变迁，尽管这个过程充满着矛盾冲突、犹豫不决和藕断丝连，但是被纳入了一种新的文化想象之中，一切都成为一部新的历史戏剧中的情节与插曲。

在这个过程中，突破成为 20 世纪中国文学批评最令人振奋的篇章，而有所不同的是，在"五四"新文学时期，这种突破主要面对的是中国传统文化及其观念体系的铜墙铁壁，批评家所面临的是"搬动一张桌子很难"的文化局面——因为中国是一个传统文化古国，已经形成独特悠久、自我圆满，同时固步自封、自我封闭的思想观念体系；如果不打破这种僵局，不仅文学不可能进入一个更加广阔的历史空间，而且社会不可能获得持续发展的精神动力和文化活力。也正是由于这一点，批评的突破，不仅拥有了拓展文学和文化空间的意义，而且应和了中国历史发展的深层欲望，吸引了整个社会的注意，成为社会变革和文化转型的前沿阵地和风向标。

由此，20世纪文学以及文学批评，开始了一段漫长心灵漫游和探索过程，一方面是对于传统文化的不断批判、不断回望和不断反思，另一方面是毅然决然地奔赴文化新地，不断期许、想象和建构新的文学理论与批评。

如今，因为新时期已经成为历史；而历史的种种真相又被种种由于怀念、由于激情、由于现实需要所构建的文化诠释所遮蔽。对很多人来说，也许已经很难设想新时期文学批评在走向突破过程中的种种惊喜、艰难和纠结；也很难理解当时就因为某一概念、观念甚至话语的提出，会引起整个社会的关注，在文坛上引起不小的风波，甚至有些人的生存状态和人生走向由此发生了重大变化——而这些概念、观念和话语今天看来无非是一些常识，甚至早已经成为老生常谈，如意识流、朦胧诗、现代派、弗洛伊德、非理性、表现自我、主体性等。

不难理解，这种突破在当时之所以显得惊心动魄，经常引起整个学术界甚至整个社会的关注，并非由于其学术和理论价值之所在，而在于当时中国社会和文化领域存在的种种禁忌，封闭了文化思想的方方面面，于是，禁忌与突破成了新时期文学批评中最具有触动力、最吸引人眼球的环节，它们的冲突和互动往往构成最激动人心的场面。当然，这也注定了这种突破的激情和快感的转瞬即逝，因为随着禁忌被打破和消失，其突破的意义和价值也随之灰飞烟灭，成为历史的陈迹。

这似乎为新时期文学批评的历史意义打了折扣，但是只要比较一下"五四"新文学与新时期的状况就不难看出，历史和文化的转型从来就不可能一蹴而就，而必定经过多种波折和反复。其实如果说，"五四"新文学文学批评的锋芒所向是冲破传统中国文化的思想禁锢的话，中国新时期文学批评所面临的则是一种拒绝接受任何不符合自己价值标准的历史文化遗产的思想观念和模式，它使思想空间越来越小，文化活力越来越弱，文学原创力丧失殆尽。

这或许造就了新时期文学批评的历史意义和文化价值，其在中国社会转型的一个新的历史节点上发出了自己的光和热。作为一个幸运儿，我竟然偶遇了这个充满激情和想象的时代，并且有幸目睹和参与了新时期文学批评的一些风风雨雨。这种目睹和参与不仅使我感受到社会发展中的文化脉搏，打开了生命，拓宽了视野，而且重温了中国的历史变迁，从前辈和师友，还有转型中各种人情世态中受益匪浅。为此，我非常认同梁启超关于"过渡时代"的论述，他在20世纪初就写了《过渡时代论》一文，认为"今日之中国，过渡时代之中国也"。这是一个"既是进步的、希望的、大有作为的时代，同时是危险的、恐怖的时代"，"语其大者，则人民既愤独夫民贼愚民专制之政，而未能组织新政体以代之，是政治上之过渡时代也；士子既鄙考据辞章庸恶陋劣之学，而未能开辟新学界以代之，是学问上之过渡时代也；社会既厌三纲压抑虚文缛节之俗，而未能研究新道德以代之，是理想风俗上之过渡时代也"。我想这是对于"转型期"最早，也是最好的预期和论述。而把新时期放在这样一种历史跨度中反思和研判，自然有其独特的历史含义和特点。

显然，我没有资格和能力对于中国20世纪文学批评的转型做出整体的描述和评判，但是作为一个亲历者的足迹和心理体验能为这个时代做一个学术的注脚，为将来更智慧和深刻的反思和研究提供一丝参考——或许这也是促成这套书集问世的理由之一。

2012年7月28日正值伦敦第30届奥运会开幕之时

目 录
CONTENTS

第 一 辑

之一

应该冲破僵化封闭的文学批评方法模式

在当前文学评论和理论研究中,要求冲破陈旧的思想方法模式,寻求新的方法和途径,已是人们普遍意识到的问题。假如我们认真巡视一下文学批评的现状,并且把它同其他领域的发展变化进行一番比较和研究,就不难理解提出和解决这个问题的重要性和必要性了。

由于长期"左"的思想积聚沉淀,在文学批评中形成了一种一体化了的形而上学的思想方法模式,禁锢着文学批评的发展,而这种文学批评一旦进入文学创作实践,对于文学创作又会产生巨大的凝滞力量。文学批评没有真正和文学创作融为一体,却成为某种一时风行的口号和概念的吹鼓手,使文学批评自身的信誉日益降低。这不仅阻断了文学批评和生活自身发展的血肉联系,而且真正隔绝了批评与创作实践的关系,在新的文学现象和文学观念面前,它忽而表现了无知和格格不入,忽而表现了某种脱离生活的病态狂热,不尊重文学创作内部的发展规律,实际上为创作上的唯心论和形而上学的非艺术态度鸣锣开道。正因为这种从"左"的思想意念中派生出来的僵死批评方法造成的恶果,文学批评和理论研究过去常常只能借助一些空泛的词句和概念来装潢门面,华而不实,空洞无物。从观念出发,而不是从实践出发,必然导致批评方法的教条化,批评方法的教条化又必然导致文学理论和评论的贫困化。一方面这种毫无生气的批评方法早就不得人心，它之所以能够长久地存在于世，常常是由于它借助了一些"左"的冠冕堂皇的革命词句和口号，在气势上狐假虎威、咄咄逼人；另一方面，长期形成的封闭的封建意识为其提供了滋生的温床，使它满足于起点就是终点的自我完满的花环中，缺乏变革、更新、开放的活力。

当然，这种僵死的"左"的文学批评模式以及它在文学实践中所造成的危害，遭到过抵制和反对。文学评论中存在着一种新生的力量，力求摆脱旧的理论框架，寻求文学批评的新路径。特别是粉碎"四人帮"后，我们党从根本路线上纠正了"左"的错误，文艺园地大解放，也带来了文学理论和批评的新的气象。长期封闭锁国的文学批评王国被打破了，在同文学实践的碰撞中，迸发出许多绚丽的火花。在开放的形势下，许多新思想、新观念蜂拥而进，出现了无论在广度和深度方面都从未有过的纷乱和争鸣，文学批评和理论研究正在进行着一次痛苦的脱胎换骨的更新过程。

这种更新首先打破了对文学现象作单一解释的局面。这种解释在很大程度上取决于社会学上某种理论教条的自我完满。文学自身的丰富内容开始直接渗透到文学批评中，丰富和扩大了文学批评领域。例如，对于"表现自我"和创作心理中"潜意识"的探讨，对于"意识流"小说和"朦胧诗"的讨论等，都体现了对于新的文学因素的发现和研究，冲破了过去陈旧的观念，开始真正走向了文学实践。同时，在这个过程中，文学世界的无限秘密才真正向人们敞开了大门。文学批评中矗立在理论和实践之间的坚厚的墙壁正在被拆除，文学批评开始真正面对实践，文学内部许多过去被割裂、被肢解的东西，重新成为研究和探讨的对象。从这个意义上来说，对于许多新的文学现象的探讨，与其说是理论上的开拓，不如说是方法上的突破。

这种更新过程并不像人们所期望的那样顺利。比起文学创作来，文学批评不仅一般地表现了它的苍白无力，而且常常对于文学创作的繁荣表现了一定的凝滞力量。对于文学创作中涌现的许多新的内容和新的艺术技巧，文学批评常常不仅没有表现应有的敏感性和适应能力，起到一定的先导作用，反而显得张皇失措，当作某种异己的东西拒之于门外。例如，对于文学创作中的"表现自我""朦胧诗""意识流"等，至今缺乏在理论上一个比较完满的解释和说明，文学批评不得不处于一种被动的地位。如果说文学创作在很多方面确实有所突破，确实拥有了很多过去未曾有过的成就和开拓的领域，那么在很大程度上可以说，它们几乎是文学和生活互相结合、自身力量扩张的结果，而在这种扩张中，包括与文学批评中一些陈旧观念和批评模式的搏斗。

文学批评之所以成就相对比较小，是因为其大部分精力几乎都消耗在克服一些旧观念的"名实"之争中了。我们不得不用很大的力量去打开实践与批评的隔离层，以至于很少介入活生生的艺术生活。对一种新的艺术现象，无论是"意识流"还是"表现自我"，文学批评所关注的不是它们所具有的现实的生活和艺术内容，而是它们概念的归属问题，是资产阶级的还是无产阶级的，是民族的"土特产"还是外国的"舶来品"，以此来决定我们的批评态度。因此，对于很多文学现象，我们的气力首先是用在确定观念上的肯定与否定问题上，几乎很少做出带有实践意义的解释。正如我们证明一个问题的正确性，习惯于在马克思列宁主义（以下简称"马列主义"）经典著作中找一段论述一样，否定一个问题同样习惯找到一个某国度、某阶级早已有之的"鼻祖"来了却其事。几乎对于每一种新的文学观念或现象的产生和出现，都集中在"要"与"不要"的争论中，而很少去探讨这样的实践问题：这种观念和现象是否在文学中真实存在，它的具体内容是什么，具有什么样的历史和美学特点等，似乎只要贴上一个"要"与"不要"的标签，就可以泯灭事实的客观存在而万事大吉了。由此，我们的文学批评实际上被隔绝在一个观念模式的圈子里，搞"一家言"，所得出的结论也不过是某种观念或意味的延伸，而这种延伸并没有表现文学自身的内在力量和规律，毫无真正的艺术价值和美学内容。

这种形式化了的"名实"之争，实际上封闭了文学批评的天地，以至于使文学批评常常自觉或不自觉地在艺术世界里画地为牢，导致单一方向、单一对象的结论，而不能把它推广到普遍的艺术事实之中。这种情况造成的实际结果是，文学批评只能停留在一般的评介、解释和正名的水平上，很难在理论上有所突破和创新，引申出深厚的美学内涵。这正是当代的文学批评有愧色的根本方面。

也许我们对文学批评现状的估价过于苛刻了。不能否认，这种"名实之争"的文学批评也是产生新的文学观念的起点。尤其是在刚刚打开通向世界的文学窗口之时，面对蜂拥而至的新信息、新观念，这种"名实之争"对于打开眼界，还是有一定启蒙意义的。但是，经过一段时间的思想和艺术沉淀，我们在政治上解除了一些"左"的思想禁锢，很多东西已经成为文学创作中的有机组成部分，成为一种人们普遍意识到的生命形式，成为生活本身需要解答的问题，这种简单的"名实之争"就显得陈腐可笑了。

正是在这种情况下，我们不得不提出这样的问题：既然在文学批评中"左"的教条化、模式化的弊端如此明显，而且几乎是人人深受其害，但为什么一直难以改观呢？其实，我们似乎一开始就给自己编织一个圈套，以至于我们不剪断这个圈套，就不可能从原来的循环往复的文学批评现状中走出来。我们也许会突然发现，虽然我们好像一直在毫不停顿地剪断着文学批评中一个又一个思想圈套，但是这些圈套又会以形形色色的面目出现，例如"文学是阶级斗争的反映""文学是无产阶级专政的工具"等，同时在编织着新的圈套，如"文学是人类爱的反映""文学是表现自我"等，实际上我们并没有前进，而是沿着一个很大的圈套在原地徘徊。

如果我们进一步来探究这个问题，即使是在一些表现新的批评气息的争鸣中，同样存在着这种问题。在文学实践中，很多人提出了新观点和新思想，体现了文学批评的新信息，但在思维方式上仍然没有冲破过去的圈套，因而又编织了新的圈套。人们在文学批评和研究中发现新途径、开拓了新领域的同时，把这种新途径、新领域当作自己理论的目的和终极表现。在评论中，这种现象最明显地表现在对作品内容的评价上。一种新的思想观念或生活观念，尽管它是新的，但在它还没有转变为一种美学上的尺度，或者说还没有渗透到文艺生活中的时候，就已经径直进入文学批评的园地了，结果导致了批评的简单化。例如，对于《人生》的讨论就是这样，争执的焦点不在于作品是否艺术地表现了人生，表现了人，而在于主人公高加林、刘巧珍是不是一个改革者，对主人公的截然不同的看法明显表现在老年读者和青年读者身上。我们的文学批评，即使最新观念的批评，也不过是体现为一种观念上的代言者，而对从美学和历史的角度上做一番评价，从感情上沟通不同历史生活的简单对立，我们的评论会显得无能为力。

因此，对于文学批评，我们的考量不能仅仅停留在是否提出一些新名词、新概念上，仅仅把一些观念上的翻新作为我们批评进军的标志，而应该从这种批评自身所构成的思维方式上来考察问题。作为一种长期的内容循环往复的更改和沉淀的结果，这里依然存在着某种圈套，就是一种稳固成形的文学批评的方法模式。这种文学批评的方法模式明显地带着"左"的思想色彩。

从思维方式的角度来说，这种"左"的方法模式显示了自己很大的封闭性特点，习惯于对事物进行单向性的思考，把事物的各种复杂特性归结在一个固定不变的模式中，以不变应万变，构成其特有的回归于主观的思维轨道。这种思维方式的产生有长久的历史生活原因，但是很重要的一点，是很少接受自然科学的新信息，对于事物的解释仍然停留在抽象的观念形态上。我们常常不由自主地把研究的对象和研究的角度与途径分裂开来，而又把对象的各个方面割裂开来。对任何一种新的文学现象，用陈旧的模式衡量之后，必然首先表现的是排他性，并为此争论不休。一种新的研究角度的出现，会使人惊慌失措。例如，用心理学方式研究文学现象，就有被误认为用"唯心主义"来解释事物的危险；在诗歌中表现一种"朦胧"的诗情，也被认为是非理性的。本来人们认知事物的方式同客观事物的存在方式一样是多种多样的，而每一种认知方式都不能等于客观事物自身。当我们习惯于用"主观"和"客观"的这种抽象的概念来判定艺术事实的时候，常常正是我们距离客观对象越来越远的时候。艺术现象，作为一种人类感情思维的产物，无不凝结着主观和客观生活的丰富多样的内容，并且它们是不可分割的。

对于文学批评来说，这种陈旧的思维方式显得过于幼稚。所谓幼稚，就是文艺美学这一特殊的学科对于文艺现象这一特殊的对象，它还没有形成自己特殊的科学的思维方式。马列主义还没有熔铸到它的内在生命之中，还没有成为批评中的活的灵魂。文学批评还在一些政治和哲学观念中兜圈子，至少用一些社会学的概念来做理论上的依据。这种在理论和观念上的依附地位，常常使文学批评自身陷入一种不能自拔的"工具"的地位，同时成为接受政治风潮冲击的最敏感的地域。最明显的事实是，一种"左"的文学批评模式不仅使文学创作自身受到践踏，而且往往充当着"左"的思想潮流的吹鼓手，在政治上推波助澜。由此看来，假如不建立起真正的文学批评的科学方法，形成自己独特的理论体系，在历史生活的发展中，也就不可能担负起文学促进历史发展的长久的使命，显示自己追求进步、追求理想的永恒的美学力量。

用一种观念上的模式来衡量文学作品，处于一种完美自得的境地中，只有在封闭的意识天地中才能存在；而这种封闭天地一旦被打破，这种模式的花环就会显得过于原始、过于脆弱了。这种"左"的思想方法模式，不论是在大学的课堂上，还是在日常生活中，都会普遍地遇到不信任甚至嘲笑的眼光，促使我们对文学批评进行更深入的思考。过去我们对文学思考的内容，只是表现在我们思考其中哪些是正确的，哪些是错误的；而现在我们不得不对这种思考方式本身提出疑问，我们是怎样思考的，为什么要这样思考，要不要以新的方式来思考，怎样更新思维方式。整个文学批评的更新，就是建立在思维方式的变革上的。古老的思维方式的花环，正在新生活的冲击下破裂，正在产生新的思想花朵。我们的文学批评和理论研究正站在一个新的历史和美学的交叉点上，在一个新的思维层次上，在它面前正在矗起一个新的思想台基。

我很想把这种对思维方式自身的新的思考，看作文学批评的思想方式更新的开端。在这个新的历史和美学的交叉点上，我们不仅能够看到文学批评走向未来、走向世界的前景，而且能从过去一次次剪断旧的观念圈套的进程中看到一种新的历史力量。它们不仅体现为一种观念上的标新立异，而且在方法论的意义上一次又一次地冲击着长期形成的"左"的思想方法模式，导致文学批评能够从旧的模式中彻底解脱。

对于"文学是人学"的观念，人们普遍感兴趣的事实就说明了这一点。如果仅仅从一种文学的定义角度来理解这个问题，就会显得过于偏狭了。在一种新的美学层次上，"文学是人学"所体现的实践意义，更引人注目的是它在思考方式和方法论上的整体性含义。人，不仅作为文学表现的对象，而且作为熔铸了各种生活内容的整体性的观照物，必然凝结着整个生活的丰富含义。在这个社会生活关系的总和的复合体中，人仍能够从各种不同的角度和侧面，去揭示人类生活多样化的内容和无限的秘密。从这个意义上来说，作为一种科学地阐释文学现象的方法，"文学是人学"并不是为人们提供了一种终极的完满的解释或者定义，而是揭开文学秘密的一条很好的途径。这是因为长期以来，我们的批评在观念形态上仍然局限在单一化的圈子里，缺乏整体性的文学观念。我们对美学对象的理解，不仅一直存在着唯物主义和唯心主义、客观生活和主观意识的不可逾越的鸿沟，而且一直蔓延到了人的意识和潜意识、社会属性和自然属性、共性与个性等互相割裂的范畴。我们已经习惯于用这样的主观观念来划分对象，并且把自认为是不合规范的因素从整体性的对象世界中分离出去，文学批评的完美自得也正是在这样一种被割裂、不完整的对象世界中实现的。不完整的、片面的批评方法和思维模式正是建立在一种原始封闭眼光中的狭隘的、破碎的对象世界基础上的。

促使我们冲破"左"的思想方法模式，探索新的思维方式的最根本的动力，来自生活和文学实践的发展变化。一个生活在封闭天地中的农民，用黄历来选择自己行动的黄道吉日，如果没有科学生活的冲击，也许永远难从这种思维方式中走出来，并且至死认为自己对生活的判断是正确的。我们过去或许也就是这样维持着自己对文学某种批评模式的盲目自信。当我们现在面向世界之时，现代生活的多样化给予人们广阔的视野，一些陈旧观念的界定显示了自己的荒唐可笑，使得人们再也不安于用一种固定的不可更改的模式来衡量生活和文学了。生活的多样化、多元化的整体面貌，正投影在文学创作之中，并且改变着对文学的思考方式。许多新的文学现象的出现，挣脱了旧的理论观念的花环，产生着新的理论和新的批评方式。从总的趋势来看，人们对于任何一种文学现象的思考，都在从单一的思想模式的具体印证中摆脱出来，走向对于生活和文学整体性的思考。

在这个过程中，一种代表终极真理的、完满地解释一切的观念摹本首先被打破了，从而意味着在文学批评中对事物进行最终的单向性的美学判断已开始普遍遭到怀疑。人们不再把文学批评看作一种静态的分析定性，而更倾向于把文学批评放在广阔的动态的生活背景中，进行动态的美学分析，寻求历史发展的轨迹。对于文学内部各种美学关系的综合和多向的美学分析，逐渐为人们所注重。例如，人们对文学到底是表现自我还是表现生活的争执感到厌烦，开始认真探究它们的内容和相互的有机关系：文学作品是一个有机构成的艺术整体，从来不曾存在着单纯的不表现生活的自我表现，同样不存在着任何脱离作家自我意识的表现生活，它们所体现的不同方面不过是一个活生生艺术世界的不同属性，并不能替代作品整体面貌的客观存在。作为一种美学分析的侧重点，我们可以自由地从任何一个角度、一个侧面入手去理解这个有机整体，使之成为认识整体的美学道路，而不是像传统的批评方式一样，把最终的整体的结论一定要归结于某一点上。

在这里，我们所看到的不单是文学批评内容领域的扩大，而且是思维方法和程式的更新和改变。对事物已知属性的发现和探讨，不再是仅仅为了证明自己，而在于打开更广阔的通向未知世界的道路，更精确、更完善地认知整体的文学现象。在通向整体性的研究中，面对实践，尊重客观存在的实事求是的研究，有路可走，受到赞扬；维持某种意念上的教条，不尊重艺术事实的做法遭到摒弃。对艺术追求的不满足正在代替某种自给自足、自我完满的艺术观念。过去，在人们传统心理中，总是希望保持着一种对事物本身几乎是完美无缺的解释的确信不疑。这种心理常常在研究问题的起点时，就表现了它的终点。向主观的回归大于对于客观世界的考察和扩张，使得理论上的某种观念模式的确定本身就替代了对事物本身的实事求是的研究。因此，当有人试图用阶级斗争来解释文学内容的时候，文学内容本身也就成了"阶级斗争"，一些事实仅仅充当了观念的摹本。人们的归纳事实的能力，仅仅表现为证明某种时髦的意念或教条的奴仆。丰富的马克思列宁主义基本原理正是在这种情况下，被一些不学无术的人当作介入和干预文学实践的一根原始杠杆。

文学批评中的这种整体性观念是和一个开放性的文学批评语境的形成联系在一起的，因为自我完满的封闭性的文学批评无法完成对文学现象整体性的观察和研究。作为开放性的明显标志，不仅在于中西文学的交流，而且主要表现在我们文学批评中世界文学意识的逐渐增强，文学思考从民族化的土壤中扩展到整个世界文学之中，建筑更加宽厚的文学理论的台基。在这个过程中，我们的文学批评同文学创作一起，开始真正走向世界文学的舞台。文学批评的这种开放性使我们把文学放在一个巨大的历史和现实的参照系中，表现在用多角度的方法进行研究：不同民族和国度之间的文学现象的比较和类比考察方法，打破各个国家和民族文学时空的间隔，正在熔铸着一种新的文学观念。这种观念正是在越来越广泛的信息交流中形成的。

这种世界文学意识的增强越来越把文学批评推向开拓未来的历史道路，新的批评方法和途径往往借助于不同学科的思想基础应运而生，同时表现为一种综合的美学判断。不同学科发展中的相互渗透的影响，以不同方式为人们提供观察和解释文学的多种路径和方法，扩大文学批评的整体性内涵。毫无疑问，对于文学批评自身的理解，正在摆脱某种仅停留在观念是非判断的局限性，呈现更丰富的内容。对于生活真理性的探求，不再是确定一种既定的自我封闭的理念上的完美无缺，而成为一种不断探索和发现的实践运动。批评方法同批评对象一道，都处于一种动态的、不断发展更新的结构之中。

也许只有当我们彻底摆脱了"左"的思想方法的模式之后，文学世界丰富多样的存在才真正显露它的全部魅力。文学批评开始充满生机，形成真正的"百家争鸣"的局面，正在突破过去那种单一、平面的空间，向着多层次的立体的批评方式发展。在这个同步运动中，我们正在建造一座和我们的文学创作同样雄伟的文学批评大厦。这个大厦必然是多层次的——假如我们承认我们的文学结构本身是一个多层次的整体结构的话。

（原载《文学评论》1985 年第 3 期）

之二

创作要抓住通感的触发点

通感，首先是一种一般的心理现象，而艺术与这一心理现象密切关联。

我们知道，人的任何活动总是以感觉活动为基础的。感觉，是人认识世界的最直接形式，它是通过人的各种感官产生的。感觉，作为人们认识客观世界的有限形式，它同客观世界处于一种矛盾而又统一的关系之中。

尽管人的各种感觉方式是有限的，却可以排列组合成无限的结构形式，不断扩大认识的范围。各种感觉只有在它们相互形成的一定的内在关系中才显示实在的意义。这种内在关系就是事物的各个属性在人的感觉领域内构成的整体反映。而单一的感觉形式一旦从其他感觉的联系和沟通中孤立出来，即使再敏锐，也会显得苍白无力。人们正是依据各种感官的相互依存关系，以综合感觉的形式，在一刹那间去感知事物的。

人的各种感觉的相互沟通，是因各感官在生理上具有某种内在的联系，而这又是由存在于人的感觉之外的客观事物的本来面目所决定的。当人们自觉或不自觉地把某种感觉同另一种感觉联系起来的时候，体现的不过是事物不同的表现形式的统一关系罢了。在科学上，形、声、色、光等在一定条件下能相互转化，早已得到了证明。人们常常依据这种间接的统一关系来鉴别和确定事物的存在和性质。

这种综合感觉产生于人们经验过程中。在日常生活中，人们感知某种事物，往往不可能一下子感触到事物的各方面的属性，但可以作出正确的判断。例如，看到苹果的外形，人们并不一定要用触觉、味觉去证明"这确实是苹果"，这是因为人们根据日常的生活经验，把苹果的外形同其别的属性连在一起判断。所以当我们看到一个苹果外形时，触觉、味觉就自然而然地参与了判断活动。

伯克莱（Berkeley）在《视觉新论》中就注意到了人感觉领域中的相互关系，他指出："我们必须承认，借光和色的媒介，别的十分与此差异的观念也可以暗示在心中。不过听觉也一样具有此种间接的作用，因为听觉不但可以知其固有的声音，而且可以借它们为媒介，不但把空间、形象和运动等观念暗示在心中，还可以把任何借文学表示出来的观念提示于心中。"显然，他这里所说的已经接触到了通感现象。在他看来，这种"暗示"是在人的感觉经验基础上产生的，是由人们习惯地观察到两种或两种以上观念常在一块出现的恒常经验所决定的。休谟（Hume）抱有同样的看法，他说："我们如果考察物体的各种作用和原因之产生结果，那我们就会看到，各种特殊的物象是恒常地会合在一起的，而且人心借习惯性的转移，会在此一物象出现后，相信有另一物象。"① 毫无疑问，这种"暗示"，这种"习惯性的转移"，最终是由客观存在所决定的。人们通过实践，不断积累着对各种事物与现象的感觉经验。人的感觉不断加强与敏锐化，促进人的经验扩大与丰富。反之，人们所获得的经验又成为感觉深化的基础。一个人在认识客观事物中，越能沟通各个感觉领域之间的相互关系，感觉越丰富灵敏，就越能产生通感。

人们在感知客观事物的过程中，一方面以综合感觉形式获得对客观事物的总体认识，另一方面在同一客观对象基础上，又以个别感觉获得了它的实在意义。因此，某一性质的感觉可以同其他性质的感觉形成某种或同一、或相似、或补充，甚至替代的关系。

---

① ［英］休谟：《人类理解研究》，关文运译，商务印书馆，1957年，第83页。

感觉的这一特点，对艺术是至关重要的。关键在是否善于把一般的通感转化为艺术的通感。艺术的通感当然不完全属于感觉领域的现象——艺术的魅力首先在于它的形象的感性力量。李斯特（List）论肖邦（Chopin）时说："艺术的多种多样的形式可以说是一种咒语；艺术家想把感觉和热情变成可感、可视、可听，并且在某种意义上是可触的东西，他想传达这些感觉的内在的全部活动，而艺术的各种各样的公式正是供在自己的魔圈中唤起这些感觉和热情用的。"① 艺术形象的魅力很大程度上取决于通感的魅力。

艺术在表现艺术对象上，可以利用各种不同的感觉形式的通感性，去达到由此一美感引起彼一美感的艺术效果。一位国外搞音乐理论的学者曾这样说，"听感觉具有某种触觉的性质"，"内耳的器官和外侧线感官以及皮肤感官，从种系发展上来说可能都是'触觉结构的某种最普遍的形式发展而来'。"② 奥地利的汉斯立克（Hanslick）还提出了音乐审美上的"替代"观点，指出："通过乐音的高低、强弱、速度和节奏化，我们听觉中产生了一音型，这个音型与某一视觉印象有着一定的类似性，它是在不同的种类的感觉间可能达到的。正如生理学上在一定的限度内有感官之间的'替代'，审美学上也有感官印象之间的某种'替代'。"③ 而莱辛（Lessing）早在《拉奥孔》中就曾举霍加兹（Hogarth）的绘画《愤怒的音乐家》来说明，一个画家怎样用诉诸视觉的符号来描绘听觉和其他感觉的对象的。

近代西方美学家克罗齐（Croce）直接把自己的美学体系建立在直觉的基础上。在《美学原理》中，他明显地涉及艺术中的通感现象，而且意识到任何一种艺术都必须借助通感达到自己的美学目的，他在谈到绘画形象

---

① ［匈］李斯特：《李斯特论肖邦》，张泽民、郭竿等译，人民音乐出版社，1965 年，第 2 页。

② ［美］G·黑顿：《生理学与心理学与音乐的关系》，音乐译丛编辑部《音乐译丛》（第四集），人民音乐出版社，1962 年，第 229 页。

③ ［奥］爱德华·汉斯立克：《论音乐的美》，杨业治译，人民音乐出版社，1980 年，第 28—29 页。

的整体性时说："又是一种怪论，以为图画只能产生视觉印象。腮上的晕，少年人体肤的温暖，利刃的锋，果子的新鲜香甜，这些不也是可以从图画中得到印象吗？我们所看到的而且相信只用眼睛看的那幅画，在他的眼光中，就不过像画家的涂过颜料的调色板了。"① 绘画是如此，其他各门艺术何尝不是如此呢？哪一种艺术形象不是艺术家用全部身心去感受和体验生活，力求真实完美地再造生活的产物呢？而这种形象和艺术画面只能在人的各种感觉与感受同时起作用的时候，才能获得完整的生命力，达到闻之有声、视之有象、触之有物、呼之欲出的效果。随着心理学、美学等不断发展，人们越来越自觉地注意到了艺术中的通感现象。

无论是外在的直观形式还是内在的心灵的艺术表现都离不开通感。如雪花飘落、骏马奔驰、红日升起、小鸟歌唱等，这些现象可以用音乐、绘画、舞蹈、雕塑等各种艺术形式来表现，而每一种形式都可以把我们引导到一种充满生命活力的艺术境界中去。这时，艺术给予我们的不单单是一种视觉或听觉形象，而是通过我们的通感反应产生一幅动人的立体画面。而我们的艺术通感能力发挥得越充分，艺术品所呈现的画面就越广阔、越鲜明，也越显风采。

在近代艺术的发展中，各种艺术形式的相互渗透、相互借鉴越来越明显。而综合艺术，如电影、电视、戏剧的迅速发展，正在把人们引向一个更加广阔的艺术领域，迫使不同艺术部门如绘画、音乐、文学等，不断吸收综合的表达手段来丰富自己。如有一种叫"彩色音乐"的，在表现听觉形象时，同时把音乐所对应的色彩显示出来，作用于人的视觉，达到艺术中视觉与听觉的和谐统一。可以说，这是人类依据人感觉领域的内在关系自觉地运用于艺术的又一次尝试。从原始艺术外在的综合表现到当代艺术追求内在的感觉综合性的尝试，反映了艺术由低级形态的整体性向更高阶段发展的过程。艺术领域和表现方式一方面不断分化，出现越来越多的新门类，一方面又不断重新综合，合中有分，分中有合；这一艺术发展规律

---

① ［意］克罗齐：《美学原理》，朱光潜译，外国文学出版社，1983 年，第 7 页。

正是与美的通感发展的规律联系在一起的。

从生活到艺术，又从艺术再"还原"到生活，这一系列创造与审美的有序发展，都有通感在起着作用。艺术作为整体性的生活再现，形象的最终完成并不在于艺术家，而是在于欣赏者。艺术中的物质表现形式，形、声、色等作为感觉与感受的具体对象，目的是唤起欣赏者审美意境。艺术中所运用的任何一种物质表现形式，只有在同整个身心所感受到的理想形象联系在一起时，才具有审美意义。这种物质形式所表现的意义，已不再是单一的，而已成为艺术形象综合属性的体现。因此，艺术家在自己生活和艺术经验基础上创造形象，欣赏者需要在自己生活经验基础上通过想象，运用通感来加以感受和理解。

艺术的奥秘在于如何把握对象的关系以及反映对象的各种感觉形式的关系，用各种手段启迪人们的通感，以引起人们丰富的审美想象。为此，艺术表现上要善于把无限寓于有限，把瞬间凝结为永恒，通过个别来反映全体。这就要求艺术家在现实的描写对象上选择最理想的属性，即能引起多方面感触的特征和细节，把自己的美学理想寄托在"这一点"上，通过"这一点"达到整体形象的再现，从而给人以不尽的情趣与韵味。

我国古代有名的画家顾恺之在人物画中把人物的眼睛作为通感点。《晋书》记载，"恺之每画人成，或数年不点目睛，人问其故，答曰：'四体妍蚩，本无关于妙处，传神写照，正在阿睹之中'"。要传神，眼睛就显得特别重要。"征神见貌，情发于目"，这正是艺术的经验之谈。因为眼睛是人物心灵的窗口，最能引起人的联想，艺术通过它传递出整个形象的完美。其实，艺术存在着各种各样的"眼睛"。这个"眼睛"，在人的感觉领域就是最敏感的一根弦，拨动了它，就拨动了整个感觉和想象世界，带来对形象的综合感受和总体印象。黑格尔（Hegel）指出："艺术也可以说是要把每一个形象的看得见的外表上的每一点都化成眼睛或灵魂的住所，使它把心灵显现出来。""不但是身体的形状、面容、姿态和姿势，就是行动和事迹、语言和声音以及它们在不同生活情况中的千变万化，都要由艺术化成眼睛，人们从这眼睛里就可以认识到内在的无限的自由的心灵。"①

在艺术思维中，人们的想象遵循着一定的形象思维逻辑轨道进行，从形象的一个属性转移到另一个属性，从一个意象跳到另一个意象，表现来的只是有内在关系的各个"点"。但实际上，这些点的地位和排列并不是平等的、并列的；在一定的条件下，总是其中一两种属性最能代表事物本身，因而也就处于突出地位，成为事物显明的特征。当然事物的"点"与艺术的"点"又不是一回事。因此，艺术家在艺术表现形式上，不能仅仅停留在对象的一般的直观形式上，而是要细心地寻找独特的最佳的艺术通感点。因此，可以说，艺术创作的艰巨性与创造性就在于"仅用一个特征，一句话，就能够把任何你写上十来本书也无法表现的东西生动而充分地表现来"（别林斯基语）。我国古代诗论中讲"诗眼"，包含着同样的道理，说的也是个别的"点"的艺术表现来感发对整体的想象。艺术创作就要随时寻找、发现并表现这种具有触发通感价值的"点"。

当然不能设想，艺术中有什么固定的通感点。正如不能设想，凡是有代表意义的事物的特征、属性，在艺术中任何时候都具有同等的价值。因为艺术创作还要受到思想感情的支配，因此形成了十分复杂的情况。同一对象的属性，不仅对于各类艺术有其不同的注重点，而且对不同的艺术家的触发是不同的。在诗人面前，一个苹果的形状可能使他浮想联翩，在另一种情况下，苹果的香味可能使他如痴如醉。同样是咏梅，"待到山花烂漫时，她在丛中笑"和"零落成泥碾作尘，只有香如故"，一个写态，一个写味；同样是描写音乐，"大珠小珠落玉盘"和"石破天惊逗秋雨"，想象奇特，各有其妙。艺术家寻找通感点，不仅取决于生活环境、思想感情等因素，而且受到整个艺术构思的影响。而艺术家要构成具有神妙的欣赏效果的感触点，就要下功夫，观察研究一切现象，丰富生活体验，培养自己敏锐的艺术通感能力，使自己有更多的机会触发灵感的开关；而通感是打开灵感之门的钥匙！

总之，艺术中的通感现象是涉及艺术创作的主观与客观，艺术思维与

① ［德］黑格尔：《美学》（第一卷），朱光潜译，商务印书馆，1979年，第193页。

艺术表现，以及创作与欣赏等方面的一个重要的问题。因此，深入探讨艺术中的通感问题，是很有必要的。

（原载《文艺研究》1983 年第 3 期）

之三

加强横向学科领域的穿插和重新组合

——给中国社会科学院文学研究所的回信

收到贵所就我国文学研究现状征求意见和建议的信，我感到非常高兴，甚至兴奋。这种高兴并不属于个人的微不足道的生活愿望，而在于看到了在贵所的倡导下中国文学研究和评论界正在开拓的新的境界。而这种境界的开拓，正是我们在明了我国文学研究和文学评论中所存在的一些需要解决的问题，需要加强的薄弱环节以及应该调整的组合结构而后实现的。毫无疑问，一个国家的文学研究水平，将真正体现为一种群体的智慧的结晶。贵所近来的工作和创造性的成果，无不在熔铸着这种结晶。

正由于如此，尽管我对我国文学研究状况所知甚少，知识无几，但也很愿意谈谈自己浅显的看法。当然，与其说是看法，更确切一点不如说是自己所感到的困惑和问题。因为我在自己的探索中，常常首先感到的是自身实力的身单力薄，往往在意识到某种需要研究的课题的时候，突然感到要解答它自己缺乏多方面的知识准备。也许只有这时候我才能感到自己知识过于单一化了，自己为自己所规定的学科界限成为走向新的突破的障碍，同时就更加渴望多学科知识的交流和"资助"。

这毫不奇怪，就当前艺术水平和理论研究水平的发展来说，一项比较重大的突破和具有普遍意义的成果，总是建立在多种学科知识熔铸基础上的，体现某种在多学科知识基础上的对艺术的整体观念。在我国现代以来对文学的研究中，取得突出成就的前辈几乎都是一些不拘于某一学科领域的人。现今富有成就的一些专家学者，很明显的一点，就是他们具有在多种学科基础上触类旁通的能力。他们大多是吃过"百家饭"，穿过"百家衣"的人。但是，就当代的文学研究来说，我们或许只能说，这样的人太少了，应该更多一点。

当然，这需要天才，因为天才具有更强的突破能力。但除了天才，还需要条件，而且天才毕竟不多。这就使我们除了抱怨自己之外，还可抱怨一下现状。长期以来，我们为了适应科学研究的发展，健全了各门学科领域的组织结构，逐渐明确了各种专业学科的特殊领域，显然这是非常必要的。但是随着这种学科的划分，也出现了一定的问题，造成了各种学科之间人为的一些隔绝感。例如，某种学科或者专业（如古代文学、现代文学、当代文学、文学理论或者红学、鲁迅学等）成为学术上的某种"铁饭碗"，自家只顾自家饭，很少和其他学科往来。这在思维上也造成某种偏狭性，难以开拓出更大的空间，促进对文学现象的整体意识。这几乎成为我们文学现状的某种"格式"，这种格式又在某种程度上规定了各门学科研究力量的分配。某作家或者某一专题的研究，常常圈住了研究者自身，使其终生在其中徘徊。

就拿现代文学研究来说，虽然每年发表上千篇文章，但是很少看到综合性的论题。很多研究专家曾注意到了这个问题。若干年以前，王瑶先生就曾在某个会议上提到这个问题，希望能进行一些综合性论题的研究，可惜这方面成果甚微。并不是人们没有这个愿望，也许更重要的是没有这种知识准备，也缺乏这方面的信息交流。这样，即使有一些写得较好的综合性文章，也有在理论素质上欠缺的弱点。

虽然现在某一研究课题，常常牵扯到很多学科，但是我们很少有不同学科的人坐在一起研讨的机会，这在大学中尤其如此，似乎每个学科的教研室都是隔绝的，既没有人员的流动，也没有学术交流，几乎可谓"鸡犬之声相闻，老死不相往来"。这不仅对科研水平的提高无所补益，而且影响整个教学水平的提高，而这又直接影响着我们文学研究后备力量的培养。目前在大学教学中，普遍存在着的是学生对教学内容的不满。其中主要原因之一恐怕是，学生是用整个知识甚至包括其生活体验和感情来衡量接受某一学科知识的。而我们的教学内容还一直局限于某一封闭的领域。而文学实实在在是一种充满活力的生命现象，它是整体性的。

也许正是这种情形，造成了在我们文学研究中横向学科领域穿插和组合的欠缺。这种欠缺反过来又影响了各个学科向新的境界的突破。因为就整体的观点来说，横向学科之间的穿插和组合并不仅仅体现为某种联结，而是一种知识的增新和境界的掘进。其实，生活和艺术的发展正在把我国的文学研究推向一个新的阶梯，文学研究不仅需要打破自身各个学科领域的堡垒界定，而且要向外延展，与其他学科，如哲学、心理学、社会学、伦理学等，互相呼应，携起手来，由此来扩展自己的领域，在发展中更新自己，确定自己。

在文学研究中，横向学科的穿插和组合已成为一种前进的自然趋势。而加强各个不同学科之间交汇和流通也常常使我们获得意想不到的效果，开阔思维，增进知识。我记得有一次在火车上，偶尔碰到几个搞哲学的同志，大家聊起了近代以来中国人思维方式的演变问题，七嘴八舌，涉及经济、政治、文学、道德等，片刻之间，我似乎得到了许多知识。但可惜这是在火车上啊，如果大家有所准备地坐在一起呢？智慧在不同质的物体碰撞中也许能迸发出绚丽的火花吧。

因此，我认为在文学研究中应该加强横向学科领域之间的穿插和组合，使各门学科有机会不断交流，重视综合性的研究课题。尤其是对文学研究中一些重大课题，应该创造条件使各门学科的关心者能有共同研究的机会，取长补短，在熔铸群体智慧基础上发现创造，同时营造一种风气，使我们文学研究的各个学科都互相交融，充满生机活力。

（原载《青年评论家》1985 年 9 月 10 日）

之四

对"主义"的困惑

近年又听到很多人大谈"现实主义"的界定和变化,除了接二连三的文章出现外,据说在这在那又要开什么讨论会,专门讨论有关现实主义问题的话题。这本来也是一件非常有意义的、必要的、非做不可的事,但勾起了我对我国文学批评的一些思考。

也许我们的国民性中就有一种对"主义"的偏好,在文学批评中很多热闹的事会围绕着某一种"主义"打转转。长期以来,很多批评家所乐意干的一件事,就是提倡某一种"主义",或者为某个"主义"辩解和辩护,尽管那个"主义"的真正内涵总是搞不太明确,搞不大清楚,而且每个人都有自己的看法,但是一个"主义"足以把大伙的热情调动起来,意见统一起来(求大同而存小异)。

接下来批评家另一件喜欢干的事,就是用"主义"给作家创作下结论,并经常为此争吵不休,你是现实主义,他是浪漫主义,某某是印象主义,张三是意识流主义(对不起,意识流不称主义,但可当"主义"用之),李四是魔幻主义等,为此争吵的原因也大致有两个:一是彼此下的"主义"定义不一致,结果总是互不相让,非争个谁是谁非不可,谁一时占了上风,就成了某某的研究"权威";二是彼此看谁最先下的"主义",这也是一件非同小可的事情,因为领先一步就有"开拓"意义,也是一种荣耀。

这样，很多作家常常被搞得晕头转向，拼命地想否认自己是什么"主义"，但批评家并不在意，而且总是能够给他巧妙套上自己做好的"主义"帽子。就像一个人虽然一直声称自己不喜欢吃糖，但有一次吃葡萄偶尔被人看见，也会被聪明的人说成"他喜欢用新的方式和途径别开生面地吸取糖分"，使这个人无法辩解。既然批评家爱好"主义"，也就精于此道，过去、现在，以至于将来，总有许多作家会被无可奈何地戴上这个或那个"主义"的桂冠的。

话说开去，不管作家是否乐意接受批评家的这种馈赠，批评家这样做却绝无恶意。批评家之所以如此热衷谈论"主义"，是因为"主义"本身就代表着一种权威、一种力量、一种号召力，"主义"能坑人，也更能保护人。如果能把某种文学现象提升到某个"主义"的高度，当然有开天辟地之功；而如果站在一个"主义"的旗下，自然批评也会气大声粗起来，因为有了"主义"，批评家的话自然背后有了支撑，代表了一群人、一个时代，或者一个普遍规律，虽然有人说其有点"拉大旗作虎皮"，或者"狐假虎威"，但是人们就是需要这张"虎皮"，这个"虎威"。因此，喜欢倡导"主义"，讨论"主义"，看起来是一种学术现象，其实背后还藏匿着中国文化人某种普遍的文化心态。批评家总是喜欢用某种群体意识的表征——或者"主义"或者"潮流"——来保护自己脆弱的个性，宁肯隔靴搔痒，也不敢脱离某种"主义"的庇护。

也许正因为如此，"主义"之争在中国文坛上从来没有停止过。中国现代文学几乎可以划为两个时代：一个是"主义"纷争的时代，这是在开放状态下进行的；另一个是"主义"划一的时代，这是封闭状态的产物。新时期文学处于开放状态，文坛上关于"主义"的纷争一直没有停止过，很多批评家就因为提倡过什么"主义"或"原则"沾沾自喜，在文坛上发红发紫。而只要看看当今诗坛的状态就会看出，中国文坛接受和倡导"主义"的热潮仍在进行。中国在汽车制造上的"万国汽车博览会"的时代早已经成为过去，但是在文坛上的"万国主义博览会"恐怕才刚刚开始。

当然，在创作上有"万国主义"并非坏事，相反是一件大好事；但是在文学批评上热衷"主义"之争应另当别论。应该说，喜欢用"主义"来评论文学，是中国文学批评中一种传统的思维模式，它不仅导致了批评中很多简单化、公式化，以及不负责任的做法，而且隔绝了批评与创作某种内在的沟通。因此，有抽象的定义而不探讨具体的艺术问题，重口号和"主义"，而不重视脚踏实地的理论建设，成为中国文学理论批评中根本弊端之一。现在人人都很清楚，在文坛上谁进入了论争，尤其是最高层次的"主义"的论争，马上可以出人头地；而踏踏实实研究一些具体文学现象和理论问题的人，只能站在文学批评礼堂的走廊上。中国文学理论批评的很多遗憾产生在这里，尽管"主义"讨论了几十年，但是真正在理论建设上有所建树的却寥寥无几。有关"主义"的论争将成为文学批评史上最重要的内容。

这使得我对"主义"的论争产生一种深恶痛绝的感觉。实际上，就文学创作的实际状态来说，用"主义"进行评价是最不切合实际的一种方法。我想，没有一个作家是为了某种"主义"去创作的，"主义"假如有，也是作家在无意识中创造的。而且，一个好的作家最宝贵的，就是他的独创性。而这种独创的东西往往是用某种"主义"所界定和概括不了的。我们说巴尔扎克（Balzac）、托尔斯泰（Tolstoy）、老舍、鲁迅是现实主义，这其实是一种极其笼统的、在课堂上的提法，如果你是一个真正的批评家，真正理解了你所评论的对象，你就该写出巴尔扎克主义、托尔斯泰主义、老舍主义、鲁迅主义，挖掘和发现他们各自真正属于自己的、独一无二的东西。批评的功力、批评的魅力、批评的价值在这里，而不在于用什么"主义"套在作家头上。

而我们的批评界正好缺少这一点。现在文坛各路人马仿佛又在摩拳擦掌进行一次"主义"之争了，但是照我看来，中国文坛就现在的情况来说，还犯不着去确定某一个"主义"及其内涵、发展、变化，倒是有很多文学中的具体理论问题需要探讨，需要建设。大家的精力财力花在这上面，实在可惜。几十年前，胡适之先生曾经提出过"多研究些问题，少谈些主义"的论调，其中具有的政治性暂且不论，但是就目前的中国批评界来说，取其一义我是极赞同的。

也许，中国文学批评的希望就在于大家不再热衷"主义"之时。

（原载《文论报》1988 年 6 月 5 日）

之五

批评的宣泄和宣泄的批评

文学批评家经常习惯于对作家和作品中人物的文化心理进行分析，但是很少看到对于当代文学批评自身的文化心理进行解析。其实，后者并不比前者缺少意味，反而更具有自己独特的内容，其对中国文学批评的牵制和影响似乎更为直接和明显。

如果说中国在现代意义上的新文学是在极其压抑中爆发出来的，那么必然带着强烈的心理宣泄意味。从心理美学的角度来说，艺术创造本来就带着一种情感宣泄的性质。原本用不着特别提出来进行分析，但是我们如果冷静分析一下中国社会的特殊文化态势及其对知识分子心理的影响，在中国现代文学中的这种宣泄性也就该另当别论，不论其强烈程度还是其表现方式，都有其独特的含义。

可以说，几千年的封建传统体制及其意识形态，加之严酷的现实压迫，构成了对中国知识分子强大的心理压抑，也构成了他们一吐为快的深刻的心理期待，迫切需要通过一定的方式来宣泄自己的情绪，这一切都构成了中国现代文学产生和发展的内在动力。

只要浏览一下"五四运动"以来的文学作品就会发现，那种要求自我解放，要求冲破一切禁锢的激越心声是多么迫切，在很多作家那里，创作本身就是一种激烈的情感宣泄，他们把在现实生活中无法实现或者实行的对感情的渴求、对礼教的反叛、对世事的忧愤诉诸文学创作，通过内心激烈的感情倾诉获得心理上的快感。这种情形甚至表现在文学评论之中，一种要求冲破一切传统的禁锢，打碎一切既定的原则，敢发偏见私见的情绪，几乎贯穿整个现代文学批评之中。

可以理解的是，对于长期心理受到压抑，而又无法用行动在生活中实现自我的知识分子来说，有时确实需要某种破坏性的举动，愤怒之中，不顾一切，打破一个碟子，摔坏一个瓶子，以满足心理上的需求，获得一些快感。这也是中国现代文学评论中长期形成的"破字当头"或者"以破为快"风气的心理根源。

尽管由于历史变迁，情形已有很大不同，但是在新时期文学创作中也有很多类似的情景。也许是由于"十年文革"压抑得过于沉重、过于久了的缘故，新时期文学也带着某种"爆发"性。强烈的情感宣泄及由此而来的对一切陈规戒律的破坏情绪，虽几经波折仍在不断寻求着自己的出路，特别是新一代作家对于现代主义文学的强烈兴趣，处处表现了在倍受压抑中心灵的骚动。这只要注意一下在作品中那么多"他妈的"就会感受到，一些作家与其说是在表现生活，不如说是在宣泄，宣泄他们在现实生活中无法表现和不能表现的那部分心灵情绪。

无疑，这对创作来说是无可厚非的。创作与作家内在的情感需求密切相关，紧密相连，不仅使作品充满了原生的生命活力，而且突破了原来的文化和艺术价值观念。

文学批评同样受到了这种心理情绪的影响，不过其发生的作用却不能和创作同日而语，批评毕竟是批评，不可能像创作那样直截了当地去进行心理宣泄。但是，批评的宣泄倾向毕竟由来已久，而且植根于社会历史和现实文化状况之中，仍然顽强地表现在各式各样的文学论争之中，并在一定程度上甚至决定着文学批评的气候和走向。

可以明显地看出，在我们的文学批评中，一直潜藏着打破一切传统和权威的情绪和欲望，人们喜欢听到大胆的惊人之论、反叛之言、否定之说，而对于艰苦平实的理论建设不感兴趣。在很多情况下，人们对于某个新观念的提出，或者对于某一权威的大胆否定，其喝彩声并非出于理性上的真正理解，而是在情感上获得了认同感，感到了一种痛快和宣泄。这时候，文学论争的情势也常常显得蒙昧不清。由于情感的因素过于浓厚，论争的学术意味反而浅淡了许多，使人难以在理论上评判良莠。批评的宣泄也就很容易造就宣泄的批评。

细细想来，这种倾向使中国文学批评充满了趣味性。记得几年前，黄子平先生在文坛上提出了"深刻的偏见"的观点，在批评界，尤其是在青年人之中引起了强烈反响。但是，"喝彩"的大部分人并非真正理解了其"深刻"之处，倒是倾心于其"偏见"的意蕴，情绪上的对话大大超过了理论上的对话，这也使这一番批评风云显得云遮雾绕，一下子并不那么容易下结论。在这里，所谓"偏见"的意蕴与其说是一种思想逻辑，不如放在中国特定文化意识形态背景中加以理解更为确切。也许正因为如此，大凡变革时期，人们对于"偏见"特有好感。记得林语堂就曾说过："世上没有'公论'这样东西，凡是诚意的思想，只要是自己的，都是偏论，'偏见'。若怕讲偏见的人，我们可以决定那人的思想没有可研究的价值；没有'偏见'的人，也就根本没有同我们谈话的资格。"（林语堂《论〈语丝〉文体》，《剪拂集》）说这话时候的林语堂，还算是在困境中奔走的斗士，后来就谈论起幽默闲话来了。从感情宣泄的偏执到处世态度的平和，大概是现代很多知识分子走过的道路。这当然是另外一个有意思的话题，这里暂且不论。就从历史角度来说，宣泄式的文学批评也算是中国特定的历史文化状态的产物。

这在新时期文学批评中也造就了种种涡流和瀑布。中国批评家常常面临的不是理论问题，而是情感问题，简单的取舍之中含有复杂的选择。而由于无法摆脱内心深处长期被压抑的情感和自我发展的欲望，要求冲破社会和传统束缚的愿望就格外强烈，所采取的自我实现的途径就越倾向激烈、咄咄逼人的状态，很容易转化为一种偏激的理性。

但是，在这里我们仍然无法摆脱与一个受到沉重压抑的灵魂的纠缠，想完成超越时代和传统的批评家因此无法依赖理性完成它，而只能通过情感来进行解脱。否定传统及其他，不等于超越传统及其他，用否定来达到的解脱，也不可能摆脱传统文化心理的纠缠。倒是其反面的现象更引人注目，在心理上深受传统历史及现实压抑的人，就越容易用否定这一切来获得心理上的自我满足，情绪上的冲动就越容易干扰甚至取代理性的选择。

当然，在这里我想说的只是中国诸种批评现象产生的心理根源及其可能性。批评的宣泄无可避免，所导致的宣泄性批评当然也在情理之中。不过，宣泄并不能像创作那样直接成为批评的目的，其力量过于强大或者没有被恰当地引导，反而会对批评和理论产生不好的作用。

实际上，长期以来，中国文学批评就不断被纠缠于破坏和重建之中，一系列不断"打破"构成了批评界一系列热闹景象，一些新思想、新理论大多不过构成了打破原有理论的杠杠和工具，用过即弃，并不见得都有切实的研究。久而久之，批评也就形成了一种定势，唱反调才能博得更多的喝彩声，与其做一些踏踏实实的理论建设工作，不如找哪个名人名家"商榷"一下，各个刊物编辑部也对"论争""争鸣"兴趣浓厚，因为这样才容易引人注目，扩大影响。由是在批评界也产生了一系列连锁反应，形成了一系列对批评理论简单化的文化观念，如"破字当头，立也就在其中了""必须彻底打破旧的才能重建新的"等，似乎新的理论建构是在一个小院子里进行的，必须把旧的建筑彻底拆掉才能盖新的，不可能在别的地方盖新的。狭小的文化空间观念，束缚了批评的发展。

从批评的宣泄到宣泄的批评是在这一狭小的文化空间中循环往复的，也表现了传统的历史文化心理的局限性。回顾一下"五四"新文学革命后的一段时期内，很多富有才华的批评家卷入了一场无止息的"否定"之中，今天否定这个，明天反叛那个，结果时光流逝，并没有给后人留下耐读的东西，倒是一些不为当时文坛注意的批评家，如朱光潜、钱锺书等人的工作至今有益于人们。看来，中国文学批评要超越传统和时代，批评家首先应该理解自我的文化心理，并超越自我才有可能。

（原载《文论报》1988 年 10 月 15 日）

之六

在新名词浪潮的背后

新时期文学批评使人眼花缭乱的现象之一，就是大量新名词、新概念的出现，从诸如审美意识、积淀、双重性格、系统、控制、断层、主体论、客体、本体架构、四维思维到辐射性、模糊性、原生化、耗散结构等，在一段时间里滚滚而来，大有摧毁旧的批评框架，改理论之天换批评之地之势。于是很多人惶惶然，有落伍之感；很多人悻悻然，不知所措；也有人戚戚然、愤愤然、欣欣然，不一而足。在情况稍稍有所转变的情况下，有些人好像看到了新名词背后什么东西，开始数落新名词"爱好者"的一些不是。

但是，这新名词浪潮的背后到底藏匿了什么东西，仁者见仁，智者见智，倒也并非一下子能说清楚。

先说"名词"的新与旧就很难判定，某些人大讲结构主义、意识流、精神分析、本体论，以此为新而欣欣然，有些人则指出那不过是外国文学早已过时的"旧玩意儿"，叫"拾人牙慧"。看不出这"新"中有旧，会被这些新名词唬住，但是一味说这是"旧"的，又有点不合情理。新旧本来是一个具体的概念，彼一时一地旧也，此一时一地新也，不可以彼地之旧来衡量此地之新。所谓双卡录机、彩色相机、快餐汉堡包、迪斯科舞曲等，在外国早谓之"旧"，可在我国仍以为新，不可认为在外国"早过时", 我们就不用、不吃、不看。文化艺术方面虽不同, 但道理是一样的。看来所谓新名词浪潮也是新中有旧, 旧中有新的, 难得一概而论。

仅从中国新文学历史发展来看, "新名词"浪潮本身就不算是新的, 这是每一个稍微有点历史常识的人应该理解的。特别是五四运动之后, 文人学者们从外国文学中借来了大量的新名词, 来冲击和代替原来的一套。一位海外学者就曾指出过, 20 世纪 20 年代的文人, 都要在自己文章中加上不少新名词, 以表示自己"新", "恰如上海时髦的绅士淑女们, 要在中国长袍内穿西装裤, 旗袍领要高, 以表示潇洒, 绮丽, 合乎潮流", 这时新名词也是层出不穷, 从写实主义、现实主义、浪漫主义、革命文学, 到"烟士披里纯""奥伏赫变"等。显然, 那时候的"新名词"现在大部分已经成为"旧"的, 现在很多对"新名词"不以为然的人恰是站在这过去的"新"的基础上, 与现今一些鼓吹"新名词"的人相比亦不过是"五十步笑百步"而已。

可见, 不论从纵的方面, 还是从横的方面来说, 假如一种开放的文学环境不变, 新旧之争而又新旧相间、新旧相因的情况是必然会长期存在的。文学批评在这个过程中不断发展。

但是, 在这新名词浪潮的背后还有更深邃的东西。新名词并不等于新思想和新的思维方式, 新概念的出现并不等同于文学理论的发展。对这一点, 鲁迅是独具慧眼的, 他曾指出: "新潮之进中国, 往往只有几个名词, 主张者以为可以咒死敌人, 敌对者也认为将被咒死, 喧嚷一年半载, 终于火灭烟消。如什么罗曼主义、自然主义、表现主义、未来主义……仿佛都已过去了, 其实又何曾出现。"他认为"空嚷力禁, 两皆无用, 必先使外国的新兴文学在中国脱离'符咒'气味", 中国文学才有新兴的希望。在当时的文坛上, 确实有很多标榜的"主义", 但多为概念是真的, 内容是"假"的, 并没有真正领会和把握某种学说, 只是借来概念大加自己的发挥。比如张资平就是一例, 他鼓吹文学"冲动说", 表面上是从精神分析出发的, 骨子里却向往肉欲, 毫无科学之义理。

当新名词浪潮在新时期文坛上出现时, 情况同鲁迅所说的有惊人的相似。各种"主义"的"概念"层出不穷，但真正理论上的发现"何尝出现"过。很多新兴的"批评家"犹如当年上海的"淑女绅士"，很多文章属于"客里空"式的，在理论界扎起了一个个"稻草人"，除了在喧嚷纷乱之际"借"很多攻击之箭之外，只有先声夺人之势，而无思想建设之实。

但是，这给很多人造成一种错觉甚至一种恐惧，认为新思想进来得太多了，大有泛滥之势，应予禁绝和阻止。新时期文学开放十年，我们到底"拿来"了多少，是值得认真分析的。本人孤陋寡闻，但从报纸杂志上的各式文章看，实在不敢乐观。就拿比较陈旧的"结构主义"理论来说，虽然名词已旧，但真正谈出点名堂的文章就没有几篇，大多是从名词出发或者只是解释名词。至于现象学、符号学、阐释学等种种理论，除了见过几本译著之外，在我们的文学批评中"何尝有过"真正的理论！本人在大学教书，说起来不免自悲自怜，全国几百所大学，从事文艺理论和批评教学的"高级知识分子"也为数不少，但真正对这些新兴文艺理论有所研究，稍有把握的又有多少？有很大一部分且不说讲授、写文章，就连中译本也看不懂，而"新名词"早已如雷贯耳了！不认真读懂，就谈不上批判和吸取，若不能批判和吸取，何谈理论的充实与发展呢？显然，这种情景不仅不能在理论上有所建设，甚至不能满足下一代对知识的渴求。

由此看来，在新名词浪潮背后，不仅新中有旧，旧中有新，而且真中有假，假中有真，不能做简单的评价。如果仅仅被新名词浪潮涌起的泡沫所迷惑，看不到现今文坛理论建设的不足，或者把新名词仅仅看成新名词，而排斥接受新思想，建设新理论，那么不论是愤愤然，还是欣欣然，对于当今文学批评建设都是有害无益的。中国文化发展的独特环境又使我们一点马虎不得，长期的封闭环境会自然而然地在我们身上培养一些逆反和补偿心理。情况好了，新名词和新概念就会像泡沫一样溢出来，对什么都不满意，今天否定这个，明天又"转变"去否定那个，而实际上那架势不过像旧戏台上耍花枪——中看不中用，情况一旦不好，就去论"草木虫鱼"或者恢复原样。有时，刚写了一篇文章出来，就有人出来说建立了什么"派",什么"式"的,标签贴了不少,后面的"货色"还是旧的——旧的文化心理,旧的思维模式。平白无故地在文坛上又会出现"新派""旧派",各自都像鲁迅当年所说的,前无敌人,后无我军,只是各自擂着战鼓,耗费了很多精力,但毫无建设的意义——这里也许能找到所谓中国出不了真正大思想家、批评家的原因。

显然,新名词潮流的背后,还有中国长期形成的某种文化心理。这种心理不论"老"派"新"派,人皆有之。对于所谓新名词浪潮来说,问题并不在于谁能够超越中国文化实际,一步登天;问题也不在于谁能够"新"中无"旧","真"中无"假",而是要善于学习,善于建设,不懂就学。用不着去抱名词,抢概念,去"草船借箭"——结果被射者出名,而皆由射者给予了光彩。

(原载《文学自由谈》1986 年第 3 期)

之七

艾青诗美絮谈

读艾青的诗，人们会被一种美的理论所感染，所陶醉，犹如痛饮艺术的琼浆，饱尝艺术的芬芳，也为我们认识诗美的规律和本质提供了范例。

物与情：一致产生美

记得一位评论家这样说过，艺术的父母是心灵和自然。俄国画家康定斯基（Kandinsky）曾如此讨论过色彩："色彩是能直接对心灵发生影响的手段。色彩是琴上的黑白键，眼睛是打键的锤。心灵是一架具有很多琴键的钢琴。艺术家是手，他通过这一或那一琴键，把心灵带给颤动里去。"

艾青是诗人，也是画家，他对心灵直接发生影响的手段当然不是色彩，而是物象。不断飞动着的生活的剪影，被诗人紧紧捉住，通过心灵奏出一系列颤动的音符，唤起特定的情绪，并把它们化作变幻的意象的表现。请看：

透明的夜，
……阔笑从田堤上煽起……
一群酒徒，

往沉睡的村，哗然地走去……
村，
狗的吠声，叫颤了
满天的疏星。

——《透明的夜》

这是诗的第一节。在一系列似乎间隔很大的意象中，流动着生命的活力。它们通过诗人的心灵流出来，在特定的情绪支配下，笑被"煽"了起来。狗的吠声和星的颤动有了互相感应的联系。夜，表现为各个分散的、个别的直觉和印象：阔笑、酒徒、村、狗的吠声、星……像一些杂多、散乱的珍珠，一旦被诗人的情绪串起来，顿时成为一条灿烂的项链。诗人的情绪在这透明的夜中飘荡着。

艾青说："诗人必须是一个能把对于外界的感受与自己的思想感情融合起来的艺术家。"他的创作就是心灵同生活发生撞击时的火花。在创作中，不同的生活会引起诗人不同的情绪，不同的情绪又支配着诗中不同物象和组合，情绪和物象都在寻求自己最理想的伴侣。

例如在《马赛》一诗中，我们看到了这样的太阳：

午时的太阳，
是中了酒毒的眼，
放射着混沌的愤怒，
和混沌的悲哀……
它
嫖客般
凝视着
厂房之排列与排列之间所伸出的
高高的烟囱。

——《马赛》

而在另一首诗《向太阳》中，诗人这样写道：

是的

太阳比一切都美丽

比处女

比含露的花朵

比白雪

比蓝的海水

太阳是金红色的圆体

是发光的圆体

是在扩大着的圆体

——《向太阳》

　　一种同样的物体，在描写中出现了不同的意象，反映了不同的情绪，其中有对资本主义的憎恶与对革命的向往。在诗中，情绪与物象是一个不可分割的艺术整体，物象由于情绪而获得生命和色彩，情绪又依赖物象而得到充分表现。外在的物象和内在的心灵达到了和谐统一。从《向太阳》《火把》《黎明的通知》等名篇中，我们通过众多的鲜明形象感受到了作者炽烈充沛的诗情。

"动"——美在于运动

　　一首诗，在欣赏中是被动的，但有的诗所表现的形象，当你刚刚接触它时，它已大踏步向你走来了。艾青的《太阳》就是以动态的描写使形象突现在你的眼前，请看：

从远古的墓茔

从黑暗的年代

从人类死亡之流的那边

震惊沉睡的山脉

若火轮飞旋于沙丘之上

太阳向我滚来……

——《太阳》

太阳的形象，连同诗人喜悦、急切、盼望的心情，带着夸张的速度向我们扑面而来，我们在一种力的推动下进入诗的境界。诗中叙述和描写浑然一体，动态描写带着叙述性质，叙述在描写中进行，具有动态的美。再如《我爱这土地》一诗，诗人所表现的纯粹是一系列飞动着的剪影，一只鸟儿时而在暴风雨中飞翔鸣叫，时而在悲愤的河流上与风搏击，时而飞向那森林，沐浴黎明那温柔的晨辉。它使我们想起高尔基（Gorky）笔下的勇敢的海燕和向往着蓝天的鹰的形象。诗人的感情在运动和飞翔中得到了宣泄。

《大堰河——我的保姆》是人们喜爱的一首诗，诗人对于大堰河深厚的感情和怀念是怎样表现出来的呢？而又为什么那么感人呢？诗人不是表现在静态的描写上，也不是抽象的抒情上，而是把全部感情浸透在人物每一个具体的、细微的行动中的。

在诗歌中，所谓"动"表现在与诗人描写对象之间的变换和转移。随着诗人的运动和视角的转移，形成一个立体的画面结构，艾青的著名长诗《火把》就是这样，整首诗中充满着动态，人的活动、心理的活动、背景的活动。

那么多的旗

那么多的标语

还有那些宣传画

那么大

红的白的黄的蓝的旗……

领袖们的肖像

被举在空中

啊

看那边：还要多

还要多

他们跑起来了

都跑起来了

有的赶不上

落下了……

——《火把》

这种多层次的表现，给人营造一种综合感觉的印象，好像置身这样一个群情振奋的喧闹世界，被一种慷慨激昂的沸腾景象所包围，所感染。尽管这些描写似乎前后有序，但它们活动在一个时间里。艺术把时间的限制打破了。

这就是"动"在艾青诗中所表现的生命活力和艺术魅力。

"藏"——贵有审美空间

中国古代论画中讲了一个"藏"字。所谓"藏"，就是对所表现的对象留有余地，创造广阔的审美空间。艾青写诗，也善于"藏"，例如《手推车》：

在黄河流过的地域

在无数的枯干了的河底

手推车

以唯一的轮子

发出使阴暗的天穹痉挛的尖音

穿过寒冷与静寂

从这一个山脚

到那一个山脚

彻响着北国人民的悲哀

——《手推车》

在一系列规定的空间变化中，诗人仅仅描写了手推车和它唯一轮子的尖音，并没有出现手推车运动所必需的人的形象，这对于一个完整的画面来说，就形成了一个很大的审美空间。在这寒冷的天地里，是谁推着这手推车艰难地行进呢？一个逃荒在外的农夫，旁边是冻得瑟缩的幼女，或者是一位病容憔悴、衣衫褴褛的老者，也许是一位精疲力尽的妇女，刚刚失去了自己的丈夫，车上还有一个未满周岁的婴孩在啼哭……如果是一个画家，他可以由这首诗设想出多少幅不尽相同的画面呵。老子曰："埏埴以为器，当其无，有器之用。"（《道德经·第十一章》）诗只有创造了审美空间，想象才能驰骋，联想才能无穷，才有景外之景，象外之象。也许从某种意义上来说，艺术所能创造的只是一种定向的形象思维的空间，而不是全部的形象。艾青的诗之所以能够写出大幅度的运动和众多的形象，能够左右逢源，游刃有余，似乎是肆笔纵写，而又不失分寸，这和诗人视野宽广、善于创造审美空间是分不开的。

我国古代画论中有一句话，叫作"空本难图"。艾青之所以善于创造审美空间，关键在于他善于描写"眼睛"，即善于在生活中选择和表现在特定条件下最能引起整体形象感的一点，它们是万象聚汇的交结点，是人感觉世界中最敏锐的一根弦，太阳、黎明、启明星、光等都是这样的"眼睛"，诗人通过它们传递出美的妩媚和青睐，显示艺术的光泽。

艾青是人们所喜爱的诗人，他的诗美是多方面的，值得我们做更多的探索和研讨。

（原载《艺谭》1982 年第 4 期）

之八

《广东文艺批评新潮》① 后记

　　读完最后一篇文章《文学批评的自觉时代》，就该是这个专号的后记了。

　　曾有一段时间，我经常听说广东文坛太沉寂，尤其是文学批评方面，犹如寂寥古战场，执戟者寥寥无几；又听说广东经济开放，但文坛保守，广东没有搞学问的空气等，我听了很怀疑，又很纳闷；之后又听到过几个血气方刚者，站起来大讲广东特点、广东优势，而对北京、上海等地文学批评的崛起似有愤愤不平之情；我听后又是惊，又是喜。终于有一天，大约是去年5月（1985年5月）间吧，海南岛召开全国青年评论家座谈会，看到上海、北京、福建等地人强马壮的队伍，广东的几个青年后生好像悟到了什么，于是杨越先生热情从中斡旋，决定也拉起一支队伍来，抖抖广东评论界的"军威"。之后，终于又有一天，在广东青年社会科学工作者

---

　　① 这是广东青年社会科学工作者协会1987年出版的一份内刊。1985年年底，我从上海到广州，正值广东改革开放如火如荼之时，文化界也十分活跃。于是，在广东社科联、作协诸位前辈支持下，广东文学批评界得风气之先，掀起了一股新潮。当时，在张硕城、郭小东、张奥列、陈剑辉、叶小帆、陈志红、文能、钟晓毅等人参与策划下，成立了广东文学批评家协会，张奥列任会长，我竟然被推举为副会长。这个专号就是当时的产物，其中很多论文至今读来仍不失文化和文学价值。原本让我写序言的，我实在不敢担当，就写了后记，表达了我对于当时广东文学状态的感受。

42

协会的支持下，所谓广东青年批评学会在市委一个小会议室宣告成立，第二天在广州一家报纸上有一块火柴盒大地方登出了这个消息。然后大家又照样去做自己的事情，找自己认识的编辑，好像什么事都没发生一样。

不过之后，广东文坛确实有一些异样，一帮并没有称谓的后生自己起来了。他们不甘于寂寞，也不满足于现状，想在文坛闹出点声响来。有一次，在市文化宫办公室后的小平台上，又有《当代文坛报》黄树森、黄大德几位支持，一帮五颜六色的年轻人，还有作家、记者，云集一处高谈阔论，有人竟提出在文学批评上要面向全国，进行"观念北伐，理论发难"，虽然只是感情冲动的激昂之词，但在广东批评界倒是很长时间没有听到这样的声音了。至此，广东评论界好像确实有那么一种"挑战"和"应战"的味道了，接着，又有很多人写了大块的文章，有的发表了，但大多数还攥在手里，甚至在破旧、不规则的信纸上难以示人，我，张硕城——还有一些热心为同辈人奔走呼号的编辑，都这样想，也许这是一连串鞭炮，挂在一起点燃，是会有一阵响动的。

不久，很多人收到或看到一张"征稿启事"，上面写着："广东的经济已经在改革开放中率先走向繁荣，广东的文艺创作和批评也将臻自由之境。我们已经欣喜看到一支批评新军在广东集结起来，他们正在困惑迷惘和躁动不安中进行认真的思索和艰难的选择，在他们身上正孕育着广东文坛的勃勃生机。为促进这一批青年批评家的成长。我们决定编辑出版一集《广东文艺批评新潮》专号，我们鼓励文艺青年勇于表现自己，期望更多的青年批评家携带自己的优秀的思考成果汇入这股已经涌起的新潮。"——真正串起这串鞭炮的是几个在文坛已经崭露头角的新秀，陈志红、丘岳、文能、张晓明、何龙、张硕城、倪鹤琴，站在他们之后的还有一群人，他们实际上是作者，也是编辑。

对于这一期专号的文字，我不想谈得很多，但是确实感觉到广东文坛正在涌起一股新潮，虽然文学批评只是这股新潮中的一朵浪花，但它传达了广东文学走向繁荣的一个真实的信息。应该说，这股新潮是不可避免会出现的，因为它反映了广东开放的文化成果。20世纪80年代的广东，首先是广州，很多商人、工匠、企业家开始云集到这里，在这之前，他们做着想发财的"广州梦"，打着各种各样挣钱、花钱的主意；同时有很多文人、作家、诗人、作曲家及刚刚发表了半篇文章的评论家，他们虽然不是为发财（当然，想挣点钱的念头并不排除），但都怀抱着各种各样的艺术之梦，或者想碰碰运气，开辟一块地盘，打下一块天地，像20世纪二三十年代文人云集上海一样来到广州或者广东其他各地，他们之中不乏像鲁迅但是绝没有达到鲁迅水平的愤世嫉俗的作家，有像沈从文但还没有写出像《边城》那样好作品的执着的艺术追求者；有很多目空一切但也有勤勤恳恳爬格子的诗人，当然也难免有一些投机取巧的文人掮客，他们从北京来，从上海来，从东北来，也有的从青海来、从新疆来，虽然他们有的仍然一事无成，有的依然穷途潦倒，但是毕竟把自己的文化带到了这里，把自己的智慧带到了这里，这就是广东文学走向繁荣的真正财富，一定会结出灿烂的果实来的。因此我想，也许有一天这个小小的专号在人们记忆中会像鞭炮一样销声匿迹，但广东文坛这股新潮一定会载入当代中国文学史册的。

当然，今天的情形又有许多不同。除了良好的文学自由条件之外，还有许多不利的因素。由于种种原因，广东文坛还缺乏一种必要的张力。我们有许多文坛老作家，这是广东最宝贵的一笔财富。但是文坛上也有些人由于久居领导岗位，也许已经差不多忘记了一些老作家早年"走出去"建功立业的情景，在文坛上渐渐建立起自己的小圈子，他们对艺术的追求已变成想去领导艺术。当然，这种非艺术的追求自然地导致了真正艺术追求的乏力。因此，在开放的文化形态中，广东的文学一定要打破这种沉闷，面向全国，面向世界，迈开我们的步子，显示我们广阔的艺术胸怀。广东的文坛是最有希望的。

这种希望我们在这股已经到来的文学新潮中是能够感觉到的，同样能够在这期小小的批评新潮专号中略见一斑。显然，这群文学批评新人是有自己独特风貌的。他们大多是在校的硕士生博士生，或者是已完成学业的青年人，他们大多能够直接读外文书籍，接受过比较系统的专业训练，具有良好的知识结构，同时他们没有那种因循守旧的习气，富有探索精神，有敢言之勇气。他们大踏步地走上文坛，是理所当然的。这也标志着广东文坛理论水平的提高。

我相信，这仅仅是一个开始。况且由于组稿时间仓促，很多人的文章连同他们的名字没有在这里出现。这不能不说是一个遗憾。但是有一个良好的开始，是大家都感到高兴的。当时正收到广东青年文学批评学会会长张奥列从北京来信，有云："你及文友们积极介入广东文坛没有？文坛很需要你们'兴风作浪'。"

此是"兴风作浪"乎？以此为结。

1986 年 12 月 5 日于明湖湖畔

之九

寻找广州文学的位置

——与叶小帆①关于 1988 年度"中侨朝花文学奖"的对话

细雨迷蒙,应邀担任《广州文艺》1988 年度"中侨朝花文学奖"评委的两位评论家殷国明、叶小帆坐在白云宾馆的一间客厅里。尽管评委会会议已经结束,但他们还没有离开的意思,正在热烈地讨论着什么。也许是感到周围注意的目光,他们不时地降低了语调,但兴趣并没有减低。

叶:刚才的会上,我总觉得你有点吞吞吐吐、欲言又止,这可不像你平常爽直的性格。看来,你对这次评选的作品感到有些遗憾的地方,是吗?其实,对于你有这种感觉,我是不会奇怪的。作为钱谷融的弟子,眼光高点是很自然的。不过,可不要过于苛刻了。

殷:也许是我的要求高了一点。因为我一直比较关注新时期文学创作

① 叶小帆,比较文学硕士,活跃于 20 世纪 80 年代的广东文学批评家,后历任中共广州市委宣传部文艺处副处长,广州市文联秘书长、党组副书记、副主席,广州电视台党委书记、台长,广州人民广播电台党委书记、台长。叶小帆先后被授予"广州市优秀专家""广东省优秀中青年新闻出版工作者""国务院特殊津贴专家"等称号。

的情况，在评价《广州文艺》的作品时很自然总会把它们放在全国文坛创作的格局中进行考察和比较，甚至会把《广州文艺》当作广州文学创作水平的一个标志，与北京、上海的一些刊物比较，这样我就会感到它们之间还存在着较大的差距。当然，这中间或许还有一个简单的思想在作怪，就是觉得这几年广州改革开放取得了很大的成绩，在全国来说，广州在经济建设方面形象是很好的，但是相对来说在思想和文化建设方面，还没有创造出一个与经济形象相适应的很优美的文化形象。我认为，文学创作和文学批评就是创造这种优美的、高层次的文化形象的一个重要组成部分，它的意义可能会远远超出其本身的实际作用。作为一个广东的文化工作者，我有一种不可推脱的责任感，总是希望广东的文学创作和评论能够后来居上，真正赶上和超过其他省、市的水平。而这种心情有时反而使自己处于一种深深的遗憾和强烈的不满足之中。比如在这次评选的作品中，不可否认有一些好的和比较好的作品，但是总的来说，缺乏那种真正能在全国打响的、有分量的作品，大都在艺术上平平，在评选过程中很自然会产生一种"不尽如人意"的感觉。

叶：对此我也有同感。就《广州文艺》来说，我认为1988年度是比较"平"的一年，在有些方面恐怕还比不上前一年，如报告文学就存在这种情况。《广州文艺》本来在报告文学方面是比较领先的，但今年全国性的报告文学大潮一起来，我们的作品与全国一些有影响的作品相比，就显得"平"了。当然，这并不能说1988年度《广州文艺》的创作比上一年差。上一年有上一年的情况，这一年有这一年的话题。我觉得，1988年度对《广州文艺》来说，也是经受考验、渡过难关、调整自己的一年。你说这一年缺乏"拳头"产品，我说也得看看全国的文坛形势。1988年的中国文坛不仅是"平平"的一年，而且有一种"滑坡"的现象。商品经济冲击，经费紧缩，有些作家不再用心写作，有些人不再对"纯"文学感兴趣，文学刊物的惨淡经营等，都直接影响着文学创作的水平。文学失去轰动效应，文学创作走向"低谷"，文学事业受到冷落，这是1988年文坛总的形势。在这种情况下，就全国而言，好作品也是不多的。在这次评选会上，有人提出有些作家尤其是名家，没有把自己一流的作品投向《广州文艺》，可能有这种情况。但是，我们还得看一看这些作家这一年是否写出了其他"过得硬"的作品。

殷：我很同意你对 1988 年文坛一些情况的估计。确实，1988 年就全国文坛创作来说，出现了"滑坡"，也许这个"滑坡"还只是处于开始阶段，还得持续一段时间。但是值得注意的是，人们的文学审美水平、对作品艺术评判的标准并没有降低，反而更高了。例如这次评选就可以看出这种迹象。有些作品立意不错，但艺术上比较粗糙，就很难入选。文学理论家饶芃子先生一开首就申明自己对文学语言很敏感，她认为一部作品，如果在语言上过不了关，欠流畅，欠生动，就不容易得到她这一票。在这方面《风雪中的小店堂》不仅构思巧妙，语言也很精致，受到大家一致好评。另外，这一次评选中，大家对于作品的艺术性都很注重，特别是对于在艺术形式方面的创新和开拓很敏感。也就是说，并不单单看一个作品表达什么，而且看它是怎样表达的。比如青年评论家张奥列对于作品的意蕴就很感兴趣，他喜欢的几篇几乎都是带有某种隐喻性质的，比如《猄羊》《牲灵》《兵是大》《狂太阳》《生死魂》，包括这次没有被评选上的《黑字》等，这些作品在故事之外还包含着某种更深的艺术意味，可以引起读者一些思考。我自己觉得，在艺术意味方面的追求，有些作品还显得着力不够。比如《辫影》，作品的选材非常有意味，作家也意识到了这种意味，并希望努力把它表达出来，但结果并不理想。作者只是将四个小故事排列起来，并没有显示更深的意义。作者似乎仅仅依靠"事实"在证明自己，而没有把自己的全部思考融到艺术构思和形式中去。其实，"辫子"这一意象本身是大有深意的。就其历史意味来说，也不下于"三寸金莲"，国人对于它的感情也是几度春秋的。而就《辫影》目前的情况来看，艺术上就平平了。当然，这次评选我仍旧投了它一票，但心里还是留下了几丝遗憾。

叶：那么你对《生死魂》如何看呢？

殷：你比较喜欢这篇小说，是吗？我注意到，在这篇小说之后，你还专门为作者写了一篇评论。这篇评论写得不错。

叶： 别这么说。不过，我确实比较喜欢陆笙的作品，也包括这篇《生死魂》。如果我们还顺着"意味"这个话题继续下去的话，我认为《生死魂》是很有内涵的。作者所关注的不仅是一个乡村医生的生活经历和状态，而且想从民族深层的文化结构中去探求一代知识分子的历史命运。他们被困顿在一种闭塞琐屑、贫困粗糙的乡村生活中，逐渐被风化，被改造，被浸透，失去了自己的身份特征。

殷： 没错。但是我对《生死魂》的感觉并不十分好。如果你不介意的话，我倒是很想谈谈这篇小说。确实，这篇小说给我留下了比较深刻的印象，读后我第一个感觉就是：写这篇小说的这位作家，说不定将来在文学上成大气候，这家伙有潜力，有思想实力。但是我觉得这篇小说在艺术上并不是很成功。写得太"挤"了，几乎没有给读者留下一点自由舒展的空间。这一点和《辫影》正好不同。《辫影》虽然在意味上淡薄，但是作品中给读者留下了宽宽的走廊，你可以比较自在地漫步欣赏。而《生死魂》不同，作者的思绪好像把作品的每一个缝隙都塞满了，你得拨开一点什么才能走进去，很费劲。作为一件艺术品，我觉得《生死魂》对于情节和意象本来自己就可以"说话"的，但是作者没有给予它们比较充裕的空间，反而"自己"很快就走了出来剥夺它们，比如父亲的三弦琴、卿姨的唱歌、母亲黑色的陶罐等，都是很值得回味的意象和细节，但是作者显得太"自我"了一点，有时只顾自己说话、追踪、叙述，忘了停顿、间歇和任其自然。

叶： 真没想到你会挑出这么多毛病来。有机会我真希望你能和陆笙当面谈谈，评论家和作家之间能有直接的交流，对双方都是大有好处的。对你上面所讲的"空间"问题，我也有同感。比如《猋羊》，这无疑是一篇很有意味的小说，但是结尾就显得"太实"了一点。本来可以给读者留下一个想象空间，但是作者最后又忍不住点上一笔，像是硬在里面又放了块大石头，反而破坏了一部分意蕴。关于这一点，评论家谢望新说，这一笔反而显示了作品功力上的幼稚，少了点欧·亨利（O. Henry）的那份老练。

殷： 是的，谢望新是有艺术眼光的，只是在评论作品中又十分讲究分寸，生怕伤害了作家的"积极性"。这一点我是做不到的。这次他明显地对都市小说方面的作品感到不满足，我也觉得，都市文学是广州文学的一个重要特色，但成绩并不十分理想。

叶： 这确实是一个值得探讨的问题。照理说，《广州文艺》在这方面是有所追求的，而且花了大力气去组织这方面的稿件，几乎每周都有"都市霓虹"栏目发表这方面的小说。1988 年第 6 期搞了"都市小说专号"，第 8 期搞了"城市题材作品专号"，应该说《广州文艺》至少在刊风上很有点都市味道的，当然 1988 年都市题材的作品，也有一些是比较好的，比如《大歌星》《霓虹灯在闪烁》《唯一的 bridge》《白丁香，白丁香》《本小姐 A 城搵食》等，都有一定的特色，但真正出类拔萃、有深度的作品就不多了。这次《本小姐 A 城搵食》是都市题材中唯一被评上奖的，即使如此，评委们对这篇小说也有不同的看法。不知你对这个问题是怎么看的？

殷： 我对都市文学有两点基本看法：第一点，都市文学不可忽视，前景广阔；第二点，都市文学不可苛求。我以为都市是现代艺术的发源地，城市文学代表了一种与乡村文化不同的新的文化形态和艺术形态。在审美方式、艺术形式等方面都必然会突破过去的习惯和规范，表现人在商品经济和工业文明时代新的情感活动和生存状态，表达一种新的痛苦和新的欲求。就此来说，在中国的台湾、香港、深圳、广州等地区，有可能形成一种现代主义的精神文化。我们应该有充分的精神准备。但是，目前还不能对都市文学期望太高。首先从总体上来说，中国都市文学的土壤较之于乡村文学的"黄土地"来说，是非常薄弱的。后者有几千年的累积，土层厚，腐殖质多，创作扎根其中，当然会根深叶茂。城市则不然，在中国，它们就像汪洋大海中的几座孤岛，在经济文化各方面都受到农村的纠缠和限制。我们每个家庭，甚至每个人都和农村有着千丝万缕的精神文化联系。甚至，我们用"农民意识"建设了我们的城市，在结构、布局、基础设施各方面还留着乡村文化的痕迹，所以所谓的都市文学，其土壤是非常贫瘠的。其次是我们的城市作家本身的意识状态并非那么一下子就能进入"都市化"。人的精神素质并非能够一下子改变的。不能把一种"小市民习气"看作一种都市意识，进过几次大酒店，坐过几次出租车，或者看过几次什么电影，就觉得自己是"大城市人"了，思想观念都"现代"起来了，这恰是一种农民式的意识错觉。

都市意识作为一种现代意识，是和一种整体性的文化修养、思想状态和精神价值标准和水平连在一起的。对于这一点，我们不能苛求，更不能夸张自诩，在目前情况下，我们的作家对于城市生活和都市文学的认识基本还处于"初级阶段"，还摆脱不了对城市的声色犬马的兴趣，目光一下子就被霓虹灯、旋转餐厅、舞会、酒吧、高架桥吸引过去了，因为这些东西过去没见过，现在还是新奇的东西，容易在思想上产生刺激，一时眼花缭乱，精神上很容易进入亢奋状态，所以作品也就很容易停留在对生活浮光掠影的描绘上，显得漂浮和浅显。说得不客气一点，我们这些都市作家的思想状态，往往就像刚从"乡村状态"步入城市的乡下人，对都市生活充满着憧憬、向往、羡慕和几分恐惧。

叶：照你的意思，只有当这些作家对城市生活的这些表面现象熟视无睹，已不再惊讶，不再感到过于兴奋的时候，才能创造真正的都市文学？

殷：是的。因为那时候，他才真正成为一个都市人了。他再用不着因为和一个舞女跳舞而感到飘飘然或者手心出汗，也用不着用左一口"现代意识"，右一口"摆脱传统"来证明自己是现代人了。这时候，他就会不再浮在城市生活的奇光异彩之中，而是沉入生活的底层，他就会去关注人的真实的生态和心态，关注人的命运可能摆脱和无法摆脱的局限和惩罚。这些东西很可能被城市的表面生活所掩盖着，作者必须拨开一些表面的诱惑和面具后才能看到它们。

叶：这个话题很有意思。谢望新在评选中也曾谈到"人"的问题，可能因为时间关系没来得及深谈，着眼点也可能有所不同。不过这个问题确实应该引起一些作家的注意，不应该过多把眼光停留在城市生活的一些表面现象上，应该深入人心之中，表现我们都市生活的深层文化结构。

殷：看来我们的共同语言越来越多了。在这次评奖中，几篇反响比较强烈的作品都对人本身以及人的命运比较关注，如《风雪中的小店堂》《牲灵》《兵是大》《生死魂》等，而在都市小说方面就可能表现得比较单薄一些。当然，在没有被评上的作品中，也有一些很有特色，我们可能没有充分注意到。比如我就很喜欢第6期上的《孔雀羽毛》，认为这篇小说写出一个城市少女的精神状态，可惜没有被选上。

叶：这种情况在评奖中总是难以避免的。能够被评上的并非就是最好的，评不上的也未必就不优秀，作者们也是非常理解这一点的。我想，"评奖"主要是能对创作进行一次总体上的回顾，评出一些好的作品进行鼓励，是为了促进创作，更重要的是通过评选找出我们创作上的薄弱环节，对一些重要的文学现象进行讨论和反思，能够真正给予作家一点有益的东西。你说对不对？

殷：我很同意。

叶：就此来说，我认为这次评奖是比较圆满的，其中之一就是开始自觉地把广州文学创作放在全国文学格局中进行考察，有意识地寻找广州文学应有的位置，这是十分难得的。我们也希望各界文学朋友能够帮助我们，提出批评建议……

殷：慢！请不要忙着做总结，我觉得这次评选还有一个不尽如人意的地方需要指出，这就是文学评论的环节太薄弱了。不是我"老王卖瓜，自卖自夸"，广州文学创作要上去，没有真正的高水平的文学批评是不行的。没有高水准的批评，就很难出高水平的创作，这太重要了……

　　这时候，接他们的汽车来了，他们不得不中止讨论，起身相互道别。

1988 年于广州

之十

潜入浮动着的历史河流的底层

历史生活孕育了人类的感情，同时它以突如其来的变革、剧烈的冲突折磨、分裂、撞击着人类感情的链条。而在这时，艺术不仅在波动的生活中描画着人们感情变化的踪迹，而且为这种感情寻找着历史最深厚、最合理的生活依据，悄然无声地复原着被生活震裂的，似乎失却了历史联系的心灵纽带，把过去和未来在意识深处紧紧胶合在一起。我们从近几年文学创作和批评中，似乎可以体味到这一点。静静地回味一下文学发展的情况，我们像是在触动着人们在生活进程中感情的脉搏，从剧烈到亢奋，然后逐渐地走向深厚、平稳、充实。

我们的文学始终是和时代的命运连在一起的。历史的转机把它推到了时代生活的潮头，文学是那样地激动过，它最先沐浴在从云层中透露而出的晨光之中，把未来生活的信息带到世间。或许这种信息还不曾是想象中的蓝图，而只是酝酿在人们心灵深处的某种潜在的甚至朦胧的欲望。这时候，尽管文学创作是在过去的血痕中照见自己的面影，但是所体现出来的又是多么坚决地和过去的历史诀别啊。这几乎是义无反顾的猛一回头，企望把一切历史的重负、痛苦而且荒诞的记忆永远抛在身后。从《班主任》到《伤痕》，从《于无声处》到《小草在歌唱》，激荡着的是对过去的诅咒、悔恨和痛心疾首。痛定思痛之后，人们又渴望着明天，于是，文学仿佛匆匆越过一条鸿沟，从那个痛苦不堪的世界跃进一个光明洁净的彼岸，一系列乔光朴式的理想人物出现了。他们以新的思想、新的行动同过去划开了一道明显的界限。文学的精灵这时候在时代的潮头上跳跃、呼喊。

但是，历史是用什么魅力把文学重新唤回自己怀抱的呢？是文学和历史有一种天然的无法摆脱的亲缘关系（这可以从文学最初产生的形态中找到证明），还是历史的连续性决不允许文学超越自己呢？大量反映知青生活的作品开始使人们的感情缠绕在对历史爱和恨之间，而像王蒙《蝴蝶》中的张思远，心灵久久地徘徊在历史和现实之间，使人们在现实生活的缝隙之中去重新认识历史。这种现象的出现并不奇怪，因为在我们生活中，历史离我们太近了，近在咫尺，人们从现实生活任何一个简单的事实后面，任何一个平凡的现象里面，都能看到历史，它的一面可能凝结着希望和力量，而在另一面，可能聚集着悲哀和缺陷。历史的奥秘也许就在这里，它可能在物质海洋中消失，却隐身于人类的意识世界之中，它可能在生活表面浮动的面影上不复存在，却沉积到了现实生活的底层，形成一种文化结构制约着生活。近年，不少作家就在现实生活不断的启迪下，开始从浮动着的生活表面潜入生活的底层，阿城、王安忆、贾平凹等人的创作都明显显示了这方面的自觉意识，他们要在这里展现民族灵魂的精灵，在艺术中塑造一个更加实在，也更加完整的自我来。

文学创作中开始出现"寻根"无疑表现了艺术内容的深化，虽然这"根"的含义在不同的作家那里并不相同，但几乎都表现了对探求民族群体意识的浓厚兴趣。而另外一种意味深长的含义在于，作家们为了完整地表现自己和表达生活，似乎都在寻找自己特定的民族生活的归宿。在这种寻找中，历史生活表面的五光十色、波动浪移，仿佛并不能给他们以安定感，使他们能够捕捉住相对稳定的东西，于是他们走到偏僻的乡村，无人知晓的深山老林，进入自生自灭的最平凡的人群之中。在历史生活河流的底层，即使水面上落下了惊浪之石，也只是泛起几个水珠，难以漾起几圈涟漪。作家们仿佛开始远离我们时代的生活，实际上是为了在生活整体氛围中更深刻地感受到它，理解它。我们也许可以推定，这种眷恋历史的创作意识会向更广阔的领域推广和蔓延，因为这不仅是前一阶段文学创作的发展，而且从某种意义上来说，正在为从整体上表现民族心态的变革提供必要的准备。文学创作正在一个更坚实的基地上聚集力量。

这个基地并非仅仅是黄土地，而是各种文化冲撞凸显的台基，甚至可以说是一次深刻的文化地质构造裂变的结果，对我们的文学不妨作出这样的比喻：从整体结构来说，每一个作家的创作都曾受到来自两方面力量的挤压，一个是来自西方世界现代主义文学思潮的冲击，作为一种特异的文化结构缓缓东移；另一种则是复苏的东方文化的意识，它通过渗透到生活各个角落的"通俗文学"形式，以一种更沉重的力量扩展开来。这两种力量同时运动在文学意识空间里，以各种各样审美因素的矛盾冲突表现出来，造就着文学特殊的创作心理。于是，这两种彼此斥难的意识结构终于有一天相撞了，力量的挤压在我们的文学创作中隆起了一个新的山梁。我们所欣喜的正是这种新的美学构造，它表明在创作中表现的这种"寻根"意识，绝非封闭性的回归，而是一种开放式的创造。从目前创作的情况来看，至少已经表现了一种东西兼顾、多种艺术因素熔铸的美学特色。正如一位评论家曾用极其明了的语言谈到读王安忆《小鲍庄》的印象时所说的，既很土，又很洋；既是很具体的，又是很抽象的；既是很主观的，又是很客观的。由此，寻根不是寻旧，而是创新。

尽管沿着现今文学的这一线索，不无可能延伸出一段文学可能发展的曲线，但是这种可能性仍然面临着多种现实因素的考验。如果说，在我们的文学中，正在从一个从未有过的美学基础上造就一个属于我们民族的新的文学实体，在民族历史生活的底层唤起一种属于现代的审美意识，那么，这种创造必然需要一种把历史纵深感和现实探索精神紧紧联系在一起的坚强的个性突破，同时把这种个性突破熔铸到以一种民族生活深层的群体意识为主体的大文化背景之中。值得思考的是，虽然西方现代主义文学的影响曾给我们的文学发展以强烈的催化作用，但是突出的个性追求无论在内容或者艺术方面，还是显得那么薄弱，甚至可以说它仅仅在诗歌领域放射出那么一束光芒就如川归大海自行消失了，一种企图展现整个民族的群体意识的欲望几乎攫住了整个文学创造的神经,旨在于生活发展的各个阶段上表达各个不同的意识断层,或者是通过生活的表层,或者是较为深层的历史。而现今文学所面临的最复杂的事实在于,正在发生蜕变中的民族生活的群体意识,不仅是从一种意向向另一种意向转化,而且是从一种意向向多种意向转化,走向一种多极的文学意识世界。

提出这一点,至少能够使我们避免忽略文学构成中多层次的内容,而做出单方面的估价。随着全民族文化水平的提高以及精神生活的日益富足,多样化的自我表达和个性追逐在文学意识中日益增长,它们通过各种变异的艺术形态与方式表现出来,在现代艺术世界中巩固和扩大自己的领地。在这方面,现代艺术手法的借鉴与创新,与民族传统审美心理的理解与尊重,彼此仍然在矛盾冲突中弥合着它们之间的距离感。潮水般的通俗文学作品的涌出,表明传统的民族美学因素的重新复活,它们需要在更高档层次的文学创作中获得永恒的存在,通过丰富的个性形式显示自己的价值。由此说来,作为一种更隐蔽的美学形式的回归,文学创作潜入更深的历史生活底层,挖掘整个民族深层意识的内容,同时表现了传统的民族审美因素的升华,从而转化为高层次的美学形态。

也许在任何时候,艺术对于孕育自己的历史具有最深厚,而且是妙不可言的感情联系。艺术创作的大厦往往依赖它所挖掘的历史生活的深度,造就自己坚实牢靠的台基。对于即将来临的文学创作,我们期待着更辉煌的成就,这种成就不仅在内容上帮助人们更深刻地认识自己所属的那个民族的灵魂,理解在浮动着的历史生活底层所积淀的群体意识结构,从而能够超越自己;而且在美学上创造一种传统与现代艺术因素相交融的有机整体,使我们的民族文学跃进一个新的艺术境界。文学时刻的指针将在大家的努力中指向一个希望的年度:公元一九八六年。

（原载《当代文艺探索》1986 年第 6 期）

之十一

历史和理论的一致和悖论

——有关文学批评的随想录

一

在文学批评中，历史和理论历来被认为是紧密相连的一个整体，它们相互依赖、互相促进，推动着文学批评的发展。在这个过程中，历史往往为理论提供坚实的基础，批评家站在历史的地基上建构着自己理论的金字塔；同时理论常常为历史研究提供着科学的眼光和方法论，批评家在美学理论的指导下分析和评估文学现象。因此完全可以这么说，没有历史的理论将是浅薄的，而没有理论的历史研究是肤浅的。如果把文学批评看作沟通人们心灵的一座特殊的桥梁的话，那么历史和理论将是这座桥梁的两个最重要的桥墩，由此文学批评能穿越于不同的文化氛围。

但是，如果从这个角度来评价我们文学批评的现状和历史，我们并不十分乐观。稍微注意一下我们的批评家和出版界就会发现，批评的薄弱和迟滞，恰恰常常来自历史与理论的分离。由于长期的历史所造成的原因，文学理论和文学历史的研究一向被分成了两个不同学科，尤其是在大学里（这往往是批评家的摇篮），各打各的锣各敲各的鼓，正好用"鸡犬之声相闻，老死不相往来"来形容。这种情形沿袭下来，在文学批评中形成了非常单调的研究格局，我们常常能够发现这种情景，即没有理论的历史研究，或者没有历史的理论探讨。搞文学史研究的，习惯于收集资料，进行检索陈述，缺乏理论的眼光，甚至对理论抱着一种不信任、不关心的态度；而搞理论研究的，缺乏系统的历史基础，仅仅依赖一些零星资料，如创作谈之类来支撑门面，理论容易流于轻薄或者不攻自破。

这种情形无疑大大阻碍着文学批评整体水平的提高。就拿现代文学研究领域来说，由于缺乏在理论观念方面的突破，对历史探讨的深度和广度都受到了一定的限制；艺术理论素养的贫乏，使我们对现代文学史的研究至今徘徊在社会学的范围之内，已经出版的几部文学史缺乏美学分析和艺术色彩。在这种情况下，历史的批评常常冲淡或代替了美学的评价，事实的累积反而限制了批评家的眼光。例如对于一些在历史上受到冷遇，或者"看不懂"的作品，就简单地认为其艺术价值较低；有些创作出现了中断现象，就认为不合时代和民族的审美趣味或被时代淘汰了等，实际上在无意识之中成了历史事实的奴隶，被历史牵着鼻子走了，而没有真正把握和理解文学的发展。应该指出的是，历史和美学是彼此联系又有不同的两个方面，只有从整体上进行把握才能正确对待历史事实。例如在延安时期，解放区鲁艺学员上演莎士比亚的戏剧不合时宜，并不等于莎士比亚的戏剧没有艺术价值，或者中国人民不接受、不热爱莎士比亚戏剧。从美学的观点上来认真分析这种现象，能够帮助我们更完整地评价这一时期的文学现象，帮助我们认清这一时期真实的文学历史面貌。

当然，理论研究如果离开了历史资料也许显得更加危险，而这种危险的深渊仿佛时时环绕着我们。例如，由于对历史资料缺乏了解，就容易把一些新观念、新理论置于与传统的对立之中，而看不到其内在的联系，甚至有些时候盲目地陶醉在"超越"或者"断裂"之中，仅仅被一些新名词、新概念所左右，而看不到在这些新名词、新概念后面隐藏着的具体内容，于是很多关于理论的争鸣探讨是在误解或者曲解情况下进行的，每一方都各自设想一个假想的对立物，攻其一点，不及其余，问题越争越糊涂。对于现实主义和现代主义的争鸣就是这样。只要细心观察一下历史就会发现，现实不是一个笼统的、抽象的概念，而是一个流动的、不断更新的概念。由于生产力发展水平的不同，人们对于现实的理解也有所不同。有些人是站在自给自足的自然经济基础上看待现实的，现实基本上在自己的感官和视线之内，可看、可听、可闻，可以被把握，时空的界限是非常明确的；有些人则是从以现代科技为先导、现代大工业生产为基础的出发点来看现实的，那么现实必然轻而易举地超越了自己的感官和视线，时空的界限自然被打破了，世界也就并不那么容易把握了。由此可见，正是由于现实生活的历史内容不同，才导致了旧的艺术框架的破裂和新的艺术形式的产生。而艺术上新时代的来临往往并非突如其来的，新理论和旧理论、新样式和旧样式之间的界限并不是那么不可穿越或者水火不相容的，它们在历史发展中总是存在着一个逐渐转变的中间地带。在这个中间地带中，有些新的艺术因素正是在传统的历史土壤中孕育和生长出来的，它们虽然还带着传统的旧的时代的痕迹，甚至未斩断与旧的历史母体相连的脐带，但是代表着新的历史发展趋向。

由此可见，不成熟的理论思维往往缺乏历史的基础，它过多依靠一些概念而生存，往往用一些术语和名词——如人道主义、现实主义、生活真实、典型等——来称呼和划分各种文学现象，而并不理解在不断发展变化的生活中，在不同的历史文化背景下，其具体内容到底是什么，它们之间到底有何区别。尤其是在今天艺术信息蜂拥而至的时代，各种各样的新名词和新概念争先恐后地进入文学批评领域，确实有令人眼花缭乱、目不暇应之势。在这种情况下，新名词和新概念总是先于它们所包含的具体历史内容而至，人们真正把握它们的具体内涵要比把握其抽象意义困难得多；而批评界理论的饥渴状态又造成了人们"饥不择食"的心理需要。这一切都有可能把理论的建设引上虚幻的境界，热热闹闹一阵风，过后又是"大地一片白茫茫"。由于缺乏历史感，一些很有见地的理论观念也降低了可信度，使得一部分犹豫不决的人始终以怀疑的目光注视着它。

面对急剧变化的艺术世界，清醒的批评家应该意识到，在理论上出现的任何概念和术语都带着假定的性质，是在极其局限的、被严格限定的范围内才是有效的。我们用什么样的概念和术语来称呼某种艺术现象并不十分重要，更不是用一些概念和术语在文学发展中、文学样式和形式中找出生硬的分界线，而是在文学创作中揭示各种具体形式和样式相互联系的美学关系，在文学发展中找出一种形式向另一种形式演变、过渡的特点，而这一切在表述的时候，又都要求我们小心翼翼地进行，因为这些关系和特点不是绝对的、静止的和停滞的，而是相对的、活动的和不断变化的。而且，在一种开放的文化环境中，文学的发展不仅取决于各种艺术因素在纵向上的前后承继关系，而且越来越多地借助于横向的相互交流和借鉴，相对于文学内部的必然因果关系来说，一些偶然的刺激和启发会引起文学创作样式和体裁上的重大变化。显而易见，这种横向联结的可能性的天地今天已变得多么广阔，内容多么丰富，一种文学创作不仅受到邻近其他艺术门类的影响，而且延展到了各种社会科学乃至现代科技的各个领域，在思维方面从地球伸展到了太空，批评家再也不能像过去那样沿着某种古老的传统思维方式按图索骥，而必须关注各种艺术样式，各种思想方式，各种学科之间横向联结的交叉口，捕捉已经发生或正在发生的各种意外的联结和惊险的碰撞，注意在匆匆而过的人群中任何一种漫不经心的微笑和轻微的叹息声。

也许正是在这里，由历史疑虑所造成的理论的贫乏和由于理论贫乏而造成的历史的疑虑，更加明显地表露出来了。文学的发展一方面给批评家以广阔的用武之地，把批评的视野扩展到了一个新的世界之中，批评能够尽情地舒展和发展自己的思维，从各种各样复杂的艺术关系中表现自己，另一方面造就了历史的迷津和文学理论的困境。批评家在和各种各样的事物发生联系，同时各种各样的事物在剥夺着批评家，迫使或者诱使他们脱离美学的轨道。例如，为了把握在艺术创作中各种新颖的创造，批评家无疑应该去了解政治学、文化学、心理学以及其他现代科学知识，但是不能把文学拘泥于某种政治、文化、心理的模式内进行解释，或者把文学当作某种自然科学理论的公式来理解，否则，批评将很容易丧失自己的主动性。因此，对于文学史的研究和描述，理论分析也不能脱离历史的具体发展，将某种逻辑构建的模式强加于历史。在批评过程中，我们应该在历史和理论之间建立一种平等的、互相尊重的关系，尽可能使它们彼此配合，凝结为一个整体。

二

但是，当我们强调在文学批评中历史与理论协调一致时，是否意味着就是要说明"理论应该从历史中归纳出来，历史应该在理论指导下加以研究"这样一种批评原则呢？显然，如果是这样，我们的结论就得出得过于匆忙和轻率了，或者说我们还徘徊在一个较低的思维层次上，还没有对问题进行更深层的思考。

对批评家来说，历史意味着什么，并不是一个简单概念，而是一个辩证的概念。在一般情况下，历史意味着一段已经发生过的、已知的艺术事实，按照一般的理论思维逻辑来说，理论的产生就是收集了历史的全部事实，并对这些事实加以分析、比较、归类，然后抽象出普遍性原理的过程。显然，这种理论是以历史事实为基础的，并且是能够用来解释历史的。但是正是在这里我们会感到更大的疑惑，这种从历史中得出的理论，是否就是批评家的目的，批评是否能够用这种理论去解释一切文学现象呢？换句话说，在这种情况下建立起来的理论是为观察历史和解释历史发明出来的，还是历史本身所显示的真理呢？

当然，如果批评家的任务就是解释和阐述已经发生过的文学现象，这一切疑问就迎刃而解了，但是情况恰恰相反，也不应是这样。批评家当然要对已经发生过的文学事实进行解释，但是更重要的是通过历史去预测未来，通过已知的东西去发现未知的东西。所以所谓理论探讨就不仅仅是局限于从特殊和具体的事实中去总结一般和普遍原则的问题，更重要的是要打破这种一般和普遍的事实，创造性地去适用于未来。但是，经常使人陷入一种被动地位的是，没有任何根据能够证明过去的经验一定能够适用于未来。只要对文学发展肤浅地一瞥就会发现，不同历史阶段的文学创作在样式、种类、技巧等方面都有很大的变化，有些样式和技巧产生了，另一些则衰亡了，有些发生了令人惊奇的变化。同时在文学世界中的各种美学关系和价值标准在发生着变化，批评家没有任何理由把任何一种已知的、经验的历程绝对化，并由此推导出整个文学发展的所谓"规律"和"原理"。

于是，我们很容易陷入历史与理论的悖论之中。假如批评家把自己的理论建立在已知的历史经验之中，能够被已发生的事实所证实而不能越过原有经验的雷池一步，那么从表面上来看非常可靠，但实际上只能是对过去的记录，或者是过去经验的理性重复，使理论成为平庸。反之，如果批评家过分强调理论的前导作用，只关心历史发展的理论模式和关系，使自己的东西成为脱离历史的先驱的东西，这样，批评家会在自己的批评活动中造就一种"二难推理"：理论如果完全和历史相符，就成为不必要的理论，因为我们可以直接用经验代替理论；如果不符合历史事实，也将是一种不必要的理论，因为历史事实依然存在，它并不取决于理论的证实而存在。

这时候，假如我们向现代科学理论呼救的话，会更为加深我们的怀疑。很多科学理论的发现并非在已知的经验事实中实现的，更不是对某种已知的事实的解释，而是在这种现象还未发现之前构想出来的。例如，爱因斯坦（Einstein）1916 年提出了广义相对论，其主要贡献不是解释了水量运行异常的已知事实，而是预言了光线弯曲和谱线偏移的未知事实。而这种理论在 1919 年才被事实所证实。西方一位哲学家卡尔·波普尔（Karl Popper）曾由此得出一种偏激的结论，他认为科学之所以为科学，并不在于它正确，它可以得到经验的证实（任何伪科学也可以碰巧正确），而在于它有错误，它可以为经验所证否。因此，尽管牛顿引力论经过千万次科学检验被证明是正确的，但是并不能逃脱被推翻的命运。

尽管文学批评和科学理论性质上相去甚远，但作为一种科学也有其类似的地方。任何一种文学理论都不可能是万能的、绝对正确的，而且都可能错误，或者说其中已经包含着潜在的错误，在文学发展中总有一天会经不起检验而被证明是错误的。否则，文学批评就不可能发展，更谈不上历史和理论的发展。如果是这样，我们不得不对以往的理论观念进行一次深刻反省：一些被历史证明过的文学理论是否就意味着真理，过去人们发现的一些科学论断，是否总是和"正确的""可靠的""无可置疑"的意义完全一致。反过来说，在文学发展中，一些被历史证明是"失败了的""很快销声匿迹"的东西，是否意味着就是谬误呢？

我们发现，正是在这种情况下，我们精心构建的理论和历史的天平失去了平衡，向着我们预料不到的方向发生了倾斜。我们过去曾津津乐道于"历史证明""文学发展告诉我们"等推断，现在开始发现这不过是一个历史的圈套。在批评的道路上，我们许多批评家正是背负着这样的历史包袱在原地徘徊，他们的思维一直盘绕在历史的氛围中，有意识或者无意识地用已经发生过的历史的事实来衡量文学发展，每时每刻都在重复着同一种批评的圆周运动，从一个入口进去，从同样的入口出来。在他们那里，正如一位青年评论家丘岳所说的，文学像埃舍尔（Escher）的版画《上升与下降》一样，成了一个用奇怪色彩不厌其烦涂抹的怪圈，批评家就在这个怪圈之中跳来跳去，所谓尊重历史成了尊重和维护历史的文化状况，尊重民族传统成了保存一种不发达的生活模式，历史已经完全遮蔽他们批评的目光，使他们看不到文学创作正在创造着在过去历史中所没有的东西，人们在接受着过去所不愿和不能接受的东西。

这正是批评的悲剧。但是，我们的文学批评在多大程度摆脱，或者说能够摆脱这个悲剧呢？每当我放下手中的笔，把写好的文章从头至尾重读一遍的时候，总是从内心深处发出长长的叹息声。恩格斯（Engels）早就说过，"今天被认为是合乎真理的认识都有它隐蔽着的、以后会显露出来的错误的方面"，但是当我们要急于证明某种理论或者历史现象的时候，总是把这一点抛到九霄云外。也许我们生性就缺乏一种未来感，因为我们长期是依赖一种历史而生存的；也许我们太缺乏历史感了，我们不知道历史将会发展到何处，所以急需一种无往而不胜的理论把我们从历史的泥潭里解救出来，然后在一种绝对正确的终极真理的指导下去编排历史；最后，也许是最重要的，也许我们批评的个性本来就是不坚定的，所以在表达自己的时候总免不了瞻前顾后、躲躲闪闪，总想借助某种公众的名义——历史的或者公理的——来为自己壮胆等。

当然，我们一时还搞不清楚自己到底是怎么了，但是由此已经揭露批评活动的另一重矛盾：历史和理论的矛盾。正因为如此，在批评活动中，历史与理论并不总是心平气和地相处在一起的，它们可能会争吵，发生剧烈的冲突，并在文学发展中彼此不断挖对方的墙角。这并不可怕。在批评活动中，历史和理论的统一只能是一种辩证的统一、矛盾的统一，批评家通过它们两者之间的冲突、互相引展和交叉作用，把历史和未来、已知和未知联结起来。从某种程度上来说，批评的工作不是用历史建设一座理论的大厦，也不是用理论来收集历史的经验，而是发现历史与理论之间的差异，它们在文学发展中的不协调和不适应的方面，并创造这种差异以及不协调和不适应。也许在这里，我们沿着原来的批评观念仿佛已经走到世界的尽头了，传统美学为我们设计的笔直的批评思维方式面临着深渊。我们不得不寻找新的批评道路，用新的批评观念来审视历史和理论之间的美学关系。

这时，我们会发现在批评中隐藏着另一层意义，这就是理论的发现及其价值从某种程度上来说，并不取决于历史证明了它，而恰恰相反，在于它对于历史的反叛；而历史研究的价值及其意义并不在于它符合于或证明某种理论，而在于它修正和推翻了某种理论。批评的独创性及其对文学创作的推动作用正是在这种否定过程中显示出来的。当历史把自己的全部果实奉献于批评家面前的时候，批评家并非只是这些果实的分享者，把眼光盯在已经形成的形式、结构和模式上面，而是主动地提出问题，进行怀疑，把理性的光柱投向未来的文学国土上，为艺术开拓新的道路。正是由于批评的存在，人们不会满足于已取得的文学成就和已经普遍化的艺术创作方法和样式，而企求于文学发展中的不断创新。

总而言之，批评不应该是一项只有"伟大过去"的工作，而是拥有自己的"现在"和"将来"的工作。当我们拿起笔的时候，会面对历史各种各样精彩的创造，会借用各种各样理论的杠杆，但是我们应该意识到，只有当理论超脱了一般历史的局限，在一定程度上超越了历史，才具有真正的历史意义；当历史研究冲破当代流行的理论观念并超越了它们，才具有真正的理论意义。

三

为此，当我们再一次检阅我们文学批评现状时，不得不消除一开始我们在判断中的误会。仅仅简单地把批评的软弱性归结于历史与理论的脱节是不全面、不深刻的，如果我们换一种眼光继续观察，就会发现被表象掩盖着的，在批评思维方式中历史与理论惊人的"一致"来。这种惊人的"一致"几乎达到了绝对的程度，理论必然是历史抽象的化身，而历史必然是理论现象的图解。正因为这种惊人的"一致"，在历史研究中理论成为多余，在理论探讨中历史成为累赘。不过，要掌握这种"一致"的思维奥秘并不难。文学史家认定某种抽象的理论作为"纲"，然后不断把事实堆积起来，编排起来，纲举目张；理论家也如法炮制，选择一种理论观点，然后从历史抽取相类似的证明材料。历史的理论和理论的历史同时并存，并且循环往复，这样批评只能在地平线所圈定的世界之内活动，被紧紧束缚在过去和已知事物中。

显然，这种"一致"是僵化的一致，或者是简单化的一致。这种一致是在一种低层次的、自我封闭的思维方式中实现的。认真分析下去，人们过去之所以会满足于这种一致，大约有这样几种观念因素：（1）相信有一种绝对正确的理论体系，它已经一劳永逸地解决了人类的所有问题，揭示了宇宙的最终奥妙，永远如此，万古不变，人们只有遵循和解释的责任。（2）一切理论都是历史实践消极地反映到思维中的成果，是具体经验的抽象结晶。换句话说，一切知识都是外来的，人脑只是一个外界信息的接收器，如波普尔（Popper）所评说的，科学犹如一只酒桶，人们只要辛勤地采集经验，理论的醇酒就会自然而然地流满，人的思维只能从事于一点加工酿造。（3）文学批评只是一种阐释历史的工作，谈不到更大的创造性；它应该遵循一种普遍的规律和原则并据此去评价一切文学现象，把感性的文学现象还原到理性的历史说明，因此无权把自己的眼光投向未来和未知领域等。

所有这些在批评界都营造了一种氛围，就是对理论的过度迷信和对历史的过分依赖。在前一种情况下，人们无论对于旧理论还是新理论，总是在"它能解释一切"思想前提下接受的，把它看成普遍性的、永久性的客观真理。事实却并非如此，任何理论不仅都有局限性，适应于特定的环境和条件中的事物（而在生活发展中，不可能存在着恒定不变的环境和条件），而且它本身是人创造的，带有假设性的，即使是伟大的理论，对于未来也只是一种试探、一种预想、一种猜疑，不可能完全解决现实中的一切问题。艺术发展的辩证法就是承认，任何今天看起来正确的理论都包含着明天可能发现的错误，批评家的存在并非由于文学中已经有了"正确的理论"，而是因为"理论可能错误"。

这种理论的局限实际上和历史的局限是连在一起的。历史应该是一个永无止境的发展过程，任何"过去"和"现在"都是这个过程中的一个片段，文学的发展也自然要受到各种各样的限制；况且，批评家所面对的历史，在很大程度上也是经过选择和过滤的相对的历史，很多重要的环节和细节被省略和忽略了的。因此，不管批评家怎么努力，他所意识到的历史永远是一种欠完美和欠完整的状态，过分地依赖它，反而会使自己陷入被动的境地。历史实际上永远存在着例外，并不像我们所想象的那样符合常规；历史实际上也常常显得很"狡黠"，把一些东西悄悄地隐藏起来，让另外一些东西在生活中推波助澜，永恒和瞬间并不那么轻易地把自己贡献出来，当你觉得抓住永恒的时候，瞬间已经失去，而握住瞬间之时，已经失去了永恒。文学批评必须不断追逐运动，追逐未来，才能显示自己的价值。

在这种情况下，假如能够真正实事求是面对现实，就应承认过去批评家曾梦寐以求的理想已经破灭了的事实，任何一个批评家不可能建立一套永恒的、包罗一切的、万能的理论体系，除非是一种虚妄；也不可能完全巨细不漏地、毫无偏见地、整体地把握历史，除非是一种猜测。文学批评应该是一种充满活力的过程，历史和理论的美学关系不是建立在某种依附和模拟基础上的，而是建立在一种永无止境的探索和创造基础上的。理论将为创造新的文学境界开路，而历史将不断升华出新的理论思想，它们共同开拓着未知和未来的文学疆土。

传统的批评梦想破灭了，传统批评思想的重负也应该被卸除。对于批评家来说，理论创造的价值并非一定要由经验事实的证明而存在，它本身就是一种存在、一种境界，并非被创作经验事实证明的理论就是好理论，而未能够得到证明或不能证明的理论就毫无历史价值。批评家并不完全求助于历史，求助于文学创作实践，使自己的理论观念符合创作事实。相反，好的理论、好的批评其中有些部分永远是期待于历史来证实的，也永远不可能被事实完全证实，否则它就失去了独立存在的意义。只有在这里，批评才有可能成为一门独立的美学，在历史发展中创造美和发展美。

因此，批评家永远是历史的探求者，而不是历史的占有者。所有的历史对批评家来说，只是他的起点，而不是他的终点，更不是他理论依附的安乐窝。尽管他们面对的是未被开发的、荒芜的心灵的原野，是神秘的难以捉摸的文化沙漠，是未知的艺术境界，但是批评还是从这里出发了，批评家注定要风餐露宿，注定要忍受孤独，而且，也许很多人免不了陷入沼泽，误进迷津，走上绝路，但这就是批评的命运。由百分之九十九的失败换得了百分之一的成功，就这一点而言，批评家和艺术家一样，应该是艺术的探险家或者冒险家，敢于走别人没有走过的路，不断提出怀疑，提出问题，敢于像马克思（Marx）所说的那样，消除一切怯懦和犹豫不决，站在"地狱的入口处"。

历史和理论的一致就是在这种新的思维层次上重新构筑的。应该说，文学批评本身就是一种自觉的、能动的、创造性的美学活动。理论的历史含义在于它是一种历史的创新，而不是重复；历史的理论意味在于它能动地推动了理论，而不是对理论的依附。这二者之间并不仅仅是随声附和、互相说明，而是形成一种必要的张力，在历史的怀疑中创新理论，在理论的猜测中发展历史。尽管批评的道路是一条没有尽头的路，但是批评家的每一步都应该使人们对文学增加新的认识和理解。

（原载《飞天》1988 年第 3 期）

之十二

我与批评

常看到作家谈创作，艺术家谈表演，颇受人欢迎，自己也非常爱听；但很少有人谈批评，大概是谈出来很少有人听。这就使得批评者本身也常常处于尴尬的境地。因为长期以来批评自身似乎没有给人们树立什么好的形象，往往只有两副面孔：一副是凶神恶煞似的，动不动就打棍子、甩帽子，就像阎王殿里的判官；另一个则是猫一样的媚态，经常去捧去吹，自己跟着作家后面捞点"洋捞"。这两种面孔没有一副好瞧的，延及批评者，常使他们有苦难诉。

但是，还是有许多人出来搞批评了，而且搞得有声有色，开始吸引人们注意了。否则，也就不会有人来让搞批评的谈批评了。我想，虽然现在我还不敢理直气壮地说这是生活需要，却可以说包含着批评者自身抑制不住的一种冲动，这种冲动最深刻的根源，首先并不是来自某种理念的教条、概念和功利，而是来自心灵与艺术作品在生活涡流中的激烈的冲撞，在批评者心灵中涌起一股思想和情感之流，不吐不行，一吐为快。

其实，话说开去，在人的精神生活中，文学批评是一种极其自然的社会现象，它的排位不宜摆得高不可及，这样失去了它本原的意义，进而会失去自身自由舒展、生动活泼的品质。本来，批评就是一种对艺术现象的议论，就其批评过程来说，它和文学创作一样，是一种有感而发的东西。

批评者同样对着丰富多彩的生活世界，不过在这个世界中，被艺术家心灵浸透过的、艺术化了的生活对他更有吸引力，他的心灵时常遨游在艺术世界中，有所思，有所感，有所共鸣，有所冲突，思想和情感的负荷拥挤在心灵的门扉之前，反复铸造，充分表达自己的欲望，一旦冲脱而出，以批评面目见之于世，是一种解脱，也是一种创造。文学批评似乎也常常带着一种不自觉的性质，虽然你并不清楚批评到底是什么，竟然也会搞起评论来，甚至被人称为"批评工作者"了；至于真有意识地想搞批评，倒常常是被人称呼得多了，提醒得多了的结果。

当然，一开始就以一种在文学批评上建功立业气度出现的大有人在，而且更加可贵。所以这种情景也许只能以我自己为例。说实在的，虽然写过几篇评论文章，我对于批评工作还时常有盲人摸象的感觉。只记得先前只喜欢读作品，如醉如痴，又是情不自禁，兀自哭笑失声，在家还惹得母亲担心，生怕得了精神病。看得多了自己有了想法，苦于没法说出来。上了大学和同学们在一起，读了作品都有感想，常在床上叮叮当当、各抒己见，直到深夜为止。至此，才知道这里面还有无限的私密，深究下去，倒也有很大乐趣。文学作品本身就像一个丰富深邃的海，里面不仅有人物、故事、情节，还有政治、历史、伦理、道德，人类生活中的一切因素无所不包。你知道得越多，发现得越多，拥有得就越多，创造也就越多，其境无涯，其乐无穷。

从这一点来说，我所感到欣慰的是，搞文学评论的首先并不是一个审判官，想以己见去排众议；也不是一个吹鼓手，逢迎吹捧，专门投人所好，而首先是一个"美食家"。当然不同于陆文夫笔下的美食家精于饮食之道，口之于味，清淡鲜香醇厚俱全，辨别有致，乐在其中；而是欣赏艺术作品意义上的"美食家"——无论在怎样的情景中，先有自我在艺术欣赏中的陶陶之乐，然后才情不自禁地在美学批评中津津乐道。这时，之所以有批评中的津津乐道，是因为在欣赏艺术作品中品出了"味"；其"味"又不是那么容易辨别出来和表达出来的，而是食百家"食"、品千种"味"而后得的一"味"，所以当把这一"味"用自己的思考从感觉中"化"出来，用另一种形式表达出来时，必然带着艺术世界本源的那种活力。它忠实于一个充满活力的感觉世界，同时创造了一个晶莹透明的理性世界。

显然，美食——不知厌倦地阅读和接受大量的文艺作品，尤其是选择最出色的第一流作品阅读，一方面是积累知识和经验，得以熟悉各种艺术形态的存在方式，另一方面，也许更重要的是体验和积累感情。我总觉得，我们的批评需要感情，需要那种对人生、对艺术由衷的迷恋、忠诚和理解的感情，而批评最重要的目的也许并不在批判某一作品的好坏——在历史的演进中，或许这只能由历史本身来完成——而在于批评家是否体现和表达了这种神圣的感情，它从各个角度驱动着批评家对艺术真理、规律以及一切未知领域的探索。如果在这里反手一笔，提出常常萦绕在评论工作者脑际而为之汗颜的"中国为什么难以出现像别林斯基（Belinsky）那样的评论大师呢"之类的问题，那么我们是否可以反省一下，我们过去的评论中有多少是从一种对人生和艺术的真诚感情出发，燃烧着对美的理想追求的炙热火焰呢？又在多大程度上闪烁着评论家心灵的光辉，记录着呕心沥血的追求足迹呢？

当然，他们是有过的，而且现在持续着，但是在一个相当长的时期里是被抑制着、摧残着，只能在岩石的夹缝里生长，开出几朵灿烂的花来，启示和召唤着后人。

写到这，心底坦然得多了，为批评本身时常产生的那一丝悲哀、一丝忧郁也逐渐消散了。因为批评本身并不悲哀，它是人生追求的一种方式，你想得到充实，只有付出心血和精力，进行不竭的追求。

此时虽星辰寥寥却风清气爽。

（原载《青年批评家》1985 年 12 月 25 日）

之十三

走出迷宫①

——论批评的胸怀之一

毫无疑问，批评是承认差别的，承认不同艺术风格、艺术方法和审美习惯的差别。批评不可能回避这些差别。相反，批评的全部风采和魅力正是建立在这些差别之上的。任何一个步入批评领地的人，都应该有这种明确的意识。任何一种艺术方法、艺术风格和审美习惯，在有它充分的艺术价值的同时，不可避免地有着自己的局限性，而理解一种艺术的局限和理解一种艺术的独特意义，常常并不是那么有天然连带关系的。

这是因为，在批评活动中，批评家的主体起着重要的限定作用。这个主体，在一定程度上带着既定的性质，批评家总是在某个固定的艺术基点上，面对着的是不断浮动的艺术冰山。一整套系列性的文化熏陶和艺术修养，在很大程度上已经固定了这个基点，规定了批评家主体在批评活动中特殊的倾向性和审美品位。如果他的圈子过于稳定，而他又是那么一种不愿意去进行艺术冒险的人，就会经常出入那样一种独特的艺术圈子，并不断地走那么一条习惯的路线。比如，从分析作品内容开始，然后是艺术形

---

① 在我进入文学批评领域初期，受到很多前辈的指导和关爱，当时《文学评论》的王信先生就是其中一位。这篇文章原本是受邀写的系列文章，但是之后受限就不了了之了。这种情况在多变的20世纪80年代是常见的。

式，先讲作品（或作家）的优点，再讲不足之处等如此循环往复的路线。实际上，在这种情况下，批评家已经为自己设计了一个批评的迷宫，自从他走进去之后，就不再会走出来，渐渐地用这个迷宫自身代替艺术世界本身；在批评中用自己的审美习惯构筑起厚厚的围墙。艺术发展中新的信息很难传进去，而批评家被那么一种独特的艺术氛围所包围，也很难再走出来。

更可怕的也许是来自批评家观念的力量。这种观念常常并不是来自一种艺术感受的积累，而是政治、道德等其他意识形态挤压的结果。一般来说，在艺术活动中，批评家比作家更多地受到社会其他观念的牵制，更直接地受到社会现实风尚的影响，而批评家常常依靠这些和艺术创作保持着一定的距离，并且为证明自己而获取理论根据。就目前来说，这也许是文学批评一种合情而又合理的事实，但是文学批评的悲剧常常由此而生。大批对艺术并无诚意，甚至没有什么兴趣的人，借用某种观念的桥梁，也轻而易举地走进了批评的王国，并肆意地指手画脚；一些脱离艺术实际的观念借助比文学更强大的力量，"侵略"到了文学批评领域。而某些陈旧、保守的艺术观念，正是借助了这种观念的力量，牢牢地控制了批评家的神经，在无形中限制着批评家思想的触角，使它们不能伸向更广阔的艺术空间，去感受和理解更为丰富的艺术形态。在艺术活动中，一旦当某种形而上的外在观念主宰了批评，成为批评家鉴赏、评判和选择艺术作品的唯一标准，在批评家面前，一个完整的艺术世界必然会出现一种真正的分裂，成为两个或几个互不相容的部分。批评的步履不仅无法跨越艺术世界的万水千山，而且不敢越观念的雷池一步。这时，文学批评的王国只能成为夜郎自大、孤芳自赏的阁楼，是容不下整个艺术天地的。

对此，历史已经给予我们充分的经验。很长时期以来，我们文学批评的胸怀实在是太狭窄了，把自己封闭在那么小的天地里，甚至无法转动一下自己的身躯。而这个狭小的天地根本不可能使文学批评自身充实、丰满起来，而只能使它日趋干瘪。这时候，文学批评的浅薄无知正好表现在其狭小的自身胸怀中，除了革命英雄人物的高歌猛进之外，我们的文学批评几乎容不下古今中外一切优秀的文学遗产，不仅容不下西方现代派的文学创作，也容不下司汤达（Stendhal）的《红与黑》、福楼拜（Flaubert）的《包法利夫人》，同时开始把莎士比亚（Shakespeare）、巴尔扎克（Balzac）也踢出门外。无疑，这是导致文学批评自杀身死的过程，因为在艺术活动中，艺术批评绝不是凭空建造起来的，它必须具有深厚的创作实践基础，通过文学创作实践丰富和发展自己。因此，从某种程度上说，文学批评是文学创作的一种理性结晶，当文学批评所依赖的创作实践基础越深厚，越丰富，其自身的发展面貌也就越具风采，越生机勃勃。

当然，这种狭小的批评胸怀是同一种封建文化意识联结在一起的，它依存于"左"的宗法迷信式的艺术观念，生存和发展在一种闭关锁国的状态中。在这种情况下，批评进步的进程被遏制了，批评与创作实践的交流被隔断了，批评成为不学无术者手中的棍子和棒头。而中国当代文学批评长足的进步，正是在不断破除那种王伦式的批评过程中实现的，批评开始容纳更多的艺术现象，真实地去感受和理解它们，从而开始逐渐把中国文学批评推向世界。在这一过程中，不断开拓的美学胸怀，正是中国文学批评进步最根本的标志。

应该说，这种进步过程是相当艰难的。由于过去批评的创伤深重，我们大部分气力不得不花费在恢复批评的基本建设方面，对一些基本的文学作品和作家的"正名"和重新评价。这是一件颇费精力的事，它需要不断打破过去陈陈相因的旧观念，破除"左"的思想教条，把一大批作家作品解救出来，使批评有自己实践的立锥之地。文学批评通过自身的努力赢得了自己发展自己的可能性，一些能够被批评家迅速感受和理解的文学作品，很快又成为批评家探求新的文学现象的基础，诱发批评家去认识和理解更深邃、更深刻的艺术现象。在这里，文学批评经受着更严峻的考验，需要征服更多的艺术障碍。事实上，批评胸怀的扩大从来就不是自然而然的过程，它是批评家不断探求和突破，不断超越艺术创作，同时不断超越自己的智慧的结果。在这个过程中，批评家需要不断巩固和发展对自己熟悉和理解的艺术现象的认识，更重要的是要去征服他尚未认知和理解的艺术现象，把不理解的变成理解的，把未知的世界变为已知的世界。这一切都是由艺术的品格决定的。艺术的品格是真实和真挚的，批评的胸怀也是如此，它对一切艺术现象所敞开的博大的胸怀，不是一种虚伪的阿谀奉承或者是失去自我的无所不包，而是包含着一种理解的宽容和智慧的眼光，一种真切的感受和开诚相见的思想态度。

事实上，任何一个批评家都无法回避接受自己尚不能理解或尚不完全理解的文学现象。这时，批评家是否能够形成一种崭新的、毫无遮蔽和无拘无束的胸怀来对待它们，是换取一种平等和对等交流的基础。应该说，在批评活动中，任何一种文学作品和现象的存在，作为批评家的对象世界，都带有被动的性质。它要求批评家予以真诚的合作，同时和批评家作对，只有在一种真诚相见的条件下才能怡然展开自己的身心。因此，在批评活动中，作品的理解和不理解常常显现一种相对的状态，而批评家常常正是徘徊在理解和不理解之间。批评家要走到作品的对象世界中去，首先要敞开自己的心胸，给对象提供一个宽阔的、能够舒展自己的心理空间，向作品发出深刻的邀请。在这个过程中，批评家并不是完全以自己的经验来衡量作品，而是在寻找一种应答，在自我主体世界和作品世界之间找出一种微妙的延展关系，把自己固有的经验世界和新的尚未认知的艺术信息联结起来，从而在历史中延展出未来，在未来之中发展历史，形成一个新的整体。批评家的虚怀若谷，使他有可能用一种历史的眼光巡视整个文学历史的发展，而不至于使自己被千姿百态的文学作品淹没。

（原载《文学评论》1988 年第 2 期）

之十四

"超越"与批评的神话

——有关文学批评的随想录

很早就想做一篇有关"超越"意识的文章，但心里总有点胆怯，怕的是自己泼出去的是"冷水"，在当今文坛上会起到某种意想不到的反作用。

这几年批评搞得兴高采烈，"超越"这两个字出现得越来越频繁了（我自己也在不断地用），可以说已形成文学批评中的一种超越意识。细细想来这并不奇怪，相对于以往的文学批评状况来说，近年来中国文学批评确实有了一个长足的进步；这种进步是同打破过去陈旧的批评观念和格局分不开的，在批评范畴和方法上都有所突破，说是"超越"也并不为过。但是当"超越"在批评中越用越多时，其"超越"的幅度也越来越大了，这就不能不令人感到忐忑不安。比如超越刚开始用于"对单纯客观对象的超越""对自我的超越""对个别创作方法的超越"等还比较容易理解，但是到后来发展到了"对历史文化的超越""对民族审美意识的超越"等，而且一个"超越"不够再来"双重超越"，就有点叫人吃不消了。

实际上，不管我国文坛创作的实际状态到底如何，文学批评中一直在进行着这种"超越性"的拼搏。略翻一下近几年批评杂志就能发现，很多文章就是带有"超越"性质，比如"对审美意识的重构""思维方法的重构"等。

但是，也就是在这种背景下，人们不得不思索文学批评中这种"超越"及超越意识的真实性。明摆着的是，无论超越什么，怎样超越，都是有条件的。如果真的有"人有多大胆，地有多大产"的奇迹出现，"超越"什么也不在话下，但是事实恐怕不是如此。我们的文学是在既定的文化意识背景下发生的，它有可能超越，但不可能超越得那么快。比如说某一作家的某一作品就是"重建"我们的"审美意识"或者"改变文化建构"，那就有点太轻而易举了；"超越"某一观念、某一范畴、某一形态还说得过去，一下子就能"超越"几个，就不那么可信了。因为一种审美意识形态和艺术形态，比如东方古典诗学和西方现代主义艺术，都有自己独特的历史渊源和现实背景，自身也在不断变化和增新，形态可能多种多样，真正超越它们并不容易。

不过，就当前的文学批评状况来说，"超越"的意味可以不必追究，倒可以透视一下当代一些批评家的某种心态。中国的文学批评家长期是被迫循规蹈矩、备受压抑的，无论面对西方文学批评还是中国古代文学批评都有为之汗颜的地方，都有一种超越他们、扬眉吐气的欲望。这就在批评中形成了近似于"复仇"的心态，批评家几乎都想创造一种更高的、更超前的理论，使自己的心理获得满足，这就在文学批评中形成了互相攀比的"超越"意识。这种"超越"与其说是中国文学发展的必然结果，与其说是创作和理论的需要，不如说是文学批评的一种"脸面"的需要，一种寻求主观精神虚幻满足的结果，在这种"超越"中，我们批评家的眼睛总是盯着别人，而并没有真正地看清自己。

其实，对于中国文学批评来说，确实需要有所超越，有所超越是好事，但是在目前这种"超越"情况下，我私下担心如此"超越"下去怎么办，我们超越了过去，超越了现在又超越了未来，超越了中国的，又超越了外国的，然后我们再也没有什么可超越的了，那么我们将怎么办？

为了中国批评家的"职业"问题，我以为还是"超越"得慢一点好。我们还是少一点那种"批评的神话"为好。

1988 年 11 月 7 日于广州

（原载于《百花》1989 年第 4 期）

第 二 辑

之十五

在历史文化中重新发现和确定自我

——谈谈"文化寻根"现象

当现代化生活在人们面前显示越来越大诱惑力的时候，人们在精神生活中却表现了对另外一个世界的兴趣，很多艺术家又拾起了古老的小铜鼓，敲敲打打，沿着似乎被现代生活遗忘的小土路，走向乡村野地，到历史文化的深处去寻找自己的"根"，这确实是一件意味深长的事。

这必然唤起了我们对自我世界的更深刻的追踪和思考。实际上，人类生活和文化的任何进步，都不仅和自己在改造自然、创造生活过程中的发现和成果联系在一起，而且凝结着人类对自我的发现，人类总是通过发现自我来丰富自我，否则人类将永远处在未开化的混沌未泯的世界之中。

由此来说，每当人类在创造新的生活，同时意味着创造一种新的自我的时候，也就意味着他必须在自己的历史中重新发现和确定自我。这个过程不是简单的回顾，而是人们在自我历史扬弃中重新肯定自我的过程，在人类生活进程中，当生活变革的速度越快，新的生活和旧的生活显示的差异越明显、越深刻，在人们精神世界中引起的反响就越深远，人们对自我历史的追踪和发现过程就越充分，感情也就越深厚，内容也就越丰富。

显然，今天在我们心中唤起文化寻"根"热情的正是社会生活的变革，四个现代化的迅猛进程，现代科学、现代生活方式和精神文化的扩展与渗透，不仅激发着我们意识表层现实的自我，而且已经深深触动了我们意识深处的自我。这个历史的自我也许更能代表我们自己，更有力量，因为它是在我们传统历史生活中培养起来的更坚实的主体意识。

在现代生活中，我们面临着一场考验，这场考验不仅来自物质方面，而且更深刻地来自精神方面，我们的心灵是否能够真正适应和经受住现代文化和现代生活的震荡！

因此，确切地说，我们文化的"根"从来未曾失掉过，它一直深埋在我们的意识深处安然无恙，以至由于长期如此，我们对它毫无知觉，我们之所以又一次去追寻它，是因为我们深刻地感受到了自我和所面临的生活之间出现的越来越明显的差异，我们历史文化的"自我"感到了无处寄托的危机。而我们感到欣慰的是，在我们曾经度过的千篇一律、毫无生气的生活中，我们对文化的"根"从来未曾感到过"失掉"，而现在终于感觉到了它在"失掉"。

也许这里包含着一种惶惑，一种来自我们深层自我的惶惑，它是"根"，是我们历史文化最重要的成果。但是，我们不必为这种惶惑过于羞惭。如果我们在这种自我追踪中认真考察一下造就我们意识的历史文化结构，那么我们对自己将会有更多的发现，使我们的自我世界变得更丰富、更充实起来。

确实，我们的历史文化是悠久的，有足以使我们感到骄傲的丰富内容。然而，由于一种落后的封闭式的经济生活的制约，我们的文化在一个很长的历史时期内不可能从现代科学文明中汲取更充实的力量，反而造就了它在现代文明面前的保守和迟钝。这就形成了我们的历史文化和现代科学文化在实际上存在的巨大的差异和冲突。于是，当我们通向世界的大门一经打开，就面临着一种来自西方与东方、精神与物质差异的"文化断层"的挑战，一方面是建立在自给自足小农经济基础上的庞大而稳固的传统文化体系，另一方面则是随着现代科学和工业文明日益成长的现代文化意识，而历史似乎脱落了一个联结它们的自然阶段，使它们彼此戒备和隔离。其实，中国走向现代文明社会的历史，是从 1840 年开始的，它一开始就面临着"中学—西学"的巨大文化冲突，这种冲突日渐深入，涉及了中国社会生活的各个方面。这种冲突至今所造就的最伟大的成果，就是中国社会形成了多种文化构成的多层次的文化结构。

因此，中国人民在走向世界过程中，必然要承担双重的痛苦，不仅要付出巨大的物质劳动代价，而且在精神上要耐受一种巨大的牺牲，这就是要和自己最深厚的某些感情习惯、道德观念告别，对建立在传统文化基础上的自我进行不断否定。在中国，几乎每一个受到现代思想感召的志士仁人都承担着两个世界的重负，行进在振兴中华的道路上，在他们的思想、行动中无不刻下了两个世界——传统世界和现代世界——的深深印记。

鲁迅就是这样，他忍受着巨大的内心痛苦，身背传统世界的重负出现在现代中国舞台上，因为他最深切地感到了这样一个严峻的事实，他所要打碎的那个旧世界，正是他赖以生存的世界，由此构成他自己"顶起黑暗的闸门"而不能自身到光明地方去的精神悲剧。值得深思的是，在鲁迅的精神世界里，唯一给予他最终安慰的是无常——一个活跃在最下层民间戏剧中的鬼神角色。我们看到，在现代生活的进程中，当越来越多的人脱离了过去的生活，从农村来到城市，从私塾进入现代学校，这种文化冲突在人们精神上引起的波动就越大，在新的生活中，他们得到了许多东西，也会感到失去了很多不愿失去的东西，他们很想把这部分"自我"找回来。

现代文学中很多作家就曾经这样去做了，小说家沈从文就是其中突出的一个。对于一个从乡村来到都市的作家来说，现代生活给予他的有物质享受，又有精神上的痛苦，这种痛苦不时唤起作家对自我历史的追踪，从造就他精神世界的最古老的生活中去发现自我，他的大量描写湘西苗族人民生活的小说就深刻地表达了这一点。

可惜，由于中国和西方先进国家实际存在的差距，由于中国自身经济发展的不平衡，至今我们必须面临着这种文化"断层"的威胁，在我们心灵中继续着一种内在冲突，并且忍受着这种冲突带来的痛苦。

实际上，我们这一代人都不可避免地承担着两个世界，一个是和我们感情有血缘关系的传统文化世界，它是由我们的家庭、社会甚至教育所决定的；另一个则是正在成长的现代生活和文化意识，它对我们是新的世界。而这两个世界常常又相距得如此遥远，造成了我们在现实和理想、家庭与社会、思想与行为各方面的矛盾和冲突。这种文化的差异几乎渗透到了我们生活的每一个领域。我们中很多人是从农村来到城市或者从北方来到南方，生活已经造就了一个自我；而时代把我们又推入了另一种生活，在现代文化意识氛围中，我们仿佛站在一条鸿沟面前，心里充满冲突。

记得五十年前，张天翼曾写过一篇小说《包氏父子》，描写了在现代生活面前传统理想的破灭，父亲用心血把儿子包国雄送进洋学堂，望子成龙，而儿子成了虫，我们也常常处于相类似的境地。当然，我们不是包国雄，但是，我们的父辈常常抱着和老包类似的期望，希望我们接着他们的模式成"龙"，而下一代已经无法做到，为此，生活中形成了多种多样的冲突。因此，我们常常并不能真正地了解自己，我们时而觉得自己思想很开放，但事到临头处理问题又很谨慎、很保守，我们充满理想，但在现实中又是很世故，几乎每一种选择都充满着痛苦。

这里我只是想说明，我们和我们整个民族一样，只有在走向一种与自己过去全然不同的生活世界时，才真正地感觉到深层意识中自我的存在，而要真正地把握自己理解自我，就必须重新去认识和理解铸造我们的那种历史文化和社会生活。

所谓"文化寻根"正是在这种情况下产生的，是现代化生活引导我们走向历史文化深处的，在那里我们能够更深刻地理解我们民族的精神品格，理解我们自己，从哪里来，是什么，到哪里去。从而从历史生活中汲取足够的力量，丰富和充实我们的自我世界，去迎接现代生活进程中更严峻的挑战。为此，我们应该首先感谢王蒙，他写了《在伊犁》，感谢阿城、韩少功、王安忆和一大批艺术家，他们用心灵把我们引导到古老的历史文化生活之中，在那里我们观照到了自我深处的世界。

显然，我们需要在历史生活中重新发现自己，去寻找我们民族精神的历史渊源，把历史的自我和现实的自我重新联结起来。然而，这种对历史文化的追踪，对于古老的人情风貌的深情描述，不纯然是一种感伤怀旧情

思，而更多的是对历史文化、对自我的一种新的选择，实有生命的将会被
升华，腐朽的将会被扬弃，我们在艺术作品中能够感受到一种生命活力的
冲动，正是这种富有生命的东西的新生过程，成为我们现实活生生自我的
一部分。在这个过程中，是我们复活了历史文化，历史文化则充实了
我们。

1987 年 8 月于广州

之十六

漫谈文艺心理学的产生与发展①

在现代文艺理论发展格局中，文艺心理学占据着一个十分重要的位置。这不仅表现在它对文艺创作和其他文艺理论领域的巨大影响力和广泛渗透上，而且表现在其自身理论创造的丰富成果上。

这本身就隐含着某种"秘密"。在现代文艺理论发展中，各种理论、各种潮流此起彼伏，标新立异层出不穷，有的是虚晃一下，有的是有名无实，有的是有始无终，有的是半途而废，有的则是始就是终，文艺心理学则日益完备，成为一门学科、一种理论系统。为什么？

对于文艺心理学来说，了解其产生和发展外部和内部原因，就是为了发现这种"秘密"。而这种秘密的发现也是我们了解和掌握这门学问和理论的钥匙。

如果把文艺心理学放在一个发展着的历史空间中考察，我们就会惊奇地发现，它的产生不仅与现代心理学产生有关，更重要的是与现代人类精神发展的趋势相一致。这种一致为文艺心理学的产生和发展提供了历史的

---

① 承蒙《百家》主编胡永年先生的厚爱，这篇文章和下一篇《理论价值的潜在性》预备作为"批评家小辑"发表，不想这本刚刚正式出版不久的文学批评刊物就终结了，其中所提到的"人文精神丧失"问题也只能点到为止。之后这篇文章作为拙著《作品是怎样产生的》一书的序。

契机，创造了有利的时代意识气氛。

很多人把文艺心理学的产生归结于西格蒙德·弗洛伊德（Sigmund Freud），因为他曾最早用现代心理分析理论来解释文艺创作问题。然而，这只是一个大概的说法。只要注意一下西方近代以来人文学科的发展，就不难看出，对于人的心理表现极大的关心，在弗洛伊德之前已达成一种共识。如果说，从文艺复兴开始，西方人文学科的主要焦点是从神转移到了人，那么从近代向现代的转移则体现在一个更深的层次上，就是突出了对人精神状态和心理发展的关注。从叔本华、尼采、柏格森（Bergson）、威廉·詹姆士（William James）到弗洛伊德、胡塞尔（Husserl）、海德格尔、萨特（Sartre）等，都可以看到人文学科研究对象上的这种趋同。至于在探讨人的心理分析中分析文艺现象，或者在谈论文艺时分析人的心理，在卢梭（Rousseau）、拜伦（Byron）、叔本华、尼采等人的著作中时有所见。就此来说，我们不得不接受一个有关文艺心理学产生的模糊概念。但是这种模糊性并不妨碍我们去理解文艺心理学产生的意义，反而开阔了我们的视野，使我们把文艺心理学的产生与整个现代思想潮流联结起来。

从19世纪开始，人们对于人本身，特别是人的心理的探求，逐渐进入一个新的层次，这显然与社会生产力的发展有着密切关系。大工业生产的发展，科学技术的进步，社会生活中都市化、商业化程度的增加，一方面给人类生活开辟了新的境界，另一方面带来了许多新的问题，加重了人对自身存在和发展状态的危机感。

这种危机感绝不是故弄玄虚，而是由人们直接体验和耳闻目睹的现实问题和灾难构成的。比如，人类在短时间内亲历过两次灾难性的世界大战，而且自身一直处于核战争的恐惧之中；比如，在物化生活中人性的异化和被扭曲，被压抑；又比如，在享乐主义盛行情况下信仰的沦丧，人文精神的虚空和失落等。所以，尽管人类在科学和生产的各个领域取得了从未有过的进展和胜利，但是人们并没有由此感到更多的幸福，相反，怀疑主义、悲观失望的情绪、朝不保夕的危机意识非常流行。因为人们不可能过于相信科学技术的进步。人类可以利用它们建造现代化的摩天大楼，奇迹般的宇航飞船，无奇不有的游乐场，也会制造新的战争、环境污染、地球温室效应、物种退化和灭绝……这一切都不能不使人类重新思考自己的现在与未来，在痛苦中一次又一次地向自己发问：我们到底在做什么，在走向何方？是在发展自己，还是在毁灭自己？是在创造幸福，还是在制造痛苦和灾难？

在此，人类第一次遇到了这样的难题：人类与自己的创造成果之间出现了裂痕和矛盾。人们在急速变化的社会面前，在自己设计和制造的无所不能的机器面前，感到了自己的无能为力和失去控制，对自己的力量感到了恐惧。正是在这种情况下，人类自身的弱点也充分显露出来了：不能进行自控，急功近利，内部机制涣散，对于养育自己的自然忘恩负义，在生产和生活很多方面显得极不明智等。显然，由此所造成的危机比人类以往任何时候都更严重，更残酷无情。比如恶劣的自然环境、贫困和饥饿，也曾经使人类面临挑战，但是并不带有根本毁灭的性质。今天的危机则预示着一种人类根本毁灭的可能性。它属于一种整体性的，谁也无法逃脱的毁灭。所以很多站在人类发展前沿的知识分子有着一种危在旦夕的感觉。假如人类不能在 20 世纪和 21 世纪有效地控制人口的增长，控制住地球环境的急剧恶化，战胜残暴的病态心理，避免人类在高度现代化条件下大规模的相互残杀，后果会不堪设想。

无疑，这一切都是人类自己创造的。人类创造了给自己带来灾难的东西，创造了自己本性所不愿接受和所不喜欢的东西，说明人类并没有真正地了解自己，因而不能在新的环境中把握和控制自己，正是从这个意义上来说，人需要再次认识自己，尤其是过去很少注意的人的深层意识，从而更好地把握自己，创造美好的未来而不是导致自我毁灭。把人类从危机状态中拯救出来的只能是人类自己。

所有这些都把人的心理以及研究人心的学问，推向了一个引人注目的位置。人们渴望知道自己，了解自己的内心，这成了解除自我精神困惑状态的一种需要，也成为人类把自身发展推向一个新的层次的需要。因为人类的发展本来就是在发现自然和发现自我双向过程中实现的。人类在不断发现自然中也在不断发现自我，使两者得以协调和谐发展。所以，每当生产力和科学技术获得一次发展后，就意味着人类获得了重新认识自己的一次机会。

包括现代心理学、文艺心理学在内的整个现代精神意识的发展说明，人类没有放弃这一机会。放弃，也就意味着自我毁灭，人类的前途就会在一种盲目的"旧我"支配下断送。就拿现代心理学来说，它在现代社会获得的迅速发展，就显示了人在探索自然和探索自我方面的双重胜利。它在科学和人性之间搭起了一座桥梁，体现了一种新的人文精神，即人类发展需要科学，但必须是合乎人性的科学；人类发展需要人性，但可以借助科学认识和发展人性。这两者应该是互相糅合、互相促进，而不是相互分离、相互对立。

这一新的人文精神也加速了自然科学研究与人文科学研究相互融合渗透的趋势：一方面是运用大量的科学方法去研究人及其社会关系，表现为自然科学对人性、人的思维方式的影响；另一方面则是有关人性、心理学的思想向自然科学研究甚至生产领域的扩散，使有关物质的发明创造更具有人性化色彩。

于是，现代心理学与文艺学的互相影响和交融，产生了一种新的理论学科——文艺心理学，成为非常自然的一件事。文学和心理学所关注的最主要的对象都是"人"，而且都最直接表现为人在精神方面的自我探索和认知。

我们可以举出许多心理学和文艺在研究中不谋而合的例子，如弗洛伊德在分析人病态心理成因时，不知不觉地进入了文学研究领域；又如叔本华在研究人的表象、意志等诸种精神现象时，牵涉到很多重要的艺术问题；再如在文学方面，托尔斯泰（Tolstoy）在描写人的心理活动时出色地表现了"心灵辩证法"；陀思妥耶夫斯基（Dostoevsky）表现得更为突出，在文学创作中，他把人作为终生探索的"秘密"，为了更好地把握人的心理，他对当时心理科学的发展很感兴趣，收集和读过许多生理学、心理学等方面的书籍。因此，我们经常能够在文艺创作中发现心理学，或者在心理学研究中发现文艺学。

所以，就文艺心理学的产生来说，我们无法追究心理学与文艺学谁先谁后的问题，它们是不谋而合的。而就文学发展来说，它日益需要用心理学方法来透视自己、解释自己，则有其深刻的内在原因。应该说，文艺心理学的产生和发展是和现代艺术日益"心理化"的潮流相一致的；正是因为这种"心理化"文艺实践的需要，文艺心理学才有了用武之地。

已经有很多人讨论过传统艺术向现代艺术的转变问题，其中最引人注目的一点，就是从表现人的外部世界逐渐转向表现人的心理世界，探索其深层意识内容。关于这一点，我们从托尔斯泰、陀思妥耶夫斯基的创作中就已看到端倪，随着现代化大工业的发展，越来越多的艺术家被人的心理世界所吸引，它犹如深不可测的海洋，犹如广阔无垠的天空，犹如神秘朦胧的黑夜，犹如珍藏人类本身一切秘密的暗箱，是发挥艺术创造力和想象力的新的天地。很多艺术家由此放弃了他们驾轻就熟的艺术方法和题材，急不可待地向这一新世界蜂拥而入，以满足自己艺术探索和冒险的欲望。

这种欲望的实质，是一种精神的渴求，就是期望能真正地了解人和理解人。这一渴求不独是艺术家的，而属于一种普遍的精神现象。置身现代社会中，每个人都会感觉到心灵沟通的困难性，这不仅包括一个人和他人的沟通，而且包括与自己心灵深处的沟通。每个人都不能不承受难以捉摸的机械化、标准化、商业化力量的冲击，已丧失了自己的"故乡"和过去所拥有的稳定的心理标记，内在的真情实感已被各种各样外在的东西所遮蔽；每个人的心灵就如同一座"孤岛"，漂浮在生活的大海里，外人不会来光顾，自己也无法去光顾别人。因此，人的孤独感、失落感、陌生感等各种痛苦情绪油然而生，时常把人推向浮躁、尖刻、忧郁、悲观、绝望的状态之中。

最可怕的是，现代人越来越深地陷入一个"物化"的"复制"世界之中，已无法显示，也无从看到人的心灵。不仅越来越精致的照相、摄影、传真及其他一些技术手段在不断地"复制"着人以及世界，而且人被迫不断地按照标准进行自我复制，也就是说，每一个人都在处心积虑地按照流行的服饰、气质甚至举止言谈装扮着自己，使自己以一种合乎标准的"形象"出现，而把自己真实的心灵和自我隐藏起来。久而久之，有些人甚至会习惯于"复制"的自我，并把他误认为是真实的自我，而把真正的自我遗忘。

当"复制"成为现代社会一条规律，一种无法抗拒的做人观念的时候，社会也就变成了一个"蜡像馆"，我们每个人，不管是否愿意，就生活在这个巨大的复制的"蜡像馆"里，我们无论是从电视屏幕上，还是日常交流中，面对的都如同"蜡人"——外表上真实可信、惟妙惟肖，而在心灵上相去甚远。

在这里我们能够更深刻地理解现代艺术家对于依靠外在描摹或者写实来表现人的怀疑态度，因为这样很容易被这种"复制"所迷惑所蒙骗，而不可能表现人深藏的内在的自我。所以，当科技的发展已开始向开发地球外层空间进军的时候，艺术却在向纵深的人的心理世界掘进，这既是为了满足人们的一种心理渴求，也是作为一种精神补偿。在充分"物化"和"复制"的世界中，艺术为人们创造了心理自由展示的空间，使真实的心灵能够突破"复制"的遮蔽，获得互相沟通和交流的可能性。

显然，在表现人和塑造人的过程中，20世纪的艺术比以前任何时代都更注重人的心理的探索。如果我们今天回望近一个世纪文学艺术发展的话，就不难发现这一点，这几乎是一个"心理的时代"。属于这个时代的几乎所有重要的艺术创新和卓越的艺术创造，都带有浓厚的心理意味，无不在探索和表现人的心理世界方面有独到的贡献。

理论上的创新往往与创作实际相关联。文艺心理学的产生和发展本身就带有这一独特的艺术时代的标记。不过，这个标记不仅显示了艺术发展方面的丰富成果和独特的开拓性，而且表现了艺术本身所面临的深刻的危机。

人类普遍的精神失落现象就包含着艺术的危机。人们在日益膨胀的物质享乐引诱下，身心受到各方面的挤压，一方面难以得到心灵自由舒展的机会，另一方面越来越不重视心灵的创造和享受。现代人越来越鄙视或不理解艺术的心灵追求和精神价值。艺术，除了在拍卖中成为少数收藏家炫耀自己财富的筹码之外，其本身的价值显得越来越低下。真正的艺术追求者正在日益失去人们的理解和尊重，成为这个时代最不识时务和不合时宜的一类人。

真正可悲的是，现代社会利用各种日益精良的传播媒介，创造了一个自欺欺人的所谓的"五光十色"的艺术时代，它充斥着各种各样的"封面人物""美女""男子汉"，不断有新的"影星""歌星""舞星"出现，而其背后是人的精神的日益平庸、沦丧和苍白，以及由此而产生的吸毒、艾滋病、环境污染、军火贩卖等丑恶行为。在被金钱和物欲所操纵的汪洋大海般的所谓"流行艺术"面前，真正的艺术只能痛苦地哭泣。

这就是现代艺术的困境，实质是人的困境，人的心灵的困境。科技的迅速发展，改善了人类的物质生活条件，但是没有相应地注重精神素质建设。在大多数人的文化艺术修养还非常低下的情况下，科技的升降机已快速把他们带入了一个丰裕的物质世界，他们的选择只能是低层次的满足，所以造成了当今世界向物质的巨大的倾斜。在物质财富上"贫富悬殊"问题正在日益加剧。真正的高层次的艺术作品只有少数人才能欣赏，而大多数人因为没有机会提高自己的艺术素质，只能沉湎在低俗的艺术之中。

所有这些，都使我们不能不留恋早已过去了的艺术时代，而对 20 世纪以来艺术的处境深感忧虑。这也给现代艺术"心理化"趋势蒙上了一层绝望的阴影。文艺心理学不仅是为了满足人们对心理的渴求，而且是为了一种自我拯救；不仅是为了追寻和肯定在现代社会迷失的心灵，也是为在新的条件下追寻和肯定自我。

这些都为文艺心理学的发展提供了广阔的天地。在对艺术创作的阐释中，文艺心理学能够把艺术的心灵和心灵的艺术二者密切联系起来，并把"心灵"作为一个独立的对象来加以研究和肯定。这本身就带有一种脱尘拔俗的品质，这是对纯粹精神活动的关注和崇拜。

由此可见，文艺心理学在 20 世纪得到迅猛发展不是偶然的。艺术家对于人的心理的关注和表现，自然要求理论批评来分析和阐释这一现象，而这种分析和阐释推动了理论批评的心理化，使文艺心理学得到不断发展。

　　但是，在中国，文艺心理学的发展经历了一个曲折的过程。应该说，中国传统艺术历来就十分重视人的心理因素，古代文论中亦有许多有关心理美学的精彩论述，是很容易和现代文艺心理学沟通的。比如很早和西方文艺理论接触的王国维，对于叔本华的美学思想很推崇，大概就与他深厚的传统艺术修养有关。叔本华的理论基点在于人的生命意识，长于对人内在的透视，在某种程度上和王国维有不谋而合的共鸣之处。

　　然而，王国维之后很长一段时间内，真正热心于文艺心理学的人一直寥寥无几，西方有关这方面的理论并没有受到欢迎和重视。在"五四"时期的文艺理论批评中，文艺心理学只是一些并不引人注目的蛛丝马迹而已。直至到了20世纪30年代，才有朱光潜真正潜心于文艺心理学的研究。但是，这样的人太少了，几乎是寥若晨星，而且其理论成果在当时并没有引起太大的反响。至于以后从20世纪40年代到20世纪70年代，文艺心理学的命运正像"王小二过年，一年不如一年"，呈现濒临灭绝的状况。

　　这种有目共睹的现象确实值得人们思考。

　　首先一个问题就是，原因何在？

　　显然，把这种现象归结于不合乎中国传统的艺术意识是站不住脚的。就创作而言，我们古人历来是强调"心动"基础的，至于"气""神游""寂静""神韵"等古代文艺理论学说，都极富心理意味。

　　如果说20世纪以来，中国的艺术创作一向就不注重对人心理的表现，所以文艺心理学自然难以发展，那也是值得怀疑的。就拿鲁迅的创作来说，就非常注重表现人的灵魂。他在挖掘人心理深处的意识活动方面，表现了出色的才能。他本人不仅受到弗洛伊德思想的影响，而且非常欣赏陀思妥耶夫斯基的心理描写。郭沫若和茅盾在自己的创作中，在表现人深层心理意识方面，都有过尝试。而且，很多作家对于评论界没有对他们的尝试作出反应，或者没有注意到这方面有所抱怨。

　　这说明文艺心理学在中国发展缓慢有更深刻的原因。

　　也许创作和理论本身就存在着某种差别，特别是在中国这样一个封建意识还很浓厚的国度里。创作是一种选择，理论也是一种选择，但是创作的选择能够更贴近心灵本源的需求，所以就能较少受到时代的制约，而理论有一种倡扬的性质，所以需要贴近整个时代的价值取向，适合时代精神要求，才有可能产生和发展。

正因为如此，文艺心理学在 20 世纪初的中国有些"生不逢时"。因为当时整个时代的精神导向并不在人及人的心理，而是如何摆脱中国的穷困状态。"穷怕了"——作为一种最深刻的心理刺激——自清末打开国门之后形成的一种根深蒂固的心理定势，延伸到了每个中国人的意识之中。由于几千年灿烂辉煌的传统文化和历史文明的支撑，素来具有高贵民族自尊心的中国人，在不得不忍气吞声于过去看作"蛮夷"之邦之下时，不能不感到巨大的屈辱感。所以中国长期稳定的人文精神陡然失衡，出现了向物质方面的倾斜。为了恢复往日的自尊心，中国人集体精神最突出的表现就是"强国梦"，而每一个单个的中国人经常做着某种"发财梦"。

这种心理渴求一方面构成了中国人变革现实的深刻动力之一，另一方面造成了思维和思想的一些错觉和偏颇。在受到外人侵略和干涉的情况下，它激发了中国人集体的反抗意识（因为他们抢走了我们的银子，所以我们贫困），并且推动了消除国内封建剥削和资本剥削的斗争（因为他们与外国势力有联系，刮走了财富，所以我们贫困）。

然而，这种心理的倾斜也造成了很多错觉，如对中国传统文化的评价就是如此。从"五四"开始，我们就经常遇到两种截然不同的观点。一种看法认为中国传统文化历史悠久、博大精深，根本不容半点否定；另一种则认为中国传统文化非得彻底否定不可。两种观点表面上看针锋相对，但是与中国实际联系起来进行分析，却有着共同的物质主义倾向。前者不过认定，我们的精神文明无可指责，中国落后主要是物质上不如人，所以改变现状就是改变物质状态。后者则觉得所谓"精神文明"不仅一钱不值，而且对发展生产力非常有害，只有全面引进西方科学技术才能摆脱穷困。这两种观点都容易在有意无意之间把"精神文明""传统文化"和"封建主义意识"混淆起来或者混为一谈。

这种情况说明中国人在自我精神和自我意识的认识和辨别方面明显不

足。换句话说，在寻找中国贫穷落后原因的时候，我们往往忽视从我自身寻找原因，比如中国人的教育水平和文化素质，中国人的精神结构和心理状态等有关人本身的问题。相反，我们往往有意或无意地回避这些带有根本性的问题，而把目光集中在一些比较外在的环节上。实际上，也许是一种紧迫感的压力，中国人一直未能获得一次真正的精神反省的机会，认真思考一下自己的历史和现状，从而真正地面对自我和世界。

这在很大程度上造就了中国理论选择的局限性。这尤其表现在对于人本身的忽视。虽然从20世纪初就有人倡导发现人、尊重人和解放人，但是由于各种原因，有关人的建设和发展的意识逐渐趋于淡化，以至于到了20世纪六七十年代，对这方面的倡导成了一种忌讳。在一种急功近利思想的支配下，往往很容易形成一种忽视人的建设，偏重追求物质生产速度的倾向。国家愿意在搞一些大型工程和基本建设方面大显身手，但是在文化教育方面往往重视不够。这一方面确实说明中国人是"穷怕了"，急需在物质方面要求补偿；另一方面表现了在实现现代化过程中必然要付出代价——而其中最沉重的就是要付出人的代价，特别是人的个性、情感和自我选择的代价。

我们已经付出了沉重的代价。在帝国主义已被赶出去之后，中国又经历着许多挫折。在中国，对于人的忽视，还表现在对于文化的不尊重，对于科学知识的不尊重。我认为，从"越穷越革命"到"越无知识越革命"，是导致"文革"十年悲剧重要的心理原因；"文革"悲剧最怵目惊心的就是"无文化"的人"革"有文化人的"命"，"低文化"批判"高文化"的人。所以就中国的国情来说，可怕的并不是孔丘孟轲的思想，而是在"无教育"或"低文化"状态中大量产生的"不知孔丘为何人"的人。

文艺心理学在中国发展缓慢，显然与中国时代精神氛围有关。文学是人学，文艺心理学又深了一层，在"谈人色变"的情况下自然会受到阻碍和抵制。这也表明，文艺心理学在中国的发展，不但与中国人民追求自我解放和完善的主体精神相连，而且有赖于一个思想解放的时代的到来。

无疑，粉碎"四人帮"后，一个思想解放的时代到来了。这是中国文学发展的春天，也是文艺心理学崛起的春天。

进入新时期，文艺心理学的迅速发展几乎是和文学创作的潮流相一致的。这个潮流最明显的特征，就是文学一步步从过去僵化、单一的思维模式中解脱出来，重新回到了人及其丰富多彩的形态。

这也许是一种巨大的历史反冲力造成的结果：文学从"文革"后的噩梦中醒来首先就是呼唤人。因此，从最早产生的"伤痕文学""反思文学"到以后的"改革文学""寻根文学""文化心理小说"，无不贯穿着文艺呼唤人、探索人、表现人的精神主题。对于人生存状况和命运的关注，追寻失落的人性，维护人的尊严和理想，探索内在精神的历史渊源，成为文学创作普遍关注的问题，在这个过程中，文艺创作明显表现两个方面的趋向，一方面是越来越向人的主体性方面靠拢，越来越注意表现人的内在心理；另一方面是越来越注重从中国历史文化的深层结构中去探索人，认识人的心理。这两个方面都没有脱离对具体的、活生生的人的发现，也没有回避人所处的现实状态和文化传统，所以获得了深广的历史内容。

注重人，才会注重人的心理。所以，钱谷融先生在20世纪50年代提出的"文学是人学"的命题，在新时期才真正得到了时代的回应。这种回应不仅表现在创作上，很多艺术家都自觉不自觉地把这一命题当作自己的文学追求，而且表现在文艺理论之中。这不奇怪。20世纪50年代钱谷融先生《论"文学是人学"》的文章包含着对于人的主体性的极大热情。这是一种对理论的热情，更是一种对于文学的真理、对于人的理想追求的热情。在漫长的批评道路上，它成了连接新时期与"五四"新文学传统的唯一理论礁石。由于它的出现，历史在震荡中没有断裂。

这种理论的连续性决定了新时期文艺心理学最大的特征就是"人学"，也使得文艺心理学的发展有了深厚的思想基础。我们看到，在新时期文艺理论界所兴起的名目繁多的新方法、新学科中，文艺心理学取得了最引人注目的成就，不仅出版了大量的有关这方面的专著，而且形成了一支人才济济的队伍，像钱谷融、鲁枢元、金开诚、陆一凡、滕守尧等人的成果，已为文艺心理学发展打下了稳固的基础。至于文艺心理学向文学批评的渗透，更显得非常广泛，几乎影响了每一个批评家的工作，这也使得新时期的文艺批评带有较浓厚的心理色彩。

但是，这并不是说文艺心理学的研究状况已完全令人满意。相反，它的迅速发展必然意味着迅速暴露许多问题。这些问题可以归结为两个方面。一方面来自理论的现状。由于缺乏必要的循序渐进的准备，新时期文艺心理学过多地依赖外国文艺理论的成果，所以容易流于空泛、浅薄和概念上的混乱，也使得宏观研究和微观研究显得很不协调，关于这一点我很同意鲁枢元先生的看法，"十年研究，犹属草创。学科建设中存在着明显的急性病：急于求成，急于划地块，急于建体系。概论、通论性质的著述多，对于具体问题的研究少；全面梳理多，深入开挖少；耙地多，挖进少。许多研究只是停留在浅表的层次上。由于缺乏对于具体问题的深入研究，一些著述或者流于对西方现代文艺理论的简单模拟乃至照搬"。① 与之相连的另一方面问题来自研究者的素质，在文艺心理学研究方面，我们明显存在着知识准备不足问题，这必然会使理论创造的科学性受到影响。如果研究者不能保持持久的理论探索热情，也很容易在取得一些成果之后就认为"差不多"了，也就不可能在研究中不断提出新问题，不断把研究引向深入。

据说，目前文艺心理学研究已进入"低谷"，很多人经过前几年"热"之后开始退出这一领域。这种情景不仅使文艺心理学学科面临考验，更重要的是对研究者的考验。既然理论的现状并不令人满意，既然文艺心理学的许多具体问题还没有搞清楚，那么长长的探索之路还在延伸，文艺心理学的前景关键取决于研究者探索的胆识和创造的热情。

1989 年 12 月 15 日于广州

（原载《百家》1990 年第 1 期）

---

① 鲁枢元：《来路与前程——对文艺心理学科建设的几点意见》，《文论报》1989 年 9 月 5 日第 3 版。

之十七

理论价值的潜在性

对于我们的批评界，我们常常会产生这样的感觉：一时间热热闹闹，新理论、新体系、新主义层出不穷，一片"创造"景象。但事过之后，大家认真检视一下成果，就会发现真正有价值的东西太少了，大有一种"茫茫"之感。

由此我们讨论一下理论价值的潜在性也许有益。因为有的理论发现的价值确实不是一下子显露的。也许它刚一出来并不引人注目，并没有人出来捧场，也没有引人去争鸣，但日渐被人们所重视。这种理论往往并没有什么"惊人之论"，或者完整的体系，但是其中隐藏着一些深层的真知灼见。而这些真知灼见又是当时的人们所难以察觉和意识到的。比如像黑格尔的《精神现象学》就比其《美学》耐读，因为其中有许多潜在的理论含义。

所以，一些当时引人注目的理论并不见得很有价值，一个真正的理论建设时代也并不是一定得热热闹闹。这一点恐怕比文学创作表现得更为突出。因为一种理论提出有那么多人迎合必然有多种理由，其中一点就是必须贴近当时的时代，更贴近人们当时的精神需求，也更难摆脱一时一地的局限性。而理论的价值和生命力就表现在对这一时一地局限性的克服。

这一点在中国批评界表现得格外突出。很多批评家忙于提新口号，发现新理论，建立大框架，都是受到一种时代效应的鼓励，或者是有意识地追求这种时效性。这一方面与我们的时代意识氛围有关，另一方面与批评家的内在素质有关。就前者来说，由于急功近利心理的支配，热闹起来一阵风，冷清下来无声息。而我们的文学批评又极易受到政治的影响，情况好了就百花齐放，"不放白不放""不说白不说""今天不说明天就没机会"了，所以往往求"一鼓作气"，求快，求大。所以，理论创造方面提口号的多，赶时髦的多，抢"第一"的多，很多批评家在追求"打响""引起震动""轰动"的效果，来不及对具体问题进行深入细致的探索。这样势必带来批评理论的空泛、浅薄和简单模拟，表面看起来花样百出、一片繁荣，实际上时过境迁也就自生自灭。这样的理论只有"史料"价值，谈不上真正的理论价值。这种情景在另一方面得到了一些出名心切的批评家的强化。为了"抢在前面"，一些"批评家"主要是所谓"青年批评家"，除了到处求师拜佛，吹捧各种"要人"，打通关节之外，学问上也不求甚解，流于一些简单模拟就迫不及待地提什么"主义""体系"之类。这种批评家往往很精通于世事，很懂得怎样利用时代的潮流，一有机会就能大显身手。人格上的弱点必然导致他们缺乏对理论追求的热情和持久力。他们的目光永远盯在理论的"时效性"上面，因为它不仅能够带来直接的"看得见"的东西，而且能够使他们以小的"付出"换取大的效果。我们看到，在这种情况下，当现实效应趋于无限大情况下，理论价值的潜在性可能趋向于零。

当然，造成这种批评态势，并不能全部归罪于批评家，社会出版行业、出版物、评奖委员会、理论评定小组等也在推波助澜。在我们这个批评时代，刊物编辑在挖空心思地制造"争鸣"，评奖委员会最喜欢"一致通过"那些"符合时代精神"的作品，已经成了常见现象。

这些现象都在极大地限制和扼杀着创造理论价值潜在性，使我们的文学理论创造流于广告化、口号化，丧失了文化积累的意义。

追寻理论价值的潜在性，实际上是对创造主体理论热情的一种肯定。一般来说，潜在性是难以预见的，谁也无法用一种既定的标准来判断 A 理论具有潜在性，将来一定被人重视，但是我们可能判断 B 理论——如果批评家在左顾右盼中制造，并没有贯注自己热情的话——缺乏价值的潜在性。因为在左顾右盼之中，必然会或多或少丧失主体创造的独立性，使所创造的理论对于特定的时空具有依附性。所以一种具有潜在性价值的理论创造，必然需要一种对理论的迷恋和专注。这种迷恋和专注促使创造者在某种程度上脱尘超俗，进入纯粹精神的境界。

这很可能是一条寂寞的创造之路。批评家很可能只有自己和自己对话，或者和一种虚拟的历史对象对话，因为在这种理论发现中，批评家往往进入了思维的边缘地区或者细微之处，现实中还没有或者绝少这样的对话者。于是，理论的孤独就出现了，形成了特殊的价值"真空"，等待后人的发现和填充——这就是理论价值潜在性的实现。

我们的文学批评和理论缺乏潜在性价值的创造，看来关键是缺乏一种理论创造中的忍耐精神，缺乏一种坚强的个性探索精神。缺乏忍耐，是因为过于急功近利；缺乏个性，是因为过于依赖外在的评价来肯定自我，所以总希望别人及时地拍掌叫好来为自己鼓劲。我并不认为理论创造可以不问世事、闭门造车，也并不认为在所有情况下理论的时效性和潜在性是互相抵消的，但是我认为真正有生命力的理论必定是富于潜在性的理论，是不能用"跟潮流"或者"啦啦队"的标准和规模来创造和衡量的。

愿与读者共勉。

1989 年 12 月 17 日于广州

（原载《百家》1990 年第 1 期）

之十八

文学史观讨论答问

问：您认为什么是文学史？关于文学史研究的学科性质是历史学、文艺学、文学批评，还是它们的综合？您的总体的文学史观如何？

答：文学史是一个比较宽泛的概念，但是文学史观是一个很深奥的问题。就前者来说，凡是描叙、评介、解释、研究已经发生过的文学现象，或者以此为目的的东西，只要有人愿意把它纳入文学史范围大概都可以称为文学史。当然，这里最明显的标志莫过于有一个"时间段"。然而，人人都可以写文学史，研究文学史，但是未必人人都有自己的文学史观。换句话说，也许大多数治文学史的人是没有自己的文学史观，这也就相对地区分开了不同文学史的学术分量和价值。

应该说明一下，这里所说的"没有自己的文学史观"并非说可以把文学史和文学史观截然分开，也并不是说某些文学史不反映和不表现某一种文学史观，只是指的是缺乏某种历史和美学的独立的自觉意识——它不是可以从他处借来的，而是通过自己发现，从长期的研究和积累中建立起来的。所以我认为，好的文学史应该有坚实而又独到的文学史观作为基础，这二者之间是紧密相连的。

然而，什么是文学史观呢？这倒又是一个相当复杂的问题。纵观现有的一些文学史，我想至少可以分为好几个层次来看。第一层是把文学史看成一种系列的事实，治文学史的人作为一个事实的"目击者"把它们记叙下来。所谓"目击"当然是通过收集资料和调查史实而言的。第二层是把文学史看成一个符合特定目的的进化过程，治文学史的人可以根据这个目的来评定哪些是好的，哪些是不好的。第三层是把文学史看成一个有机的历史系统，治文学史的人就是要从外部或内部来解释前因后果，说明文学是怎样发展的。第四层是把文学史看成一种中介，处于过去和现实之间，事实和虚构之间，作家和作品之间，作品和读者之间，治文学史的人通过这个中介去研究和发现文学外部与内部的一些关系。第五层则是把文学史看成一种受制于人思维限制的虚构，或者是一种对历史的误解，所以治文学史的人最好看破镜中之花，不必去留恋什么客观性、规律、真实之类。当然还可能有其他的层面没有提到。

而且，就以上所说的几个层面来说，它们也不是说互相绝对分开的，有时它们也会互相交叉和渗透。这里还需要指出的是，上面只是极其简略地提到这几个层面，实际上每一个层面上都有自己丰富的美学含义，在哪个层面上做得很完美都不容易。这里也不便一一展开去，就我自己而言，我是倾向于把文学史看成一种历史和美学的中介的，想通过治文学史来探讨文学与人、文学与文化的某种关系。这当然是我现在的想法，说不定明天又会变化。

问：什么是文学史分期的原则？在文学史研究与撰写操作中应如何处理文学与时代、政治斗争、文化思潮以及作家创作主体、文学自身发展演进的关系？您对"文学史回到文学本身"持何意见？

答：如果我们从若干层面上来理解文学史，就不难了解治文学史的人会以各种方式来处理文学与时代、政治斗争等的关系。也就是说，这种处理方式和特点，包括分期都与特定的文学史观紧密相连。在这方面，如果用"既紧密相连又有自身发展特点"之类的话来回答，是最没有意思的了，因为这种含混不清的套语实在等于什么都没说。

我想，我们最好还是更深一步来看这个问题，即要分析研究者处理这些关系的方式和意图，这显然在不同层面上有很大的不同。比如，把文学看作政治斗争的工具，或者用政治斗争标准来衡量文学和探讨文学史中的政治含义，是完全不同的事。前者有一种依附和依赖关系，后者则不存在这层关系。就此我想，如果有人写一本《中国文学与政治关系史》一定会是很独特、很有价值的。在这里，或许还有个"划圈子"问题，有的人圈子划得很大，谈文学涉及很多关系，可能出于"解释"的目的，结果很可能失掉了文学本身。似乎一切都是"必然"的了，那文学又有什么可解释的呢？所以，我是赞成"文学史回到文学本身"这一说法的。不过，这里得首先说明我并不反对文学与政治等有种种关系。文学本身就不是空洞的东西，它是一个大千世界，里面包含着政治、文化等各方面丰富内容，但是，这是里面包含着的，而不是外在的。所以，我说的"回到文学本身"，就是强调一切首先得从文学入手，从对具体的文学现象的研究中获得你想得到的东西，而不是相反。

除此，我之所以赞成这个说法还有下面这层意思，即应当建立文学史的专门化意识。这也是针对目前我国研究现状而言的。治文学史本身是一件很吃力的、专门化的学问，但是由于长期受"左"的思想影响，习惯于用外在的既定的条条框框来解释文学，结果使这门学问缺乏专门的科学性。可悲的是，很多并没有真正钻研过文学史的人反而比钻研过的人更具有权威性，可以定论定调子，指手画脚，而很多治文学史的人在学术上又不可能有自己的独立性，最后难以建立和形成现代学术的专业精神和氛围。作为一门专门的学问，文学史应该有自己特殊的术语、概念和范畴，有自己特殊的研究方法和美学意图。不能老是用其他学科的一些规律来"统治"和"指导"文学史。这样才能真正从文学中发现一些东西，使治文学史也成为一种创造性工程。从整个精神文化领域来讲，文学的价值和地位要获得自己的独立品格。

当然，我赞成这个提法首先是"回到文学本身"，至于从文学再走出去也并非坏事，最好不是从外面提着什么东西"打将进来"。就对我自己而言，这个说法也许还有点警喻作用，我只能老老实实做个文学研究者，只有在研究的范围内比别人多点发言权。至于在政治学、哲学等其他领域既缺乏钻研，就更不愿"拉大旗做虎皮"，自以为永远不错。

问：文学史研究的基本单位或说最小单位是什么？是作家、作品、流派、社团，还是典型的文学现象？文学史应怎样摆脱单纯的作家作品论的集纳倾向？不设作家专章专节的表述方式是否可行？

答：讲基本单位很难，这里还要讲究一下角度，如果从文学史的角度来研究某一作家、作品、流派等，也都应该算是文学史研究。我个人比较注重文学流派这一文学现象。因为经过这个中介可以把整体文学和个别作家作品联结起来，亦可摆脱一点单纯的作家作品论的集纳现象。至于不设作家作品专章专节的表述方式是否可行问题，大概要取决于体例的需要。很难说写文学史有"可"或"不可"的绝对界限。

问：文学史结构中"史"与"论"的关系如何？是否尽量铺排史料便能增加文学史的客观性？或者应特别注重"史识"以增加文学史的当代性和主观性？怎样才能使文学史既容纳"公论""定论"，又极富独创性？

答：关于文学史结构中"史"与"论"的关系，我 1988 年写过一篇《历史与理论的一致和悖论》（原载《飞天》，署名石明）谈了自己的看法，其中谈道："由于长期的历史所造成的原因，文学理论和文学历史的研究一向被分成了两个不同学科，尤其在大学里，各打各的锣各敲各的鼓，正好用'鸡犬之声相闻，老死不相往来'来形容。这种情形沿袭下来，在文学批评中造成了非常单调的研究格局，我们常常能够发现这种情景，即没有理论的历史研究，或者没有历史的理论探讨。搞文学史研究的，习惯于收集资料，进行检索陈述，缺乏理论的眼光，甚至对理论抱着一种不信任，不关心的态度；而搞理论研究的，缺乏系统的历史基础，仅仅依赖一些零星资料，例如创作谈之类来支撑门面，理论容易流于清谈或者不攻自破。"在这方面，也许我深受我导师钱谷融先生的影响，是很看重历史和理论的结合的。当然，这在文学史结构中是一种内在的结合。因为理论水平常常决定一个人的艺术眼光。没有眼光，这史怎么也写不好。

不过，在史和论的关系上，我是不喜欢用"客观性""当代性""主观性"这些概念的，因为这在理论上或事实上都很难讲清楚。比如"客观性"吧，怎么才叫客观性呢？各人有各人的看法。尤其是研究文学史时，面对的史料多半是精神产品，把它们看作客观性的，就很容易上当，就像我们现在写的东西，过一阵子之后可能就成了所谓客观性的史料了。所以，在很多情况下，客观性只是我们的一种主观意图，最好不要把它当作一个毫无疑问的"通用"概念来使用。至于"公论""定论"之类，一个治文学史的人更要谨慎对待了，它们可能是许许多多文学史家制造出来的，你认同与否得通过自我的重新体验和钻研来决定。

问：各种体别的文学史，如小说史、诗歌史、散文史、杂文史，或地域文学史如解放区文学史、东北文学史等，与一般的文学史写法有何种不同？是否应该有关于文学文体、类型、流派的文学史？文学史还可以有哪些门类？

答：各种体别的文学史可能需要更专门化的研究能力。关于是否应该有关于文学文体、类型、流派的文学史，大概不应该是"应该与否"的问题。在写文学史方面，应该有充分的"写什么""怎么写"的选择和创造的自由。

问：文学史应提倡集体著述还是个人著述？您在过去参加这两种工作方式时，有何体会？

答：集体著述和个人著述都很重要，但是我还是喜欢多看到一些个人著述。我过去用了七八年时间写过一本《中国现代文学流派发展史》，最大的体会就是要默默去搞，不受干扰。

问：您对于文学史研究以往的成绩、问题，以及前景怎样估价与预期？

答：只要有一批能够坐下来，全心全意搞学问的人，就有希望出好的文学史，可惜这样的人似乎越来越少。

（原载《中国现代文学研究丛刊》1990年第2期）

之十九

重写文学史论题

一、无法回避的问题

1988 年至 1989 年，国内《上海文论》杂志上开展了一场"重写文学史"的专题讨论，在学术界引起很大反响。这种反响首先来自人们的各种各样的看法和理解，其本身的意义姑且不论，就其在人们意识深处所唤起的联想和反应来说，也许已远远超出了文学和学术范围，触动了某种现实与历史之间的深层联系。所以，对于这场讨论，我们有时或许在聆听一种遥远的声音，它并不是在我们的眼前发生的，所唤起的不只是文学，而且是对整体文化和历史状态的思考。也许正因为如此，这个论题有一种潜在的可怕的力量，使以往的某种"从来如此"的观念在思考中瓦解。

实际上，对中国文学研究状况较为熟悉的人都会发现，"重写文学史"问题早在 1985 年就已提出来了。1985 年 5 月在北京现代文学馆召开的"中国现代文学研究创新座谈会"至少传达了这种信息：新的文学观念和旧有文学史之间的隔阂已越来越深了，人们需要重新审视文学史，架构一种新的符合现代历史精神的文学史观。

在这种情况下，重写文学史已成为学者无法回避的课题，而且显得日益迫切。在这方面，有两个事实是非常重要的因素：一是在 1979 年开始的思想解放潮流中，人们的文学观念从过去"左"的僵化模式中解脱出来，进而使得过去许多被"判死刑"或打入冷宫的作家获得了"解放"，如钱锺书、沈从文、胡适、徐志摩、戴望舒、张爱玲、胡风、穆旦等，人们似乎看到历史的另一方面，而这一方面在过去的文学史中基本上是没有的；二是由此产生的一个重要的问题就是人们对过去文学史的不满和不信任感在增强，这尤其表现在大学教学方面，学生在晚会上朗诵徐志摩的爱情诗，课本上却在批判他或者不提这位诗人，这是一种非常尴尬的局面。笔者在教授"中国现代文学史"这门课时，曾要求每个同学通读一本过去写的文学史并写出自己的总结，结果发现学生们普遍不满以下三个方面：第一，为什么老是用阶级斗争标准来划分和评价作家作品，不喜欢太多的政治斗争史和文艺论争史；第二，为什么好多优秀的作家没有提到，或者提到要么就一笔带过，我们喜欢的作家作品讲得太少，不喜欢的讲得太多，或者，有的作者写出好作品时评价很低，写不出好作品时反而评价很高；第三，为什么分析作家作品老是那么一套模式和术语，而缺乏美学和艺术分析，文学史应该艺术气味浓一点，不要那么枯燥等。

二、"极左"思想影响

当然，重写文学史论题的提出还有更深广的原因，其中最重要的是与人们追寻"十年文革"悲剧的根由有关。"十年文革"对中国政治经济和文化艺术所造成的伤害是众所周知的。在人们，尤其是知识分子心灵上刻下了很深的伤痕，这实际上也是构成1979年后中国这一场巨大的思想解放潮流的最深刻动因。噩梦虽然已过去，人们心里还是怀着一种深深的恐惧感，这种心理我们可以把它称为"文革情结"。由于这种"文革情结"的作用，人们总是陷入一种不断反思之中，不断追寻"文革"产生的原因，以此来消除心灵上仍时时袭来的阴影和恐惧感。我以为，"文革"阴影就像一个幽灵，新时期十年的思想解放潮流一直和这个幽灵纠结在一起，所以把这十年看成对"文革十年"的历史追究并不为过。

　　然而，这种追究是非常危险的，稍有不慎，就会滑进历史的深渊，因为这意味着要不断向过去延伸，"文革"当然不是偶然产生的，我们可以追溯到"文革"前面20世纪50年代的"大跃进"，有的人还是不满足，就会追溯到20世纪40年代、20世纪30年代、20世纪20年代，这是相当可怕的一种追究。这在文学史上更为明显。从20世纪50年代"反右""反胡风"，到20世纪40年代延安文坛，20世纪30年代左翼文学，越走越可怕。

　　尽管危险的道路应该避免，但是文学史上一些问题仍需要认真对待。比如，如果你把20世纪20年代、20世纪30年代、20世纪40年代出名的作家进行比较，就会有一种奇怪的发现：五四时期出名的鲁迅、胡适、郭沫若、茅盾、朱自清、闻一多等，都是一些学贯中西的大学者，知识水平很高；但是20世纪30年代就有不同，丁玲、沙汀、艾芜、胡也频、张天翼、萧军、萧红等，与上一辈作家在学问上已有差距；到了20世纪40年代，一些出名的作家文化水准更低，甚至出现了一种倾向，好像越是文化低的人越能成为好作家。当然，这并不是坏现象，但是认真去解释和理解它要费很多工夫。由此，我常常想到"文革"后期某部电影中的一个镜头，代表正确路线的干部让大伙伸出手来，看手上劳动磨的茧子，说这就是上大学的资格。我想这个"资格"在一个时期内用在文学上也非常适用。在这方面，或许得重新检讨一些有关革命的观念。过去我们讲"越穷越革命"，有道理，因为要打仗，打反动派，就得靠穷人去打天下。但是中华人民共和国成立后由此产生一种观念，似乎"越无知识越革命"，那问题就大了，最后"四人帮"登峰造极，曰"越有知识越反动"，结果把国家越搞越糟。

　　再举一个例子，比如现代文学中的自我形象问题，在五四时期的新诗中，特别是郭沫若的《女神》中，"我"是一个自信、鲜明的形象，可以是山脉、大海、日月星辰，甚至是一只天狗，可以把日月吞了，把宇宙吞了。但是到了20世纪40年代就大不同了，"我"成了一棵小草、一粒土壤，再不就是一个"皮肤溃烂"的"低级知识分子"，常常"无端发抖嘴唇发白"（见绿原《给天真的乐观主义者》）。再后来就连这种渺小的"我"也没有了，都开始用"我们"，新诗充斥着"我们的队伍开过来了"之类的句子，诗人也觉得理直气壮，因为"我们"意味着有一大群人和"我"在一起，心理上踏实多了。这时候，连爱情诗也渐渐没有了，因为表达爱情不好用"我们爱"之类的句子，这又不符合中国的习惯。到了"文革"这种情形发展到极端，就是"集体创作"，完全没有个人的"我"的回旋余地。

三、重写并不是否定

我非常赞同严家炎先生的意见，过去的文学创作和文学史写作主要所受的是"极左"思想之害。所以，重写文学史并不是要否定过去的历史，困难之处也并不在这里，而是在挖出"极左"思想的深根子。这其实是非同小可的事，这个根子也许很难挖，因为还有很多人不喜欢你去挖，挖了就容易"伤人"。

由此看来，重写文学史问题对人们思想有所触动是必然的。而且，它确实延及今天，因为"过去"实际上就存在于"今天"之中。然而，我觉得重要的是"写"，写出来再说。

1990 年 12 月 1 日于香港

（原载《二十一世纪》1991 年第 4 期）

之二十

上海评论界，何时失去了灵性？

上海是出评论家的地方。

不过，如果文学评论也有"海派"和"京派"之分的话，上海文学批评主要以富有灵气才气为特色，它虽然没有北方文学批评界那么厚实、稳健和有质感，但是在灵敏、创新和潇洒自如方面确实自有千秋，显示了"江南才子"的风采，这种情景在20世纪80年代曾一度辉煌，照耀了整个文坛。特别是20世纪80年代中期，上海文学批评界一下子涌现一大批才华横溢的批评家，像许子东、吴亮、李劼、蔡翔、程德培、南帆、夏中义、陈思和、王晓明等，多属于有才气有灵气的人物，与北京评论界的王富仁、钱理群、赵园、刘纳、陈平原、黄子平、汪晖等南北呼应，相得益彰，造就了一个让人留恋的批评时代。

没想到这种辉煌如此快地在上海批评界消退了。走进20世纪90年代，随着许子东、南帆的西走南迁，李劼和吴亮逐渐从批评界隐退，还有的经商从政，各得其所，上海批评界虽然有才气，还有大把的聪明智慧之人坚守批评，但有灵气的创造、有性情的批评以及自由散淡的创新，确实越来越难以见到了。

当然，说到灵气，光提这一代人是不公正的。应该说，上海批评界的这种灵气和灵性在钱谷融、王元化、施蛰存、徐中玉等老一代理论家批评家身上就十分突出，他们实际上也直接培养和造就了新时期这一代批评家。但是问题是，这种灵气和灵性是否能在上海批评界持续保持下去？

看来，光从批评界人员变换来考察这个问题就太简单了。例如，最近吴亮还在一篇《批评的岁月》中讲道"自愿地从早先的批评营垒中退席，是我近几年的一个选择"，原因是"我不再易于滑入泥潭和陷阱，也不再会犯那些愚蠢的错误"。虽然吴亮自己也承认这是一种"自保"和"怯懦"的选择，但是我们也不能不考虑这种忧虑产生的原因。吴亮当然也有弱点，但是在我看来，他是上海批评界难得有才气有灵气的批评家。他的批评不是"经营"出来的，而是自由自在的挥洒自如的，所以他也需要一个人自由自在挥洒自如的天地和气氛，而当他一旦发现这种气氛和天地已不复存在之时，就只能"自愿"退出批评界了。

其实，如果有人问我，今天的上海批评界与十年前有何区别时，我会简单地回答，今日批评界"经营"的味道太浓了，而十年前充满着灵气和才气。遗憾的是，有灵气有才气（我们可以称为有"双气"的人）总是在处事待人方面不争气，总觉得自己有点了不起，不在乎周围的人际关系，写起文章来也难免有伤害别人的地方；尤其是不大懂得经营，在四面八方形成自己的关系，拥有自己的阵地，成为把头或者教主。这样七搞八搞，别人却能埋头经营，虽然"双气"不足，却能注意抢占"真理的制高点"（吴亮语），稳步扎起自己批评的篱笆，拥有自己的领地，等到那些"双气"很足的人不再能够潇洒自如的时候，才发现自己已经被挤到了边缘。别人在场子中心开派对，而自己并不在被邀请之列。

如果还继续遗憾的话，那么就是有的"双气"很足的人还继续感觉良好，声称自己"自愿"退出评坛，在被别人"淘汰出局"情况下还要打肿脸充胖子——不过，这次我不是指吴亮，而是李劼。

这时候，明事理的人都会发现，批评界似乎不再需要灵气了，至于才气，不那么足反而会好一些，上海开始选择忠厚、聪明、善解人意、四面逢源的批评家。

这也许与上海批评界的状况直接相关，十年前的上海文学批评以探索和创新为主调，所关注和讨论的都是集体的文艺问题，从批评的选择、小说模式的变革、艺术形式的探索，到对文艺心理学研究的开创，充满着从抽象到具体的文学世界开拓和发现，而近年来上海批评界引人注目的地方是口号的提出和对终极真理的拥有，这就是所谓"真理制高点"问题。这本来并不值得大惊小怪，也并非全然没有意义。但是这种意图一旦和具体经营混为一体，就难免对"双气"造成杀伤力。

（原载《中华读书报》1996 年 7 月 31 日）

之二十一

关于上海文学的当下处境

——从陈伯海、袁进主编的《上海近代文学史》谈起

　　文学本来是不宜以地域性来进行分析的。优秀作家的诞生并非取决于和某一特殊地域的直接联系，尤其是今天的世界，文化的快速流动和交流已经打破地域文化界限，使个性的充分发挥有了更多的超越本地文化氛围的可能性。然而近来对文学的研究，对地域性文学现象的探索和探讨不仅没有减少，反而多了起来。这一方面是由于中国文化的整体状况在发生转型和变化，过去"大一统"的文化结构面临被解构的局面；另一方面则是文化发展不平衡的一种表现，各个不同的地域都在探索自己的文化个性，建立本地的文化意识。

　　在这个过程中，各个地域性文学研究不仅能够给人们提供不同的文学特征和与地域历史文化发展有关的文学资料，而且提供了考察当代文学状况的一面镜子。特别是各种地域性文学史的建立，使我们能够从不同角度来理解和发现当代文学发展的种种现象。换句话来说，地域性的文学史也是一面镜子，它不仅能够帮助人们更好地理解现在，而且其对历史所表示的态度及其研究方法和水平，也直接反映着当今文学的处境。

　　由此，我对当下上海文学处境的考察，从陈伯海、袁进主编的《上海近代文学史》开始，就不显得奇怪了，这里表现了三个层面的意义。第

一，这本《上海近代文学史》是非常具有当代性意义的一本专著，作者在这本书中所表现的对文学史的看法，特别是对上海文学近代状态的看法，对于理解和把握当下上海文学状况具有重要意义，提供了一种历史眼光。第二，根据这本书对上海近代文学状况的考察，并把这种状态与当下上海文学的状况进行比较，将会为本题目所言的上海文学的当下处境提供一种描述。第三，根据这种比较，我们可以对当下上海文学的历史意味进行某种定位，并提出我个人对未来发展的意见。

不过，在这里应该首先说明的是，基于对"当下"可能引起的敏感性，这次探讨只是对文学发展中整体氛围的某种分析，不牵涉任何个体的作家作品。换句话说，这里的结论对任何个性作家的创作的评价都没有实际意义。

毫无疑问，近代以来，上海的文学地位飞快上升，很快成为中国的文学中心城市，一个多世纪以来，领导着中国文学新潮流。所以，上海的近代文学史及至现代文学史的某种写照，无疑就是某种程度上的中国近现代文学史。特别是到了20世纪30年代，上海文学达到了辉煌的高峰。这本身就是一个奇迹，一个文化和历史的奇迹。这本《上海近代文学史》从某种意义上来说，就是对这个奇迹的一种描述。从这种描述中可以看到，文学是一种流动性极强的文化现象，它的辉煌并不永久地属于某一地域或某一民族。上海原本是中国东海之隅的一个偏僻小城，在文学历史上的地位微不足道，但是在短短的数十年内，随着都市化的发展，成为全国最大文学中心，就是一个很好的证明。

但是，如果这本书仅仅是对这个奇迹产生过程的描述，也许就不会引起我那么大的兴趣了。如果是那样，这本地域性的文学史的文化意味及其当代性，也许也没有那么强烈了。而这本书的立意一开始就能抓住人心的就是超越了对历史的描述，而提出了对历史过程的探究，也就是说，这本文学史不仅试图描述这一奇迹，而且试图探究这一奇迹产生的原因，即，一个本来在中国文学史上毫无地位的偏僻小城，既无历史悠久的文化传统，甚至在近代未曾产生著名的上海籍作家，居然一下子便成为指引全国文学发展方向，领导全国文学发展的中心，这一文学奇迹到底是如何发生的，它对于文学史、文艺理论以及如今人们把握和理解文学发展，到底意味着什么。

这种提问，这种写文学史的方法，本身就具有很大的挑战性。因为我们总是面对强大的传统来描述文学的，而传统总是源于某一特定的地域和时间，给人造成某种强烈的"根"或"中心"的意识。这种"根"和"中心"意识就使流动、飘忽和孤独的个体心灵，有了归宿和依托，使他们知道自己是谁，是从哪里来，又到哪里去。而今天人们之所以经常感到失去这种精神依托，时常困惑于"我是谁""我从哪里来""我到哪里去"之类的问题，是由于失掉了传统的"根"，而"中心"又在不断消解和破裂之中，这归根结底在于人们生存的地域和时间界定已被完全打破，人们的感觉变得毫无意义。

于是，文学的辉煌及其中心地位——不仅在实际中，而且在观念上——成为一种不受地域和传统限制的流动文化现象。不仅过去文学的荒原可以变成首都，文学的边缘可以成为新的中心；昔日文学的都会变成虚墟，文学的中心也可能沦为边缘。由此我们回首中国西域丝绸古道上已被黄沙掩埋的无数个文明都市，以及在世界上已经消亡的若干个灿烂文明，就会更坦然地面对如今文学的潮起潮落。

例如，当人们今天再次对比作为文化中心的当代上海的文学和被称为"文化沙漠"上成长起来的香港文学及岭南文学时，就不至于过于武断自大。中心也许正悄悄向边缘移动，而绿洲很可能正在变成沙漠。在这里，或许涉及一个很有趣的问题，这就是地域文学史的文化意味。陈伯海先生在其"序"中开首就是，"当我们着手撰写《上海近代文学史》时，有人质疑说：'上海作为一个局部性地区，只能编地方艺文志，不该称文学史。文学史通常概括的是全民族范围内的文学流变，所以有法国文学史和俄国文学史，至于什么巴黎文学史或莫斯科文学史，几曾听闻，谁人道来……其言甚辩，其锋逼人。"其实，此种质疑在当今中国文学研究中是普遍的，好在它并不能降低人们对研究地域文学史的兴趣。随着人们对各种地域文化特性的深入研究，台湾文化、香港文化、中原文化、上海文化、齐鲁文化、岭南文化等地域文化的丰富性和个性也越来越被人们接受和认识，随之各个地域的文学史如雨后春笋般涌现。应该说，这是一种独特的文化现象，其本身就是对过去"大一统"文学观念和格局的一种挑战，是对原有的"中心"的一种解构和拆散，由此不仅极大丰富了当代中国文学，促成了一个多元化的百花争艳的文学格局，而且扩宽了文学的视野，使之更自由，更富有个性。

然而，如果我们仅仅讨论到这里，那么我们只有在一般层面上的追寻意味。中心的消解，边缘的崛起，这是如今文化发展中的一种重要现象，也是文化研究中的一个重要课题，其变化给人一种星移斗转的感觉。例如，若干年前，人们还把香港称为"文化沙漠"，而北京大学把武侠小说大师金庸请进了校园，聘之为名誉教授；而有人写文学史，把金庸列为中国世纪文学大师中的第四位。严家炎教授盛赞他的创作给文学"带来了一场革命"。尽管对这一做法学界尚有争议，但已充分显示了边缘文化崛起的意义。这种意义不仅仅表现在金庸一个作家身上，而且表现在一种文化中心和文化边缘相互渗透的置换过程之中。一向是中国传统文化中心的首都北京在最西化的香港寻找文学传人，而一直是中国文化最边缘地区的香港，居然能贡献出最富有中国传统韵味，并走向世界的小说家，这本身就是一个很有趣的文学现象。这一现象又多少和19世纪以来北京和上海在文学地位上的置换有相似的地方。

这种置换的意义还在继续扩展，继续被人们所认识。例如，随着对台湾地区和港澳地区文学史的研究，中国大陆20世纪40年代之后被扭曲的五四新文学传统，被中断的现代主义文学创作潮流，都在这些边缘地区得到延续。至于与后工业化商品化文化潮流紧密相连的流行通俗文学的兴起，使香港几乎已成为东南亚华文文学中最具创意的地区，像当年上海一样，已成为东方的文化明珠。而上海，处在这历史的流动之中，过去曾有过辉煌，而今天仍在享受这种辉煌的记忆。

由此，我们似乎把上海文学放在了一个历史的链条之中，这个链条中的北京、上海和香港是三个非常重要的地方，我们可以在时间的推移中理解历史的发展；与此同时，我们似乎把上海文学放在了一个流动的车站之中，在一系列文学流变中，我们可以从地域的转移中把握文学的进程。显然，文学的辉煌是在漂移过程中，并不行止于时间，也不依赖于地域，而在乎于一系列历史的机遇，在乎于一种文化生命的丰满和延续。在这里，对于地域文学史的写作，"中心"向"边缘"的屈就以及所谓"自贬身份而媚俗"，和"边缘"向"中心"的挑战，强调自我的特殊地位等，都具有同等重要的文化意味。

我们又一次回到了上海文学，这一次则多了一种大文化的氛围。作为一本地域性文学史著作，《上海近代文学史》无疑多了深一层文化意味。这种意味在历史的时空中是双向的。一方面，就描述的历史时间来说，近代正是上海文学从边缘向中心转换的阶段，中国文学的中心从那时起从传统文化的中心地带向较早接触西方文化的上海转移。从这个意义上讲，这本文学史无疑是对过去文学中心的一种颠覆和拆解。另一方面，就写这本书的时间来说，当代上海已经确立了全国文学中心城市的地位，所描述的对象已经是地域性文学史。就这一条来说，又和当今香港、广东等地创建自己的地域文学史意义不同，前者是一种退居的态势，而后者是一种进取的态势。也就是说，今日上海文学正面临着与当年北京等传统文化中心城市同样的挑战。所不同的是，当年远远没有今日这样敏感和富有直接的挑战性，因为地域性文化及文学的自觉由于经济发展的差异而表现得非常强烈。

在这里或许显示了上海文学当下处境的某种含义，这就是维持全国文学中心地位的历史惯性和已失去这种地位的危机意识。就这本出色的《上海近代文学史》来说，前者表现在写作中的开放胸襟和全局性眼光，后者则表现在向区域性文学现象的退居。而当今的文学现状又使作者失去了享受辉煌和完美性的心境，而不时揭示和反省上海文学历史发展过程中的弱点。这在陈伯海的"序"中就相当明显。当他提到上海文学创新的传统时，并不忘指出"上海文学又有其相当保守、停滞的一面，不可不加注意"，并对近年来某些文学现象进行抨击；当他提到上海文学是"革命的文学"的时候，又指出"20世纪30年代革命文学的中心在上海，而教条主义、宗派主义、党八股之类'左'的思想路线和文风即由此肇端，其恶性膨胀甚而重于'四人帮'的阴谋文艺"。至于他把上海文学的开放胸襟和海派文学的"小家气派"放在一起对比论述，更是非常有趣的思想表述。

无疑，这种表述是极富有当代性意味的。任何历史都是当代史，这话已经很多人重复过了，但并不一定能唤起人们对当下处境的深刻反思，因为这并非每一部文学史都能做到。而《上海近代文学史》做到了，在阅读历史的过程中，它经常使我们想到"近年来""在今天的文学创作和理论批评中"以及"在一些文学创作中经常接触到的"上海文学，这就是我所谈的上海文学的当下处境。从时间上来讲，是指上海文学一百多年来各个阶段相互比较的历史定位。从空间上说，则是指在不同地域文学发展的比较中，上海文学当下的文化角色。它正处于一种转换的尴尬之中，昔日辉煌的夕阳已远远消逝，而今日升起的只有那么一点星光，人们还不能描绘出那整体的灿烂景象。

其实，我并不想由此引起人们对上海文学的危机感，更没有唤起振兴上海文学的意图，我只想把"阅读当代性"和阅读近代史结合起来。读《上海近代文学史》的最好效果，是到南京路外滩去畅游一圈。看着那美丽的街景回想半个世纪之前的辉煌，这确实是一种思绪上的享受。显然，外滩比过去更漂亮了，有了更宽的马路和更多更漂亮的高楼，还有隔江而望的浦东，是一派新的令人振奋的气象。但是，即便有了这一切，人们仍然有理由怀念以前的外滩，尽管破旧些，但毕竟是半个世纪之前的上海，它是亚洲第一。那时候，香港还是一个落后的渔村市镇。

在这里，我想谈谈另一件事，是我1990年从广州到美国参观帝国大厦的感想。那时候，广州正在建造一座68层的世界贸易大厦，当时是全国最高的大厦，数不清的广州人为此骄傲不已，但是我没有那么狂喜。因为这距离美国纽约这座百余层帝国大厦的建造已经近六十年了。当我登上帝国大厦的时候，我首先想到的是上海，是茅盾《子夜》中的吴荪甫。在建立这座大厦的20世纪30年代初，虽然上海的大厦比它逊色些，但是毕竟有了，中国的民族企业家却走上了末路，这就注定了上海在后来的年月里一度失去了亚洲第一的地位。

我们似乎扯远了，其实我们更接近了论题。因为说到底，文学的辉煌不仅仅是文学，而有一个历史机遇和文化环境问题，而《上海近代文学史》的作者一开始就非常敏感于这一点，其在"引言"中明确地说："本书的目的，就是要揭示产生这一文学飞跃的文化环境，梳理出近代上海文学的发展流程，以及说明它们与文化环境的联系。"

我们快要接触到最后的结论了。因为这本书将要告诉我们的不仅是文学史实，而且是文化根源。为什么在中国近代，唯独上海会出现文学如此繁荣的现象？这究竟是偶然的还是必然的？作者经过认真研究后认为，这是必然的，因为"近代上海文化环境是近代上海文学之源，它为近代上海文学的发展提供了特殊的资本主义文化机制，促使文学繁荣，这种机制以及文学的其他方面都是与近代上海文化环境密不可分的"。

在这里，我不想继续引述这本书在这方面在社会矛盾和文化转变、在地缘优势和外来文化影响、在从商业文明到外地移民的境遇等各个方面的精彩论述，因为它们涉及的内容太丰富了，而我只想从中抽出一些因素作为当代上海文学的镜子，重新解读当下上海文学的历史处境。

从1843年开埠，上海就代表了一种流动性的文化。这种流动性也许就是现代商业大都市和中世纪式农业城市的区别之一。后者非常重视传统的积淀性，而城市文化的形成也往往是积淀的成果，年代久了，就形成了一种"城堡式"特征，外面的东西进不去，里面的东西不想出来。所以，虽然一直到20世纪初，中国的广州、天津、汉口等城市都比上海更大，人口更多，文学传统更为发达，但是在文化魅力方面都不能和上海相比，也不可能拥有上海那样旺盛的文化生命力。

这种生命力一方面来自流动，另一方面来自"杂交"。上海是一个各种文化相互冲突、融合、对流的地方，这就给文学造就了创新的机会。可惜，这种流动到了 20 世纪 50 年代之后开始减缓了速度，长江入口处的淤泥越积越厚，终于使上海所有的海岸边再也找不到一片蔚蓝的海水。

创新需要自由的气氛，文化的流动性也给文学创新提供了自由空间。《上海近代文学史》对此有精彩的论述，说明当时只有在上海文人才有可能获得一些言论和创作的自由。其中写道："中国近代文学作品绝大多数贯穿了一种与当时政治紧密相连的精神，一种反抗封建专制，抨击黑暗现实的意图。这样的作品只有在上海问世，作者才能获得安全感。因为中国的封建专制统治不会允许反抗自己的文学作品大量问世，它要运用一切手段将危害自己统治的文学扼杀于萌芽之中。这样一来，上海的自由环境便为中国文化中原已萌发的进步文学的发展提供了条件。"

事实上，由于各种原因，上海的发展从 20 世纪 50 年代末开始收敛，在形态上从一个国际性的现代大都市退居到乡村式的地域城市，文化机制上失去了过去的流动性和张力。这当然不是上海的过失，但是它对上海文学，甚至对上海人的文化精神和心态的压抑和扭曲，是很深很久远的，留下了深深的"伤痕"，以至于当下文学生命形态还很难恢复到一种轻松自然的境地，恐惧的小心翼翼的感觉、负重的无可奈何的感觉、退守的尽量逃避的感觉、精明的自作聪明的感觉，可以说是时时处处可见，人们很难再看到 20 世纪二三十年代上海文学中那种真正的"灵魂的冒险"和都市风情。

也许机制是最重要的，文化的流动全要倚仗流动的人群。在这方面，经过长期封闭之后，上海确实犹如钱锺书笔下的"城堡"，外面的文化人进不来，里面的不愿出去。这和近代上海确实大不相同。多年前，我在上海读书的时候，就知道外地人留上海多么难，校园里流传着上海人的格言："死守黄浦江防线""宁愿去浦东，不去新（疆）西（藏）兰（州）"。这导致了在上海当下作家文人的结构和素质上，与过去不能同日而语的状况。大家知道，上海文学辉煌的原因，是能最大限度地吸引各地的文学精英人才，他们来到上海，成为上海作家的来源。如《上海近代文学史》所言，"上海的近代文学，主要不是由上海籍的作家创作的。即使扩大到今天作为直辖市的上海，将 10 个郊县籍贯的作家全部算进去，上海籍作家创作的作品也远不到近代上海文学的 1%"。

这种情形不仅构成了上海近代文学发展中的优势，而且是上海现代文学辉煌成就的基础。一直到 20 世纪 70 年代，上海文学再次复兴，在很大程度仍然依赖这批来自五湖四海、饱经风霜的作家。可惜，随着时间的推移，这批作家渐渐退下文坛，已不再是文坛主力。而当下活跃在文坛的主要是一批"生在新中国，长在红旗下"的中青年作家。在这里，我并没有丝毫贬低和轻看上海籍作家的意思，而只是想从作家的整体结构上着眼，当下作家的来源从地域上来讲比过去狭窄多了，从文化上来讲单一多了，从经历上来讲单调多了。这种情况不仅和香港文学有差距，和在改革开放中先走一步的广东文学比也有逊色的地方。

在这种情况下，如果说上海的近代文学史和现代文学史，绝对具有中国文学史的气魄和内容，那么当下文学史恐怕更具有地域色彩，很难作为全国的文学代表。当然，这未必是上海文学的不幸，况且在现代社会中，"籍别"或许不再代表任何意义。上海人在创作才华方面绝不会亚于任何其他地方人的。但是我们不能不注意到这样一种文化事实：由于长期以来上海在文化上的敏感地位，而且在全国的改革开放中不得不承担"压阵"的角色，上海文学的发展相对于其他地域来说，意识形态方面的背负更重，自由发挥的余地较小。而对长期生活在这种环境中的上海籍作家来说，要挣脱原来的体制束缚，摆脱过去的心理定势，并不是一件很轻松、很容易的事。由此，就其生存状态来说，上海作家对于原来的体制有较多的依赖性，虽然可能牢骚满腹，但是只能依附体制来存活和发展自己。这种依赖性不仅表现在生活上，而且表现在精神上，有些是过去延续下来的桎梏，有些则是今天发展中的局限。这就在一定程度上限制了上海作家的个性发挥和创新精神，同时使他们生存在一种矛盾的双重生活之中。对于这种情况，上海评论家蔡翔曾有过一篇文章，描述了上海作家处在体制内外踟蹰的尴尬状态，写得非常精彩。当然，吃体制的饭，写自己的书，很可能是中国作家一种特殊的写作状态，但是毕竟心灵带着束缚，身心处于疲惫状态，不能自由也无法自然。

作家的处境，于某种意义上就是文学的处境。不过，上海作家在这种处境中能保持良好的创作心态，是另一种奇迹。他们在这个井井有条的都市中生活惯了，大多数会很好地扮演自己作为作家的角色，再说他们中一些人已经有了成就，有了名气，有了身份，过着安定幸福的小康生活，用不着去为自己的生计而奔忙，也不担心竞争和变故，是没有理由冒着风险去改变自己的处境的。况且人们有理由相信，上海过去、现在，而且将来都是中国文化的大都市，不管作家的处境如何，它的全国中心城市的地位都不会改变的。

我不想和这种看法唱对台戏。但是，时代确实改变了，上海拥有了许多中国近代和现代没有的东西，同时失去了许多过去拥有的东西，而在历史的流动中，上海文学确实处于另一个转换过程，面临着又一次历史机遇，人们在享受着传统，回忆着过去，传统和过去又在限制和激励着人们。对浦东的开发是上海又一次"开埠"，其历史转折的意义不亚于1843年11月的那一次，它将在未来五十年间，向世界贡献另一个阶段的辉煌。

（原载《华东师范大学学报》1996年第5期）

之二十二

抵抗消解

——走出"无所谓"的文学批评

在一个文化转型的时代，当人们卸去了以往的精神重负之后，就会出现"无所谓"的精神状态。文学同样如此，它被任意地"拖下海"，搬上席，成为物质的包装和广告，失去了自己作为精神的存在价值。在这种情况下，作为人文精神最明显表现者的文学，却因为没有人文精神的支撑而显得疲软不堪。继"玩文学"之后，"无所谓"成为一种普遍的文人态度。它对于一切精神价值和标准，对于所有的信仰和原则，都具有一种消解作用。

并非没有文人出来抵抗这种消解，但是这种文学的抵抗因为各种原因显得软弱无力。第一，如果"消解"的对象是过去的陈旧观念和价值标准，那么文人要拼死抵抗，恐怕很难奏效。这种文学甚至连自己也会被消解掉。这种情况并非没有。第二，如果文学对于这种消解毫不畏惧，但是自己又没有新的价值观立足，最后留下的恐怕只能是"白茫茫一片真干净"。第三，如果文学再次投靠新的"婆家"，依附于实利、实惠、"实用"等新物质形式上，那么等于重返旧路，不"消"自"解"，等于一种新的精神被物化。第四，文人的"自我消解"，自己贬低自己，看不起自己，为出卖人格、文格寻找理由，其文学自然也无法逃脱被消解的命运。

所以，所谓"无所谓"，可以解释成精神无所谓，文学无所谓，知识无所谓，自我无所谓，并非一切无所谓。至于现实利益、权力、金钱，则是"有所谓"得很，一分一毫也不相让。因此，文学再次沦落为工具——权力和金钱的工具。就从这个角度来说，"无所谓"的文学态度恰恰正是物化社会的特征，是建立在现代文明物化误区之上的，是对未来社会新的文化价值观的一种反动。从精神层面上来讲，这是一种世纪末的"及时行乐"的文化，一切为"现在"服务，一切都是为了得到实利和实惠，除此之外，精神只有被抛弃的命运。就此来说，如今一些权力者能够自诩权威，一些"金钱"文学能够获得奖项，皆由于这个原因。

因为文学本身无所谓，有所谓的是在文学之外。

这是一种可怕的消解，因为它来自文学内部，来自文人内心。不再在乎良知、精神、灵魂、人格、永恒，也再没有羞耻、愧恨、反省、自责，甚至开始排斥痛苦、忧虑和孤独，并且不愿承认它们，甘愿自己成为工具的工具。消解成了消解者的口实，"无所谓"成了媚俗文人的通行证。

如今，当代文学开始呼唤新的人文精神了，因为旧的已经消解了。而对我来说，抵抗消解只不过是刚刚开始，因为一切精神问题对文学的处境都非常"有所谓"。

走出"无所谓"，文学与未来同行。

1994 年 10 月 17 日于广州

（原载《合肥日报》1998 年 4 月 18 日）

之二十三

关于"创新"和"反创新"的热情

美国著名学者丹尼尔·J·布尔斯廷（Daniel J. Boorstin）在其名著《发现者》中有专门一节"反发现的热情"，其中写道："天生的保守情绪使海员们经过很长时间才放弃手绘海图而改用印刷海图，或者要经过很长时间才能接受新大陆有可能存在的想法，也就是这种保守的情绪使他们不愿放弃他们由来已久的错觉。"——这里当然谈的是欧洲人当年探索新大陆的事，而绝不是文学之类。而"反发现"指的是证明有些传说中的实体实际并不存在——在当时并非一种保守行为，而是一种伟大而又扑朔迷离的冒险事业，是为了破除由来已久的观念和错觉。

但是，我这里所说的反创新的热情，与当年地理探险毫无关联，它产生并经常周期性出现在中国现当代文学界，与同样周期性出现的"创新"浪潮似乎是交替出现，或者说是交替"做庄"，构成了当代文学意识的潮起和潮落、浪峰和潜流。不久前，人们还听到一片对创新的喝彩声和欢呼声，一大批批评家、作家因此脱颖而出，招人耳目。如今"创新"则成为不受欢迎的话语，甚至有人称为"这条疯狗"。上海评论家郜元宝就写道："创新就像一条疯狗拼命追逐着批评家。它什么时候跳起来追人咬人，全凭技术和意志。"他还说，要想得其宁静和真相，"批评必须宣布退出技术安排的旨在创新的竞赛"，"这是摆脱疯狗唯一可行的办法"。

这确实是一种大胆的宣告，表现了一种前所未有的反创新热情。从某种意义上来说，这种反创新的热情不无可贵之处，因为即使在创新浪潮滚滚的时候，就有人对其真实和实在表示过怀疑，注意到了很多创新实际上名不副实，只是用新名词、新口号装扮起来招摇过市，这种看法当年出于一些功底深厚的学者之口，现在看来仍是十分有价值的。就此来说，"反创新"——如果其意义在于证明一些虚假的、赶时髦的、玩弄新名词的"创新"实际上子虚乌有，毫无意义的话——对于当代中国文学界很有意义，它不仅能够有效抑制文学创作中的一些"泡沫"现象，而且能够造就一种脚踏实地的学风。实际上，这项工作也许比提出新观点发现新理论更艰难、更费力，当然也更多一些麻烦和风险。

但是，这种"反创新"不应该是对于创新艺术意义的疏离、反驳和否定。换句话说，创新作为一种精神创造价值，是不该也不会像上市股票那样暴涨暴跌的。它表达了人类内在的某种需要，也是其心灵力量的一种显现。这一点创新和发现不仅互相联系，而且有共同性的。对于自然和对于人类自己，人们总是在不断发现之中，不断有新感觉、新体验和新设想，而艺术上、理论上的创新就是在此基础上的结晶和升华，它不断拓展和丰富着我们的精神世界。

所以，真正的创新难能可贵，而且绝对不会很快就失去价值和意义，因为它本身显示了人类的生命力，假如没有无数的发现和创新，人类世界绝对没有今天这般丰富多彩。不过，在当代中国，不仅创新难，识别创新也难，这就造就了许多对创新的错觉和误解，从而很容易从一个极端滑向另一个极端。

例如，如何来理解创新，就是颇让人感到困难的一个问题。世界如此之大，差异如此之明显，在此一时一地的创新很可能是彼一时一地的守旧。为此我们也许得为创新划分若干个圈层和层面，在不同的时空中确定它们的意义，但是由此而来的区域范围内的创新与世界意义上的创新，又会成为新的问题，人们在走向世界过程中又恰恰容易与东西方概念搅和在一起，好像借鉴和发挥西方的东西就是创新，而对中国传统文化挖掘和发现就无所谓创新，如此，也是引起一些错觉与误解的原因之一。

由此一些人也许会产生这种错觉，似乎当代中国文学界创新已经太多了。这当然是由于创新的名声被太多的"伪、劣、假、冒"搞坏了的缘故，而社会又确实缺乏真正的创新成果。中国学界是否有类似西方海员的那种"天生的保守情绪"，也是值得考虑的因素之一。由于历史丰富，传统文化很容易成为心理上自我完满的庇护所，而对于创新充满着怀疑和忧虑，缺乏一种无所保留的激情和关怀。实际上人们都心中有数，尽管中国文学界曾有一段高歌创新的时期，但是真正的创新成果不是太多，而是少得可怜。很多"新"并不是创出来的，而是仓促间"借"来补课的，所以新中有旧是常有的事。因此，在创新的背后生长出反创新的热情也在情理之中。

创新当然并不一定比守旧好，但是也不必把它看成一条疯狗。因为创新的热情很容易消磨掉，反创新的热情则大有用武之地。

1992 年 8 月于上海

之二十四

随俗、媚俗和脱俗

——关于 20 世纪 90 年代的中国文学批评

米兰·昆德拉（Milan Kundera）是在 20 世纪 90 年代初风行于中国大陆的，因为当时中国作家的心态最靠近这位捷克作家的所思所感，这不仅为后来文坛上乍起的"人文精神"大讨论和横扫一切的所谓"后现代主义"思潮埋下了伏笔，而且使人们对于中国现代史有了更深的思考。历史仿佛并没有前进多远，人们似乎非常容易再次倒退到 20 世纪初的情景。从 1919 年到 1929 年的新文学最初的十年里，对于实际权力和利益的追逐开始逐渐消解文学的内在精神，使个性和人格的独立性成为某种时代精神的笑谈。在这个过程中，世俗可以直接解释为实利、实际或者现实需要，但是都毫不例外地与脱俗的艺术美无缘，甚至形成水火不容之势，最后的结果必然是纯精神、纯学术和纯艺术在中国社会生活中的销声匿迹。

可悲的是，这种销声匿迹是在一种充分理由甚至自觉条件下进行的，似乎时代已准备好了一整套适合于中国人胃口的理论和观念体系，使得文学精神的衰退显得那样自然而然甚至荣耀，以至于少数人的坚持是显得可怜可笑。实际上，从 20 世纪 30 年代，特别是 20 世纪 40 年代开始，放弃自我——包括身份和思想的独立性——成了一种时髦，任何一种对这种放弃的怀疑和犹豫都可能被视为一种"落伍"和对革命的不敬。

　　因此，很多作家在欢天喜地迎来社会解放的时候，都没有意识到自己已失去了独立性。五四新文学运动最初提倡的现代意识和文化精神几乎是在历史的嘻嘻哈哈中失落的，人们欢天喜地地买椟还珠，使后来的文学史家为此瞠目结舌。尽管他们仍然可以找出千万条现实的和客观的理由来解释历史，但是精神上、学术上的遗憾永远挥之不去。一切现实，特别是历史的现实，固然都是合理的，但是合理的并不能一定使人满意和心甘情愿。因为半个世纪之后，当我们检阅历史的时候，仍然绝对无愧于这个时代的思想家和作家实在太少了。当年最时髦的放弃的恰恰是这个时代最珍贵的精神财富。

　　这也许正是90年代人们重返王国维、陈寅恪、鲁迅等人精神怀抱的原因之一，因为媚俗虽然受到了一些言词的阻击，包括米兰·昆德拉作品的一时间不胫而走，但是很快突破了贫弱的精神防线，在现实欲望的推动下迅速得到支撑，在文坛上蔓延开来。人们突然发现新时期以来高歌猛进的思想解放运动并没有建立起真正的能经得起世俗冲击的人文精神和品格，很多思想名词只是随波逐流的时代泡沫，掩盖着内层的对权力和金钱的恐惧和向往。一旦文坛气氛剧变，很多文学当事人就迫不及待地抛头露面，顺应潮流，攫取自我实现的最大利益。对比王国维、陈寅恪、鲁迅等前辈的人品文品，新时期的后起之秀不仅学知浅显，在人格力量上更显得卑微和贫弱。因此，刚刚进入20世纪90年代就出现的"新状态"文学现象，使人们很快想起了20世纪20年代郭沫若的"桌子的跳舞"，文学家能够在任何情况下随机应变，一夜之间从"小资产阶级作家"转变成"无产阶级作家"。而在类似的情况下，人们还没有从20世纪80年代以来的"旧状态"中有所反思和沉默，一些作家就已经大张旗鼓地进入了"新状态"，开始营造另一个繁荣的时代气氛。

　　没有人批判这种媚俗。因为媚俗不仅已成为欲望的旗帜，而且已成为欲望的操作。任何明眼的人都会看到，除了一些作家的沉默和默默耕耘之外，20世纪90年代文坛出现的新迹象就是热点操作，而推动这种操作的是各种各样世俗的欲望和动机。在这个时期如鱼得水的是各种各样随俗和媚俗的小聪明，能够随时随地放下执着，毫无痛苦地放下人格和改变信念，用圆滑的方式对待这个圆滑的世界，回避、躲闪和如何借题出名、借船出海，构成了这一时期的文学技巧。20世纪80年代曾经有过的文学的坚挺和执着，此时成了明日黄花，况且新一代作家更无须"独上高楼，望尽天涯路"，因为宽广的无须付出的道路就在眼前。

多亏了西方"后现代主义"此时的推波助澜，否则这种随俗和媚俗的文学操作就不会那么心安理得。值得一谈的是，西方后现代主义思潮原本表现了一种对世俗文化深刻的反思和批判态度，特别是对意识形态对人性的异化现象进行了揭示，流变到了中国却成为一种对世俗，特别是对权力和金钱力量无条件接受和追随的口实，足可见其"中国化"过程的巨大效应。因此，无所谓深刻，无所谓中心，无所谓对错，当然也无所谓文学的独立性和作家的人格，无所谓仁义廉耻和人品文品，正好构成了20世纪90年代作家随俗和媚俗的文化氛围，放弃和背叛，卑贱和取宠，见风使舵和投靠权势，实际上成了非常轻松自如的事情，根本无须经受内心的磨难和犹豫。实实在在使人心动心痛的只是实实在在的利益而已。仅仅过了十年，当我们抬着前辈亡灵的牌位在大道上行走之时，环顾四周，到底还有多少作家在坚持着良心，坚守着文学独立和自由的精神呢？没有八面来风。风似乎都向一个方向吹，没有顾忌和反思。也许中国向来没有，甚至不需要一种脱俗独立的文人精神，而永远不会消失的是上千年的"戏子"传统，表演者最大的幸运就是来自权势的青睐和首肯。

不仅如此，被"平面化"的后现代主义以最新的术语名词迅速营造了一个"多元化的文学时代"，似乎20世纪90年代中国文学已进入了一个自由创造的多元化状态阶段，作家想些什么就写什么，令人担心的不是没有独立和自由，而是太独立和太自由了，以至令人无所适从。没有人出来指出这是一个幻觉，而且是怯懦的内心所渴望造成的一种幻觉，因为它能够为所有的放弃、为所有的媚俗提供一种心安理得的依据。因为在这种情况下，文学难道还需要执着和坚持吗？难道这不是我们梦寐以求的文学的黄金时代吗？当然，唯一令人遗憾的是，批评家还很穷，还需要更多的赞助和更高的奖金，政府的投入还远远不够。

我一直站在文学的边缘审视着这种状况，头脑里会偶然掠过西方童话"皇帝的新衣"的景象。无论是过去"亩产几十万斤粮"的奇迹，还是20世纪90年代"文学多元时代"的幻觉，都出于同一种自欺欺人的心理需求。正是在这种情况下，文学在20世纪90年代又面临着更严峻的挑战，受到了来自两方面的阻击，一方面来自"左"的辩护士们，他们用种种理论口实继续反对文学的独立自由品质；另一方面则来自世俗的扭曲，由官僚和唯利润所图的商人所垄断的书报刊出版业使文人作家毫无自我回旋的余地。此时最容易使人想起英国作家乔治·奥维尔（George Orwell）在1945年写到过的："任何一个想要保持自我尊严的作家和记者都会发现，使他后退的并非行动上的迫害，而是某种日常的社会压力。反对的力量不仅来自少数富人掌握的报纸杂志，还有垄断的广播电视，还有不愿花钱去买书的大众意愿，这就使得他们每个人都不得不通过写一些庸俗玩意来维持生存，而政府机构的侵蚀——其在帮助作家文人维持生计的同时又浪费了他们的时间，支配了他们的观点，以及过去十年时间战争氛围对文学的曲解，使每一个作家都无所逃避。在这个时代的所有一切都在把作家，包括各种各样的艺术家，转变成一种微型官僚，所从事的工作使他永远不可能接近整体的真实。"（*The Prevention of Literature*）

当然，这并不是最可悲的，因为批评的处境并不能完全决定批评的价值。上面奥维尔的论述就是明证，他所显示的批评的精神价值并没有被当时的不利处境所吞没。可惜中国20世纪90年代却没有这种批评的幸运，任何一种企图坚持同世俗进行抗争的努力都无法从文学批评中获得精神上的支撑，因为20世纪90年代的文学批评界本来就缺乏足够强大的独立意识，以证明文学批评自身的独立价值。相反，批评家的独立性在政治和经济的双重压力下很快被吞噬了，或者说是被自动放弃了，使本来就不够坚定和坚实的批评的自由意识很快瓦解。在这种情况下，独立性是不可求的，甚至是不必要的，而自由意识绝对不是批评的基础，而只是一种有害无利的幻象。

事实上，这里不可能存在着一个真正的多元化文学时代。"多元化"只是一种名词的装饰。当文学批评被剥离灵魂之后，就只剩了肉体赤裸裸的欲望站在大街小巷，而一些批评家最重要的工作就是给它设想出，或者使用各种言辞剪制出一套多元化的"皇帝的新衣"——这就是我对20世纪90年代文学批评最深的感受。因此，20世纪90年代的文学批评只能是一个"名词多元化"的时代，批评家为了挤进流行的行列都在避重就轻，实践着"生命不可承受之轻"的批评游戏。一切都似乎是顺乎自然的选择，批评在失去了灵魂之后选择了叙述，在放弃自我的地方找到了话语，在没有自由的境地中依附文本；批评家在用各种言辞和话语的盛宴来满足世俗的欲望，并掩盖内在精神的虚弱。

与此同时，权力之网悄然无声地包抄过来，把一些虚张声势或东张西望的批评家尽收囊中，在给他们创造了出名机会的同时使他们心陷围城。20世纪90年代最流行的文学批评，几乎都带着捐客的性质，他们在包装主义、制造轰动、虚构话题和操作争鸣，唯独回避自我灵魂的追问和文学批评的自身价值。这犹如在沉默的广场上吹吹打打，如果不是在吸引游人的注意，就是在装饰和卖弄文学被修剪后的灿烂羽毛。在这里，几十年来缺乏良好教育的后果，终于在这一代作为灵魂工程师的作家、批评家身上显露出来。他们不可能坚持和造就真正的学术思想和文学精神，只是因为原来支撑他们文学信念的柱石并不坚固，对于权力的恐惧和对于世俗文学的崇尚在他们幼年和青年教育中就种下了根苗，远远超过了他们对知识的信任和对个人尊严的肯定。所以，在一个仍然存在禁忌的时代，他们却感到一切都游刃有余。

20世纪90年代关于人文精神的讨论就是在这种情况下产生的。至少这里表现了批评界一种脱俗的冲动，但是从一开始就遭到了世俗的曲解。平心而论，人文精神并非一个新鲜话题，至少可以追溯到西方文艺复兴时期，而具有讽刺意味的是，这个话题在中国20世纪末提出恰恰是因为它的虚无。因为它本身的缺失和不存在而提出并展开讨论，就像一家并不存在的上市公司，要到进入市场人们才追问它是什么，它在哪里。而人文精神的提出者，包括后来的炒作者当时却确实感受到了市场经济的巨大压力，担心金钱的诱惑会把一切文学都变成市侩、掮客和文化痞子的行当。

这是一场用口号来对抗世俗的战争，但是口号——特别是非常高昂的口号——在这个时代最容易沾染世俗而且本身被世俗所利用，因为它本身距离文人真实的生存和精神状态太远，同时对于时代"左"的弊端毫无触动。所以这个巨大的名词空洞很快就被许多世俗所要求、所认可的思想内容所填满，成为社会正统意识的一部分。这种悲剧性的效果目前已经成为我们这个时代文学批评的悲剧的一部分，而它堂而皇之地荣登于文坛流行话题榜首的光景，正是其完全丧失自我价值并成为他人附属的时候。

我觉得这种批评并不过分。回顾20世纪以来的批评史，最多的就是口号之类的论争，其结果不仅浪费了批评家的时间和精力，而且淹没了对于理论脚踏实地的建设。培植的是大象，收获的却是跳蚤。这是对中国现当代百年来论争史最好的说明。尤其是一些冠冕堂皇的口号，总是对于文学本身造成伤害，最后造成对文学新的意识形态方面的压抑，而一部分批评家也正是通过这些口号占据了意识形态的制高点，最后获得了分享世俗权力的机会。从20世纪20年代以来的"革命文学"论争到后来的辩证唯物主义创作方法，完美的"二结合"，其直接成果就是一批批文艺官僚鱼贯而出——他们最初都是愤世嫉俗的文人。

这些都无不证实了文学的独立性是何等重要和艰难，有时候它甚至是对抗世俗的唯一支撑。而文学本身对于这种独立性又是如此敏感，以至于容不得丝毫的虚情假意。这就使一切企图在文学和世俗之间精心布局，想从中渔利的人最后不能不伤害到自己，因为良心不论以什么方式出售都是一次性的永劫难逃。文学和文学批评一旦失去了自己的良心和灵魂，就会变得毫无价值。口号、言辞和话语都可能制造、炒作和千变万化，可以不断推陈出新，乔装打扮，多次拍卖，但是良心和灵魂不行。

就此说来，脱俗并不是惊天动地的英雄行为，这也不需要；它只是内在灵魂和良心的坚持。对文学批评来说，所谓随俗和媚俗就是自动自愿去接受和从事内心所不能认同甚至反感的东西。20世纪90年代的文学批评就是如此。批评家们心知肚明，十分清楚自己的合作对象和事宜是多么无聊，甚至有受辱的感觉，但是就因为它们是"现实"，是谁也改变不了的时势而趋之若鹜。

当然，这种随俗和媚俗的文学批评最终只能为历史提供一种对照，不管世俗如何天长地久，都会对脱俗有一种不可遏止的向往和追求。这也是艺术和文学一直与人类相伴的根本原因所在。所以每当文学和艺术本身感受到世俗淹没的危险时，总会从人类的生命状态升腾出一种抗击的力量——也许这就是20世纪90年代文学批评最终留给我们的精神资源。

1997 年 4 月于上海

之二十五

包装时代

——被金钱媒体驱使的文学

有人说过，如今是个信息时代、交流时代、公关时代和包装时代，任何人要想成功，一要有信息，二要靠交流，三要去公关，四要会包装。这个要求不但适用于商品销售和做生意，而且适用于文化人，不仅歌星、影星要靠包装捧起来炒起来，就连学者、文人、批评家也不例外，不管本人是什么货色，肚皮里到底有什么东西，先用什么"著名""突破""重大开拓"之类包装一番，多开几次研讨会，加之一些"华夏学者""思想家""理论家"等头衔，保证就能够远近闻名。

想想这也合情合理。如今社会，人人都依靠媒体来认识社会、了解事物和获取信息，但是人人专业知识有限，所接触的人和事更是有限，隔行如隔山，如果信息来源单一的话，既无法进行比较，又听不到真正专家的声音，被某种虚假包装所迷惑所欺骗是很容易的。而话说明了，有人喜欢包装和被别人包装，无非为了获名得利，受名利诱惑而已。这在现代社会纯属正常。问题只是怎样包装，谁来包装，用什么来包装，这就涉及了观念问题、体制问题和文化状态与精神问题了。

其实，包装虽然首先在中国南方文化界流行，但是究其源流，一点也不新鲜，无非就是吹捧、拔高、宣传、奖励、推广、总结的混合体，大多由权力和金钱作为后盾，由媒体操作运转，真正的文化和精神意义很薄弱。这一套对于很多中国文人来说，一点也不陌生，运作起来也非常娴熟，可以说得上得心应手，炉火纯青，根本用不着向西方后现代主义学习和补课。因为过去的意识形态运作和宣传活动，在文化机制和权力话语方面，早就领先于西方学术界的文化反思和批判意识。如今不同的只是，时代变了，手段和目的更加多元化了。所以，歌颂起来无边无沿，吹捧起来不怕肉麻，没有不敢用的词，没有不可用的话，反正包装吹牛不犯法，言语投资不舍本，不怕没人上当，就怕无利可图。

因此，在包装时代，盛行包装文化，更多了一种专门包装的文化行业和文人群体，他们往往倚仗权力可以指手画脚，比所有真正搞学术搞艺术的人更为神气，也更有钱。他们是一批更懂得权钱关系的人，最先掌握了打开权钱大门的钥匙；他们先把自己包装好，过足了什么什么学者、专家和教授的"文化瘾"，日后神气活现、志满意得地走到一些文人面前说："怎么样，我们准备把你好好包装一下，在什么什么方面把你推出去！"仿佛他们就是文化人的救世主，是文化界、学术界的主宰，说谁行谁就行，说谁不行谁就永远不行。

这就是包装让人感到反感和讨厌的地方。现代的包装，陈旧的货色，还是一副小市民和奴才相——这是鲁迅当年就痛斥过的，想不到如今又大行其道，不仅有了新花样，而且有如此多的文人学士附庸风雅。看来，包装时代也是因人、因文化而异，也要加以具体分析。有人为了生活美上加美，而有的人会以为在时代变化之际有机可乘，拼命在包装上做文章，把伪劣假冒的东西推出去。

（原载《厦门晚报》1996 年 3 月 13 日）

之二十六

关于大众文学批评中的"一强三弱"

对中国文学批评来说,所谓商业化大潮的冲击直接表现在大众文化崛起的势头上面。由此,在如何对待大众文化及文学(或者称通俗文学、娱乐文化、流行文化)方面,明显存在着"一强三弱"的情景,应该引起批评界的注意。

所谓"一强",指的是大众文化发展的势头很强,这不仅从中国,而且从世界范围内说都是如此。在中国,随着与世界现代潮流的交接和人们对于娱乐的渴求,文化及文学越来越依赖人们的需要才能生存发展,越来越和文化市场相连,带着越来越多的商业色彩,这是不可避免的。问题是如何理解和对待这种现象。就目前的状况来看,要想把商业化的因素和趋向彻底消灭,制造一种纯而又纯的文化或文学空间和样式,恐怕纯粹是幻想。

当然,这对中国文学批评来说,是一种艰难和尴尬的处境。因为权力化的阴影并没有散尽之时,批评又面临商业化的冲击,简直就像烤箱里的烧饼,两面都受到挤压,再加上以往的观念意识的制约,一时很难找到自己批评的位置。正是在这种情况下,批评界对大众文化及文学现象的"三弱"就显得格外突出。

第一"弱"是指对大众文化及文学现象基础理论研究的薄弱。据我所知，美国理论界早在 20 世纪 50 年代就开始关注大众文化及文学，在 20 世纪六七十年代大学已经普遍开设了有关课程，在基础理论、观念及批评方法方面已经有相当积累和共识，这不仅促进和引导了欧美大众娱乐产业的迅猛发展，而且为新的文化理论的产生开辟了道路，例如，如今人们津津乐道的后现代理论就是直接从大众文化研究及其理论基础上，或者说主要针对大众文化的崛起生发出来的。然而，相比较而言，我们在大学课程中至今没有设置这方面的专门研究和课程，由此导致了中国在这方面理论基础上的薄弱和欠缺，批评家难以从理念上对大众文化及文学现象进行分析和评论，甚至停留在"好"还是"坏"、"要"还是"不要"的简单争论上面。同时，即便在具体的评论方面，往往存在着许多来自不同批评阵营（如纯文学、先锋文学、商业化、理想主义等）的异见，很到位的评论难以见到。

第二"弱"是从批评实践方面来说，介入具体的大众文化及文学现象的力量贫弱。由于种种原因，对于大众文化及其文学迅猛发展的势头，批评界的表现是较为被动的、迟钝的、不灵敏的、不贴近的、低水平的。所谓被动的，就是一些批评家尽管介入了，但是往往带着被"收买"的性质，并不是真正投入了自己的心力，还缺乏一种真正的严肃态度。所谓迟钝，是指还没有真正意识到大众文化及文学的发展势头，往往无法及时作出理论上的反应。所谓不灵敏，是指批评家本身这方面信息不流通，生活过于单调，往往意识不到人们娱乐需求和审美趣味方面的变化。所谓不贴近，是指所依据的理论、所关注的问题、所列举的例证，往往距离遥远，很难与现实潮流发生共鸣。所谓低水平的，就是搞包装的多，认真研究的少。

第三"弱"是批评界与大众文化娱乐界联系的细弱。在中国，这似乎是"老死不相往来"的两个"王国"，只求相安无事，不求相互理解和合作。这确实是一种不利于双方、形不成气候的状态，结果只能是两方面都得不到提高和发展。我想，大众文化及其文学要提高层次和水平，就离不开批评的批评、引导和合作，而批评的生命活力的一部分就来自对大众文化及其文学的介入。就大众文化及其文学"市场"这一块来说，理应有批评的一份份额，问题是如何建立一种互动与合作的机制，所以就文化的发展趋势来说，促进批评与大众文化及文学的结合，使通俗与高雅、娱乐与陶冶、大众与精英审美趣味互动交融，是我们应该关注的。

（原载《上海文学》1999 年第 5 期）

之二十七

艺术思维活动的自由度[①]

一

当把艺术思维活动描述为一系列自我应答过程时，艺术家主体也正在从自己本身现实的心理王国过渡到另一个虚幻的自由王国之中。在这里，艺术形象生命代表了"第二自然"，其时间和空间的绵延都超越了客观现实的界定，获得了主体自由延展的可能性。艺术创作过程也是实现和追求这种自由的过程。无疑，自由这个概念，是和艺术创作活动关系最亲密的词句。远在它还没有成为艺术创作心理学中的概念之前，就伴随着艺术创作活动跨过了千山万水，被视为为数不多的永恒的艺术品质之一。不过它在人的精神活动中，既是一个最普遍的概念，也是一个最抽象、最难以捉摸的概念。而创作自由就是建立在这种难以确定的概念基础上的。我们发现，在我们的生活中和学术中，常常有这样的怪事出现，越是人们经常提到、非常熟悉的概念，恰恰越是人们最模糊的概念，人们对它的真实内涵

[①] 本文原是专著《作品是怎样产生的——艺术思维活动的心理美学分析》中的一章，但是由于时代变迁的影响，在出版前夕被抽下了。此后，作为单篇论文发表在由徐中玉、钱谷融主编的《文艺理论研究》1993 年第五期上；后又被收入葛红兵教授主编的《20 世纪中国文艺学史论》一书，由此可见文艺理论探索的艰难性。

并不明了。

这造就我们研究分析这个问题的困难性，也造就了其必要性。显然，艺术创作被普遍认为是自由的，也许首先在于在所有的精神现象之中，它是最藐视既定的传统和陈规戒律的。因为在艺术创作中，所有现实中的一切只是艺术所意识到的对象，但并非艺术本身，更不是它真正的目的；艺术是一种唯一能成为人自觉意识独立浮现和表现自己的世界，其能够把自我意识的能动性全部调动起来。

这种自由表现在艺术的满足是建立在一种纯主观的幻想之中，证明其魅力的并不是某种客观规则和逻辑，而是艺术家主体的感情。如果艺术家主体感情由此找到了寄托，得到了宣泄，它就是成功的、真实的，不需要去服从任何别的规范。与其他精神现象相比，艺术创作更加远离现实的目的性，艺术家不会感觉到自己思想和存在被限制在整体生活的某一领域和分支中，意识被置于某种客观存在的元素和条例之中，依靠某种客观的形态来证明自己。可以说，在艺术创作中，人是通过主观的幻象世界获得自由的，而这种幻象同时是其主观自由创造的产物，在这个幻象世界里，人得以从客观现实生活的束缚和压抑中解脱出来，精神第一次有可能通过自己来满足自己。而这种满足源自一种超越现实功利的美的观照。

只有在这个虚幻世界里，人才能行使自己最大限度的自主权，随心所欲地去创造形象，实现自己的美学理想。正因为如此，艺术的世界可以说是一个纯粹想象的世界，因为"一个真正的艺术幻想，一个'各种力'的王国，在那里，发散着生命力的纯想象的人们，正通过有吸引力的身、心活动，创造了一个动态形式的整体世界"。① 在艺术思维活动中，想象并不是一种毫无节制的心理行为，而是一种自由创造的能力，它虽然不可能完全抛弃现实和客观事物，但是使它感到最大兴趣的东西永远是"从未存在"和在现实中"不可能存在"的事物，这如同康德（Kant）所言："就它的自由而说，想象力并非被联想约束住而只能照样复制的；它能够创造

① ［美］苏珊·朗格：《情感与形式》，刘大基等译，中国社会科学出版社，1986年，第209页。

和自己活动，首创出各种可能的感象，赋予以随心所欲的模样。"①甚至可以说，在人的心理活动中，想象把人本能的无意识中的自由，转化为了一种有意识的自由，通过艺术的幻象显示出来，"其他功能和经验只能从大自然的书册里撕下片楮零叶，而想象力能使一切片断的事物都完整化，甚至也使无限的、无所不包的宇宙变得完整"。②

因此，不能仅仅把艺术创作的自由局限于作品所表现的内容上来理解，而重要的是一种心理状态和思维方式。

从某种意义上来说，这种内在的自由正是和人外在受到的束缚压抑互相依存的。外在的不自由和束缚把人的一大部分欲望和潜力推回了主体，使它在人内在世界中扩展，形成了心理自由的条件。作为回报，这种内在的自由弥补了人整体存在的现实缺憾，以另外一种形式——艺术的幻象——肯定了人的整体存在。因此，即使在生产力极不发达的古代，人的生存在很大程度上还直接受到自然条件的制约，古代人依然创造了光辉灿烂的艺术作品。作为自由创造的古代神话和传说就是最好的明证，它们显示了古代人内在想象的无限自由。后人在称赞这些作品的时候无不流露出羡慕之情，似乎这种自由现代人已无法享受。

其实，这是一种误解。这种自由从艺术一开始产生，就一代一代遗传下来，成为每一个艺术家的天赋之权。现代人所抱怨的往往是一种外在的不自由而引起的内在恐惧，并非心理活动的实质。但这种恐惧本身很容易构成心理自由的障碍。本来，在社会生活中，"敢想"和"敢说（表现）"是一种彼此交流而又独立的事实，但是后者的抑制有时就会牵制和节制前者的进行，长此以往，就会形成一种思维的硬壳，窒息人自由想象的活力。而这种硬壳往往又是由某种内在的恐惧感自己建造起来的。因为就一种外在的不自由的程度来说，古代人丝毫不比现代人优越；就从思想

---

① 外国文学研究资料丛刊编辑委员会：《外国理论家作家论形象思维》，中国社会科学出版社，1979年，第33页。
② 外国文学研究资料丛刊编辑委员会：《外国理论家作家论形象思维》，中国社会科学出版社，1979年，第37页。

意识方面来说，禁忌与崇拜的力量远比现代社会中教条和规范强大得多。

由此可见，对一个艺术家来说，自由是一种独立的心理品格，能够在不同的条件下保持自己思维的能动性。中国古代庄子所写的《逍遥游》就强调了这种主体心理活动的自由境界。为了达到这种境界，主体的自由意识的自觉是非常重要的。因为作为一个艺术家，获得这种心理上的自由是要付出一定的现实生活代价的，他必须脱离某种现实关系的纠缠，不为具体的思想观念、社会尺度、历史时空所局限，从而放弃眼前利益而和整个世界接触，进入自己所迷恋的那个世界。在这个过程中，艺术家一方面把自己从原来世俗生活关系中解脱出来；另一方面则意味着收视反听，让整个身心沉浸在艺术形象的想象中，能够"精骛八极，心游万仞"，突破一切客观现实的限制。在艺术思维活动中，时空被任意分割和压缩成不同的条块，遥远的过去可以变成现在，坚硬的岩石可以成为柔软的肌肤等，都表现了艺术家主体的意志力量。自由也是艺术家产生和建立幻象的条件。

用一种朴素的观念来说，自由的美学含义包括主观和客观两个方面，就客观含义来说，艺术表现的世界是无限的，没有任何绝对的禁区和限制。艺术的对象是整个宇宙和自然，整个人类和整体生活，从微观到宏观，无所不包，这是任何一门精神科学都相形见绌的。从主观方面来说，艺术家是用整个身心从事创作的，不需要掩饰什么，也不需要割舍什么，艺术创作需要理性，也需要感情，并不排斥直觉和潜意识的内容。艺术家主观世界同样有着无限广阔的天地。

如果把这两者比作"大宇宙"和"小宇宙"关系的话，艺术创作的自由来源于它们之间的天然联系。艺术家创作从来是和某种心理本能欲望联结在一起的，往往起源于主体的某种自然感受和自然需求。在创作中，艺术家的感受、印象和表达，并不愿接受外在意志的控制，而只接受自己内在意识的支配，从这个意义上来说，没有任何外在的力量能够强迫和驱使艺术家去创作，艺术创作也从来无法接受这种强迫和驱使，把艺术家的整个心灵交给某种外来的公有物。如果是那样，当艺术家主体自由遭到否定的时候，任何艺术对象的存在就无法获得整体的生命。主体的丧失同时意味着对象生命的丧失。这原因很简单，这种部分丧失的主体本身也无法去感受、理解和把握整体的对象世界。

由此可见，在艺术思维活动中，自由并不是一种抽象概念，而是具有具体、实在内容的。其表现在这样几个方面：（1）表现了艺术家心灵一种深刻的内在需求，它对于生活、自然都向往着一个无限广阔的世界，不断从已知的世界中解脱出来，向未知的世界开拓和探索，从瞬间感觉到永恒，从有限追求无限，从现在走向未来，正是实现这种内在需求的具体过程。（2）表现了一种心理能力。艺术家感受和理解生活，既有一个永无止境的过程，也证明有无限的内在潜力可挖。就人的心理思维活动来说，它能够超越一般的时间空间界限，能够通向生活最细末的微观世界，也能够包容无限的宏观世界，其所能够表现的对象是包罗万象的。（3）自由也是艺术思维活动的一种具体心境。唯独在这种状态中，艺术家才能建造起自己小小的想象世界，超越客观现实的具体障碍，最终自己意识到自己，成为自己的主人。因此，艺术创作不仅是一种用全部身心感受生活、表现生活的活动，而且是整体地感受到自己并表现自己的最高形式。没有任何一种活动能够像艺术那样淋漓尽致地表现自己，因为它们在主观心境中总有这样或那样的限制，在某一方面对身心起到抑制作用。

二

由此可见，所谓创作自由主要是艺术家创作主体内在的权利和能动性，属于一种内在自由的梦幻形式。在创作过程中，艺术家只听从于自己内心真实的召唤，而对于一切外在的限制、强制和干预都持一种藐视的态度，自主、自动、自发、自觉地去创造艺术作品。这正如巴金在谈及自己创作《灭亡》时所说的："……我活了二十几年。我生活过，奋斗过，挣扎过，哭过，笑过。我从生活里面得到一点东西，我便把它写下来。我并不曾有一种心思想写一种什么意义的作品，我要怎么写就怎么写。而且在我是非怎样写不可的。我写的时候，自己和书中人物一同生活，他哭我也哭，他笑我也笑，我不是为想做文人而写小说。我是为了自己（如我在序言中所说的是写给我的哥哥读的），为了申诉自己的悲哀而写小说。"①巴金在创作活动中所感受和行使着的自由，都是和自己对于生活真实的感受和感情连在一起的，他的创作是和这种内在的感受和感情一致的。这一致性与"强制"和"束缚"不相容，也和外在的自由有着不同的含义。

这明显表现在，以创作主体为起点的自由观念，强调和依据着内在感情的认同，而不是外在的理性规则和事实的制约。当艺术家被某种强烈的感情所驱使和策动的时候，他并不一定能够完全把握和说明自己，或者用某种理念或逻辑形式去支配自己的思维走向和价值判断；相反，在整个创作活动中，某种真实的情感会把艺术家推到一种忘我的极致状态之中。在这种状态中，艺术家才真正拥有了主观感受和想象的自由，顺从自己情感的意愿创造一个艺术的非现实世界。实际上，这个非现实的艺术世界也是艺术家能够自由宣泄自己感情的唯一场所，在这里，艺术家主体获得了一种内在的满足。这种情形能够在很多艺术事实中看到，艺术家在生活中渴望着一种内在感情的认同，而又无法在现实中实现，于是自然地寄托于某种虚幻的现实之中。巴金就说过："我在生活里有过爱和恨、悲哀和渴望；我在写作的时候也有我的爱和恨、悲哀和渴望的。倘使没有这些我就不会写小说，我并非为是要做作家才拿笔的。"②他的很多小说就是在一种不可遏制的感情推动下写成的。《家》就是明显的例子。巴金曾经谈到过，他之所以写这部小说，是出自十几年生活中感情的积郁。用他在小说《在门槛上》所表述的一段话来说："那十几年的生活是一个多么可怕的梦魇！我读着线装书，坐在礼教的监牢里，眼看着许多人在那里面挣扎、受苦、没有青春、没有幸福，永远做不必要的牺牲品，最后终于得到了灭亡的命运。还不说我自己所身受到的痛苦！……那十几年里面我已经用眼泪埋葬了不少尸首，那些都是不必要的牺牲者，完全是被陈腐的封建道德、传统

---

① 巴金：《巴金论创作》，上海文艺出版社，1983年，第5—6页。
② 巴金：《巴金论创作》，上海文艺出版社，1983年，第106页。

观念和两三个人的一时任性杀死的。"所以,一些人物、一些事情已经深深地刻在了巴金心上,想忘记也是不可能的。因为这些人物和事情不仅是巴金亲自看到的、经历过的,而且这些人与事与其本人有着不可摆脱的亲族关系。也许正因为这个原因,巴金接到他大哥自杀的电报之后,经过一夜的思索,最后一次决定了《家》的全部结构。①

可以说,艺术思维活动的自由是建立在情感自然生发、流露、表达基础上的,所谓对创作强制、规范和约束的力量常常来自对艺术家主体情感的压抑。而对艺术家来说,如果迁就某种与自己感情不协调的东西,隐瞒、掩盖甚至违背自己内心的真实感情,或者假造某种情感,强作欢颜,也就等于放弃了自由创作的权利。

与之紧密相连的另一种含义在于,艺术思维活动的自由强调主观幻象的真诚,而不拘泥于客观事物的真实。很多人把创作看作一种幻觉或者梦境的显现显然与此有关。在这方面最引人注目的也许是弗洛伊德(Freud)的心理分析学说。他曾经专门研究过神话与幻觉的关系,认为有些神话其实来源于人的一些幻觉。同时,他进而把创作看作一种"白昼梦",是童年游戏的继续和替代,用幻象来取代游戏,建造一个与世隔绝的海市蜃楼。弗洛伊德并没有涉及创作自由的问题,但是艺术创作的自由确实与一个主观幻象的世界有着密切关系,实际上,艺术家某种感情的认同,正是通过某种主观幻象实现的。在这种主观幻象世界里,艺术家的一切真情实感才有可能真正畅行无阻,自由自在地表现自己。

在艺术思维活动中,某种主观幻象常常是不请自到的,完全属于艺术家自己的。外在的强制和规范往往显得无能为力。由此艺术思维较之其他科学思维方式获得了更大的自由,艺术家有权利沉浸在自己所创造的幻象世界之中,并获得最大程度的满足。这种幻象世界一方面把艺术家和现实生活联系起来,表达生活给予艺术家的一切并且反馈于社会生活;另一方面它形成了自我保护的某种硬壳,尽可能地避免了和现实的直接冲突。从

---

① 巴金:《〈家〉十版代序——给我的一位表哥》,巴金《巴金论创作》,上海文艺出版社,1983 年,第 106 页。

某种意义上来说，艺术思维活动的自由就是一种创造主观幻象的自由。艺术家可以在一种主观化的幻象世界中呼风唤雨，移花接木，无中生有，有中生奇，这时就会像巴尔扎克（Balzac）一样，一杯咖啡落肚，完全沉浸在构思、想象、布局、写作和理解的气氛中；一切都骚动起来了：思想如同布列在战场上的大军，开始出动了。于是，战斗便发生了：记忆展开战旗冲过来了；比较这支轻骑兵迅疾地铺开了；逻辑这支炮兵带着辎重弹药奔过来了；妙语如射手一般赶来了；人物形象一个个挺立起来，稿纸布满了墨水……艺术家的全部身心调动起来时，正是艺术思维活动自由创造的极致。

正因为如此，艺术思维活动的自由与否并不完全取决于艺术家对于种种社会事物和信条的排斥和藐视程度，而最重要的是对自己主观感受和感情的忠实程度。在创造活动中，艺术家自动自发去接受事物、观念和信条，内心不会感到强制和约束，心境自然是自由的；假如艺术家并不是自动自发地去接受这些事物、观念和信条，而是虚假（违背自己心灵）或者被迫接受它们，思维就会感到束缚。所以，尽管形成思维活动的自由或不自由的原因是多种多样的，但是在艺术创作主体的意义上来说，取决于一种内在的心灵事实，这就是服从情感的指引，接受、选择和表现自己心灵浸透过的东西，不勉强、委屈自己去接受、选择和表现自己不理解、不熟悉的事物。自由不等于拒绝一切和怀疑一切，更不是无知和狂妄。

在这个前提下，从社会功利性来说，艺术思维活动的自由有"消极自由"和"积极自由"不同的表现。在有的情况下，前者表现在尽量避免外在权力、观念和教条的强制和干预，宁肯保持缄默而不去写自己不想写的、不愿写的；或者逍遥于山林湖泊之间，写一些自己愿写的，能免于与现实发生直接冲突的题材，也不失为一种自由创作的状态。这时，艺术家还起码保持着最后一点自由——缄默的自由。与之不同的是，积极自由表现为发挥主体的创造力，希望尽量打破社会生活在各个方面对艺术创作的束缚以及陈规戒律，去获得更大的世界。艺术思维活动的自由可以从不同的角度去理解，所谓"消极自由"和"积极自由"也只是一种大概的区分，它们之间在实际活动中难有明确的界限，往往是互相关联的，其在不同的时代条件下有不同的表现。尽管如此，它们具有共同的意向，都表现了一种艺术创作拒绝任何外在指使、强制、奴役、束缚的心理自由。珍惜自己艺术生命的艺术家，最珍惜的就是这种心灵的自由。

事实上，这种心理自由也是衡量艺术创作活动一种具体的美学尺度。就一个国家或一个时代来说，通过它可以看出整个艺术发展状况和真实水平；对一个艺术家来说，它往往从根本上决定着艺术创作的成败得失，决定着作品的艺术生命力。一个艺术家如果在种种限制和规范条件下创作，如果在主观上受到很多观念、教条的牵制，就不可能充分发挥自己的创造力，给自己所创造的艺术生命提供自由舒展和表现自己的充分机会，作品也就会失去艺术家心灵中原生的情感的魅力。比如中国当代作家刘绍棠就有这样正反两方面的创作经历。他曾说自己的小说《地母》《起来行》没有写出水平。而以后写的《芳草满天涯》《蒲柳人家》就大不一样。激发他创作的不是某一个概念或主题，而是真实的生活感受，作品具有强烈的艺术感染力。作者在回顾这段创作经历时写下了这样一段话："我的看法，创作的欲望，必须来自生活中具体人物形象的激动，而不是出于图解概念。不仅不能图解政治和政策的概念，也包括不能图解一切抽象的概念；例如，图解'伤痕'，图解'干预生活'，图解'历史的教训'，图解高尚的情操，图解伟大的精神，图解社会主义新人和创业者的形象……"①

三

显然，这种图解概念（甚至思想）的做法之所以不可取，是由于限定了艺术家艺术思维的方向和范围，在某种程度上已经剥夺了创作思维的自由。于是，很多原生的美好感情，很多活生生的艺术形象，很多生动的奇

---

① 刘绍棠：《我是一个土著》，人民文学出版社，1983年，第144页。

想幻觉，都在某种限制面前被割舍了、肢解了、消失了，艺术作品的活力和魅力也由此不复存在。

在具体的艺术思维活动中，构成对自由威胁和限制的并不只是某种概念的图解。艺术家在艺术内容和形式方面长期形成的一些固定的看法、选择和模式都会对创作产生消极的影响，尤其是当他把某一种创作方法和美学趣味视为经典的时候，往往会使艺术思维活动受到很大限制，值得探讨的是，这种心理自由的障碍在很多情况下，并不是来自外在的束缚和压抑，而是来自艺术家主体意识结构自身的素质。

意识到了创作中可能出现的种种限制和障碍，艺术思维活动中的自由必然会显示出程度不同的问题。应该看到，即使在相同的社会条件下，不同的艺术家所真正拥有的思维自由也有很大差异。自由本身是一个不确定的概念，它拥有无限的天地，但是它并不是自然而然降福于艺术家的，还必须依赖艺术家主观意识的努力，不断去开拓它。正因为如此，我们不能仅用某种"恒常"的自由原则来解释上述现象，应该仔细考察在具体思维活动中的自由度。在一定的社会生活中，艺术思维活动的自由程度不仅取决于外在的社会条件是否充分具备，而且取决于艺术家是否有充分的艺术能力去把握和获得这种自由。所谓自由度，往往是艺术家心理感受、理解、艺术修养、眼光和技巧等综合能力的一种标志。

毋庸置疑，在具体创作中，自由绝非胡作非为的同义词。艺术思维活动的自由是以符合特定的艺术规律为前提的。一些特定的艺术规范、艺术形式和技巧的存在，并非一定就是创作主体自由的障碍，相反是艺术家获得这种自由的必要条件。事实上，艺术家正是通过某种特定的艺术规范、艺术形式来超越现实生活的，从而使心理进入了一个自由创造的王国，这些规范和形式形成了维护艺术家主体自由，防止外来强制和干预的天然屏障。而当这些规范和形式无法保障艺术家表现自己的时候，也是它们自身天地过于狭小，从而构成对思维活动某种限制的时候。艺术家要获得更大的自由，并不能仅仅通过藐视和抛弃一切艺术规范和形式来实现，而恰恰相反，这往往是通过创造新的规范和形式赢得的。

　　由此我们不应有这种错觉，即在艺术思维活动中，把自由和艺术形式、规范完全对立起来看待，应该说，它们是彼此认同的。艺术家主体在创作中获得的自由程度，首先是和他创造和运用艺术形式、艺术技巧的水平、能力密切相关的。当艺术家在创作中无法找到一种得心应手的艺术形式或技巧之时，艺术思维是无法进入一种自由之境的；当他找到了，并能运用自如的时候，就能自由地驾驭整个艺术创作过程。很多艺术家有过这样的切身体会。当代作家王蒙在小说形式和技巧上的创新就很能说明问题。过去他基本上用写实的方法进行写作，但是后来情况变了，原来的手法已经无法完全表达他对生活的感受和理解，反而使他感到某种束缚和限制。正是在这种情况下，在写《春之声》的时候，王蒙采取了新的写法："……我打破常规，通过主人公的联想，突破时间和空间的限制，把笔触伸向过去和现在，外国和中国，城市和乡村。满天开花，放射性线条。一方面是尽情联想，闪电般的变化，互相切入，无边无际；一方面却是万变不离其宗，放出去又都能收回来，所有的射线有一个共同的端点，那就是坐在 1980 年春节前夕的闷罐子车里的我们主人公的心灵。"[①]——无疑，通过这种新的方法，王蒙不仅创造了新的艺术境界，而且在艺术思维活动中获得了一种从未有过的自由。新的手法不仅满足了作家对主题的渴望，让人在有限的时空中感到了更广阔、更长远、更纷繁的生活，而且在一定程度上解放了作家自身的一些感觉感受，使它们能够自然流露。

　　如果把问题引导到人的感觉领域之中，艺术思维活动的自由度必然会受到整个心理世界的制约，但这是不可避免的，因为艺术创作和人的感觉与知觉能力有着直接关系。艺术家往往是通过感觉和知觉方式来把握世界，而感觉和知觉也常常自然成为分析艺术创作活动的出发点。比如美国的鲁道夫·阿恩海姆（Rudolf Arnheim）就是这样，他的《艺术与视知觉》一书在第一章第二节就是"'知觉力'剖析"，把知觉看作一种生理力的心理对应物。在他看来，"知觉活动在感觉水平上，也能取得理性思维领域

[①]　王蒙：《关于〈春之声〉的通信》，彭华生、钱光培《新时期作家谈创作》，人民文学出版社，1983 年，第 466 页。

中称为'理解'的东西。任何一个人的眼力，都能以一种朴素的方式展示出艺术家所具有的那种令人羡慕的能力，这就是那种通过组织的方式创造出能够有效地解释经验的图式的能力。因此，眼力也就是悟解能力"。①

但是，人建立在感觉和知觉基础上的这种悟解能力既不是没有限制的，也不是人人相同的。按照现代心理学观点来说，人对事物的感应也受到某种"反应阈限"的限制，只能在有效的范围内感受和认识事物，比如人的视觉必须受到视网膜分辨能力的限制，听觉必然受到耳鼓膜听音能力的限制等，使人有关这方面的思维活动也受到一定的限制。这种"反应阈限"从物理作用来说，实际上已经划定了思维活动进行的某种特殊的区域和场景，构成了客观对象的具体范围。由于这种"阈限"的存在，人们对于一些事物、一些事物之间的差别常常有视而不见、听而不闻的现象发生。

当然，对艺术创作来说，这种"阈限"更重要地表现在对事物整体把握和感知能力上。这种能力不仅取决于艺术家感觉和知觉天赋，还取决于其某种特定的思维模式和艺术方式，由此形成了捕捉和把握事物整体面貌的水平。一个艺术家，这种能力越强，在艺术思维活动中就越能获得更广阔的天地，得到更大的自由。而这种能力并非一成不变，一个人通过学习和参与各种各样的艺术实践活动能够不断增强艺术感知和把握能力，打破原来的心理"阈限"。例如一个经过长期音乐训练的人，非常容易分辨出曲调中的节奏变化，亦能够通过几个重要的音符把握整个曲调的面貌特征；一个高明的漫画家，能够通过简单的几笔，就把一个人画得活灵活现。

由此看来，艺术思维活动的自由程度是在一定条件下实现的，除了免于外在事物的压力之外，还要看艺术家主体心理的开放程度和艺术地把握事物的综合能力。否则，这种自由就会受到各种各样"阈限"的制约和界定，被一些既定的事物、规则和艺术模式所驾驭，丧失艺术家主体的作用，从而使艺术家陷入被动的、不自由的状态。这时，艺术思维活动很容易在一个封闭的小圈子里自我循环，在内容和形式上千篇一律，重复原来的思路。可怕的

---

① ［美］鲁道夫·阿恩海姆：《艺术与视知觉》，滕守尧、朱疆源译，中国社会科学出版社，1984年，第56页。

是，这一点并非所有艺术家能明确意识到。有些艺术家有时自以为已经掌握了某种艺术的真谛，把某种艺术经典的艺术方法和模式视为不能超越的原则，自己在创作中仿佛也显得得心应手，岂不知自己的创作已进入一种作茧自缚的状态，把自己的思路局限在了无所创新的"死角"之内。在他最得意的时候，也许正是成为某种观念、规范的奴役之时。

显然，自由是艺术家一种自觉的艺术意识。在艺术创作中，艺术家时刻要避免这种悲剧，就是自己被自己所设计的艺术范围和方法所束缚，把思维引导到一条狭窄的胡同之中。在这条胡同里，艺术家思维对某一事物、某一境界的高度关注，亦会隔绝和遮蔽艺术家和其他事物以及艺术方法的触类旁通，使艺术思维活动陷入某种僵局。就此来说，始终保持一种开放的艺术心境，不过于迷信或者排斥任何一种艺术创作方法，是艺术家获得心理自由的保证。很多伟大的艺术家就是这样做的，他们善于兼收并蓄，吸收各种艺术营养，开拓自己的艺术视野，又从来不迷信于某一种艺术方法是万能的，来限制自己的艺术创新能力，鲁迅就是这方面突出的代表，在艺术创作中，他一直把握着自由选择的主动权。

艺术家是自由的，因为他们是不自由的社会现实的一种反叛者；艺术思维活动也应该是自由的，因为它是一种自觉、自愿、自发的心理活动。一个艺术家应该维护这种自由，并在创作实践中不断开拓这种自由，不断获得更广阔的艺术天地，尽管这有时需要艺术家付出一定的代价。而对于艺术家来说，这种代价是值得的，除此之外，也许别无选择。文艺复兴时期的英国诗人和批评家锡德尼（Sidney）早就为自由创作的权利进行了有力的辩护："自由诗人，不屑为这种服从所束缚，为自己的创新气魄所鼓舞，在其创造出比自然所产生的更好的事物中，如那些英雄、半神、独眼巨人、怪兽、复仇神等，实际上，升入了另一种自然，因而他与自然携手并进，不局限于它的赐予所许可的狭窄范围，而自由地在自己才智的黄道带中游行。"①

（原载《文艺理论研究》1993 年第 5 期）

---

① 外国文学研究资料丛刊编辑委员会：《欧美古典作家论现实主义和浪漫主义》，中国社会科学出版社，1980 年，第 215 页。

之二十八

谈谈批评的轻松感

记得一位心理学家说过，"轻松，便是天才"，这句话对于搞文学批评的人来说，或许是非常重要的。我以为，文学批评要真正地走向繁荣，结出硕果，首先必须卸去长期在心灵上形成的有形或无形的负担，轻轻快快地进入一个新的世界。

当然，这里所说的一种"轻松"，绝不是批评家格调上的轻咏小调，或者一定要远离社会政治生活而孤芳自赏，而是指批评家思维内部和感情深处的一次大解放，从而把自己潜在的一切思维能力调动起来，自由而圆满地表现自己。

这对于一代中国批评家来说并非一件易事。因为我们的思维方式及其状态大多是在一种禁锢时期内塑造成形的，正像一种身体现象一样，如果我们经常用一种姿势坐着或者站着，久而久之，就会自然养成一种习惯，身体不知不觉地伸也伸不开了。在思想感情方面也是如此。

在这种情况下，我们提倡在思维和感情方面"放松"一下，就好比在精神思维方面做做"健美操"，拉开思维感情的韧带，使思维保持良好的状态。显然就一些批评家来说，他们在很多方面已经无法"放松"了，就像把一根嫩枝条弯成弓，刚开始放开它还能恢复原状，但是如果用绳子系着，扔在房顶上晒干，即使再把绳子除去也不会恢复原状了。由此说来，批评中的"轻松"并不一定总是和愉快形影相随的，而可能伴随着一种痛苦的过程，思维就像久弯成型的枝条一样，伸展一下自己的身姿不仅会感到痛苦生硬，而且存在着被折断的危险。

尽管当前文学批评已出现了令人欣赏的局面，但是从深层意义上来说，仍然存在着某种潜在的拘谨感和沉重感。这种拘谨感和沉重感在很大程度上来说，并非来自外在的客观生活环境，而是来自批评家主体结构本身。批评家还不能习惯于完全自主地自己来说明自己，用生活来说明生活，仍然时时在寻找着某种公众的寄托和借口。例如在文坛上一直热衷对某某"主义"的讨论，就是一种令人沉思的文化现象。长期以来，尽管对于某某"主义"从来没有过完全一致的看法，但是敏感于对"主义"的辩解和讨论一直引人注目。批评家习惯于用"主义"来评论作家和作品。使得很多作家作品的讨论成了关于"主义"的争鸣。很多批评家借助于某种"主义"，或者在文坛上提出了什么"主义""原则"之类名噪一时。也许正因为如此，至今批评界存在着这种情况，很多人对于"主义"的兴趣大大超过了对具体文学问题的兴趣，极愿意去谈什么"主义"，或者在合适的时候提出什么"主义"，而不愿意脚踏实地去分析研究一两个具体的文学问题，进行一些必要的文学批评的建设工作。

当然，这里并不是说对"主义"的探讨，或者用"主义"来概括某个作家的创作完全不必要，而是提醒人们去注意在这"主义"背后所隐藏着的某种软弱的批评心态。批评家之所以热衷"主义"，实际上是由于"主义"具有力量，能够保护批评家；"主义"代表着某种群体的意识力量，批评家拥有了"主义"就有了主心骨，心里就踏实了，否则批评的个性就会显得名不正言不顺。这说明我们的文学批评中还缺乏一种真正的内在的轻松，总有那么一种隐隐约约的条条框框束缚着批评的手脚，而且批评家一时难说能够摆脱其束缚，因为这种束缚是一种来自内在的局限性。如果说过去批评家头上悬着刀子，眼前摆着棍子，脚上套着绳子，心灵想轻松也不可得，那么现在重要的是解除这种内在的束缚，突破批评主体的局限性。对文学批评来说，打破禁令，去掉外在的束缚，或许是走向真正繁荣的第一步，更难得的是打破每个人思维内在那些禁令和教条留下的阴影，让主体心灵舒展开来，向四面八方延展开去。

　　创作需要自由，批评也需要自由。而自由需要心灵的开放和轻松状态。为此，从事文学批评也需要不断打破自我，以平等的胸怀接受各种异己的文化思想，在思维方式和感情方式上能够自如地放开自己，真正面对生活和艺术，而不是遵循生硬的教条。

　　　　　　　　　　　　　　　　（原载《当代文坛报》1988 年第 8—9 期）

之二十九

《浅草》论①

在文学发展中，刊物始终占据着一个十分重要的地位，它在作家读者和社会生活之间起着"枢纽"作用，是作家成长的摇篮。尤其是在文学发生转变的时期，文学刊物常常成为某种艺术主张或思潮的阵地与旗帜，自然也很容易造就一种文学流派或者群体。在现代中国文学发展中，新思潮的传播、新流派的产生，往往是和新刊物的诞生或者旧刊物的改造紧密联系在一起的。文学期刊研究，在文学史的研究中，无疑占有一定的位置。

摆在我们面前的是一本名叫《浅草》的刊物。在中国新文学创作初期，与当时林林总总的文学刊物相比，《浅草》也许并不是一个过于引人注目的刊物。作为一个青年文学社团——浅草社的刊物，它自 1923 年 3 月创刊至 1925 年 2 月停刊，总共才出了四期，创办人及撰稿人林如稷、陈炜漠、冯至、陈翔鹤、杨晦等，就当时来说，也无一个称得上文坛名家或者风云人物，但这一切反而加强了这个刊物的独特性。作为一种历史的文学现象，《浅草》所表现的历史和美学意蕴，是值得深入探究的。

---

① 这篇论文写于 1989 年《中国现代文学流派发展史》出版之后，我感到此书还缺乏很多资料细节上的挖掘和分析，尤其是在相关杂志的研究上不够充分，所以准备就中国新文学的一些重要杂志进行一系列个案研究，碰巧《浅草》杂志的资料就在手边，就写了此文。

一

从历史的意义来说，《浅草》诞生于一个好的时期，也是一个不好的时期：旧文学的坚冰已被打破，文学革命大告成功，《浅草》获得了较好的文学环境，能够自由地表现和发展自己；但《浅草》因此失去了文学革命中一显身手的机会，而且在各种社团和刊物竞争激烈以及文学"主义"多元化发展的情势下，一个刊物要办出自己的特色，要找到自己的立身之地，确实不易。

《浅草》的创办者对当时文坛的情形是熟知的，他们本身创作的起步也受到各种主义主张的染指；但是，他们选择了一条独特的道路，不愿过多地纠缠于当时文坛的竞争，也不愿在理论和创作上标新立异，只想尽量避开文坛风浪的影响，耕耘一块属于自己的园地。林如稷在第一期"编辑缀话"中就说得很清楚：

> 我们不敢高谈文学上的任何主义，也不敢用传统的谬误观念，打出此系本社特有的招牌。
>
> 我们不愿受"文人相轻"的习俗熏染，把洁白的艺术的园地，也弄成粪坑，去效那群蛆争食。
>
> 其实，在中国这样幼稚——我们很相信我们——的文坛里，也只能希望文坛上的各种主义，像雨后春笋般的萌茁：统一的痴梦，我们不敢做而不愿做的！
>
> 文学的作者，已受够社会的贱视；虽然是应由一般文丐负责。但我们以为只有真诚的忠于艺术者，能够了解真的文艺作品，所以我们只愿相爱，相砥砺！

初看起来，《浅草》面世的态度平实且自谦，并无什么大的奢望，但在平实和自谦之中也并不掩饰自己的独特立场。他们并不排除文坛上的各种主义，但是显然对高谈"主义"不感兴趣，尤其是对用某一个"主义"来"统一的痴梦"，他们是不愿做的。如果联系到当时文坛流派纷争的情景，这种态度显然有一定针对性，虽不能说锋芒毕露，对文坛上一些现象的不满和针砭情绪是很明显的。当时文坛上各个社团流派在争鸣中的一些主观偏执态度确实包含着一些令人不安的因素。一些人高谈"主义"，以此作为讨伐他人的武器，正如鲁迅所说的，"主张者以为可以咒死敌人，敌对者也以为将被咒死"；在争鸣中，双方都表现一种"唯我独尊"的倾向，想用自己的"主义"来压倒对方，统一对方。这不仅是一种宗派现象，更是一个历史的文化心理现象，其中蕴含着中国文学在历史转变过程中传统与现代意识的冲突和矛盾，也表现了依然在传统文化氛围中成长起来的一代中国作家对于一个多元化文学时代的艰难的心理适应过程。当旧文学的表层结构已被毁坏之后，在大部分人心灵中仍然潜在地保留着旧的传统的文化心理，希望在旧的偶像被打破之后迅速建立起一个新的思想偶像。这种心理实际上潜在地支配着中国新文学发展的历史进程。中国并不十分成熟的现代经济、文化、政治条件，以及由此所决定的社会实际需要，又时时强化和引发着这种文化心理。在这样的历史、文化背景下，《浅草》——一个由当时文坛无名小卒创建的刊物，却试图冲破这种文化心理氛围，摆脱各种"主义"争斗的影响，坚持"真诚的忠于艺术"的主张，便显得特别难能可贵。

《浅草》同人们除了努力创作之外，还决意取消批评栏目，坚持"抱定不批评现在国内任何人的作品；别人批评我们的，也概不理论，任人估值，以免少纠纷的宗旨"。[①] 这种办刊态度当然谈不上积极的"进攻"，但对于维护自己刊物自尊独立的形象起到一定作用：《浅草》一问世，就给人以埋头创作、真诚沉实的印象。

---

① 《浅草》在第一期"编辑缀话"的这种态度在创办另一个刊物《文艺旬刊》时有所改变，表示"仍不登批评别人作品类的文字，但极端欢迎对于我们的批评文字"。

二

于是，《浅草》在当时文坛形形色色的刊物中获得了自己的一席之地。它既没有脱离当时文学创作主潮，又不属于随波逐流之辈；它吸取了当时各个流派社团的营养，又没有淹没自己的艺术个性。这本身即提供了五四文学革命后的一种可深入探究的文学现象。

五四新文学革命之后，文坛各个社团流派的创作都逐渐变得不那么单纯，早期很多人信仰的个性主义已开始动摇，文学创作越来越趋向于社会功利的目标，希望在介入社会变革方面作出贡献。艺术至上或为艺术而艺术的思想，已不再是受欢迎的文学主张。曾经颇带一些"为艺术而艺术"味道的创造社，这时开始接二连三地为自己辩解，大谈文学的社会使命和"国民文学"。《浅草》却偏要在此时坚持艺术的真诚，埋头创作，不谈主义，自然是"不合潮流"，至少难免有"为艺术而艺术"的嫌疑。

事实上，无论是五四后时代的文学选择，还是浅草社"个性化"的独特选择，都有着历史的"深层原因"。如果从中国整体社会文化心理背景，而不仅仅局限于文学发生变化的历史表象来分析新文学运动，就会看出，新文学革命的产生本身就带着强烈的社会功利性质，实属当时社会变革和文化变革运动的一部分。作为五四新文学革命摇篮刊物的《新青年》一开始就是以集政治、历史、文化、文学于一身的综合杂志面貌出现的。也可以说，中国新文学虽然一开始即显出了强烈的反传统倾向，但是在骨子里仍然无法摆脱与传统文化各种各样历史的和现实的联系，尤其是在文学的价值观念方面，潜在地继承了中国传统文学的观念。这种情形正表现了中国文学从传统到现代转变的艰难性和复杂性，文学价值观念方面的转变，并不像提倡几个新兴的主义、口号那样轻而易举。就新文学革命所表现的强烈的社会功利性来说，就带着传统与现代的双重意义，对于新文学的发展具有推动和迟滞的双重效应，而哪一种意义和效应发挥得比较突出，并不仅仅取决于文坛和文学家们的努力与意愿，而在于社会、政治、经济、文化、生活发展为它提供的必要契机。

我们看到，在五四文学革命稍后一段时期内，即《浅草》活动时期，这种文学价值观念方面的评判和走向，也处于犹豫的十字交叉路口。一方面，新文学强烈的社会功利性，强化了文学对整个旧的社会体系与意识形态的冲击，把文学推向更广阔的社会变革的实践活动，赋予文学以战斗的锋芒和力量；另一方面，这种功利性有可能把文学引导到"非艺术"道路上去，被简单地看作进行社会革命的手段、途径、工具和宣传机器。这种危险性当时无论在主张"为人生"的文学研究会，还是"为艺术"的创造社中都是存在的。当然，这种情景的产生并不完全取决于文学内部，来自文学外部的各种各样对文学的压力，包括政治、经济、文化等各个方面，迫使文学用自己抗争的方式来回敬社会。文学对社会的干预和反抗实际上也来源于社会对文学的压迫和限制。这种情景预示着 20 世纪 20 年代末到 20 世纪 30 年代，也许更长一段时期内的文学发展趋势。

也许我们把问题扯得太远，但是，如果我们不对当时整个文坛情形有个清醒的认识，就无法对《浅草》进行一种恰当的分析和评价。可以说，在新文学发展中，《浅草》是在一个历史的间隙中出现的。五四新文学革命的洪峰已经过去，新的更大的浪涛尚未到来，几乎所有文学家重新选择着新的方向和出路，同时社会生活一直在选择着文学。《浅草》的使命似乎在完成一种历史的过渡，在历史的长河中设立一个航标，只是说明历史的某些航船曾经停泊和途经过那么一个港湾。

相对来说，《浅草》是一个风平浪静的港湾，原因是它并不追逐文坛的浪花波影。从办刊的动机来看，《浅草》是它那个时代少有的对社会功利目标表示淡漠的刊物之一，它的为艺术与创造社的"为艺术"有明显的不同。它不想用艺术来改天换地，创造新的宇宙，也不想用文学去反抗资本主义的毒龙，做革命的先驱；在《浅草》这个港湾里，艺术是平实的、自然的，更接近于办刊者内心的需要。实际上，作为一个自费出版的刊物，《浅草》同人既是编者，又是作者，还要为印刷出版等种种事务性的工作忙忙碌碌，若没有对文学事业的热情，没有对文学活动的渴望和寄托，刊物的诞生和生存都是难以想象的。

　　显然，这在当时文坛上也是一个独特现象。为此，我们得探究一下造就《浅草》这种风格的各种原因。首先，从杂志同人的成分来看，《浅草》可以说是一种有代表性的"校园文学"。他们大多是在大学正在求学的知识青年，年岁又值二十出头的风华正茂之期，对社会各种思想与生活有他们独特的敏感性；由于校园毕竟不全然同于社会生活，给他们这些"真诚的忠于艺术者"埋头创作提供了一种"小环境"，学院之墙无论是在客观上，还是在心理上，多少起到了一种屏障作用，避免了当时社会动乱对他们心灵的直接冲击，在文学上留存了一个自己能够把握和表现自己的小小天地。对于他们这一群青年来说，《浅草》与其说是社会的一种需要，不如首先说是他们心灵的一种需求，作为一种文学形式，更多地表现了他们人生的一种排遣，青春的一种寄托，以及随之而来的情感上的自我欣赏。于是，他们用青春的真诚和精力承担了《浅草》；《浅草》也承担了他们，负载了他们充溢的情感和理想的追求。

三

　　翻开《浅草》，我们得承认，这是一个在文学上有所追求的杂志，同时是一个以文会友的杂志，其稿件来自四面八方。《浅草》除刊登小说、诗歌之外，还登载戏剧、杂录等，作者计有陈炜谟、陈翔鹤、冯至、罗青留、马静沅、党家斌、李开先、白星、韩君格、高世华、孔襄我、冯文炳、胡絮若、君培、章铁民、王怡庵、莎子、徐丹歌、亚士、赵景深、默声、泠玲女士等二十余人。在《浅草》第四期最后还曾刊登过一个"本社出版物长期担任文稿者姓名"，上面有王怡庵、孔襄我、季志仁、林如稷、夏亢农、陆侃如、高士华、陈翔鹤、陈炜谟、陈学昭、陈承荫、游国恩、冯至、邓均吾、韩君格、罗石君等十七人，可见《浅草》拥有一个可观的作家群。

　　从《浅草》四期所刊登的作品来看，小说的分量比较大，先后共发表了近四十篇短篇小说，其次是诗歌和戏剧。这些作品虽说在题材、体裁、内容和形式方面都难以划一，但是在总的美学倾向和艺术构思上能够给人以独特感受。用不着仔细辨认就可发现，《浅草》是一个弥漫着当时知识青年，首先是青年学生情绪思想的杂志，其中大部分作品所描写的是作者自我及其有关的生活和情感经历，在艺术表达方面也带着强烈的倾诉性和抒情性。由此构成了《浅草》比较突出的艺术个性。

　　通过《浅草》上的一些作品，人们能够直接感受当时一部分青年学生的生活状态，认识和理解他们充满矛盾冲突的心态。特别是《浅草》上发表的短篇小说，大多数以青年学生为主角，几乎在每一篇故事之中都晃动着作者自己的影子，流动着作者自我倾诉的心声。在这些作品中，抒发青年学生在时代生活中的惆怅、烦闷、茫然、痛苦和失意，构成了作品主要的情感色调，把青年学生的那一份人生裹挟在一种伤感氛围中加以渲染，突出表现了作品情感上自我表现和宣泄的艺术效果。

　　在《浅草》中，孤独和寂寞看来是作者们喜欢玩味的一种情绪，这种情绪再加上青春的诱惑显得更为凄凄切切。刊物创刊第一篇作品《轻雾》，就笼罩在这种凄清的气氛中。作者陈炜谟为读者描绘了一个被寂寞包围着的青年学生素云。作者赋予他的形貌也是很奇妙的，这是个"老于忧悒智于哭泣的俄国式的青年：青黄的面孔，深陷的眼窝，弯蹙的眉峰，高尖的前额——额上微微有几线沉思的皱纹"，足够读者去想象一个陷入苦闷之中的时代青年的形象，他的忧郁情绪正像他的艺术气质一样不可缺少。他孤独寡合，与其他人只是"形式上虽然会聚一堂，精神上则他们心与心之间已经筑起无数厚致坚密的堡垒，决非平常毛瑟小枪所能摇撼窥探的了"。在阴沉沉的天气里，他或者只有直挺挺躺在藤椅上冥想，或者独自幽闭在小室中，竭力抵御无聊和寂寞的侵袭。置身一种充满调笑、轻薄、奢侈享乐的生活氛围中，素云感到世界难以理解，就像雾的夜晚，他只有在内心深处呼唤着理解和沟通："来呀，让我们连接牵着手罢！……"

　　这样的小说，带着一点郁达夫《沉沦》的味道，抒情意味远远超过了故事情节的意义，带着感情倾诉性的特点。不过，在《浅草》上刊登的《轻雾》，甚至包括其他类似题材的作品，如林如稷的《止水》《狂奔》，李开先的《回波》，陈翔鹤的《幸运》和《断筝》等，在情感和内容方面都不及《沉沦》那种激烈深广，回荡于作品字里行间的忧患意识，多缠绕于个人生活之中，还没有形成向整个社会扩展的冲击波。在这些作品中，作者的苦闷情绪仍然与个性意识的觉醒与追求紧紧连在一起，更多地表现为青春生活的体验和沉溺。在这种体验和沉溺中，个性的觉醒是在压抑中酝酿和成长的，所有一切美好的东西如青春、爱情、理想、追求、美貌、鲜花都成了一种痛苦的酵素，通过文学创作酿成情感上的美酒，由作者自饮自醉，再来滋补精神上的空虚和病痛。

　　在这些作品中，主人公不仅往往使用"我"的指称，而且迫切需要一个向别人"讲述"的机会。在陈翔鹤的《茫然》中，主人公C君在穷途潦倒之中，通过写信来倾诉自己愁苦心情，他不厌其烦地向朋友讲了自己的梦境；《幸运》中的大学生D君则是把痛苦倾诉在纸上。陈炜谟的《甜水》的主人公葛罗静无法忍受失恋的痛苦和青春的苦闷，甚至跑到医院向医生倾诉。显然，这种文体几乎表现为一种作者情感极度膨胀的需要；这种膨胀又恰恰是和他们在客观生活所受到的限制和压抑相辅相成的，他们在生活中的孤寂和无力感更强化了寻求理解的意念，因而突出了小说中的主观抒情倾向。

　　这种倾向不单单构成了《浅草》小说创作的艺术特色，而且弥漫在大多数诗歌以及戏剧作品之中。实际上，《浅草》上的小说作者也是诗人。诗歌创作不过更有利于他们把笔触集中于情感方面罢了。像默声的《悲哀》《孤灵》《深夜》，党家斌的《轻微的呻吟》，马静沉的《无聊》，铁民的《痛苦》，林如稷的《徘徊》《戚啼》，冯至的《残余的酒》，李开先的《心鸟之歌》等作品，无不表现为一种自我感情的倾诉渲染。从艺术上看，除了冯至的诗显得精致一些外，大多还未顾及艺术方面的精工细雕。但在现代抒情诗的创造中，"浅草社"诗人仍然具有历史的过渡作用。其中李开先的叙事长诗《孤独的呻吟》(《浅草》第三期)，值得一提。这是一首悼念爱情的哀悲之歌，写一个青年获得爱最后又失去的悲剧。作者在序中写道："朋友 S 君是一个 sentimentalist①，也可以说是一个 tragedy② 的主人公。他曾度过一些浪漫的生活，其中最痛苦的便是他的婚姻问题。他的未经父母许可和社会赞成的爱人，终于受传统势力的压迫而牺牲生命了。每当风清月白的晚间，他总是寻着我悲悲切切地诉说这件事，有时因伤感而啜泣几小时，我也只好赔以同情之泪。在两年以前，我因心中受这样沉重的打击，忍不住作下这首长诗——虽是记录他所说的，但是难免同他当时说话的情调有些两样——稿成后觉得才减少一些苦痛。"这段话虽然只涉及了作者诗作的素材，但是如果把它和当时《浅草》同人生活状况联系起来看，便显露了触动他们创作的一种很重要的来源。这种来源在一定程度上确定了《浅草》的文学面貌。

四

这种来源不仅仅表现为生活题材方面的意义，甚至不能仅仅用倾诉性来概括，它还隐含着创作主体内在的某种艺术选择，使痛苦的情感体验本身充满了诱惑性。也许在这里，《浅草》才显示其独特的"真诚的忠于艺术者"的特色。事实上，用文学作品来倾诉对社会的不满以及个人的苦闷绝望情绪，在当时文坛上是一种普遍现象。倾诉性作品中不仅蕴藏着强烈的个人主义因素，以及因受到压抑而要求解脱、宣泄和抗争的情绪，而且隐含着强烈的革命要求和对社会现实的破坏性欲望。苦闷和绝望情绪的极致，也是通向社会革命的桥梁。伤感苦闷往往与愤世嫉俗连在一起的。因此，当时创造社一派的浪漫风情小说创作，实际上是接踵而来的"革命文学"的摇篮。

---

① 英语，多愁善感的人。
② 英语，悲剧。

这种意向当然在《浅草》中也潜藏着。在社会生活中过多的挫折和压抑，难以排遣的精神痛苦，无法满足的心理欲望，都不能不引发这些时代青年对于社会的痛恨和反抗，不时诱导作家去向社会发展，在不堪忍受的情况下，他们也会对文学本身提出怀疑，文学已不足以宣泄他们的情绪，满足其心理要求。陈炜谟的《甜水》中的葛罗静，在极度痛苦之中就向人们诉说："痛苦的文学，我读后不过更加痛苦。爱的微笑的文学，于我亦不能给丁点的麻醉剂。……我要文学那种抽象的东西做什么？……我要的是人：有心肝、有爱情、有红晕的双颊足以供我接吻的女人！……我要文学做什么？……"这时候，过分强烈的情绪冲动就有可能导致对于艺术美感的否定。在这种情况下，坚持艺术追求不那么容易，它时时会受到来自现实方面的挑战。

也许正是基于这种处境，陈翔鹤在第三期上发表的独幕剧《雪宵》，就表现了现实与艺术的冲突。在作品中，失业的小学教师成，情绪激烈的青年张，已不能再忍受下去了，高唱着"热血在我胸中沸腾，愤怒在我周身流走，撒下的自由种子何时才生，筑成了的大钟何时才鸣"的歌曲。态度严肃冷淡的画家郭在这种情况下，却要坚持自己的艺术创作，期望在不幸与困苦当中，创作出超时代的作品来。他指责狂热是病态，不赞成盲目的冲动，因此被同伴说成"一切现时代颓丧青年的代表者"。尽管最后这场争论在瓦斯灯突然熄灭后不了了之，但是人们已充分感觉到了现实对艺术的摧毁和压力。

正如剧中一个青年所说：

> 不管他是死人或是活人，是醒人或是梦人，只要他是睁着眼，生活着的，就每天都总免不掉要吃吃饭，穿穿衣，以维持他们暂时无可奈何的身体上的安康。需要安康，希求光明，这是人们所公有的本能，本性，无论谁都是要表同情，也是谁都不能压抑或反对的。

所以，就连醉心艺术的画家也得为脚边的火炉与案上的酒杯而工作。在这种情形下，坚持艺术追求，需要人具有更坚强的毅力，付出更大的代价。

《浅草》同人当时想充当"真诚的忠于艺术者"，同样就处于这种艰难的情形之中，其境遇大概颇像《雪宵》中的画家时时受到来自生活各方面的挑战。难得的是，他们并非没有感受到社会生活的冲击，并非没有面对社会的黑暗和压迫并忍受穷愁、困苦和不幸，但仍然期望创作出"描写时代背影的作品"，在艺术创作中获得满足。

《浅草》由此也加固了自己艺术的篱笆，遏制了社会现实对艺术创作的冲击力量。这就造成了《浅草》一种比较稳定的艺术格调，并且在风云变幻的文坛保持"我行我素"的特色。从艺术气氛来讲，《浅草》不仅突出了作者自我倾诉和表现的主观抒情特色，而且在创作方面明显透露了自我欣赏和玩味的艺术意味。茫然、痛苦、惆怅、悲愁、孤独等情绪，固然是《浅草》同人所急欲摆脱的，但同时属于他们所珍惜和欣赏的，往往在一种艺术自我观照中获得自我安慰和自我陶醉，通过充分的自我倾诉完成自我欣赏。在他们的作品中，青春和爱情固然可能是一杯苦酒，但品尝起来依然令人陶醉，其中的忧郁和痛苦是美丽的、浪漫的。痛苦的浪漫和美丽的忧郁，也许构成了《浅草》主观抒情的主要气氛，而营造这种气氛的途径只能是有效的艺术描绘。反过来说，情感上自我欣赏只有通过艺术上的精心酿造，才能达到优美的美学境界。

在《浅草》作家群里，林如稷属于中坚作家之一，他不仅对编辑刊物尽心尽力（四期中有两期是他编的），而且是创作最多的一个。从《止水》《狂奔》到《流散》《醉》《将过去》，林如稷实际上为人们展现了一个青年学生生活的系列画面，他的作品时时流露一种对痛苦和悲哀情绪的赞美，这种赞美并非仅仅通过言辞表现，而是体现在艺术具体的描绘之中；直接的感情宣泄被一种审美意象所代替，纯粹的情绪冲动也为优美的艺术欣赏取而代之。

阅读林如稷的作品，我们会感觉到，即便作者所描绘的主人公处于情绪极度苦闷甚至愤怒之中，也很少显示鼓动性和号召性的意味，这样也就有可能使作者和所表现的人物之间保持一定的距离。也许正是由于基于一种艺术审美，而不仅仅是情感宣泄，林如稷常常给自己的主人公设置一个谈话的对象，如《流霞》；或者把"我"介乎主人公的生活环境之中，例如《醉》《故乡的唱道情者》，由此得以比较细致地表现笔下的人物，也使作者自我并不是自始至终受到倾诉主人公情绪的支配，给作品留下了比较充裕的艺术描写的空间。

这种热衷艺术表现的倾向在小说《将过去》中表现得更为明显。小说表现一个迷途青年的生活情景。但是无论是渲染人物的情绪，还是叙述故事进程，作者都采取了一种新颖的手法，使故事的场景不断得到变换，人物的幻觉和故事发展融为一体，呈现跳跃性的节奏，形成了比较独特的意境。这种在小说艺术方面的精心营造在当时一般抒情浪漫小说中并不多见。

在《浅草》中，林如稷的创作只是比较突出地表现了人物描写的特色，这也显示了《浅草》诸人与文学有贴近的认同感，他们期望在不幸和困苦当中创作出超时代的作品。

显然，《浅草》不能算是一个十分成熟的杂志，但《浅草》不仅在当时产生了影响，向文坛贡献了一批作家和作品，而且作为历史的见证，向后人昭示了许多值得认真思考的文学问题。

值得一提的是，《浅草》提倡忠于艺术，但是并非在创作上局限自己，把自己关在象牙之塔里，丝毫不理会现实生活实际。《浅草》中的作品大多数是以青年学生生活为题材的，但是并不完全局限于此，其中相当一部分直接或间接描写了其他阶层人们的生活，涉及了比较广的社会面。就小说而言，如白星的《童心》、陈炜谟的《烽火嘹唳》、林如稷的《葵堇》、高世华的《沉自己的船》、徐丹歌的《慈母》等，都表现了学院青年学生圈子以外的生活，有的直接取材于下层劳动人民。戏剧作品的内容可能更广些，题材也不拘一格。这都表明，倾心于艺术创作和广泛地表现社会生活，尤其是劳动人民生活并没有必然的冲突关系，也并不由此就会导致作家脱离生活、视野狭窄，不能简单地把二者对立起来。而由于中国现代社会的特殊条件，我们会习惯地把题材的选择放在首位来衡量作家作品，与对艺术的追求与作家广泛地表现生活的自由和能力对立起来，这是不太恰当的。

在当时的文坛上，《浅草》不顾各种风潮变换和一时得失，在题材上并不抢先夺后，倾心于自己的艺术选择，是一种老实而又明智的态度，其中很多作品表现了知识分子与乡村生活的联系，表现了作者对下层劳动人民生活的观察和体验，当然更是值得称道的。虽然《浅草》在文学史上出现的时间不长，但是至今是我们完整地去理解和把握那段历史必不可少的路标之一—— 这也许是它另一重艺术价值之所在。

1988 年 5 月 28 日于广州

（原载《现代文学研究丛刊》1990 年第 2 期）

之三十

中国抗战流亡文学简论①

战争改变社会政治经济等生活面貌，也改变人的精神，改变文学的进程，创造新的文学机遇和流向。如果说，第二次世界大战曾经造就了一种世界性的反法西斯流亡文学潮流，那么，中国抗日流亡文学无疑是其中光辉灿烂的一章。从难忘的"九·一八"事变开始，随着日本侵略军铁蹄所到，中国一批又一批作家被迫离开故土，他们从东北到北平，从北平到上海，从上海到武汉，从武汉分散到西安、重庆、桂林，又从桂林到广州、香港乃至东南亚地区，如此形成了现代中国从未有过的、最大规模的流亡文学潮流，形成了中国一次文化大交融和大转换，给中国文学注入了新的生命。

一

中国抗战流亡文学源起于"九·一八"事变，首先踏上流亡之路的正是东北的一群作家，他们先后从东北的日本侵略军的铁蹄下逃出，形成了

---

① 这篇论文与王平女士合作写作。原本只是一个开题，不想后来就搁置了。王平，时任广州暨南大学讲师，翻译出版过卢梭的《一个孤独散步者的遐想》，后出国深造。

现代中国文学一个特殊流派"东北作家群"。其中萧军、萧红、李辉英、舒群、罗烽、端木蕻良、骆宾基、孙陵、白朗等许多作家就是经历过亡省的痛苦，在长期的流亡迁徙中进行创作的。对于这些作家来说，故土沦陷是促使他们创作思想发生重大转折的重要原因，而流亡生活增加了创作的感情力度。例如，李辉英就曾在1935年《〈丰年〉自序》中谈道："从前，我是迷恋着'文艺作品是给人作消遣的'，所以写出来的东西总是美酒、女人——一句话，在享受上兜圈子，可是，紧跟着'九·一八'事变，日本帝国主义的军队蹂躏了我的故乡，'一·二八'沪战，沪战的炮火又摧毁了我的学校，这使我不但要遥领着三省亡家的头衔，同时失去了上海求知居住的地方。我彷徨，我恐慌，我悲哀，我更气愤，终至，激起了我反抗暴力的情绪！'醒醒罢，把你的小说笔锋改改方向不行吗？'我醒了，从昏沉的梦中惊醒了，自己这样问自己，'你该把这种抒写闲情逸致的笔调，转为反抗你的敌人的武器！'"正是在这种情绪支配下，"九·一八"事变之后，他很快写出了像《最后一课》那样的反帝抗日小说，表现了在日本侵略军铁蹄下同胞的屈辱生活及其反抗情绪，不久，他在丁玲的鼓励下，又写出了十万字的小说《万宝山》，得到茅盾的注意。这些虽然不能算精致完美的小说作品，但其中透露的作者激愤的情感是真实感人的。抗战期间，李辉英出版的短篇小说集《夜袭》《火花》，长篇小说《松花江上》等，都带着激励抗战、颂扬民族战斗精神的激情。这种激情是在民族生死存亡的危急关头迸发出来的，表现了深刻的悲剧意识和人性的危机感，这正是东北作家群最重要的创作特色。侵略者的暴行，把人性、人的尊严推向了最残酷的境地，制造了血肉横飞的人生悲剧。罗烽的小说《第七个坑》《呼兰河边》《狱》，舒群的《没有祖国的孩子》，白朗的《轮下》《生与死》等都是在一种悲剧氛围中展示人生的。在这些作品中，这种悲剧意味是实现于生和死的分水岭上，用血，用生命的毁灭，用青春的残酷烧铸的。伴随这种悲剧意识的是发自内心沉痛而又急切的倾吐和呐喊。

例如，我们在罗烽的《呼兰河边》中就看到这种悲剧情景。在侵略者的刺刀下，小牛和它的主人牧童被胡乱捉来，然后在草丛中留下自己的尸体。在毫无声息之中，生命遭受了最大的轻蔑和残害。作者把人生最残酷的现实摆在人们面前，以唤起民族自救的热情。这种悲剧意识因为是在作者亲历的生活中滋长起来的，所以非常自然，而又具有很大的感召力。

萧红是东北流亡作家的典型，她的大部分写作生涯是在流亡中度过的。遗憾的是，一直到逝世那年（1942 年），她都没能够看到故乡的收复。1934 年逃出哈尔滨之前，萧红已经尝到了流浪生活的滋味，当后来的情人萧军第一次看见她时，她被关在一个不知名小旅馆冰冷的房间里，遭受着肉体和精神上的折磨。此后，她经历了抗日战争中一次又一次悲剧的时刻："九·一八"事变时，萧红正在哈尔滨，在这里度过了几年艰苦的斗争生活；"七七"事变和"八·一三"战争发生时，萧红正在上海，亲睹日军的侵略，于是继续向内地撤离；紧接着日军进攻华北，萧红正好在山西临汾，不得不回到武汉；日军进攻武汉，萧红等又逃到大后方重庆；1939 年初日军开始轰炸重庆，萧红又飞往香港；1941 年日军攻占香港，萧红不久含恨而亡。在这种流亡生活中，每一次迁徙都意味着距离自己的家乡更远一步，都意味着心灵上一次重创。

其实，作为一个文学流派，东北作家群的雏形已出现于"九·一八"事变之后的东北文坛上。较之内地，西洋文化很早就由西伯利亚铁路输入东北，由于日、德、俄等各帝国主义势力的侵入，东北成为多种文化汇合的一个区域。特别是俄国十月革命，对东北文化产生了很重要的影响，大批白俄贵族流落东北，也带来了不同的文化。由于这些原因，在东北一些大城市，如哈尔滨、长春等，具有比较好的文化艺术基础，已有一批文人在文坛上活动。"九·一八"事变之后，一些作家很快聚集起来，用自己的笔进行最后的反抗，如萧红、萧军、白朗、舒群，还有孙陵、杨朔、金人（张君悌）、铁弦（张全新）等。当时，他们在哈尔滨开设"明月饭店"作为作家据点，白朗主编哈尔滨《国际协报》副刊，孙陵主编长春《大同报》副刊，发表一些表示抗日情绪的作品。直到后来在东北无法立足才先后转移内地，这种报刊自然而然地把一些作家联结在了一起。

《生死场》的出版，把萧红的名字，也把东北作家群的气势扩展到内地文坛。《生死场》是萧红在流亡中写成的，它携裹着浓重的悲剧气氛，掠过荒凉、沾满血迹的土地，来到了人们中间。在这篇作品中，诉诸人们感官的是死了的小孩躺在旷野的小庙前，是杆头晒着在蒸气里的肠索，是腥气，是血污构成的意象。在沉重的悲剧之中，我们能够感受到一种日积月累的、压抑着的反抗力量，这种力量来自现实，也来自作者本身。苦难和挫折、血光和剑影、荒漠和风雪，赋予了萧红一种男子汉的气概，赋予了她的作品一种悲壮的阳刚之美。她知道，人们经过了乞求已不再需要乞求了；经过呻吟已不能继续呻吟；经过忍耐已无法再忍耐，要站立在世界上，需要原始和雄强的力量，需要男子汉的热血和气概。这种粗犷的雄性的气质贯串在整个东北作家群的创作之中。萧军《八月的乡村》中的铁鹰队长、李七嫂，舒群《誓言》中的杨三愣，白朗《伊瓦鲁河畔》中的贾德，端木蕻良《遥远的风沙》中的煤黑子等都带着这种刚烈强悍的品性。

二

作家的流亡和迁徙造就了现代中国文学的一次历史大流动，形成了多个临时性的文学中心。除了重庆、上海、武汉、西安、广州、香港等大都市都一度聚集了很多作家之外，桂林也在中国抗战流亡文学中占据着一个重要地位。

显然，是历史给了桂林这样一个机会，使它成了一个文学名都。1938年10月，武汉告急，由京沪等地撤留武汉的作家，又分三路退往后方，其中一路顺粤汉路南下，往长沙、桂林。时隔月余，广州突然沦陷，留集广州的作家纷纷逃往桂林。当年底，长沙大火，又把留集长沙的作家引向桂林。1941年，太平洋战争，上海孤岛和香港被占，沪港作家也陆续流向内地，先汇集桂林，其中一大部分蛰居下来。这两个地区的出版物和文学期刊跟着集中桂林。一时间桂林群英荟萃，一个文坛中心逐渐形成，文学出版空前繁荣，虽然这繁荣是短暂的——1944年11月，日军攻陷桂林，一切都化为烟尘，但是在历史上留下了光辉的一页。

战时流徙的频繁，生存的艰难，出版业的萧条，不可能不给文学创作造成致命的挫损。但是，作家们是绝不甘沉默的，"国家不幸诗家幸"，流亡生活大大开阔了他们的视野，丰富了他们的题材，赋予他们作为作家的使命感，因此也构成了这一时期的文学基调。正是这些流亡的知识分子，在抗战的特定环境下，大大传播和普及了中国文化，使中国文学和广大民众贴近起来。正是这些流亡的文人、艺术家，给桂林带来了为期六年的文学黄金时期，也给本来可能更加凋零的中国文学创作增添了一片繁荣。很多作家就是在这里创办杂志，出版丛书，创作小说，为战斗的土地呐喊，为奋战的人民提供精神食粮。

例如，在抗战烽火中崛起的"七月派"就与桂林有不解之缘，其主要杂志《七月》从上海、武汉、重庆到桂林，吸引和造就了一大批作家，产生了广泛的文学影响。战争锻炼了文学，流亡也造就了作家，把他们推到了文学的前沿，留下了许多精彩的文学传奇。

1938年，艾芜举家从宁远辗转逃难来到桂林，在此停居了五年，时年35岁至40岁。这个在20世纪30年代初就步入文坛的文学青年，此时已成为有影响的作家。和司马文森一样，他出身贫寒，早年曾到异国他乡漂泊。在桂林，除为《桂林晚报》担任过副刊编辑外，艾芜主要从事创作，这是抗战时期一位不可多得的"高产作家"，从1939年至1944年，他每月都有作品问世。仅写于桂林的小说就有：长篇《故乡》《山野》《花落时节》；中篇《我的旅伴》《母亲》《春天》《打猎记》；短篇《荒地》《冬夜》《黄昏》《尚德忠》《邻居》《苦闷》《纺车复活的时候》《穿破衣服的人》《老好人》《日本轰炸缅甸的时候》《春天的原野》等。其中，《故乡》和《纺车复活的时候》被认为是这一时期的代表作。

鲁彦在桂林的文学活动也是精彩的一章。战争爆发时，鲁彦37岁，战争胜利前夕，鲁彦44岁，然而这一年竟是这个多才作家生命的终点。他像那个时代许多才华横溢的作家一样，未能走出黑夜的尽头。他曾是活跃在上海文坛的颇有个性的"乡土文学作家"兼翻译家。他有郁达夫的多情，爱自然，爱猫狗，爱孩子；他又有鲁迅的热烈，善于描写城乡各种各样的人生，尤其擅长描写乡村小知识分子和农民的心理，被称为"近代中国的典型作家"。然而，1937年，鲁彦离开上海，开始了他最不幸的流亡生活。先到湖南，为长沙《抗战日报》工作。不久赴武汉。1938年10月携妻儿抵桂林。为解决生计，他创办了《文艺杂志》（1942年1月）。在他主编时期，这份杂志一直是当时桂林一流的文学期刊，而且是独立作家所办的独立杂志。出了一卷五期后，鲁彦终于病重不能支撑，移交给刚来桂林的端木蕻良主编。其间，鲁彦还往返于广西或湖南教书和养病。1944年8月日军攻陷桂林前夕，鲁彦携家由湘返桂林，终于倒在桂林医院再没有起来，死后连入殓的衣服都没钱买。鲁彦死后，他的遗孀覃英又带着几个孩子踏上了继续流亡的路。

鲁彦在流亡路上曾留下一串风格题材迥异、闪着他才华的最后光芒的作品，从不同的角度描写了抗战有关的人和事，颂扬了投身于抗日前线和后方的军民们，如短篇小说《陈老奶》《我们的喇叭》《杨连副》《伤兵旅馆》《樱花时节》《千家村》和遗著长篇小说《愤怒的乡村》第二部和《春草》等。《春草》是他于1939年在桂林稍为安定时创作，在《广西日报》副刊上陆续发表的，可惜仅写了一半。

值得一提的还有司马文森，他的创作也是和流亡紧紧联系在一起的，流亡给予他机会和灵感，使他在创作中欲罢不能。司马文森出身贫寒，少年时曾在新加坡一带打工，饱受异国凄苦。1934年只身赴上海，加入左联，从此正式开始文学生涯，以长篇小说《风雨桐江》而闻名。战争来到时，他才21岁，上海沦陷两天后，司马文森由海道乘英国船向广州撤退，同行有郭沫若、夏衍。在这期间，司马文森勤奋写作，发表了大量文章，其中著名的有《展开通俗化运动》（上海《救亡日报》10月3日）和《再谈展开通俗化运动》（同上，10月7日）。作为一位当年饱尝异国苦楚的归侨作家，他深知民众切身疾苦和文化饥渴。正是他，很早就提出了文学的通俗化问题，此后，他一直坚持这个主张。1939年11月17日和11月18日，他在《救亡日报》连载长篇论文《论"文章入伍"》，配合了文协桂林分会提出的"文章入伍""文章下乡"的口号，并在理论上加以阐述。在战时特定的环境下，这个口号起过积极作用，日后的影响很大。这出乎倡导者意料。他在桂林创作的小说长篇有《雨季》《人的希望》，中篇有《天才的悲剧》《希望》《转形》《落日》《王英和李俊》，短篇有《蠢货》《渣》《孤独》《奇遇》等。他同时是优秀的散文作家，文章风格清丽，情感丰富蓬勃，有散文集《过客》。

三

中国抗战流亡文学是现代中国文学中最精彩的一章，其意义远远超越了文学范围，它对于中国整个民族精神和文化的转型，对于中国南北文化的交流和沟通，都具有不可估量的深远影响。从文学上看，抗战流亡文学是在民族存亡的危急关头产生的，给中国现代文学注入了一种沉重的悲剧意识。这种悲剧意识带有民族性，具有强烈的历史感和命运感。例如，抗战中兴起的历史剧创作热潮，就与这种流亡生活很有关联。郭沫若从1941年12月到1943年4月，先后写了《棠棣之花》《屈原》《虎符》《高渐离》《孔雀胆》及《南冠草》等多部历史剧，并陆续在重庆、桂林等地上演，迎合了当时人们对于历史文化的追寻。特别是《屈原》，之所以当时能深深打动人心，与它表现了一种与现实人们相通的感情息息相关。屈原的形象，本身就是一个流亡者和流放者，他被迫流落异地，但心系祖国和人民，很容易引起当时人们的共鸣。

显然，这种悲剧性不仅来自国难，而且来自对流亡生活、异地生活的种种体验，如残酷的人情世故、狭隘的地方主义，都曾给这些作家心灵上留下创痛。本来，流亡在外的作家，就像失却母亲的儿女一样更需要爱抚和理解。但是，如端木蕻良所说的，流亡到内地的作家仍然没有摆脱"两重的奴隶"的处境，很多作家在作品中表现了这种难言的苦痛，这使文学中的悲剧意识更加浓厚。

流亡文学在表现人情、乡情和民族文化之情方面，不仅拓宽了题材范围，而且加深了对故土故乡的怀念，丰富了对人、对传统文化的理解和体验。无疑，对祖国、故乡的怀念是流亡文学中重要的一部分，而其中所表露的感情也更加深刻。另外，一些因战事流亡海外的作家，他们的创作构成了中国抗战文学特殊的一部分。他们又比在国内流亡的作家多了一层苦难和情怀，所以他们在创作中表现的情感更加深厚和强烈。

中国抗战流亡文学不仅促进了文学交流，而且深刻推动了新文学的平民化、通俗化，把新文学的根真正扎进了民族的土壤。在现代中国文学发展中，一直存在着新文学平民化、民族化、大众化问题，而抗日战争提供了这样一个历史契机：作家在流亡之中，也就意味着彻底走出了过去各自的文学小圈子，并且失去了过去的依赖，必然要走向社会和大众，在创作方向上有一个大的转变，抗战流亡文学在这方面往往表现得非常突出。作家奔赴前线、奔赴乡村，用通俗的文学形式来宣传和表现抗日精神，走出了一条通俗化的文学之路。这些作品在语言上和情感表达方式方面都非常贴近中国传统习惯和人民大众，因此很容易建立新文学与传统文化的联系。这种文学的通俗化、平民化追求，几乎表现在所有历经流亡的作家的创作中，只不过是表现方式不同罢了。当革命文学作家走向民间，收集和学习民间文学形式，创造大众化文学的同时，上海滩上《万象》杂志在倡导通俗文学，促使当时言情小说向新的方向发展。

总之，中国抗战流亡文学是现代中国文学中一种重要文学现象，对于后来中国文学的发展产生了重大影响。如果说，20 世纪产生的新文学是一个新生儿一直在寻找自己可靠的归宿，那么，只有经过了一种流亡的磨砺，才真正成熟起来，才找到自己真正的归宿。

（原载《学术研究》1995 年第 5 期）

之三十一

走出天才梦 苍凉看人生

——关于张爱玲的文学创作

20 世纪 80 年代以后，随着思想解放潮流的涌起，一批过去长期被打入"冷宫"的作家作品重见天日，重新获得人们的青睐和好评。张爱玲就是其中突出的一位。进入 20 世纪 90 年代，文坛上更是形成了一股"张爱玲热"，不仅其作品大量再版，或者被改编为电影、电视剧等艺术样式频频面世，而且在研究界、批评界引起了巨大反响，不少博士、硕士论文纷纷以此为题，从社会政治、文化变迁、都市文学、女性视角等各个方面，对张爱玲及其创作进行深入研究和分析，并取得了大量成果。

那么，为什么张爱玲及其创作如此引人注目，赢得了如此多的"张迷"呢？张爱玲又是怎样一位作家呢？

这确实是另外一个谜，值得我们在阅读她的作品过程中去思考、琢磨和探讨。

张爱玲，曾用笔名梁京，1920 年出生于上海。她的家庭背景引人注目，她祖父是清代名臣张佩纶，当年曾极力反对与洋人议和，力主与法军作战，但是后来朝廷命他督师开战，却兵败基隆，结果被贬到热河七年。当归京听候之时，须见昔日对头李鸿章，却意外得到李鸿章家小姐的青睐，后结成夫妻。不过，当张爱玲出世之时，已是辛亥革命后十年了，时过境迁，这个清朝贵族世家早已经失去昔日的威风繁华，如明日黄花一日日败落下来，虽然在表面上还拼命支撑着昔日的排场和尊严，但悲剧的阴影一直笼罩着整个家庭。

这种情景对于张爱玲的文学创作产生了巨大影响。这个家庭从小培养了张爱玲贵族式的自尊和自信，并使她在相应的家族环境中接受了古典式的艺术熏陶。当时清朝遗老已经失去以往的社会地位，无所事事，就整日研磨于琴棋书画之中，并以此互相交流，得到心理上的慰藉，宣泄情感。这自然也免不了影响后人。张爱玲幼年就耳濡目染，形成了自己的心理幻象。1939 年，张爱玲写了《天才梦》一文，讲述了自己特殊的童年记忆：

> 我是一个古怪的女孩，从小被目为天才，除了发展我的天才之外别无生存的目标。
>
> 我三岁时能背诵唐诗。我还记得摇摇摆摆地立在一个满清遗老的藤椅前朗吟"商女不知亡国恨，隔江犹唱后庭花"，眼看着他的泪珠滚下来。

她还回忆道，她 8 岁那年就试作过一篇类似乌托邦的小说，题为《快乐村》："快乐村人是一好战的高原民族，因克服苗人有功，蒙中国皇帝特许，免征赋税，并予自治权。所以快乐村是一个与世隔绝的大家庭，自耕自织，保存着部落文化的活泼文化。"

这篇幼女写就的小说到底如何以及当时张爱玲为何写这样一篇小说，现在已经无法得知，但是其中所透露的信息很多，至少表明张爱玲小时候就受到新思想的影响。张爱玲毕竟不是生活在一个上升的家族之中，心灵上也不能不承担一份悲剧的阴影。她目睹了大家庭走向败落的种种景象，老一辈整天唉声叹气，家人不断变卖首饰珠宝；小一辈游手好闲，沉醉在声色犬马之中等，都使她不断增强逃离自己原来生活圈子的意向。最后，她并没有随同这个家庭一起走向沉沦，而是成为一个社会生活中另类的冷眼旁观者，用自己的笔记录下了这一切，以自己的方式走出了自己的人生。

　　张爱玲的文学创作主要是从 1942 年开始的。这时候，她已经接受过良好的新式教育，受教于香港大学。她的主要作品有《传奇小说集》《倾城之恋》《金锁记》《连环套》《小艾》等；新中国成立后，张爱玲于 1952年辗转香港，后又移居美国，写了《秧歌》《赤地之恋》等作品。她最不走运的事，大概是她的婚姻。1944 年，张爱玲由苏青介绍结识了胡兰成，并与之结婚。胡兰成的名声很不好，曾出任南京伪政府宣传部副部长。这段婚姻维持了大约一年时间。显然，这段不幸的婚姻在张爱玲心中留下了长长的阴影，使她对于人性的弱点有了更强烈的体验。

　　张爱玲的创作与其独特的生活经历和体验有密切关系。张爱玲的小说主要表现一些没落大家庭中男男女女的生活，基本局限于她所熟悉的那个生活圈子之中。这个圈子在时代的风潮中，类似一个孤岛，它依靠租界作为背景，用清王朝给它遗老遗少留下的积蓄和珠宝首饰维持生存，死守着旧的一套生活方式，不肯承认新纪元。这个圈子保持着一些旧时代的"活化石"，一些清朝遗老遗少不认同世道变迁，依然留辫子，纳妾，抽鸦片，或者种花养鸟，赋诗绘画，而小一辈已深感到生活的危机。尤其是女性，因为毫无在社会上立身的本领，唯一的出路便是嫁人做太太，扮演可悲的生活角色。张爱玲的成名作《倾城之恋》就表现了这种人生现象。在创作中，张爱玲和当时大多数作家不同，她没有去摘取时代斗争的浪花，去表现大时代，也没有表现激烈的感情，而是专心致志于她所熟悉的市民生活场景，细致入微地去理解和刻画那些被世道冷落，但依然有痛苦、有挣扎、有情趣的人物，冷静描画了他们的生活情景。

　　张爱玲的小说成就突出表现在她对于人性，特别是人的情感状态的深刻的刻画上。

　　《金锁记》是张爱玲一部为人称道的小说，写于 1943 年。作者在这部作品中完成了一次对于整个旧家庭生活的深刻批判，从日常生活中挖掘出了人性的悲剧。作品中的曹七巧原是一个贫苦人家的女儿，后来被卖给了一个残疾的男人做妻子；残疾男人因为有钱可以买去她的青春和爱情，锁住她的人生追求。她一旦悟出了这一点，也会用金钱去锁别人。她曾经被非人性的生活剥夺过，有朝一日她会用更不近人情的方式去剥夺别人，获得心理的补偿。于是，一幕幕变态的报复在人们眼前发生：曹七巧阻挠儿子娶亲，儿子娶亲后又千方百计折磨他们，说媳妇坏话，晚上强留儿子给自己烧鸦片烟，不让他们夫妇待在一起，从儿子口中套媳妇的秘密，而后到处宣扬。她从小给女儿说男人坏，给女儿裹脚，诱使女儿抽鸦片，并且阻挠和打击女儿上学堂，变着法儿破坏女儿的婚姻等，这是一个心灵已经被金钱锁成畸形的人物形象。而这种变态的人生恰恰来自其畸形的旧家庭生活。作者正是在这种深刻的悲剧意识基础上，写出了人性变态的悲剧过程，并在人物暴虐中杂糅了一些未完全泯灭的温柔的回忆。《金锁记》本身就隐含着一种悲剧的象征意味，金钱在造就着罪恶的人生。

张爱玲的艺术触角是冷静而又细致的，她喜欢伸向别人都不注意的生活角落，揭示鲜为人知的生活事实。她不喜欢概括，也不喜欢做结论，但是她能够在时代的标语和口号下展示人们在现代都市生活中的真实图景，并把自己道德和人道主义情怀融入其中。在她的作品中，我们可以看到中国城市生活中一种独特的"生态"，它介于封建文化和资本主义文化之间，也介于才子佳人和现代文明生活之间，色调复杂，意蕴独特。

第 三 辑

之三十二

震撼人心的力量来自何处?

——关于《陈寅恪的最后二十年》

近年来，出了不少文化人的传记，但是少有一本像《陈寅恪的最后二十年》那样深深震撼人心。这本书自生活·读书·新知三联书店 1995 年12 月出版以来，一度引领了文化反省和反思的思想潮流。

首先是文化人，这些年一直不断谈论着传统文化、民族精神、现代思想，只是多未能真正地深入下去，一阵空泛的口号和提法过后，留下的只是虚假的、浮夸的泡沫。但是，《陈寅恪的最后二十年》没能放过他们，它像一根利针刺穿了现实表层的文化泡沫，刺痛了所有中国文化人的神经。

何为文化? 何为中华文化的精魂和命脉? 何为文化人的真正价值和使命? ……这一系列严肃的思想命题，不是以哗众取宠或者轻描淡写的口号引人注目，而是用一个个活生生的生命、悲剧唤醒了人们重新思考。这时候，文化的命运已不再是一个过于空泛抽象的命题，而是有了血肉，有了悲欢离合，有了数十年的付出和代价，有了真正的人的内核和生命意蕴。而这一切，都是陈寅恪——一个对于当代大部分中国人来说并非耳熟能详的学者——用自己生命写下的话语。

毫无疑问，文化与人是这本书的中心话题之一。本来，仅仅从理论上讲，这个命题不深奥也不复杂。文化本身是人创造的，同时反过来培育和创造了人，它们在历史的场合中互相依存，共同演进。但是，这种关系一旦落实在具体的文化语境之中，落实到实实在在的现实生活之中，就不仅显得深奥和复杂，而且谈论起来非常艰难甚至危险。尤其是在中国社会，当历史的发展已经把自由和独立思想赋予大多数文化人时，而中国的社会一直还笼罩在封建专制和愚昧的统治之下，人们懂得了自由，却没有自由的空间；人们学会思考，却不拥有思考的权利；人们理解了自由，但是自由一直是一种空幻的承诺。正是由于这种情况，文化与人，这原本是人类文化生存中密不可分的存在，被分解和分裂成了相互难以相容的两个方面。

没有人认为经过"文革"之后，在中国人精神上造成的伤口会那么容易愈合，人们对于文化与人之间可能出现的种种可怕的对立现象至今记忆犹新。重要经验之一就是，在特定时期，人很可能制造出一种"非人"文化，来和人自己作对，来消灭人的自由思想和独立精神。而在这种情况下，又如何鉴别文化意义？如何在人与文化之间寻求一个相通点，寻求一种生命的息息相关？

这也许正是《陈寅恪的最后二十年》的作者所追寻的。而他的答案不是从某种理论的论辩或者终极真理的设定中得到的，而是从一个学人的活生生的生命中感知和体验到的。从这种生命中人们可以意识到，中国文化的命运即是中国学人的命运，如果中国一代学人的思想自由被剥夺，独立人格受压制，甚至个人生存状态极度恶化，中国文化自然也就处于被毁灭被摧残被肢解的危机时刻。

所以该书在最后部分有如此的感叹：陈寅恪的经历与心态，称其在20世纪大半叶感受着中国文化跳动的脉搏丝毫也不算过誉。陈寅恪的文化人生，当为后世有更多机会走向世界的中国知识分子提供文化价值取向的一个参照系。

陈寅恪中国文化视角的另一层意义在于，他不幸生于一个剧烈动荡的时代。

承前，他无法不承受近代中国屡遭外侮，清朝中兴一代已成残迹的哀痛；继后，他更亲身感受社会纷乱变幻下"文化"与"社会风习"的分崩离析。故此，他眼中的历史，充斥着兴亡盛衰的痛感；他视觉中的文化，紧紧扣着"关系于民族盛衰学术兴废者"这一主旨。陈寅恪的哀感与痛感，也是中国传统文化在近现代所经过的哀感与痛感，这是历史之声。陈寅恪不幸代为历史发言，所感受的切心之痛，一如他立于"高处不胜寒"的支点，终有"四海无人对夕阳"之叹。①

也许正是出于这种感叹，作者对陈寅恪生命历程的理解和描叙，同时是对一个特殊时期中国文化运动的理解和描叙。换句话说，在作者笔下，陈寅恪最后的生活命运已成为中国近代以来文化命运的一个缩影和写照。在这里，文化命运已不再是一个抽象的理论命题，而是成为一种具体的生命存在，它和具体人的生活内容紧紧联系在一起。

其实，中国文化和精魂就在于一个"人"字。它不仅起源于人，以人为本，而且以人为依托，以活生生的生命为归宿。这不仅表现在孔子以"仁"为核心的思想中，而且浸透到了做人的理想之中，人格和气节是中国文化在最困难条件下能够保存和继续发扬光大的火种和精魂。

陈寅恪的文化情怀及其意义就在于此。他作为一个学人，在极其困难的条件下，对学术做出了杰出贡献，完成了《柳如是别传》等有价值的学术论著，令后人钦佩；更重要的则是他用自己的生命展现了一种人格和气节的魅力。在他那里，自由思想和独立精神不单是"发扬真理""研究学术"的宗旨，而且他个人人格和气节的表现，是在任何时候都不能放弃的。而所谓文化，所谓学术，一旦失去了人格和气节的风骨，那么必然失去生命色彩，很容易成为一种非人的"工具"文化或者学术。

这正是中国文化百年来所面临的最大挑战。由于特殊的历史国情和时代变革，中国传统精神文化中"人"之精魂被遗忘和冷落了，取而代之的是极具功利性的权力争夺和意识形态操作气息。在这种情况下，具体的"人"的倡导遭遇了从未有过的困难处境。这首先就表现在文化人自身的

---

① 陆键东：《陈寅恪的最后二十年》，生活·读书·新知三联书店，1995 年，第 515 页。

独立性和自由身份的被摧毁，文化和学术成了权力的工具和喉舌，根本不允许个人人格和气节的存在。

就此而言，中国文化近百年所出现的危机，最根本的并非西方文化涌入造成的，而是由于自身被抽掉了人格和气节的生命基础——这是一种"釜底抽薪"的悲惨过程。在文化中首先被抽掉了具体的人格追求和个性气节，使其政治化、集体化和工具化。

当然，这个过程并非和近百年来整个人类文化状态趋于物化和功利化的取向毫无关系。大工业时代的来临，人口膨胀和资源短缺，人类处境进入了恶性的物质竞争和争夺时代，这种情况在一定程度上冲击了精神存在价值，引起了在世界范围内知识分子的愤怒和抗争，就从这个意义上来说，陈寅恪的文化抗争具有更深刻的文化意义。

不过，中国社会有更复杂的文化情势。作为一代学人，陈寅恪处于物化的资本主义文明和专制的封建主义权力统治的夹击之中。也就是说，他必须承受双重精神压迫，他的文化抗争也就具有了双重意味。他既不可能用资本主义文化来对抗中国封建专制体制对个人独立性及思想自由的摧残，也不可能依托中国封建专制文化体系为基础，抗击和阻止西方文化思想的涌入。于是，他只能采取一种固守自我、独善其身的方式来坚持自己的文化信念。

陈寅恪当然也付出了代价。在他最后二十年，他没有选择去写专论性的关于中国文化乃至世界文化的皇皇巨著，而是把自己研究治学的范围局限在历史文献内，这恐怕不仅仅是学术兴趣和方法决定的。因为他生前仍很希望见到自己著作的出版，所以他就不可能不顾及书的内容和出版的可能性。既然不能自由地表达自己的文化见解，那么尽可能回避现实政治，以避免受到伤害。这种做法恐怕和钱锺书的"述而不论"有相同意义。当然，这种结果不仅是他个人的遗憾，而且是中国文化的遗憾了。

可以说，陈寅恪的文化意义是在一种特殊的文化语境中凸显出来的。在这种语境中，说了些什么固然重要，但是能不能说或敢不敢说是首要问题。而一个学者在这种语境中的生存价值就不在于代表什么，而在于是否能坚持个人，幸免于被淹没于集体一律的汪洋大海之中。

该书的作者深刻体验到了这一点。这种对中国文化的"哀感与痛感"同样浸透到对一个具体文化人生命的理解和描叙之中。

在这里，文化不是在和抽象的、集体的人对话，而是和具体的个性的人相对。中国的文化人甚至每一个中国人，一旦进入这种对话之中，就不能不感到一种心灵上的震撼。在这种对话中，文化不仅是由一个个具体人创造的，由一个个具体人的文化情怀和素质构成的，而且文化命运是由一个个具体人决定的。

具体的人应该是文化命运的承担者和责任者。

这不仅是陈寅恪文化生命价值的意义所在，同时是中国当代文化神经中最敏感的地方。当代所写的一些文化史是空洞的，"无人"的描叙，所有的好事可能归结于某些具体的人物，但所有的坏事不能涉及具体的人。这虽然在某种意义上顾全了中国人的"面子"，但是也为所有的中国人准备了一条精神上的"逃路"，使他们能够用各种理由减轻良心的自我责备并逃避文化责任感。

《陈寅恪的最后二十年》的作者没有回避这些。作者并不是"文化英雄主义者"，但是他是一个文化责任主义者，而且他在一个具体文化人的追求中揭示了"个人"在整个文化发展中的巨大意义和终极价值。他对其他一些与陈寅恪有关联人物的描叙与评价，同样表现了这种文化责任感，使读者深深感受到文化与人不可摆脱的精神承诺关系。

从历史文化到人，再到具体的活生生的人，这不仅是一条理解文化的思路，也涉及对文化理想的追求。如果说创造一种人的文化是人类的共同追求，在中国就得从理解、尊重具体的文化人开始。文化中国的命运从来是和中国文化人的具体命运血肉相连的。

陈寅恪留给后世一个绝响，这是本书结尾处的话语。但绝响之后是又一个开始。

（原载《澳门日报》1996年11月13日）

之三十三

生命与自然的融合

——读《在西部中国》

有人说，如今诗和诗人多如牛毛，但是，诗坛显得寂寞无声。

除了诗人说诗，批评家到什么地方去了？是不是都去讨论"人文精神""挽救""重建""终极关怀"去了？

但是也有人问，如今诗坛除了小圈子的卿卿我我、故作矫情的文字游戏、缺乏激情的自言自语之外，如何能读到另外一种诗呢？

读读谷闰的《在西部中国》吧。

穿过繁花似锦、纸醉金迷的街市，超越人造的飞龙和高架桥，把心灵从挤压中解放出来，走向荒原，走向大漠，走向西部中国的豪放和旷达：

皱纹的沙丘

横在旷野的脸上

泪水

枯竭了

只有零星的念头火花

偶尔撕着沙哑的嗓子

对着天空、大地

发泄着苍老的不满

　　　　　　　——《旷野是宁静的》

　　这种诗风，这些词句，对于近日诗坛上的精雕细刻来说，或许显得太原始、太粗野了，就像是生命在旷野中肆意地笑语和嘶喊，远不能用所谓的纯净和高雅的标准来衡量，但正是如此，它们对今天诗坛产生一种冲击力，显示一种诗情本质的活力。

　　显然，《在西部中国》有自己独特的风情，沙丘、旷野、荒原的寂静、戈壁的复苏、沙漠的梦呓、绿洲的劫难、火的爆裂等，这些差不多已被都市诗人遗忘的自然和人生现象，则构成诗人永远感到神秘、感到永恒、感到灵感突发的源泉、希冀、萌动、祈求、追逐，这一系列如山脉林立，如河水奔涌的精神体验和创造，构成了诗的律动和凸显。

　　这就是谷闰，谷闰的诗。

　　诗人周涛在其序中写下了这段话："有一条经验留下来在脑子里，就是老老实实地承认了写诗是一件过分磨难的事。每首诗看起来都不长，但每首诗的产生都是一次完整的孕育、诞生、燃烧、希望、毁灭的全过程……"如果将这段话理解成一种生命体验，一种生命在荒漠、戈壁、风沙之中挣扎、搏斗和九死一生的过程，就会更接近其诗的灵魂和激情。

　　因为这些诗是一种生命与自然的融合。对谷闰的诗，早就有人把它们归入"新边塞诗"行列，谷闰是继周涛、章德益之后的又一新秀，然而，我从不相信结束和开始对感受和理解《在西部中国》有什么意义，对谷闰的诗来说，最要紧的恐怕是他与西部中国的血肉联系，他和许多古代征战到新疆的边塞诗人不同，也不同于许多开荒到新疆的新边塞诗人，他是一个土著，一个地地道道"属于内陆河的我"，正如他在《关于祖籍的回答》中写的：

　　而我呢——
　　荒原的产床

　　有了我这个荒原的骄子

　　从内陆河爬上来的时候

　　我就笑了，朗朗的笑声

　　震荡着我的心及荒原的心

　　贫瘠属于我

　　同时，勇气也属于我

　　所以，谷闰与众不同，他笔下的荒原、沙漠和内陆河，不再是"他者"，而是实实在在的"自我"，当他自豪地宣布"你的祖籍是中国西部的荒原"之时，精心装扮的造作媚俗就不再与诗歌有缘。

（原载于《中国西部文学》1997 年第 4 期）

之三十四

自然见性情 秀丽见真情

——朱自清散文的艺术魅力

朱自清（1898—1948），原名自华，字佩弦，祖籍浙江绍兴，生于江苏东海县，因祖父、父亲都定居扬州，故又自称扬州人。朱自清是最早的文学研究会会员，其主要作品有长诗《毁灭》，诗文集《踪迹》，散文集《背影》《欧游杂记》《伦敦杂记》等。作为一位学者型的诗人、散文家，朱自清在散文创作方面成就显著，在现代文学史上独树一帜，具有典范意义，深刻影响了现代散文创作的发展与流变。确实，阅读朱自清的散文，能够使我们真实感受到一颗爱美的心灵、一种独特的艺术境界，获得一种难忘的艺术享受，在我们心灵中留下久远的回味。

那么，朱自清散文创作的艺术特点以及贡献重要在哪些方面呢？

一、性情的吟唱

文学是人学。在文学创作，尤其是在散文创作中，"性情"是其中灵魂。

散文是一种最随意、最自由、最不拘一格的文体，所写之物无所不包，无所不可；文笔尽可以尽情挥洒，任意点染，叙事、抒情、言志、立说、怀旧、想象、隐喻等，全无禁忌，任凭你神思飞扬，进行独特的创造。我们之所以说散文是最讲究性情、最能表现性情的，是因为人之性情也是最不喜各种规则约束的，最接近于天性的。正因为如此，散文又成了最难写的一种文体，因为其形式上的"散"，很可能淹没、丢失了灵魂；又因为见其性情，更能见到作者人格的素质和内在的品格，这又是用形式与技巧所无法替代的。由是说来，把性情说成散文的"灵魂"，是因为它不是我们经常所说的文章的中心思想、主题、重要观点；也不是一般意义上的主线、重要情节、完整结构等，而是一种渗透或弥漫在作品中的、最能体现作家主体人格、情态与审美情趣的精神元素——这种元素具有某种独一无二的品质，能够使读者最深切地感受作家个性的独立存在，在文品与人品之间建立起某种一致的联系。

文学创作注重性情之美，是中国传统艺术精神的亮点之一。中国古代历来注重"性情"，把它看作文学的核心内容。为什么呢？因为性情是人之生命最重要的特征，是宇宙人生最高深道理的基础。早在先秦就出现了专门的"性情论"，其中就说："性自命出，命自天降；道始于情，情生于性；始者近情，终者近义；知情者能出之，知义者能内之。"说明人之性情有其天赋的一面，也有其人为修养的一面；而文学作为人之心声，自然是发自性情、表现性情的，这就是所谓"凡声，其出于情也信；然后其深入人之心也厚"（马承源《战国楚竹书》）。这说明讲性情首先在于真诚，真性情是容不得虚伪、虚假与造作的。

作为一个学者型的作家，朱自清曾坦言自己偏爱散文，其原因就是不拘一格，"要怎么写，便怎样写"。这也说明朱自清写散文，主要是为了满足自己个人性情方面的需要，并不刻意追求结构与形式上的完美。而朱自清的作品就显示了这种性情之美。他的散文之所以能够打动人心，长期受人们所喜爱，所推崇，其重要原因之一，就是有一个独特的"我"：这就是性情中人的朱自清。由此，中国文学宝库中多了一种散文精品，多了一种性情文字。

性情是什么？一个作家如何保持和表现自己的性情？这当然不能随便就下断语。但是，就朱自清来说，在人格上保持自己的独立性，在内心坚持对于真善美的追求，在操守上坚持真诚自律，成为其为人为文的标志。在朱自清的散文中，这些心灵的标志不是空泛的、抽象的，而是通过与人生、与大自然、与各种各样的生活细节的对话与交流中体现出来的，它们发自对于生命独特的感触，发自性情，发自内心对于真实和真诚的追叙与呼唤；我们阅读朱自清的散文，犹如和一个有性情、有个性、有理想的人对话，领略一个丰富的心灵世界。

翻开《朱自清散文精选》，就能感受到作者绝不是一个虚伪造作的人，如其在《憎》开篇就写道：

　　我生平怕看见干笑，听见敷衍的话；更怕冰搁着的脸和冷淡的言辞，看了，听了，心里便会发抖。至于残酷的伴笑，强烈的揶揄，那简直要我全身都痉挛般掣动了。在一般看惯、听惯、老于世故的前辈们，这些原都是"家常便饭"，很用不着大惊小怪地去张扬；但如我这样一个阅历未深的人，神经容易激动些，又痴心渴望着爱与和平，所以便不免有些变态。平常人可以随随便便过去的，我不幸竟是不能；因此增加了好些苦恼，减却了好些"生力"。——这真所谓"自作孽"了！

为什么自己明明知道"自作孽"，又不能放弃呢？而又为什么自己渴望"爱与和平"，就觉得自己"不免有些变态"呢？难道这有什么不对吗？显然，这里显露了朱自清自己性情的执着，与其说是"自作孽"，不如说是性情在"作孽"。尽管作者明明知道这种执着在现实生活中并不明智，甚至会带来许多烦恼与痛苦，但是还是不能违背自己的性情，或者说不能放弃自我内在世界的感悟与追求，还企图在万难之中坚守那份"爱与和平"。

这种"自作孽"不仅表现了朱自清的性格品行，也说明一个作家执着于性情并表现性情之难。照理说，性情乃是人之天性，人皆有之，一个人只要把它表现来就行了，这是一件非常自然的事情，又何必如此强调呢？但是，只要我们深入观察生活，就会发现，每个人性情的形成不仅受到社会文化的制约，而且性格的表现会受到各种限制。这与社会的自由度与文明开放程度有很大关系。一个人有个性，有理想，有追求，在某种情况下还会遭到误解、打压和敌视；尤其是当社会还没有这种个性存在与发挥、这种理想得以实现的条件与环境的时候，人的性情是很难获得自由自在的存在和表达的。这时候，人们为了生存，就不能不随大流，就不能不用社会常规的需要来自我约束，把自己的性情藏起来，把自己的个性磨灭掉。

朱自清显然没有这样做。因为他珍爱自己心灵的感受，不愿放弃自己内心对于真善美的追求——尽管他有时候也会感到这种追求可能是虚妄的，并且会给自己带来痛苦，但是还是不肯放弃。我们之所以说朱自清的散文见性情，就在于其中有一个真诚的自我。因为性情不是一潭死水，或者某种教条，对一个作家来说，性情就是其生命意识的艺术表现。

一个有性情的人，必然对于自我生命的存在状态十分敏感。朱自清的很多散文表现了一种对于生命本身的感叹，尤其是对于自我存在意味的追寻，有时候还难免流露某种虚无的心绪。例如在《匆匆》中，朱自清通过对季节变换、时空流转与人生无常的感知与感叹，表达了自己对人生所产生的焦虑与危机感。在这"匆匆"变换的背后，我们分明感到一个多愁善感、对于生命有很多期待的"我"。这个"我"是如此焦灼，如此期望自己生命能够留下痕迹，但是又如何能够抵挡住自然时间的流逝呢？然而，抵挡不住就甘心了，就放弃了吗？显然又不是。生命一直在和"匆匆"较量，因为它并没有麻木，失去知觉，而是不断地在捕捉时间，感知时间，并在匆匆之中获得自我。因此，与其说作品最终期望有人能够给予"匆匆"一个答案，不如说作者已经告诉了人们：对于一去不复返的时间，没有人能够给予现成的答案，只有我们每个人自己的体验与探索。

而在《正义》中，我们又能体会到朱自清性情的另一方面——正直、正气、嫉恶如仇，对于现实中的黑暗与人性之弱点感触深刻，并给予毫不留情的揭露：

> 我不曾见过正义的面，只见过它的弯曲的影子——在"自我"的唇边，在"威权"的面前，在"他人"的背后。

这里体现了作者个人与现实世界的对抗。如此激愤而又充满讥讽的文字，不仅透露作者不羁的人格，而且表达了作者与现实社会之间的距离与冲突。要知道朱自清是一个学者，在思想观念方面不能算是非常激进，做事为人也一向稳重平和，但是在这篇散文中露出了尖锐的激愤之情与思想锋芒，表达了自己对于正义深切的渴求。在这里，正义就是一种血气，一种无畏的人格，就是作品中所说的那"第一个尖儿"："所以你要正义出台，你就要排除一切，让它做第一个尖儿。你得凭着它自己的铭记叫它出台。你还得抖擞精神，准备一副好身手，因为它是初出台的角儿，捣乱的人必多，你得准备着打——不打不成相识呀！打得站住了脚携住了手，那时我们就能从容的瞻仰正义的面目了。"

读到这里，我们也许要问：正义，作为一种社会价值，一种人道理念，何以成为"一种尖儿"？因为这里面包含朱自清的性情，或者说，朱自清把自己的性情与生命投入了对于正义的理解和追求中，使得正义的锋芒更加尖锐了。实际上，在朱自清的散文中，这种充满正义感的生命意识，经常表现对于生命本身的询问与探究。即使是一些自然风光、生活琐事与人生细节，也会引起作者对于生命意义深远的思考。

《桨声灯影里的秦淮河》是一篇游记性的散文，但是，如果仅仅写的是风光景色与歌声人语，就不会那么打动人了。因为在这篇散文中，不仅描述了秦淮河，更透露了作者的性情与心境；秦淮河不仅是历史的一面镜子，更是作者的一面心镜，映照了一个具有历史意识的、多愁善感的知识分子内心的波动与矛盾。而河中那令人眩晕的灯光、纵横的画舫、悠扬的笛声，都似乎是从作者的心田里飘荡出来的，带着作者特殊的体温与感觉，引领着读者穿过历史，体味人间的悲欢离合，时而感到灯火通明，时而感到阴森森的；时而感到想象与渴慕的作美，快意而又有滋味，时而感到腻人与枉然。而最能表现朱自清散文风采的莫过于与歌伎们打交道的那场"难解的纠纷"，它几乎占了全文一半篇幅，其中写了作者"心理斗争"的窘境，一方面出于人道主义同情心，不愿让她们失望；另一方面受到道德的压迫，不能不有所顾忌，即使在游乐之中也不能失掉一个正人君子的身份。在这里，作者通过对于自我心情的深刻反省和解剖，披露了内心的矛盾和冲突，充满着真诚的自责与幻灭感，使读者感受到了一个真实的、在现实各种文化禁锢中不断挣扎的爱美的灵魂。

朱自清的散文创作不拘一格，涉及了很多方面，有写人抒情、记事评论等各种内容，但是其中都有一个"我"字，都可感受到一个活生生的作者的自我形象。正如钱谷融先生所说的，创作不能无"我"。作为一个作家，要写出好作品，首先就要了解人；而了解人首先要了解自己，从自己出发，把自己摆进去。所以古希腊有一句名谚"了解你自己"；车尔尼雪夫斯基（Chernyshevsky）则这样说过："谁不以自身为对象来研究人，谁就永远不能获得关于人的深邃的知识。"由此来说，如果说朱自清散文的最显著特点就是其中有"我"，这个"我"就是性情中人的朱自清——他不仅在作品中投入自己的具体感情，加入自己的具体理解，有自己独特的感受和发现；而且不断通过创作反照自己，在与生活对话与交流中磨炼和打造自己的性情。

二、敏感的心痕

由此也可以说，朱自清的散文之所以如此动人，就因为其中有一种绵绵的爱与同情，有一种深刻的正义感与历史感。例如《执政府大屠杀记》就使我们联想到鲁迅笔下有关的文字。贯穿这篇散文最感人至深之处，并不是那个历史事件本身，而是作者心灵的震撼：

　　三月十八是一个怎样可怕的日子！我们永远不应该忘记这个日子！

　　这一日，执政府的卫队，大举屠杀北京市民——十分之九是学生！死者四十余人，伤者约二百人！这在北京是第一次大屠杀！

　　几乎每一句后面都是惊叹号！作为一个屠杀的目击者，作者的心被枪声震惊了，被鲜血激怒了，不能不挺身而出，用自己的笔来对抗枪弹。作为一个艺术家，朱自清是用自己的性情作证，通过了这一历史关口的考验。

　　这种性情的证明，就是心灵上的伤痕。用作品中一句话来说，就是"那红色我永远不忘记！"——由此我们可以感受到一个正直的知识分子内在的高洁、善良与爱美之心，它在与社会、人生与自然的碰撞与交流中，记录了自己内在的真实声音。这篇散文不仅再现了现实中的血痕，更使我们感受到了这次惨案刻在朱自清心灵上的印记。

　　所以，对于散文创作，朱自清强调真诚。在《论无话可说》一文中，他就指出作文应该是"有感而发"，应该说自己的话，并且通过回顾了自己创作经历，说明文学创作依靠真情实感，是万万不能虚伪做作的，例如，"中年人若还打着少年人的调子——姑且不论调子的好坏——原也未尝不可，只总觉得'像煞有介事'。他要用很大的力量去写出那冒着热气或流着眼泪的话；一个神经敏锐的人对于这个是不容易忍耐的，无论在自己在别人。这好比上了年纪的太太小姐们还涂脂抹粉地到大庭广众里去卖弄一般，是殊可不必的了"。朱自清这段话虽是对自己而言，但是对于每一个学创作的人，都是一种必要的警示。

　　艺术家的性情时常是滴血的。因为一个艺术家的心地越高洁，对于艺术和美的追求越执着，也就越能感受到社会与现实的不理想，心灵也越容易受到刺激与伤害。如果说，真正的艺术与美发自纯真的人性和优美的心灵，那么，唯其纯真，才有如此敏感，容不得虚伪和强制；唯其优美，才在现实中显得如此脆弱，总是最先感受到、遭遇到社会各种力量对于人性、对于美的漠视和侵害。如果说，性情人皆有之，那么，艺术家往往更执着，更不愿意放弃，所以难免为此与社会相冲突，相对抗，甚至不能不放弃现实利益，以求在艺术创作中得以展现、发挥与表现。而这种艺术家的品质，一方面使他们创作出更有个性、更具有艺术价值的作品；另一方面往往给艺术家内心带来很多痛苦，甚至殃及生活，给自己生活带来灾难。

也许这就是朱自清在《憎》一文中所表露的那种"阅历未深""神经自然容易激动"的特性。性情中人，也是特别容易受伤的人。其实，阅读朱自清的散文，我们时时处处都能感受到一个敏感甚至脆弱的、容易受伤的心灵；其作品往往就是现实生活在心灵上刻下的印痕，我们可以感受到痛、哀伤与不幸，感受到一个艺术家内心所承受的人类的罪孽。

例如，如此和自己生活不相干的事也会引起心灵深处的伤痛：

> 一个不相干的人死了，原是极平常的事；况是一个不相干又不相干的劳动者呢？所以围着看的虽有十余人，却都好奇地睁着眼，脸上的筋肉也都冷静而弛缓。我给周遭的冷淡嗫住了；但因为我的老脾气，终于茫然地想着：他一生是完了；但于他有什么价值呢？他的死，自然、不自然呢？上海像他这样人，知道有多少？像他这样死的，知道一日里又有多少？再推到全世界呢？……这不免引起我对于人类命运的一种杞忧了！但是思想突然转向，何以那些看闲的，于这一同伴的死如此冷淡呢？倘然死的是他们的兄弟，朋友，或相识的，他们将必哀哭切齿，至少也必惊慌；这个不识者，在他们却是无关得失的，所以便漠然了？但是，果然无关得失么？"叫天子一声叫"，尚能"撕去我一缕神经"，一个同伴悲惨的死，果然无关得失么？一人生在世，倘只有极少极少的所谓得失相关者顾念着，岂不是太孤寂也太狭隘了吗？狭隘，孤寂的人间，哪里有善良的生活？唉！我不愿再往下

想了！

朱自清就是一个如此多愁善感的人，他有一颗极容易被触动、受伤害的心！这种情形在《白种人——上帝的骄子》一文中也有细致的展现。如果说上面所谈到的是一件"不相干"的事，那么在电车上发生的事更是如此。一个白人小孩的举动竟然如此"袭击"了"我"，"我"由此感到"张皇失措"，"使我呼吸不能自由"，"茫然觉着有被吞食的危险"。不说这位白人小孩到底如何想法无法求证，就作者的这番联想来说，就足以使读者感受到作者心灵是多么敏感，实在到了一触即伤的地步。也许这位白人小孩根本无意伤害他，也根本没想到那变化着的面部表情会如此伤害一个中国作家——"这是袭击，也是侮蔑，大大的污蔑！"如果这位小孩长大有知，他将有如何感受呢？

敏感也许是上帝赋予艺术家的心灵禀赋，但是也注定了他们最容易陷入痛苦与绝望，这也正是艺术的魅力所在。人生原本是平淡无味的，况且还经常遭遇一些天灾人祸，使人感到人生之艰难与无奈，所以人经常会产生失落、失望甚至绝望之情；但是，由于有了艺术，把人心中真与善展示出来，把刹那间的美凝固下来，变成永恒，才使得人生生机盎然，并显得充满希望。所以，艺术与美有稳固、坚强的一面，也有其敏感、脆弱的一面。而从朱自清的散文中，我们会感到，好的散文其艺术魅力往往就在于最贴近于一个作家的内心生活，从中我们能够真实感受到一个如此敏感、善良、脆弱的艺术家的心灵状态。

当然，过于敏感的心，不仅容易受伤，也特别容易趋向极端与偏激，容易对他人造成伤害。但是，在朱自清的散文中，我们感受不到这一点。这是因为朱自清性情宽厚，总是把伤痛埋在心底，或者把它们宣泄于创作中，用艺术来安慰自己。例如，他在《一封信》中，就表达了如此的自我感受：

这几天似乎有些异样。像一叶扁舟在无边的大海上，像一个猎人在无尽的森林里。走路，说话，都要费很大的力气；还不能如意。心里是一团乱麻，也可以说一团火。似乎在挣扎着，要明白些什么，但似乎什么也没有明白。

这分明是一个心灵受伤的自我形象，但是作者并没有写自己是如何受伤的，为何如此困惑、迷惘、渺茫，总是感到自己的渺小，而只是通过自我反省来自我排遣。这也许表现了一种内心的软弱，但是正是这种软弱构成了朱自清容易受伤的心灵，使得"受伤"成了朱自清内心的日常生活。

朱自清从来不否认自己内心的软弱，而且从不忌讳时常反省和揭示自己内心的矛盾状态。他坚持自己的性情，但是并不美化它；坚守自己的意志，但是时常自我怀疑。正像他在《白水漈》中所抒发的感慨：即使是一个瀑布，也有自己的飘落的意志——"微风想夺了她的，她怎么肯呢？"——尽管微风可能造成一些迷人的幻觉，而人生也经常难免于迷失于幻觉之中。

这说明朱自清不仅对于悲剧敏感，对于自己内心的软弱也十分敏锐，他在观察与批判社会的时候，从来没有把自己排除在外，从来不姑息和美化自己，而是把自己也牵涉其中，不间断进行自我反省与批判。他自己受到了伤害，但是他又时时刻刻感到自责，唯恐伤害到了别人。在秦淮河上与歌伎打交道的情形，就给我们留下了深刻的印象。而在《执政府大屠杀记》一文中，即使在生死关头，作者不忘自责："我真是一个自私的人！"并且事后一再为自己的胆怯感到可耻。这种情景固然增加了作者自我受伤和痛苦的感觉，但是使作品更有切肤之痛，更有真诚感，更有思想深度。

中国古人就讲"不平则鸣"。同样一件事，有的人会漠不关心，毫无知觉，有的人则会有很多感慨，会感到不平、痛苦、悲伤与绝望，由此会挺身而出，发出自己的声音。所以，作为一个内心敏感的人，朱自清所最感到痛苦的就是人心的麻木、漠然、冰凉与敌视，现实的悲剧也最容易在心灵上留下伤痕。而正是这种敏感的伤痕往往成为朱自清创作的心理动因：心灵的不平静、波动、被什么事所侵扰，往往是朱自清提笔的原因，由此才引发了一系列其他情思。比如《荷塘月色》就是如此。因为"这几天心里颇不宁静","我"才开始了这趟独特的月下荷塘之旅。

因此，真诚地写出自我，敢于直面人生和解剖自我，是朱自清散文的感人之处，这也是那个时代散文创作的共同情绪特征。但是朱自清有自己的特点。他的散文在解剖自己的方面，不像郁达夫那样直露，不如鲁迅那般沉郁，也不似周作人那样节制，显示了更加自然朴素的感人情怀。在《给亡妇》中，作者把自己内心的歉疚、忏悔融入了具体生活细节的回忆与抒写之中，形成了一条情感的河流，呈现了作者内心无限的挚爱与痛悔。

从这里，我们可以更加深刻地感受到朱自清独特的心灵轨迹与情态。挚爱往往与痛苦搅和在一起，心灵永远无法摆脱自责，充满自怨与矛盾的体验，这是朱自清散文作品中显著的"个性情结"。所爱者，不能尽力、尽情给予爱，总是留下无限的遗憾；不爱者，又不能真正予以改变，加以消除，总是不断增加心灵的重负，这就是朱自清最敏感的心痕。

在《背影》中也是如此。《背影》之所以能够给人们留下了深刻印象，不仅在于作品中流露的对父亲深厚情意感人至深，在于这种深情所投射的对象——背影——上；更在于作者自己的反思。随着阅历和年龄的增长，"背影"这两个字确实会越来越引起我们对于父亲这一角色的思考和回味。也许我们不禁会问：朱自清为什么不是面对面表达自己对父亲的深情和理解呢？为什么要在眼望父亲背影的那一时刻热泪夺眶而出呢？而更重要的是，为什么这个背影能够比许许多多父亲的正面描写更能打动人心呢？

因为这里不仅表达了对于父亲的爱，更表达了作者的内心的追悔；而这种追悔实在是很多人隐藏于内心、难于直接表达的情思。因为很多人实在很少与父亲有面对面的交谈和交流，所以只能永远面对父亲一直远去的背影。也许在数不清的家庭里，父亲都处于几乎相同的境地，似乎永远是孤独的；他们的内心流露得很少，他们经常与家人有某种距离。所以很多父子关系都有惊人的一致，儿子总是先是惧父，再是恨父，然后用各种方式逃避甚至反抗父亲，在相当长的一段时间里和父亲分庭抗礼，最后直到很多年之后，也许由于挫折，也许由于悔悟，儿子才渐渐意识到父亲对自己是多么重要，自己在多大程度上依赖父亲，自己与父亲多么相像，甚至重归父亲的老路。——但是，这时候，也许他们所能回忆和思念的只能是父亲的背影。

朱自清通过自己的独特经历与体验揭示了这一点。因此，在这里，背影不仅是父亲的影像，更是一种失去的久远的历史情感的象征，能够唤起我们对人生永恒的追悔。不错，人们都怀念自己的父亲，但是一代又一代的人只能面对父亲的背影进行追思，把真正内心的理解和认同诉说给远去的风、海浪和下一代。而《背影》使我们真切意识到，父亲不仅是一种力量，一种智慧，一种传统，更是一种未来，一种我们内心的呼唤。实际上，朱自清唤起了我们同样的追寻，父亲在哪里？我们是否可以真正面对面，心对心？这不仅是作为儿子的内心呼唤，也是今天作为父亲的精神寻求。我们能够泪水当面流吗？我们能够看到对方的面目并理解对方的心灵吗？这时，我们或许还会想起鲁迅写的《我们现在怎样做父亲》，其表达了相似的父子难以"面对面"的历史状况，它们和"背影"具有相同的文化情结。于是，寻找父亲的路途注定就是一种精神和文化求索的过程，它距离我们很近，近在咫尺，但是又相当遥远，远在天边。

三、寻找美的慰藉

但是，这一切并没有妨害朱自清感受美、发现美，并为我们留下美文。我们不妨设想一下，一个心灵敏感、容易受伤的人，又如何在精神上获得支撑、获得滋养，来坚持自己的人生与信念呢？这确实是一个问题。而这对于朱自清来说，不仅是个理论问题，更是一个实际生活问题。作为一个性情中人，也是内心非常敏感的人，总是比一般人更能感到生活的变迁，感受到自我与现实之间的矛盾、冲突与摩擦，内心越容易受到刺激与伤害，因此越是需要用某种精神的方式来疗救、慰藉与表现。

　　朱自清并没有给我们留下直接的回答，但是他的散文记录了他的心灵选择。在《荷塘月色》中，当"心里颇不宁静"的时候，他突然想起了往日走过的荷塘，并且在荷塘边找到了自己的宁静，找到了自我：

　　　　路上只我一个人，背着手踱着。这一片天地好像是我的；我也像超出了平常的自己，到了另一世界里。我爱热闹，也爱冷静；爱群居，也爱独处。像今晚上，一个人在这苍茫的月下，什么都可以想，什么都可以不想，便觉是个自由的人。白天里一定要做的事，一定要说的话，现在都可不理。这是独处的妙处，我且受用这无边的荷香月色好了。

　　怎么理解这"另一世界"？这是理解《荷塘月色》全文的关键；而为什么朱自清会有如此的感觉，则是我们理解朱自清艺术世界的路径。一个如此敏感的性情中人，在现实社会中经常受到伤害，更需要一种心灵的歇息与滋养来减轻与消除内心的困惑和焦虑。而正是在这种情况下，这小小的荷塘成了作者的心灵家园，在月光下给予作者温情的慰藉。可以说，这"另一世界"，就是朱自清心向往之的美与艺术的世界，是其可以暂时逃避现实世界、心灵可以得到栖居的诗意世界。

　　也许这只是一个幻觉或幻影，是暂时的，很快就会消失的，但是它确实是作者内心所追寻和所需要的，它所给予作者的是某种永久的安慰与快乐。也许这就是美的品质，它永远是那么难得，那么虚幻，那么容易消失；但是，正因为如此，它又永远是那么珍贵，那么韵味深长，那么难以让人忘怀。

　　所以，不仅"这一世界"不同于日常的现实世界，进入这"另一世界"的我也完全两样，这意味着回到了率性、自然与自由的状态，可以真正领略世间的美，分享艺术世界的快乐。在此，我们不妨扪心自问：世界上的美景之多，不可胜数，但是我们为何不能像朱自清先生一样进入其中并领略其中的美呢？那一潭荷塘并不是天下奇物，为什么到了朱自清笔下就会显出如此沁人心扉的美,如此令人感怀呢?

我们只能说,这是一种美的心灵与美的风景交流、沟通与融合的结果。因为对于一种粗糙、粗鲁与麻木的心态来说,任何自然美景都是无言的,不可能敞开自己的心扉,说出自己的秘密;而作为一种知音的回报,自然美景也不会使美的追寻者失望,它会恰如其分地给予其心灵以满足。

在《荷塘月色》中,我们可以感受到一颗敏感的艺术家的心灵,但是与在现实世界中遭遇的不同,在这里,它显示了感受美、发现美与体验美的全部魅力。从作品的字里行间,我们会发现,美与艺术是如何精致与神奇的一种心态与能力,它是如何细腻、敏感、入微和善解自然的,能够体谅与化解各种界限,把人与自然之美融合一体。这种心态与能力,也许是有史以来人类文明的结晶,但是近代以来遭受了空前的考验与挑战,人心由此变得激进与好斗,粗糙与好胜,难得用全身心去感受自己与自然,由此导致了美与艺术感的丧失。正如在《匆匆》中写到的,这种情景连朱自清自己也感到了万般的遗憾与无奈。这也难怪《荷塘月色》这样的作品显得如此珍贵了,因为它不仅对于作者,而且对于当今人类存在状态来说,表达了一种难得的美的体验与回忆。

朱自清一些优美的散文,表现了相同的追寻,他似乎总是尽力追寻一种美景,一个"另一世界",来安置与慰藉自己的心灵世界。在这方面,对于自然的倾心,依然是朱自清散文中的亮点,自然美景带给作者的总是意外的惊喜和快感,例如:

> 暖和的晴日,鲜艳的花色,嗡嗡的蜜蜂,酝酿着一庭的春意。我自己如浮在茫茫的春之海里,不知怎么是好!那花真好看:苍老虬劲的枝干,这么粗这么粗的枝干,宛转腾挪而上;谁知她的纤指会那样嫩,那样艳丽呢?那花真好看:一缕缕垂垂的细丝,将她们悬在那皴裂的臂上,临风婀娜,真像嘻嘻哈哈的小姑娘,真像凝妆的少妇,像两颊又像双臂,像胭脂又像粉……我在他们下课的时候,又曾几度在楼头眺望:那丰姿更是撩人:云

哟，霞哟，仙女哟！我离开台州以后，永远没见过那样好的紫藤花，我真惦记她，我真妒羡你们！

这是在《一封信》中的文字。这样的情景在朱自清散文中并不少见。作为一个寻求美感的人，朱自清对于自然美景情有独钟，当然不会轻易放过任何享受的机会。在这样的世界里，他一点都不匆匆，而是尽量、尽情多待一些时候，与自然一起分享美的世界。例如在《白马湖》中，自然风景再一次显示无穷的魅力，那湖上"笼着一层青色的薄雾"的山，那"映着参差的模糊影子"的水，"山是青得要滴下来，水是满满的、软软的"；还有那小桃、杨柳、菜花，"像是蜃楼海市，浮在水上，迷离惝恍的"村庄，能带给人"世外之感"，这怎能不使作者留恋呢？而在《看花》之中，梅花虽然没开，但灵峰寺里的景象竟然把作者迷住了：

那时已是黄昏，寺里只我们三个游人；梅花并没有开，但那珍珠似的繁星似的骨朵儿，已经够可爱了；我们都觉得比孤山上盛开时有味。大殿上正做晚课，送来梵呗的声音，和着梅林中的暗香，真叫我们舍不得回去。在园里徘徊了一会，又在屋里坐了一会，天是黑定了，又没有月色，我们向庙里要了一个旧灯笼，照着下山。

毕竟不是出家人，作者不可能永远留住这"世外之感"，但是透露了他对于一个不受人世烦扰的纯粹的美的世界的倾心向往。为了获得和进入这个世界，哪怕是片刻的体验，朱自清也愿意付出不懈的努力。这在《潭柘寺 戒坛寺》一文中，得到了很好的体现。为了追寻心目中的美，作者不辞劳苦寻访不说，单说作者对于两地景色如此详尽的观察与记叙，比如潭柘寺门前的那条深沟，那座石桥，过桥的那四棵马尾松等，都体现了作者爱美、寻美之心之切、之细。

正是这种用心，朱自清对于美尤其是自然的诗情画意的感悟与表现，才会达到如此精妙的境界。比如，即使是生活在秦淮河旁的人，又如何能感受到如此美妙的桨声灯影中的景色呢？

> ……灯越多，晕就越甚；在繁星般的黄的交错里，秦淮河仿佛笼上了一团光雾。光芒与雾气腾腾的晕着，什么都只剩了轮廓了；所以人面的详细的曲线，便消失于我们的眼底了。但灯光究竟夺不了那边的月色；灯光是浑的，月色是清的，在浑沌的灯光里，渗入了一派清辉，却真是奇迹！那晚月儿已瘦削了两三分。她晚妆才罢，盈盈的上了柳梢头。天是蓝得可爱，仿佛一汪水似的；月儿便更出落得精神了。岸上原有三株两株的垂杨树，淡淡的影子，在水里摇曳着。它们那柔细的枝条浴着月光，就像一支支美人的臂膊，交互的缠着，挽着；又像是月儿披着的发。而月儿偶然也从它们的交叉处偷偷窥看我们，大有小姑娘怕羞的样子。

四、处世的转变与思考

简言之，朱自清散文创作的主要成就，表现在对于诗情画意的发现与表现方面，不仅突出了作家的独特性情与情致，而且创造了独具一格的艺术风格与体式；但是，这并不能完全概括朱自清散文创作的内容与特点。应该说，朱自清散文创作的内容是多方面的，涉及了生活的各个方面。除了对于自然美与人情美的描述与表现之外，对于人情世故的思考与反思也是其散文创作中值得注意和探讨的一部分。

毫无疑问，自然的诗情画意，是朱自清永远钟情的对象，所以其散文创作中较美、艺术成就较高的篇什也多是以此为描写中心的，如《荷塘月色》《桨声灯影里的秦淮河》等，就是这方面的代表作。而一旦进入人的世界，即便是在《背影》这样的名篇中，这种美的境界与情致也不会显得那么纯洁与单纯了。这在《春晖的一月》一文中显得更为明显。起先，作者对于春晖的美景多么向往，多么敏感与兴奋啊！一路走来，就是"趣味"，就是"可爱"，就是"物我双忘"，一直到"美的一致，一致的美"，简直是美呆了。但是，《春晖的一月》终究没有构成像《荷塘月色》般完美的"另一世界"，因为一旦与现实社会接触，就不免有了担忧与伤感。所以，当谈到"一致的真诚"和"闲适的生活"的时候，就难免有了比较，难免触痛心灵的伤痕了，最后竟至于对于自己的"赞美"也怀疑起来，告诫读者这里面难免有过于主观的成分。

随着阅历的增加，随着对于人生更深入的体验，朱自清散文创作也出现了变化，昔日情感的单纯消退了，而理性的思考加强了，由此写了一系列诸如《沉默》《论诚意》《论别人》《论自己》《论做作》等文章。这里显示了一种很重要的转变，作者从《荷塘月色》中的"另一世界"回到了俗世，回到了现实生活，开始思考和面对社会人生，用一种理性的方式来处理人际关系，获得对于人以及人的存在状态的新的理解。

在这些文章中，朱自清开始接受现实了，甚至显得有些世俗了。很多事情，如若在过去，作者可能根本不会考虑和接受，甚至会感到气愤，会进行批评或讽刺；但是如今显得平和多了，不仅设法去调和接受，甚至予以自己的宽容与理解。不过，这也许是朱自清人生的另一面。例如《沉默》就是最好的例子。朱自清原本是五四新文化的闯将之一，曾经鼓吹要做"尖儿"，敢于说自己的话；但是这时也不免讲沉默的妙处，不仅把它看作一种处世哲学，而且看作一种艺术。其实，"君子慎言""多言必失"是中国的古训，凡是对于中国社会有所体验的人，对此都不会马虎，只是由于五四新文化运动兴起，外国文化思潮大力冲击中国文化，使很多年轻的中国人暂时忘记了这一点。而不幸的是，中国的社会世俗和文化状态不是一下子就能改变的，一些年轻人大声呐喊之后，就遭到了社会的报复，生存处境越来越糟。正是在这种情况下，"处世哲学"重新引起了人们的注意，而朱自清的这篇文章不仅反映了当时社会的这种现实需要，也表现了朱自清自己的生活体验。

由此，我们感受到了一个生活在时代转换时期的知识分子的不同方面。为了理想，他进行过抗争，并坚持用艺术的方式建造自己的"另一世界"；但是为了生存，他又不能不顺应现实，与社会生活达成某种妥协，求得生存发展的条件与空间。而所谓"处世哲学"实际上就是为了实现后者所必需的某种智慧和方法。就此说来，既然"沉默便是一种最安全的防御战略"，那么，"如何做人"自然也必须适应"现代多变"的社会情景了，比如如何对待诚意，就不仅关系到品行问题，更是一种态度问题，而态度是可以多变的。朱自清还如此告诫青年人，显然充分注意到了中国现实状况："年轻人容易认真，容易不满足，他们的不满足往往是社会改革的动力。可是他们也得留心，若是在诚伪的分别上认真得过了分，也许会成为虚伪主义者。"——他不希望年轻人由于不谙世事，在社会上"苦了自己，甚至于苦了别人"。

显然，这已经是不再年轻的朱自清了，但是仍然保持着那种真诚朴素的态度。只是阅历深了，懂得了人情世故，所以能够以更宽容的态度来对待人生，能够把观人、知己结合起来，把处世做人同自己周围的现实条件，密切结合起来进行思考，设身处地，推己及人，知人论世，显示了对人和对社会深刻的了解。正因为如此，朱自清这些文章才没有那种教科书式的训导气与道德说教，而是平易近人，实事求是，自己心里如何想、自己如何做，就如何写出来；目的不仅是给自己一个表白，也是给青年一种建议与参考。青年人从中可以得到启发，获得真实的为人处世的经验与道路。由此，我愿意把朱自清下面一段话送给年轻朋友们：

> ……总之路是有的。看得远，想得开，把得稳；自己是世界的时代的一环，别脱了节才真算好。力量怎么微弱，可是是自己的。相信自己，靠自己，随时随地尽自己的一份儿往最好里做去，让自己活得有意思，一时一刻一分一秒都有意思。这么着，自爱自怜才真是有道理的。

是为结。

2003 年 7 月 12 日于上海华东师大

之三十五

关于批评的"三气"

自从曹丕提出"文以气为主"的观念后，"气"已成为中国传统文论中的一个重要范畴。这不仅影响了文学创作，而且渗透到中国文学批评之中。在我看来，好的文学批评必须具备灵气、才气和生气。"三气"充足，生命灌注，才能创造美的批评成果。

无论如何有理有力，逻辑严密，没有灵气的批评是没有魅力的。换句话说，这样的批评可能是一篇完整的论说，是一种精确的说明和细致的解释，它还可能拥有深厚的学识和深刻的思想，但并不能算一种完美的批评，并不能够给予人某种美的启迪。所谓灵气，就是对于艺术和美的感悟和感通能力，批评家能够敏锐和敏捷地从作品中领略和发现美的意蕴，用自己的心灵接触它，感觉它，并能够以一种内在的方式与生命，与宇宙，与各种人生与文化现象贯通起来，这是其批评活动具有审美性质的基础。

当然，文学批评并非不需要学识，不需要逻辑，但是仅仅依靠它们是不足够的；把它们看得太重，也会使批评失掉自己的风采。

这不仅导致了文学批评概念化，而且使其长期纠缠在争夺话语权力的斗争中，批评家似乎并不在意如何发现美和传递美，而是时常竭尽全力去证明自己拥有某种终极真理；似乎只有如此，在批评中才能立于不败之地。至于批评本身逐渐变得枯燥无味，味如嚼蜡，也就自然越来越不受人们的欢迎。

文学批评需要灵气，也需要才气，这是不言而喻的。有灵气，才能对艺术对美有一种天然的感悟和感通能力，而有才气才能把这种感悟和感通化成文字语言，淋漓尽致、优美动人地表达出来。换句话说，批评家本来就是才子的事业。思维敏捷，古今贯通，中外驰骋，举一反三，是批评家应具有的特质。在这里，才气是和学究气相对的。当然，光有才气，没有一点学识，就在客厅里天马行空，信口开河，指点艺术，并不一定是好的批评家，但是仅仅书读万卷，就按图索骥，钻牛角尖，也根本算不上批评家。从根本上来说，文学批评不是判断是非的审判，也不是对作品的阐释学和解剖学，而是对艺术和美的继续发现和展现。

文学批评也需要才气。好的批评应该具有能够打动人和感染人的力量。人们从文学批评中得到的是艺术和美的启迪，而不仅仅是某些概念的演绎。后者人们可以从哲学、伦理学、历史学中得到，可以到教堂和寺院中听经讲道，用不着文学批评家再多此一举。

文学批评还不能没有生气，但是生气又是最容易受到压抑和摧残的。很多批评家有灵气有才气，但是他们的批评缺乏生气。究其原因，就是因为他们受到环境的压抑太多，而又缺乏解脱而出的勇气，就只能把自己创新的热望埋在心里，让它们慢慢窒息。孟子讲知言者要善养"浩然之气"，我认为这浩然之气就是敢于坚持自我，敢于冲破世俗压抑的勃勃生气。文学批评拥有了它，就能够有充实的自我，才能不断有所创新。否则，批评的灵气也有可能逐渐消退，才气也会不断黯淡，最后导致批评家走向浊气和俗气。

文学批评虽与创作不同，但同样是一种性情文章，所以它不同于科学论文，也和一般的人文写作有区别。文学批评是要见性情的，因为性情是批评家生命之气，是其个人艺术个性与风采的内核，是无法伪造和装饰的；它是喷涌的泉源，文学批评只有由此流出，才会显出生命之美的清澈和甘甜。与此同时，性情——按中国人的话来说——是一种原生美和艺术美的结晶，是"不可力强而致"（曹丕《典论·论文》）的。由此，曹丕论文有一段话说得好："是以古之作者，寄身于翰墨，见意于篇籍，不假良史之辞，不托飞驰之势，而声名自传于后。"

灵气、才气和生气失落，批评不仅失去了艺术意味，也就丧失了最重要的人生价值了。话说开去，在当今世界，虽然科技日益发达，但是资源日益短缺，空间更觉拥挤，人际关系更为复杂，人们在物质和重重社会规范的制约下，神志心情都很容易趋于麻木、平庸和机械，性情的东西越来越少，而苦心经营和矫揉造作的东西越来越多。这时候，人们求助于艺术，求助于艺术批评，多半希望更多的性情话语能够获得灵性上的沟通。而如果批评丧失了自己的性情，又怎么有自己独特的美学价值呢？

从灵气、才气到生气，我们谈论的其实都离不开批评家的性情。白居易论文时曾把气、性、志、文贯为一体，实在说得十分精辟："盖是气，凝为性，发为志，散为文。"看来，中国当代文艺批评要摆脱暮气、呆气和庸俗气，还得有一种真正回归真诚、回到性情的努力。

（原载《上海文学》1996 年第 11 期）

之三十六

现代小说艺术的危机和生机

也许从 19 世纪开始，从事小说艺术评论，已越来越成为一项令人感到痛苦的工作，因为它不仅需要学识和眼光，而且需要一种毅力才能胜任。其中一个重要原因在于，阅读现代小说，尤其是一些标新立异的现代小说，轻而易举地享受艺术乐趣的机会，已越来越少了，这不仅由于在大多数当代小说中，读者所面临的是某种痛苦或难看的现实，所感受到的是人生的悲剧事实，更重要的是要接受某种挑战，克服由形式和技巧所设置的障碍，甚至需要费尽心机，绞尽脑汁，才不至于迷失在现代小说艺术的迷宫里。同时，小说评论工作对小说创作的影响越来越突出，其并没有给批评家带来沾沾自喜的可能性，反而使他们更清楚地意识到小说艺术的危机：小说正在远离大众而去，成为孤芳自赏的艺术创作。

这一切都给现代小说艺术发展蒙上了一层时浓时淡的悲剧气氛，而要从这种悲剧气氛中解脱出来，就不能拘泥于小说艺术发展本身的因素及其变化，而要从整个世界生活和艺术发展趋向着眼，以新的美学眼光来看现代小说艺术的危机和生机。

20 世纪以来，尽管现代小说艺术创作中涌现了很多大作家和优秀作品，但是小说在人们艺术活动中那种如日中天的景象似乎一去不复返了。如果说在 19 世纪的艺术中，小说家仍然是皇冠上的明珠的话，那么在 20

世纪这颗明珠已转移到了影视艺术。现代社会日益丰富的文化艺术生活，给人们的欣赏和娱乐提供了越来越多的方式和途径，大大降低了人们阅读小说的兴趣。如今读小说的人正在日益减少，包括一些小说名著，人们宁肯通过广播和电视去欣赏它们那残缺不全甚至面目全非的尊容，也不再会抱着厚厚的几大本去细嚼慢咽，因为对大多数人来说，重要的是通过艺术欣赏获得美感享受，而不在乎是否真的是托尔斯泰或者巴尔扎克。

这并不奇怪。影视艺术的迅猛发展，正在吞并小说艺术占据的大部分空间，以更加直观的方式使小说相形见绌。比如单纯的风景和环境描写或写景状物，小说已无法与电影、电视竞争。这并非说小说中对于事物的外在描写已完全失去了意义，而是说在有选择的条件下，人们肯定会选择直观的影视艺术而不是小说。难以挽回的是，现代社会正在造就一个有选择的时代。对于塔什干大沙漠和南美热带草原风光，人们完全可以放弃小说中大段冗长的风景描写而借助其他方式获得。不仅真实的生活途径是这样，就是幻想中的景象，影视技术也能够使人们获得更满意的效果。因此，很多人把影视艺术看作小说黄金时代的终结。郁达夫就抱这种观点，他认为 20 世纪以来小说艺术的衰落，皆由于一个"声光的巨兽在那里作怪的缘故"，"所以若照左拉之说，则左拉假使生在现代的话，那他将不做一个小说家，而在经营电影，做一名名导演与高级的 Scenario（电影剧本）的编者无疑。因为电影是最易于传播思想的现代新兴艺术"。这位以小说创作而出名的作家甚至在 20 世纪 30 年代就断言："小说到了现在，似乎也同政治、独裁政治一样，走进了一条前路不通的死弄了。"

虽然这话有点耸人听闻，但是小说艺术地位再也不同于 19 世纪乃至20 世纪初是显而易见的。但是，尽管如此，一些艺术家并不愿意把小说地位下降的原因完全推诿到影视艺术的入侵上。相反，他们热衷在小说艺术本身寻求原因，认为现代小说之所以日渐出现危机是由于过于拘泥于传统小说艺术的规范，他们仍然想以臆造的情节和虚构的人物取胜，以满足人们对小说的艺术要求。西方一些现代小说家如伍尔芙（Woolf）、普鲁斯特（Proust）等，把小说的艺术重点从外在描写转移到内心描写上，希望在心理描写和精神分析方面确立小说独立的美学地位。

但是这并没有把小说从危机中完全解救出来，相反，小说家一旦热衷描写人心理活动和精神分析，并把它们推向极致，就不可避免地使小说的叙事功能趋于解体，人物的面貌、行为和事件的来龙去脉都成了被抛弃的对象，小说成了在单一的意识世界里的自言自语，很快也使人们感到了厌烦。有人甚至认为，20世纪的小说名家——普鲁斯特、乔伊斯（Joyce）和卡夫卡（Kafka）——撰写了空前绝后的小说杰作，但这些杰作已宣告了小说的末日，进一步的发展是不可能的。美国诺贝尔文学奖获奖作家索尔·贝娄（Saul Bellow）就指出："有时，叙事性艺术本身的确似乎已消亡了。我们在索福克勒斯（Sophocles）或莎士比亚（Shakespeare）的剧本中，在塞万提斯（Cervantes）、菲尔丁（Fielding）和巴尔扎克（Balzac）的作品中所熟悉的人物角色却已不翼而飞了。一个个性完整、有雄心、有激情、有灵魂、有命运的和谐人物已不复存在。现代文学中取而代之的是一个松散的、残缺的、错综复杂而又支离破碎的、难以名状的古怪人物。"他由此十分担心小说艺术的前途和命运，发出这样的感叹："我在心绪不佳时，几乎可以使自己相信，小说如同印第安人的编织技艺，是一门日趋没落的艺术，无前途可言。"这种看法多半与郁达夫相同，所不同的是后者多从小说发展的外部条件着眼，而贝娄是从小说艺术自身发展中感到了危机。

实际上，现代小说艺术发展一直受到很多人的责难。这种责难固然有一部分来自对传统小说艺术的流连忘返，但是并非全部是这样。有一部分人并非出于保守心理，而是感到小说艺术发展和自己所向往的境界距离太远，由于过分失望而品头论足。例如现代小说中日益增长的"纯小说"现象，不能不引起很多人的非议。小说创作距离人们的日常生活，距离人们所关心的社会生活问题，越来越远，势必使小说走进孤芳自赏的死胡同之中。人们看到，在现代社会生活中，小说创作中自我分裂的现象比任何艺术都显得严重和不可救药。由于各种社会生活的挤压，一方面存在着大量的通俗低级的武侠、言情和侦探小说，它们无论在内容还是形式上，都和一百年前没有多大的区别；另一方面则是一群人在创作"谁也不懂"的"纯小说"，高高在上，占据小说艺术的讲坛。前者在一个低级的层次上拥有大量的读者，而后者在一个高雅的层次上知音无几。这两方面虽然各有优势，但是现在还很难指望它们能取长补短，重振小说的威望；相反，这两者之间互相矛盾和对立日益突出。一些高雅的小说家极端鄙视拥有大量读者的通俗小说家，将自己局限在一个很小的圈子里；而一些通俗的低级小说制造者把小说视为廉价畅销的精神商品，使人们的艺术感觉能力迟滞在一种循环往复的层次。

这种情况使现代小说家处于一种两难选择之中。小说家一方面无法阻止小说创作日趋"商品化"的趋势，消除一些粗制滥造的通俗小说对人们所起到的艺术麻痹作用；另一方面难以把自己从某种"曲高和寡"的孤独中解救出来，像当年托尔斯泰（Tolstoy）和巴尔扎克一样获得广大的读者。悲剧正是在这个过程中产生的。也许正像索尔·贝娄所说的，作家总是在梦想一个黄金时代，但是这个时代根本就不是什么黄金时代，因为时世太糟糕了；如果没有老百姓，小说家就只能是一件古玩，就会感到自己处在一只玻璃盒里，正沿着通向未来的某个阴郁暗淡的博物馆走廊缓缓行进。

没有一个小说家愿意心甘情愿地接受这个事实，他们在不断地思考和探索，但是能否改变小说的命运并非只由小说家所决定，况且现代小说所选择的道路也令人担忧。因为这意味着小说家是否能把坐在电视机旁的大量观众吸引到自己身旁，而不是其他什么问题。然而，很多现代小说家并没有完全看穿这一点。在影视艺术咄咄逼人的情况下，他们试图远远避开现实政治、经济等重大问题，在并不引人注目的领域内，如人的心理、小说的语言等方面，保持小说艺术自身的纯正。这样，小说似乎是在进击，但另一方面逐渐成为一种"逃避的艺术"。一些小说家拼命在维护着"纯小说"的地盘，不得不走到某种人烟罕见的地方自立门户。是的，在那些地方，往往是连无线电波和电视传送也无法到达的地方，小说家为此而感到自豪和得意，但是这些地方同样是读者难以到达的地方，除了极少的一些探险者。这也是小说家的悲哀。

但是，就在现代小说逐渐陷入"不被人理解"境地的时候，影视艺术正在轻而易举地接受着大块小说家自动放弃的地盘，在接受各种艺术（其中包括小说）创作馈赠的基础上坐享其成，甚至最后逼迫小说艺术在生活中难有立锥之地。显然，这不能责怪影视艺术的贪得无厌，只能从小说艺术创作本身寻找原因。应该说，在当今各种艺术大融合的时代，任何一种艺术都在吸取其他艺术的优点充实自己。现代小说家如果仍然怀抱过去时代的黄金梦想；仍然想维持那么一种"纯小说"的艺术境界，恐怕已不可能。现代小说只有勇敢地加入各种艺术之间的竞争，吸收各种艺术的精华来充实和发展自己，才有出路。因此，即便现代小说面临着不可逆转的衰落时代，也应该去创造和发现有关于小说的新观念和新现实。

（原载《作品》1990 年第 6 期）

之三十七

讨论：话说正统文学的消解

主持人：殷国明，暨南大学中文系教授

参加者：

陈志红，《南方周末》副主编

陈　实，广东社科院文研所副研究员

朱子庆，花城出版社编辑，诗评家

何　龙，青年批评家

费　勇，青年批评家

文　能，青年批评家

　　殷国明：上次我们聚会曾谈到了"正统文学"这个问题，今天我们可以就此讨论一番。确实，这个问题引起了我很大兴趣，因为我觉得正统文学在中国有一种特殊的意味。每一个中国作家都不能不和它打交道、发生关系，其中有依附、有反抗、有迷幻、有抗争，而且就其本身来说，在历史上的每一个转变时刻，都曾受到怀疑，受到冲击，一次次地被打破，而又一次次地被重建，构成了中国文学发展的一种特殊景观。

　　今天，我们又面临着一个文学大转换的时代，所谓历史上一切正统文学的观念，都正在面临着从未有过的挑战，所以，谈论这个问题就更具有

当代意义了。

陈志红：我也觉得是这样。不过，"正统文学"这种提法是否科学或者有意义，仍是一个可以讨论的问题。将"正统"和"文学"组成一个专有名词，就应该有特指的对象，有比较明晰的界定。什么样的作品可以被纳入"正统"之列？由于多年来的思维习惯和约定俗成，"正统"的色彩已几无褒义的成分。也许正由于这种约定俗成的方式本身就是非正统的方式，才使我们有可能对一种事实上存在，而又未经很好梳理的文学现象进行一番比较自由的议论，从而使"正统文学"这一提法荣登大雅之堂。

费勇：陈志红这个想法很有意思，不过我认为"正统文学"在中国已是一个既定的概念，用不着去进行哲学求证了。它是在历史中形成的。

所谓正统（orthodox），指的是已经建立的体系、规范等，在西方，尤其是指宗教方面的清规戒律，凡不合乎规矩便被视为"异端"，受到种种惩罚。中国的"道统"与"正统"大约意义接近。

总之，"正统"这个词具有极强的排他性与霸权色彩，它意味着人们必须遵循那些既有的体制、观念，否则便是"异端"。但所有既存的体制观念，不管是法制层面的、伦理层面的，还是政治层面的，都包含着人类自身永远无法克服的困境。真正的文学（也包括哲学、艺术）恰恰要穿透现实时空，去把握现实存在，以及现实体制背后的另一种秩序。

从这个意义上讲，文学永远是非正统的。正如米兰·昆德拉（Milan Kundera）说的，"小说的精神是复杂性的精神，每一部小说都对读者说：'事情并不像你想象的那样简单。'这是小说永恒的真理"。这也是文学艺术永恒的真理。

殷国明：我想，谈"正统文学"最好紧扣中国的文学历史。在中国，正统不正统，始终离不开意识形态中的政治因素，离不开权力体制的利益和要求。这就使得文学一直成为某种"工具"或"传声筒"，否则就会遭到批判和清算。当年中国五四新文化运动高举科学、民主大旗，提出"国民文学""平民文学"等口号，就是对这种正统文学传统的一次巨大冲击和摧毁，可惜并没有完全连根拔掉，它的阴影仍在当代文学中起作用。

何龙：这一点在中国文学史上表现得太明显了。就拿文学主题来说，十分看重文学的主题就是正统文学价值观念的产物。文学既然是"经国之大业，不朽之盛事"，既然是"载道"的工具，那么检查"写什么"是验明文学正身的必要手续。"郑卫之风"描写了男女恋情，正经的儒家就认为它不符合正统思想而拒绝颁以进入经典的入场券。在当时正统文学眼里，宋词也因较多咏唱个人的喜怒哀乐情绪一直处于"偏房"的地位。

"文革"进入历史以后，主题首重观念略有弱化，但"主题情结"并未消解，以致每一不同时期都可找到文学的主题话语，从"伤痕文学""反思文学"到"改革文学"等，文学流派和阶段的命名几乎都要到政治词典里贩运名词。文学批评的基本操作也是主题研究：作品描写了什么，反映什么社会问题，揭示了什么本质，塑造了什么典型形象，表现了什么思想……我们甚至在研究台港海外华文文学时，仍然可见"三通文学""探亲文学"等命名方式，把小号的主题帽子扣在非正统的文学大头上。

文能：我看"正统文学"是一个很宽泛的概念，尤其是具有流动性。这里所说的"正统文学"我想主要是指我国20世纪30年代受到苏联"左"的文艺思潮的影响，以及在这之后的种种历史因素如"以救亡为中心"等命题的诱发下，逐渐演变的以传递、诠释某种主流意识形态的意志为宗旨的那种文学。

陈实：我认为所谓"正统"与"非正统"之间，不要自己把自己人为地搁置在反面。真正的艺术家，在投入想象性的创造活动中，心灵总是自由的。他们从来不为"正统"所误，因为他们永远以坚强人格保持自我。

陈志红：也许在议论这个问题时，用否定式比用肯定式来得方便和简捷些。也就是说，回答什么不是正统文学比回答什么是正统文学要容易得多。

还是首先用作品来说话。1985年以前的文学，以"伤痕文学"和"改革文学"最有号召力，作品大多采用现实主义手法，在主题上就是控诉极"左"路线的罪恶，拨乱反正，这些文学作品在思想上与主流意识形态、与人民大众的心态情绪同步，因此赢得一片喝彩声。那个时期，稍微溢出"正统"轨道的作品，为数极少，如王蒙的《夜的眼》等部分小说，也只是在表现手法上被视为比较陌生，而其主旨依然是很正统的。

到了 1986 年，刘索拉的《你别无选择》出来了，接着有徐星的《无主题变奏》，文坛整齐的合唱中才可说有了真正的杂音。那是真正的从主旨到操作都很不正统的作品，却受到评论界的青睐和相当一批读者的认同。也就是从这时起，当代文学乃至新时期以来的文学在价值取向和审美方式上产生了一种真正意义上的分化，一部分作家从自己原来的运行轨道上脱离出来，如王安忆，她原来的"雯雯系列"与后来的"三庄""三恋"多么的不同，乃至今天的《纪实与虚构》，原来的那个王安忆早已脱胎换骨、荡然无存了。她完成的，可否说是一个由正统到非正统的过程呢？

1988 年、1989 年以来，文坛上又涌出一批颇有实力的新秀，如格非、余华、苏童、叶兆言、王朔等人，在创作上标新立异，独树一帜，已成又一蔚然大观了。不管人们如何评价他们，但有一点是肯定的，那就是谁都不会将他们纳入正统文学的框架之中。

这么说来，眉目就开始渐渐清楚了：那就是不被纳入正统文学框架之中的这些作家和作品，本身所具有的那种变异性、反抗性、批判性、超前性，充满自由与独立精神的主体性，使其与正统文学有了泾渭分明的界限。这是一种全方位的变异。简单说来，就是观察世界和表现世界的观点、角度和方法的芜杂与多元，它们不可能被正统文学的秩序和体系所认可、所接纳，但它们是一种活生生的存在。

朱子庆：陈志红，你是否认为这也是一种正统文学的消解呢？

陈志红：也可以这么说吧。

费勇：正统文学在现实生活中，它常常占据着显赫的位置，它与其他的政治形式一起，操持的是一种"政治话语"，也可能是"商业话语"，正统文学服务于现时的政治经济体制。

何龙：现在好了，正统文学开始消解，取而代之的是一个"无永恒变奏"的文学时代。

从 1985 年开始，中国大陆出现的"探索小说"扣响了向正统文学冲击的发令枪。这些小说大多没有光芒四射的主角，没有可为模范的先进事迹，没有培育英雄典型的显性情节，甚至没有明确的时代背景。想从这种小说中便捷地提炼出主题思想是一件困难的事。正如徐星的《无主题变奏》那样，探索文学并没有接受弹奏"主旋律"的指令，本身就是"无主题变奏"或"无标题音乐"。

当文学失去正统的主题、主流和主角后，任何话题则都可成为"主题"，任何角色都可升任"主角"，而生活中的涓涓细流也可汇成"主流"，不过这已经不是靠一部作品所能完成的了。

文能：我觉得，这种正统文学的瓦解，固然有许多外部原因，但最强有力的瓦解是来自文学最直接的构成因素——语言，这是一种最直接的解构。以往的文学似乎一直不太注意语言问题，人们一直坚定地认为：语言只是作家手中忠实的工具，它能准确无误描述客观世界和传递作家的思想，语言对存在具有无所不包的兼容性，其能指性和所指性是毋庸置疑的。

20 世纪 80 年代后期，一批新锐作家，对传统的文学语言进行了多方面的尝试和探索。比如以余华、苏童、格非、叶兆言、孙甘露等为代表的一批先锋小说家，用他们的叙事语言创造了一个个"陌生化"的艺术世界，使我们对"真实"的存在，以及语言对"真实"模仿的可信性，产生了彻底的怀疑。而王朔的小说，更是用一种鲜活、生动的新市井语言，对主流意识形态进行了更为有效的瓦解。在王朔的世界里，你无法用传统的价值标尺对其人物、事件进行评判和定位。

殷国明：我看你们都进行起"主题研究"来了。看来大家对目前的文学状态非常乐观，不过，我还是相当地忧虑，其中重要一点就是文人普遍有失落感，不知道自己是什么，干点什么好。好坏过去精神上还有个支柱，现在叽叽一下垮了，又没有新的拐杖可以支撑，所以拜权的有之，拜金的有之，拜文学却越来越少了。这种情况如何是好，是一个问题。子庆，你看呢？

朱子庆：其实说到正统文学的消解，我们无法忽略正在蓬勃发展中的市场经济的巨大催化作用。如果说前者是冰山，后者无疑正是烈日。"经济基础决定上层建筑"，这个原理在今天表现得如此颠扑不破，放之四海而皆准，实在是太感性、太经验了。

经济的决定作用是通过人来实现的，通过人的相关价值取向和由之派生的相应行为取向。从神圣时代到物质时代，我们看到的相应的正是人从政治动物转型为经济动物。市场经济对正统文学的消解是釜底抽薪式的。首先，它消解了此一文学的接受读者；其次，它从"效益"上颠覆了此一文学的制造者的存在基础。市场经济的一大特征是交易的自由，选择是双向的，没有买方的商品是要被吊销商品的资格——淘汰出局的。商品若无"效益"，成本就变得昂贵难望了，有关方面自然要考虑紧缩、减灶，僧多粥少，其结果当然是"人才外流"，树挪死，人挪活嘛！

再比如时下文人喜谈"下海"。如果岸上的小日子如日中天，为什么要下海去呛水呢？这当然是因为时代变了，人们的价值取向与财富分配格局变了，文学既失去轰动效应，又贬值，当真是时运不济、今不如昔了。下海是把自己交给风险，博更高的收益——高收益总是与高风险形同并蒂。那么它所对应的无疑是铁饭碗。端铁饭碗是一种被动行为，当然要感念他者。下海是入市一搏，胜败系乎自身。这种从他主体到自主体的转移或倾斜是根本性的，一切新的人文景观由此诞生。

陈实：子庆真是"半天不鸣，一鸣惊人"呀，一下子就说到点子上去了。

何龙：子庆说得不错，其实进入消费时代，想象世界也就被官能世界取代了。在官能世界，人们追逐即时和及时之乐，不愿意也没有时间去建构现实之外的美丽新世界，去探寻现实之外的价值和意义，没有共同的价值终点也就没有秩序的生活和向性行动。

因此，无论是写实还是新写实，如果还遵照模仿的规则，就很难凝聚原本就发散的现实及意义。当这个现实走向民主和多元时，想在文学中追寻可简述的贯穿始终的主题将难上加难。

朱子庆：刚才我谈到了经济人。经济人因其财富积累的手段需要和释放这一积累过程所带来的紧张、焦虑的需要而提出了对两种文学的要求：其一是广告文学，现在无论报纸杂志还是广播电视，上面充斥的都是对商品的讴歌，在那里每个漂亮的模特也只是一片绿叶，是作为衬托者而出现的；其二是通俗文学，以其情节性兼时髦性做成的可读性，高效率地实现阅读消遣的满足，既省心又过瘾。从颂圣转而颂物，这是我们时代转型的一个既表面又实在的特征。

人在神圣时代是被主宰的，在物质时代同样如此。无论神圣时代还是物质时代，共同的特征是对人性和人的命运的忽略。从政治人到经济人，都是人对自身命运的一种无奈尝试。正是基于上述理解，我们才并不满足于现实的合理性，而更翘首于文化时代的来临。

但好的文学是超越性的，并不依附于现实时代。事实上，在正统文学消解，并由此派生一系列的消解性文学的同时，那种"遗世独立"的文学已然在生长着，只是，由于它的独立性，我们更需要一种新的认识罢了。

陈实：对不起，我可以不可以在这里插一句，刚才说到文人的失落感，我看南北的情况不一样，在北方，可能是所谓对"正统"文学的消解期，而在南方，是如何面对生机勃勃的商品文化期。

去年，作协在肇庆举办的"南北部分评论家信息交流会"上，我发现南北作家之间在观念上有很大差异。我当时感到，在商品文化与正统观念之间，我们失落的，恰恰是一种人文精神。文学无非是"写什么"和"怎么写"，而缺乏了强大的人文精神，心灵中没有支柱，就不能有自己的精神语法，就不可能有创造生活的乐趣，就不可能有"为世界重新造句"的能力，就会写什么也写不好，怎么写也写不好。

殷国明：陈实倒是出了一个新题目，不过这个问题只有下次再讨论了。谈了半天的正统文学消解和文人的失落，现在我们还没有给自己寻找一条精神出路呢！

陈实：出路是现成的。随着世界的文明进步，随着中国社会的不断开放，我们所享受的自由比别、车、杜〔19 世纪俄国著名文学批判家别林斯基（Belinsky）、车尔尼雪夫斯基（Chernyshevsky）和杜勃罗留波夫（Do-brolyubov）］，比鲁迅，比索尔仁尼琴（Solzhenitsyn）们可要多多了。我只是忧虑我们作家究竟有多少坚强的人格精神，有多少作家能像鲁迅那样做个"硬骨头"——在权力、金钱、政治、商品等面前保持作家的尊严。

陈志红：我的看法是，目前这种状态其实正是中国当代文学真正成长的开始，是从单一到多元、从被动到自主的必然过程。文学上的多种成分、多种结构已成大势，谁都可以在这个大舞台上引吭高歌。

我们只需知道，今天的文坛，到底是哪类作品在走向式微，哪类作品在活跃，哪些作家真正具有吸引灵魂的力量，那就够了。至于它们是否正统，那又有什么重要呢？

费勇：在这样一个转型期的年代，在这样嘈杂的时代，静静地守住自己的灵魂，是每一个真正热爱文学的作家与批评家所要思索的。哪怕是一个普通人，只要他有良知，他也能透过财富、透过繁荣、透过灯红酒绿，感触到些什么，更何况是一个艺术家。

（原载《上海文学》1993 年第 11 期）

之三十八

讨论：当代中国文学的"世纪末情结"

主持人：殷国明

参加者：苏桂宁　　张　柠　　文　能　　王列生

　　　　　陈　虹　　吴定宇　　戴　薇　　董　岭

主持人：关于"世纪末情结"的讨论，是苏桂宁提出来的。这个话题非常引人注目，因为它所涉及的问题非常多。据说，"世纪末"（the end of the century）最早来自法语，后来盛行于 19 世纪末英国文坛上。较早的唯美主义文学，如王尔德（Wilde）等人的作品，就被人们认为具有"世纪末"情绪，并且不可避免地与"颓废"（decadent）挂上了钩。

实话说，"世纪末"和中国文学本来是素无关联的，因为它是从阳历而来，而中国原来用的自己的黄历，并不存在什么"世纪末"问题。而更重要的是，"世纪末"这一术语带着强烈的基督教色彩，与"最后审判日"（Judgement Day）意识紧密相连。也许正因为这一点，在西方文学中，"世纪末"绝不仅仅是一个时间概念，而是一个文化概念和心理概念。所以，它所代表和表现的情绪和意味也远远超越了时间的限制，成为一种特定的时代文学或者一种特定的人类精神情绪的代名词。人们甚至可以用其来形容整个 20 世纪以来的文学潮流，从王尔德到爱伦·坡（Allan Poe），从波德莱尔（Baudelaire）到福克纳（Faulkner）。而就中国文学来说，今天也不得不面对一次"世纪末"，而且是第一次面对它，就不能不认真思考当代中国的文学处境了。

在这里，我们当然也不可抱怨我们前辈，为什么在某个时间一下子就改用了公历，使我们不能不多出一重对时间的忧思。苏桂宁，你的意思如何？

苏桂宁：我想，"世纪末"对文学来说，并非一个忧伤的概念，因为19世纪末的氛围曾经为20世纪酝酿了辉煌的文学，现代主义的各种思潮流派蜂起，其源头大体都追溯到19世纪末。

那是一个躁动的时代，也是一个孕育文学的时代。站在今天的这个似乎相似的时空位置上去品味其中的韵味，你不得不承认，那种无意识中的"世纪末情结"似乎也在悄悄地牵制着有幸即将跨越两个世纪的中国人——各种在文学圈子中的人。随着时间的迫近，他们似乎失去了曾经有过的保持很好的耐心，急于兑现曾经有过的誓言，急于把对20世纪的美好期望转化为现实，急于在世纪末的最后几年里建功立业，留下自己的世纪踪迹，也急于为新的世纪酝酿奠基人的地位。于是，在世纪末的文学圈里，你不难看到人们相当急躁的心态。那种各领风骚三五天的文学宣言、文学口号此伏彼起，人们忙着打起旗号、建立流派、建立思潮、建立样式、建立状态，建立一个自以为可以对得起整个世纪的文学"丰碑"，在20世纪的文学史留下自己的一席位置。

这似乎不失为一种生存的策略，只要为历史所承认。问题在于，在这些林林总总的文学旗号下，有多少文学实绩支持着它们。也许我更感兴趣的是文学本身——那些实实在在的文学作品，它们可能并未打出旗号，相对地冷落和孤独，可是它们是"文学"！

张柠：看来，这还涉及文学概念的成熟问题。"总是等到睡觉时，才知道功课只做了一点点；总是等到考试前，才发现该念的书都还没念。"我们的文学观念的不成熟就像个孩子一样，总是懵懵懂懂地依附着历史时间这个"大人"。20世纪还剩六年了，我们才纷纷地谈论文学的"世纪末情结"，显得忙不迭似的。当然时间意义上的世纪末也确实是来了。

文学怎么与"世纪末"挂上了钩呢？"世纪末"这个纯时间名词一下子变得有情感色彩了，是因为在它的后面加了一个"情结"。文学自有它自身的一套。与社会历史相应，文学中总是带有一种基督教"世纪末"色彩的东西。我想眼下我们津津乐道的"世纪末情结"可能有另两层意思。第一层意思：20 世纪过去了，我们的文学还没有什么突出的成绩呢。就像孔老头"逝者如斯夫"的感叹一样。这种"情结"是一种老年情结。比如，同样是过生日，年轻人总是欢天喜地，因为他们的生命是靠想象力和创造力支撑的；老年人则有无限的感叹和哀愁，因为他们的生命受到转瞬即逝的时间的威胁。我们的文学生命是寄托在想象力创造力之上还是依旧在历史时间上呢？第二层意思：世纪末来了，文学怎样表达这种"末日狂欢"的现实啊。我们的文学"镜子"总是不够用，照了这里，漏了那里。因为现实太复杂、变得太快了。当文学家自以为"照"着了现实时，自己反而被现实"照"个透底。

结束古典文学而走向现代已经一个世纪了。一个世纪以来，我们丢了自己古典文学的一切形式，唯有"诗言志""文载道"没有丢掉；我们学尽了西方几个世纪以来的表达手法，但科学理性、人的观念并没有学成。当西方反过头来大叫东方主义时，我们几乎是既得意又懵懂。也就是说，我们的文学并没有找到自己的言说方式。俄罗斯文学从开始向西方学习到普希金（Pushkin）为止，只经过了八年多的时间（拉丁美洲文学也是一个例证）。是向西方学习的世界胸怀、自己的民族精神和独特的言说方式成全了他们。

吴定宇：我认为，在世纪之交，最重要也最宝贵的应该是沉思，对文学的沉思，对历史的沉思，然后才能谈到选择，比如：在 20 世纪 90 年代文学为什么会失去轰动效应？世纪末的中国文学应做出怎样的选择？

20 世纪中国文学的起源可以追溯到 19 世纪的最后五年。戊戌维新之后，西方人文科学和文学作品大量涌入中国，激起知识分子参与政治活动的热情。梁启超等人鼓吹"诗界革命"和"小说界革命"，是为了唤醒民众的社会觉悟、政治觉悟，同时为民众的娱乐服务。从 19 世纪末到 20 世纪初虽然没有出现产生轰动效应的文学作品，但是，梁启超等人的文学观念，几乎影响了整整一个世纪的文学，启蒙与图存的价值取向，不但为文学家，而且为民众所认同，在这种价值取向的作用下，文学服从政治斗争和思想斗争，成为一种审美时尚。无可否认，在这种审美时尚中也产生不少震撼人心的杰作，如《阿 Q 正传》《女神》《子夜》《家》《寒夜》《骆驼祥子》《边城》《青春之歌》《红旗谱》《林海雪原》等作品至今脍炙人口。当然，这种审美时尚也有其缺陷，主要表现在创作题材狭小，艺术表现手法单调，以及一些所谓政治倾向淡薄、思想性不强的通俗作品如张恨水的言情小说和平江不肖生、还珠楼主、王度庐等人的武侠小说受到不应有的排斥和冷落。这种价值取向和审美时尚一直持续到 20 世纪 80 年代，所谓新时期文学，比如伤痕文学、反思文学、寻根文学等，都是那个时期的政治反思和文化思想反思的产物。

在 20 世纪 80 年代，西方现代人文主义思想和文学观念如疾风骤雨冲刷着中国文坛，促使一些文学家和相当多的读者的文化心理发生嬗变，从而打破了启蒙与图存的价值取向。刘索拉、王朔等人的作品，就是对教条主义说教式的审美时尚的反叛。到了 20 世纪 90 年代，中国文学又受到排山倒海而来的市场经济的挑战。由于旧的价值取向和审美时尚被撞碎，新的价值取向和审美时尚还没有建立起来，再加上文学首次不是以宣传品出现，而作为商品进入市场，还不大适应审美品位改变了的广大读者的需求。因此，20 世纪 90 年代的中国文学难免失去轰动效应，陷入低谷。这与 19 世纪末的中国文学，有着某种相似之处。

主持人：那么，我们怎么来理解当代中国文学中的"世纪末情结"呢？它是从历史中来的，还是从现实中来的，而更重要的，它是否真正存在？

文能：存在是毫无疑问的。

随着 20 世纪的逐渐融进历史，一股世纪末情结越来越紧地纠缠在当代作家的创作中。

　　前不久在一次中西方比较文学会议上，这一话题演变成激烈争论的焦点，有论者认为，所谓"世纪末"的提法，本身就是对西方话语权力的认同，中国的纪年方式是一种轮回观，无所谓"世纪末"之说。我认为，"世纪末"并不仅仅是一种纪年方式、一种单纯的时间观念，世纪末情结的呈现，有着深远的人文背景。

　　如果19世纪末西方的文明尚能给蒙昧落后的中国以希望之光，科学、民主的新鲜血液的输入，尚能使中国积弱的身躯变得强壮的话，那么在20世纪末，随着"西方文明中心"神话的破灭，形而上学理性同一性的瓦解，现代化进程中种种弊端的呈现，以及伴随着商品经济而来的工具理性的泛滥，各种物欲迅速地膨胀，世纪末的情结已成为人们（特别是知识分子）心中一片挥之不去的阴影。

　　其实，早在20世纪80年代中期的"寻根"中，这种"世纪末"情结就已露出端倪了。乍一看来，"寻根文学"是一种对西方文化的反拨，是一种企图通过寻找中华民族文化之"根"来创建一种新的文化和文学范式的努力。这里，实际上隐含着一种价值取向和文化维度的转变。自五四以来"西方的今天就是我们的明天"的幻想一直萦绕在国人的心头，西方的文化思潮和价值尺度也就自然成为我们社会前进的标向。何以到了20世纪80年代中期，这种对西方的盲从忽然间转了一个180°的大弯，回到要从本民族的文化源头上寻找依托和出路了呢？用"寻根文学"的主将之一韩少功的话来说，是作家们意识到由于西方文化本身的缺陷和危机，使得"西方文化和思想对于东方已经再也起不到'输血'的作用"，于是作家们不得不转而在东方古老智慧中寻找启迪和出路。但在原有的价值体系已面临倒塌，新的价值体系尚未建立之时，仅凭一股热情和冲动，到古老的文化中寻找现代文明发展的新坐标的举动，其结果是可想而知的。在"寻根文学"作品中，我们不难发现其中的悲凉与无奈。

　　在20世纪80年代后期"先锋小说"和"新历史小说"的创作中，那种书写历史的热情，其实隐盖着当代小说在现实面前的退败；而"新写实小说"对现实中世俗价值的认同，透出了知识分子阶层在生活中已经丧失了独立的人格精神和价值标向，到了《废都》，这种世纪末的颓废和感伤情绪的流露更是淋漓尽致。在近期的创作中所表现出来的是，语言的狂欢隐盖着失语的尴尬，欲望的释放仍无法解决灵魂漂泊的空虚，世纪末的阴影的笼罩已无法回避。

世纪末和创世纪往往是连在一起的。世纪末情绪既然已是不争的事实，那么关键的问题是如何把世纪末的感伤变作创世纪的激情。

王列生：问题就是激情在哪里？

世纪末的中国文学，终于陷落于自言自语的窘迫，尽管西洋哲学在世纪中叶命名了一个"当下"，暂且作为半个世纪后一些中国先锋派的精神阿基米德点，但是要想使其成为现实生存意义上的有效托词，只怕心有余而力不足，德里达（Derrida）或者海德格尔（Heidegger），毕竟救不了中国哲学的当下智慧贫乏，更何谈山重水隔的文学。

文学不管是雅还是俗，先锋抑或普罗，总是以读者确立为出发点，按照"隐含读者（implied reader）"之说对"接受期望域（the horizon of acception）"的界定，则文学过程之始终都必须贯彻读者性原则。而现实给文学的回答显得那么面若寒霜，文本的失读竟然延伸到损害作家自尊的地步，于是就有三种态度产生：第一，怨及时之不时之后改换门庭，所有的小聪明都转型至商业操作，显示一种文学缺席的姿态，内中保留着对文学的历史尊重。第二，怨及文学之过于文学之后改弦更张，所有的小聪明都转化为文学的裸化，报告文学成为期刊和作家们拥抱企业家的口香糖后，便明确地宣布了对文学的叛逆。第三，怨及读者之不配为读者之后指鹿为马，所有的小聪明都转向为先锋状态的自言自语，说是天籁之音自我体验已经足够。

作品体验首先当然是作者自我，古人也知道诗人"登山则情满于山，观海则意溢于海"的道理，如果把写诗还当作审美性黏着的文学创作的话，如果把写小说还当作人生经验的一种修辞性表达的话，你就逃脱不了康德（Kant）的四定律，尤其逃脱不了"普遍可传达"的要求。由此现实还得把作家们从封闭的甜蜜或孤独的痛苦中拉回来，回到人群中参与现实世界的共同的"当下",血脉流注的活的历史当下。于是读者的选择权利又必须确立,就像作者选择他的阅读同样具有决断权利一样,这样一来,作家仍然不得不努力去追求人群中的肯定形式,其中也包括当下的人。

然而作家们无法接受最后贵族的结局,以至不愿意理解当下的人或不让当下的人理解他,在他们把诗行和小说章节拿到公共传媒空间去发表的时候,还顽强地对反对派批评家们申辩说,一切追求都以自我经验和自我表达为最高目的的旨趣,就像克罗齐先生一个世纪前所幻想和力陈过的那样,于是读者就仿佛成了作家体验纯粹性的打扰者,公共传媒更是无意中充当了作家未来价值指向的当前侵权之不光彩角色。现实已经缺乏对这类推论是否合理和公平的判断兴趣,它只是毫无表情地告诉我们,先锋和留守都已经只能自言自语,问题肯定存在,关键是应该由绝大多数当下人负责还是由基本没有比例的作家们负责。

让人困惑的无奈的自言自语,难道这是文学在世纪末状态的必然处境吗?

陈虹:除了缺乏激情之外,我看更缺乏真正面对"世纪末"的勇气。

最近,文学、电影中脂粉气、青楼味浓烈,单从名字《红粉》《风月》等即可窥见一斑。其他艺术门类如陈逸飞的画作(及陈的电影《海上寻梦》《人约黄昏》)甚至MTV、广告中也弥漫着20世纪30年代浮华萎靡慵懒颓丧的气息。

我不知道这是否表露了一种世纪末的情绪。我更倾向于认为这是一种取悦市场、媚俗市井,征服外国评委的商业伎俩。

如果说20世纪80年代中后期至20世纪90年代初文学还有面对世纪末时特有的焦虑、恐慌、躁动、消解、摧毁等所谓世纪末特点的话,20世纪90年代以后文学及大部分作家则已坠入市场的陷阱不能自拔、忘乎所以或乐不思蜀。

市场和金钱的压力远比世纪转型的压力切实得多,对于我们的文学和作家来说至少如此。

于是,聪明的中国文学和作家抛开沉重的世纪末情绪,轻装上阵,与市场握手言欢甚至不惜屈辱拍卖自己。一时间，中国文坛——风沙四起，大漠深处的赌徒、怪客、盗马贼纷纷杀将出来；历史的暗影摇曳不定，在浓艳中散发出死亡的气息；腐朽颓败的旧家庭中男人依红偎翠，女人情欲炽烈、争风吃醋、勾心斗角……

张柠：创新的劲头也不那么足了。我们当代文学中一些带有实验性的写作常常遭到指责。理由是不关注社会现实。问题在于你如何讲述现实这个故事。你总不能讲得像现实一样乱糟糟的吧。如今是，性泛滥写性、酒泛滥写酒、气功泛滥写气功。还有什么体验、新市民……像新产品上市一样快。文学不好好地练习自己的言说和表达，而去不断地抄袭现实，那么，永远会成为现实的牺牲品，永远会面临"世纪末情结"。因为世俗社会的狂欢形态不能在你那里形式化，反而成了你的语言狂欢的一个根据。

戴薇：我很想说世纪末的女人。说到语言，女人的生存姿态就是一种文化的独特语言，对于任何一个真诚的作者来说，这样的语言也是对自身的观照。

任何一代文学都提供了具有独特的时代风格和美学理想的女性形象，以描绘人类的生存处境和理想，探索人类的出路：希腊神话中那些敢爱敢恨、出生入死地要求自由个性的女性形象显示了人类童年强大的生命力；莱辛（Lessing）笔下的安德洛玛克所拥有的纯洁情感和清晰理智正是对消逝的贵族气质的挽歌；列夫·托尔斯泰（Lev Tolstoy）笔下的娜塔莎的丰满健康的天性，陀思妥耶夫斯基（Dostoevsky）的娜斯塔莎那深蕴痛苦的美丽和疯狂，都表达了对人性扭曲和沦丧的拒绝和对自然人性的追求……那么，在 20 世纪末的今天，我们的作家以怎样的女性形象来表达属于这一特定时期的情感呢？

让我们首先来界定"世纪末"，在我看来，它与历史时间无关，而是指人类心灵在经历了价值体系的崩溃之后，无可回避地面向末日审判的阶段，社会剧烈变革，个体生命无所依归，这是一个漫长的过程。世纪末的女人，一不小心被历史潮流从传统的道德重力下推离出来，在失重的眩晕中，选择了怎样的生存姿态呢？

贾平凹的长篇小说《废都》就描写了几位处于世纪末氛围之中的女性，牛月清、柳月、唐宛儿等。作为现代的知识分子，他的敏锐和孱弱使他无法自拔地陷入了"废都"式的世纪末情绪之中，价值崩溃；作为一个中国名士派文人，他因袭了传统的对待女人的两种态度——对倡优的谴浪玩弄和对别人甚至自己妻子的敬而远之，只是他所面对的女性已不再是前两类角色所能界定的了。在作家的笔下，那些被推入世纪末的女人，与任何时代的女人一样，当女性的第一要求——爱——成为不可能之后，所能选择的只有无聊或者堕落。把握不住爱，就只能抓住什么算什么：世俗生活的秩序、无爱的婚姻、门第、金钱、名誉、护照等，《废都》中的牛月清和柳月便是这样放逐自己的。而有可能是自觉走入世纪末的女人，如唐宛儿等，主动抛弃了一切的社会理想和价值标准，放纵情欲，以性的崇拜抚慰男人世纪末的孤独，使他们枯竭的生命力得以振作而重新确立自身，并以男性的体验来观照和表达自己的生存。那么，这样的女性是否真正具有了世纪末的情绪呢？

在我看来，这些在街头焦虑地奔走，力图与男人抗衡的女人和那些在男人的怀抱中无助呻吟的女人，所拥有的只是一种粗糙的原生态的世纪末疾病，是在价值体系崩溃之后急于寻找替代物的焦虑和狂乱，是苦于不被统治。而不是以强大的生命力与这崩溃对抗，也不是更加冷静地探索自身，建立自身，带领自己走出困境。但是"哪里有危险，哪里就有拯救"，世纪末的女人更多地是在末日审判之前反省、沉思，在命运的启示面前崇拜而感激，在毁灭的大苦痛中收获觉醒的大欢喜，并站在女性自身的体验上，用清澈的目光观看世界，善待并保护自身，善待并保护人类。在这样的女性面前，所有的呐喊和挣扎都是玩笑。

陈虹：话也许应该这么说，我们的文学缺少一种真正的透彻肌骨的世纪末情绪。

倒是贾平凹，这个交织着旧文人的颓废气息和末世情怀的作家，给我们提供了世纪末情绪大暴露的文化和精英文化的诘难是一点都不使人吃惊的。

这里就又涉及另一个问题，即我们的文化传统不容所谓颓废甚于其他。我们的文化可以对市场压力下文学的脂粉、青楼味及作家的自降身价的拍卖睁一眼闭一眼，却不能对作家和文学面对世纪末的精神困境时向颓废逃遁释怀。所以我们会为苏童的才子气叹服，但王尔德一类的作家永远不会见容于我们的文化，而贾平凹的《废都》当然在批判之列。

实际上，这种逃遁也是一种精神姿态及作家们的文化反映。舍斯托夫（Shestov）曾评价托尔斯泰：他认识到了真实的可怕，于是逃向庸俗的东西甚至粗俗的东西，以这些东西竖起一道墙来挡住存在的深渊和可怕的真实。

面对世纪末的精神困境，有的人逃向了醇酒妇人，有的人逃向了生命的放纵，有的人……这是世纪末特有的人文境况，只是因为我们的文学传统和文化传统，使得这一作家和文学的逃遁从未形成气候。

我们的文学在对拍卖者微词与对逃遁者诘难的同时，呼唤的是世纪末的坚守者。坚守者们直面个人、人类、时代的存在，正视世纪末的种种难题、悖论、困境。

此类我谓之的坚守者的文学在90年代初王安忆等人的作品中端倪初露，如其《叔叔的故事》《歌星日本来》《乌托邦诗篇》已触摸到了时代、个人甚至世纪的大问题，如果王安忆等人继续走下去，是有可能出现好的文学作品的，可惜由于商业大潮见涨，扑熄了坚守者文学的火苗。所以在即将跨入新世纪时，我们的当代文学有必要呼唤世纪末的坚守者了。

董岭：我有不同看法。

无可否认，当代文学、当代中国文人的失落感是空前的。千百年来，他们一直处于社会历史的中心，而现今，无情的巨浪将他们卷到了边缘。危机感、荒诞感，甚至于虚无感成为当代文学的重要特征，作为零余人的反英雄成为文学的主角，一派世纪末景象。尽管如此，我却认为现在讨论文学中的世纪末情结还为时过早。

同样是社会历史的零余人，有的是主动冲杀出来的，有的是身不由己被抛出来的，这是两种截然不同的人生姿态，预示着两种不同的写作姿态。

前者是不断地超越，他们坚守着自己的世界，站在社会、时代的边缘，冷眼旁观。这种人是形而上的虚无者。虚无和荒诞是他们的起点，心灵的历险由这里展开而非终止。也正因如此，自由地不断超越就成为他们必然具有的奇特姿态。当然，自由是难以承担的——没有"放弃"也永无归依。"谁此刻没屋，就不必再造屋，谁此刻孤独，就长久地孤独。"

面对着价值问题，他是个堆积木的孩子。

而后者呢？生逢"盛世"则洋洋自得于万众瞩目，一朝萧条，老派的力不从心的就大叹世风日下、人心不古，抱着旧日的鸡零狗碎不放，幻想着有朝一日还能东山再起、大展宏图；新潮的、年富力强的则不甘于被冷落，上山的上山，下海的下海，没山没海的就迫不及待地做起"新文人精神"的泥瓦匠，在他们笔下，荒诞也好，虚无也好，不是这个世界固有的起点，而是世界的末日，只有他们的"关怀"，才能救万民于水火，一谈起世纪末情结来，就摆出一副"我不下地狱，谁下地狱"的英雄气概来。

苏桂宁：关键是如何把握这世纪之交。

世纪末的文学可以有多种选择，可是世纪末的中国作家似乎更热衷现实的呓语或历史的眷顾，他们几乎无暇顾及理想的建构。于是，一方面是对未来的茫然的等待，在等待的现实中烦躁不安，无所适从；一方面却是忙于"高屋建瓴"地总结历史，"史诗"的重担落在了似乎责无旁贷的世纪末作家肩上。与此同时，以家庭史为核心的史诗性实验一浪高于一浪，世纪的起点被作为艺术时空的起点，世纪末的线条被反复地梳理。这当然不失为一种有意义的实验，令人略为遗憾的是，20 世纪中期乃至 20 世纪之前的社会价值观或文化价值观仍然是贯穿这种实验的主线，在那种力图超越的愿望中，仍难摆脱世纪的窠臼。这似乎也无可厚非，中国的 20 世纪就是一个断裂或残缺的世纪。20 世纪的中国文学就像是一辆由传统和舶来的零件组装的汽车，在坎坷的道路上颠簸行进，甚至跌下悬崖，当它历经艰辛爬到世纪末，几乎来不及休养加油，它的操作者便试图让它突然加速冲刺，达到他们一厢情愿构想出来的形形色色的目标。

在历史走向似乎相似的时空时，历史的情绪也出现了相通的状态，尤其是世纪末的情绪。

吴定宇：再说，文学毕竟是发展的而不是重复的，世纪末的中国文学面临着新的选择和新的发展机遇。首先，要认清时代。胡适说得好，"一时代有一时代的文学"，还要补充一句，当今时代的文学要建构起与时代相适应的价值取向：和平与发展。在这种新的价值取向的引导下，20世纪文学才会以新的面貌跨入21世纪。其次，要消化、吸收西方现代各种人文主义思想和文学观念，以及各种艺术方法和视角，鼓励文学家作新的探索。事实上20世纪80年代以来的朦胧诗、新写实主义、现代主义、先锋派、后现代主义、新体验小说等各种文学潮流竞涌，形成了文学创作和文学批评的多元格局。苏童、莫言、池莉、马原、格非、余华、毕淑敏等一批有才华的新潮作家已经创造出色调丰富的文学风景画。文学的多元格局和新探索，能促使20世纪90年代文学摆脱困境，跃上一个新的台阶。最后，真正重视文学的审美愉悦作用，金庸、梁羽生、古龙等人的作品拥有数千万读者，证明民众需要和欢迎格调高雅的通俗文学作品。北京大学授予金庸荣誉教授称号，表明学界对通俗小说文学价值的肯定。文学只有走出象牙之塔，才会有生路。此外，文学的轰动效应是在文学家的功力和民众需求的基础上自然形成的，不顾自身的条件和社会的氛围去刻意追求这种效应，以及任何拔苗助长的做法，都不利于世纪末文学的发展，都是不可取的。

（原载《作品》1995年第4期）

之三十九

独创的贫困

——有感于"跨世纪文学批评"

面对世纪之交,有关"跨世纪文学批评"的讨论引人注目,世纪的航标再一次唤起了人们对百年来文学发展的回顾、反思、总结和前瞻。此刻,我想起19世纪和20世纪之交,27岁的梁启超,"乃于西历一千八百九十九年腊月晦日之夜半,扁舟横渡太平洋",正身处于"新旧二世纪之界限,东西两半球之中央"时,写下了著名的《二十世纪太平洋歌》,表达了他迈进20世纪"胸中万千块垒突兀起,斗酒倾尽荡气回中肠"的激动之情。如今仿佛弹指一挥间,梁启超当时所展望的文明进步,四大自由(思想、言论、行为、出版)之声犹在耳畔,但时间已近一百年了。就文学批评而言,这确实也是一个富有象征意味的时刻,因为中国是带着"诗界革命"和"小说界革命"的激情跨入20世纪的。

可惜,对20世纪的中国文艺理论和批评的发展,人们并不感到十分辉煌,至少在将要跨越这个世纪的时候,普遍有一种不满的感觉。例如青年批评家谭运长在最近发表的一篇长文中就谈道:"如果有人声称20世纪的中国文学并未出现一个真正伟大的作家,相信不少人会强烈地表示异议。……但是,如果有人声称20世纪并未出现一个真正伟大的批评家,则相信持有异议的人数将会大大减少,……事实上,百年以来,除了一个胡风因文艺批评的言论和活动引起了一番并非学术意义上的风风雨雨之外，人们的确很难找到一个影响深远的批评家的名字了。甚至很难说出一个具备相当分量的文学批评活动，或者一部文学批评著作。"①

相信很多人会对这种看法持有异议。因为 20 世纪我们并非一无所得，一无所有，只不过我们的期望过高，而现实回报又总是不尽如人意，以至当批评界再次擂起进军新世纪的鼓点时，多少会感到消沉和失望。今年四月中旬，我参加"跨世纪批评"研讨会时就有所感触。在会上我虽见到许多血气方刚的文坛评论家，却再不见当年梁启超式的"一鼓作气""曼声浩歌" 21 世纪的思想热情。

我们到底缺乏什么？这是一个问题。

显然，20 世纪的文学理论和批评，是一个大转换的时期，其历史意义非同小可。因为它完成了文化上承上启下的历史重任，把中国文学理论和批评从传统带到了现代，进入了一种开放的、与世界文化发展相关的境界。我们之所以普遍不满足于现状，原因是我们的期待和标准已进入世界化层次，并且有意识地把 20 世纪定位为出世界级大家大师的时代。为了实现这种梦想，好几代学人和批评家都在勤奋进取、努力拼搏，并且付出了沉重的代价。就此来说，近一百年来，并不乏"具备相当分量的文学批评活动"，更产生了许多凝结了这种进取、拼搏和创作艰辛的批评著作。只不过令人遗憾的是，除了极少数著作和文章能让人铭记之外，大多数缺乏最重要的历史文化价值——独创性。当任何一门思想或理论不能向整个世界提供一种新的境界、新的开拓、新的发现、新的思路和方法的时候，它就不可能具有自己独特的文化价值，也无权向世界索取更多的认同和更辉煌的荣誉。

独创的贫困，不仅是中国文学理论和批评的一个世纪性现象，而且表现了这一时代中国人精神中的一大弱点。问题是，为什么会产生这种贫困现象？难道中国人天生保守，并没有意识到独创的历史文化价值，还是中

---

① 谭运长：《关于文艺批评标准及与此有关的文艺学学科建设问题》，《文艺理论研究》1997 年第 2 期，第 21—26 页。

国并不具备进行独创的各种思想文化资源？也许都不是。如果我们不接触到 20 世纪文学理论和批评产生的独特氛围和语境，不深刻探讨这个世纪围绕一代又一代批评家的精神状态，就很难走出和消除这种贫困。

首先是如何从精神上、心理上走出恐惧感的问题。当我们回顾 20 世纪文学批评时，也许会再次想起鲁迅的《狂人日记》，一种对现实对周围环境的恐惧感不仅浸透在日常生活中，更深刻内化到了中国人的思想和思维方式之中。事实上，在走出封建专制和封闭社会状态过程中，这种恐惧感是历史留给后人不能不承担的一种精神"遗产"。就此来说，鲁迅笔下"狂人"的恐惧不仅是肉体上的"被吃掉"，更是精神上的被虏杀，这二者是互为因果的。而这份"遗产"注定首先由知识分子，由文学家、批评家来承担，这无疑给文学和文学批评发展本身增加了几分历史的沉重感。

应该说，"狂人"是由于自己思想的独特性而陷入"被吃"重围的。就中国历史而言，这是一个隐喻。大多独立思考，有自己见解的文学家、批评家实际上深怀这种恐惧。对独创性的怀疑和恐惧，正是来源于整个社会机制对于思想、知识和真实的恐惧，它构成了一个文化和精神之网，笼罩住了中国文学理论和批评的独创性。在中国，实际上并不缺乏有智慧有胆气的理论家和批评家，但是他们的坎坷甚至悲惨命运，多半是由于他们在文学理论和批评中有所独创或者向往独创，敢于独立思考，说出自己的见解。他们独创的意义不仅在文学理论和批评上，更在精神文化领域敢于对抗和消除这种恐惧感，给中国思想的发展开拓一块空间。不过，总有一种力量在继续制造和强化这种恐惧，以至到了"文革"时期，人们"连想都不敢想"，更不必谈什么独创了。试想一下，如果因为一篇文章、一个观点的发表，就得付出磨难的代价，那么又怎么期待出现"真正伟大"而又"影响深远"的批评家呢？因为这样的批评家必定是有所独创，对中国乃至世界文化有所贡献的。

尽管外在环境已经宽松，但是内在的紧张感和恐惧感并没有消除，而是以一种思想的贫困表现出来。回想起来，早在这个世纪之初（20 世纪初），梁启超就把自己所处时代定位为"过渡时代"，并认为这个时代的文化英雄人物必须有三大品格：冒险性、忍耐性和别择性。梁启超把"冒险性"放在第一位正是出于对中国国情的理解，所以"必有大刀阔斧之力，乃能收筚路蓝缕之功；必有雷霆万钧之能，乃能造鸿鹄千里之势"，而且很可能"一挫再挫三挫，经数十年百年，而及身不克见其成者比比然也"。而这种冒险性就基于某种恐惧心理，企图用矫枉过正的方式进行超越。在这里，文学批评的思维方式也自然潜藏着偏激和破坏性因素。文学批评和理论创造，当然需要胆气，但是它不应该是一种拿生命做赌注和冒险的事业，如果是这样，它本身也就不再是文学了。

这正是20世纪文学批评的悲剧所在。当我们谈及恐惧感的时候，并不是在谈论某一个观点，某一篇文章，而是在谈思想氛围和民族精神状态，是浸透到无数批评文字字里行间和思维方式中的东西。它无处不在，在我们的面孔，也在我们的心灵，甚至在我们无数你来我往的对话之中，构成了批评界无端无序的反叛、指责、猜疑和陷害。因为恐惧一旦占有思想，思想本身就是恐惧，而且能继续制造恐惧。

正是由于这种恐惧感，文学批评无法脱离对某种绝对"形式真理"的依傍和迷信，因为每个人内心深处都在"保卫自己"，就需要在观念上、思想上，甚至词句上寻找一种可靠的无懈可击的证词，由此形成了中国文学批评的一种难以改变的"潜文本"。当这种恐惧越来越加剧的时候，这种对"形式真理"的要求就越来越高，越来越唯一，再也容不得半点个人生命的东西。这种情形至今影响着当今文坛。即便在一个开放的文学时代，文学批评仍然放而不开，在对任何一种文学现象评头论足之前，首先把自己投放在一种无可争议的正确或高尚的地位，表现自己无愧于时代的道德良心所在，使文学批评和理论无法敞开自己的心灵。

这不仅表现在以往对于钱锺书、沈从文、张爱玲、老舍等作家的"封杀"中，甚至表现在20世纪90年代对于王朔、贾平凹、莫言等作者及其作品的评论中。一些批评家总是习惯地把自己的批评建立在某种纯洁、高尚的"形式真理"原则上，忽略了文学在个人文化心理方面自然要求的丰富性。因此，在可能出现的文学创作的独创性面前，文学批评和理论总是试图扮演一种"公众"道德角色。

我曾经在一篇短文中提到,批评界是否一直存在着某种"反创新的热情",其实已接触到长期形成的某种文化心理和思维定势。20世纪以来,中国批评界一直存在着创新与反创新热情交替出现的周期震荡,忽而涌起一种追求和欢呼独创的高潮,忽而又有回归传统和国粹的时尚。前者往往从批判一切甚至砸碎一切开始,但是还未开始建设就轮到又一次的回归和恢复。在这批评表面的风气变换之间,往往隐藏着批评家心里对世态变幻的迅速感应。由此说来,长期压抑,心怀恐惧,必寻求机会喷吐宣泄,获得暂时解脱,所以一有宽松便大张旗鼓,趋于偏激,高谈阔论,大刀阔斧,标新立异,乃是一种必然。所谓批评界反复出现新潮与复古、西化与恋旧之周期性震荡,与批评家文化心态的躁动不安密切相关。

这种批评心理中根深蒂固的"防卫"机制,造就了种种观念、范畴和思维方法上的障碍,使独创步履艰难。其突出一点就是在思想上制造种种界限和限定,如中国文化与西方文化,新潮与传统,有用与无用,世界性与民族性,思想性与艺术性等。修佛中有一说法,就是切忌"自筑围墙",防止用种种方式把自己与佛觉无边的世界隔开。而在我们的文学批评中就经常出现用种种概念和限制来"自筑围墙",要么回避很多文学现象,把自己所面对的文学世界严加限定,要么用种种方法设立防线,使自己拥有某种"绝对真理"的庇护。由此说来,王国维20世纪初所提出的"学无中西、新旧和有用无用"之分的胸怀,只是文学批评超越恐惧的一道灵光,不久就随这位大师一起沉入了湖底。活着的批评家在追求艺术的道路上,不得不一次次"自筑围墙",使自己获得人身和心理上的安全感。

由外在的恐惧内化而成某种处处小心翼翼,时时为自己辩护,不断回避真诚的批评心理及其思维方式,就是这样形成的。为了安全,自五四新文学运动之后,虽几经反复,文学批评和理论仍然显示出趋于封闭和单调的倾向,直到20世纪70年代末才有所改观。在很长的一段时间里,恐惧心理已从外在转移到了内在,表现为对思想和自我本身的恐惧,批评中的个性化语调和个人性语境被自动消除了，批评家无一例外粘连在权力话语网罗之中。而一旦有机会脱离这个网罗，习惯成性的恐惧感又使一些批评家感到无家可归的悲哀，害怕自己无所依附，急急忙忙要跑回去，或者继续营造一种新的"精神支柱"或者"精神家园"。

这就是近年来文学批评仍然难以走出困境的重要原因。随着市场经济时代的来临，批评家有可能从有形的束缚中解脱而出，但无形的深藏于内心深处的恐惧阴影仍在起作用。显然，前几年文学界对于"主体性"的热衷，以及近年来对于"独立之精神，自由之思想"的呼唤，无不从另一方面表达了文学批评重建自我的努力。在这里，一直被恐惧感追逐的批评家的灵魂，在20世纪一直默默无闻的学人王国维、陈寅恪面前感到了震撼，开始从心灵深处，从生命本身意识到自我的懦弱和批评的丧失，开始从单纯的批评文本检讨中解脱出来，顺历史之流而上，寻找这种恐惧感形成的历史和思想渊源。钱理群教授的研究工作就十分引人注目。从心理学角度来说，这是一种类似弗洛伊德式的心理疏导和释放过程，人们将以反思和回忆的方式从过去的压抑感和恐惧感中走出来。

这就是走出恐惧，其实这是本文原定的题目。因为走不出恐惧就根本谈不上独创，甚至永远学不会如何孤独地思考，如何独立地面对人生，如何真正理解和拥有自我。而对外在世界的恐惧一旦内化为一种思想方式和习惯，就会形成对权力话语的依赖，视之为保护神，一旦远离和失去就会六神无主。

内心的恐惧会促使人永远在寻找更强有力的保护，由此会导致更深刻的恐惧，独创的潜力也由此受到更大的压抑。因此，在20世纪将要过去的时候，独创的希望首先在于走出恐惧，走出鲁迅的"狂人日记"。

问题必然要继续提出，恐惧来自何处？

当然首先来自历史。中国自唐宋以降，为打压市民自由民主思想的流行，封建文化专制色彩也越加浓厚，至清代中期，文字狱迭出，为文者个个心惊肉跳，人人自危，人们在心理上留下深刻阴影。《狂人日记》中狂人就是在历史中读出"吃人"二字的，而他之所以恐惧，陷入"被吃"包围中，实在不过因为"……廿年前，把古久先生的陈年流水簿子，踹了一脚"。显然，这里"踹了一脚"是个隐语，可以理解为一种文化批判行为。且不论这一脚"踹"得如何，是否正确，就其引起的后果实在可怕，可见得这种恐惧感之深之强了。

这实际上涉及一种历史积沉和文化观问题。因为历史给中国人留下了太多痛苦记忆，使之难以摆脱对待文化的双重态度：崇尚与恐惧。由于过分崇尚——因为中国是一个有悠久历史传统的国家，世代为此骄傲自豪，反而产生过分恐惧，而过分恐惧会产生过分依赖和迷信，故"踹一脚古久先生的陈年流水簿子"也会构成弥天大罪。这本身就表现了一种在文化上被迫害被征服的恐惧心理，它至少来源于历史上两种不同的历史记忆，一种是被北方少数民族的征服，被认为是天下第一的汉家文化并没有保住自己的天下，反而被人口稀少，以游牧生活方式为主的民族所征服；一种是近代与工业化文化的接触，同样沾满着暴力的鲜血，人们感受到"被征服"而又不甘心的屈辱。这两种文化遭遇（从一般观念上说，一种比自己落后，一种比自己先进）都使中国人自我存在的自尊心受到挑战，失去了文化心理上的安全感，时时感到有被"开除球籍"的危机，失去自己安身立命的文化基础和精神家园。

这也许是"狂人日记"中那"陈年流水簿子"踹不得的原因，也是在文学批评中恐惧和恐惧感产生的根源之一。从这种意义上讲，《狂人日记》揭示了一种世纪的精神病态现象，所有的人处于恐惧和被恐惧之中，互相由于恐惧而隔绝和孤独，都有可能成为狂人或被认为是狂人。

这就涉及独创的人格基础和心理氛围问题。我曾经提出，学术和理论之本在于人，在于人心。如果没有自由健康的心态，就不可能有卓越超群的理论创见。在这里，我并不想把文学批评中的独创定位得过高，一定要有世界影响或者一定要与柏拉图（Plato）、萨特（Sartre）并肩站立，而是把它理解为一种自由、健康和创新的人格和心态，一种见性情的，能够敞开自己灵魂的艺术探求和对话过程。在这样的文学批评中，人们首先能够感受一个真实的、坦然的灵魂。

　　由此，我们重新回到了批评家自身。显然，最可怕的恐惧来自批评家自己，来自批评本身。当文学批评本身成为制造恐惧的工具时，其本身也必然被恐惧所控制所威慑，这种经历已不可忘记。当年鲁迅也谈论过那种"境由心造"的恐惧心理，当他同外在恐惧的对抗中，最终发现了对自己的恐惧，从而力求能够超越自己，犹如"走进无物之阵"，不管各种各样的提醒和劝告，坚持完成自己生命的述说。

　　批评就是一种生命的述说，而且是一种独特的，让自己生命自由舒展，无拘无束的述说。因为唯独这样，才能全身心地接触另外一个艺术生命，从各个方面和层次去感受和理解对方，把自己独特之处表现出来。从这个意义上说，文学批评不是"捍卫"什么，也不是"批判"什么；不在乎发现什么"转折"，也不一定要建立什么"体系"。它是一种持续不断地追求心灵自由、理解和宽松的艺术活动，使人们能够从中发现某种更久远，更广大和更宁静的东西。我总以为，独创是在某种自然而然的氛围和心境中产生的，是思想和审美意识达到一定境界的产物，这是刻意和"硬说"所无法达到的。所以，独创的贫困，不仅是我们批评界自由和宽松氛围的贫困，更是人格精神和思想境界的贫困。

　　显然，对中国来说，20世纪是一个走出贫困的时代。但是，人最先意识到的是物质的贫困，后来才逐渐意识到了知识的贫困和精神思想的贫困。而独创的贫困是一种更深层次的问题，因为它涉及人的素质和潜质以及创造能力问题，关系到文化发展的未来。我们要真正走出物质的贫困，必须走出知识和思想的贫困。而这还不够，最后还需要走出独创的贫困。就文学来说，陈铨在《中德文学研究》中有一段话很有意思："大凡一种外来的文学，要发生影响，通常要经过三个段落，或者三个时期：第一是翻译时期，第二是仿效时期，第三是创造时期。"中国的文学批评的发展虽然不能单从中西文化交流方面来认识，但是同样有一个走出贫困的过程，从知识的吸收、挖掘、整理、积累走向独创，是21世纪黎明开启的曙光。

　　走向独创，也是文化心理走出恐惧的过程。虽然恐惧是一条长长的阴影，但是当中国的文学批评迎着新世纪朝阳走去的时候，希望能够把它永久地留在后面——留在跨越世纪的门槛之外。

（原载《文艺理论研究》1997 年第 4 期）

之四十

小地方 大文学

——澳门文学创作一瞥

　　澳门是个弹丸之地，这谁都知道。而且，对这一点知道得最清楚的或许莫过于澳门作家。1990 年 12 月间，我曾应邀去参加澳门首届比较文学研讨会，接待我的杨秀玲先生几次郑重其事地告诉我："澳门很小。"而其后当我和其他很多澳门作家朋友交谈时，又多次听到了同样的话。

　　确实，澳门很小。用一天时间就能把澳门逛个差不多。然而这里所说的小，只是地理面积的小。如果谈到文学，谈到澳门作家近年来的文学创作及其所表现的思想品德和胸怀，只要我们读过两本精致的《澳门笔汇》，就不难小中见大，对澳门文学创作产生一种新的看法，这里所说的大，指的是一种文学空间的大，文学意识的大。澳门文学不是那种封闭性的单一的形态，更少见那种"小家子气"的文学气息，而是一种与世界密切联系，具有大文化特点的一种文学；澳门作家也少有那种闭目塞耳、夜郎自大的习气，而多有那种眼观六路、耳听八方，经常走南闯北的人生经历。因为他们眼中有大世界，心中有大世界，所以他们才能把"澳门很小"这句话说了又说。

　　这一开始我们就会有很多感慨。其实，在中国古代文学中，大与小本来就是一个辩证的观念，所以《文心雕龙》中就有"其称名也小，其取类

247

也大"的见解，说的大概是文学所表现的和所能表现的东西之间的关系。而这在文学意识方面也可借用。我们看到，很多地方，尽管从地理面积方面来说是名副其实的大地方，但是由于文化上长期处于一种封闭状态，惯于坐井观天，所以在文学创作和理论意识上总是脱不了"小家子气"，自然也就难以产生大文学。所以世界上又多了一种令人惋惜的文学现象：大地方，"小"文学。

当然，说澳门有"大"文学，并不是指澳门已经产生了伟大的作家和伟大的作品，而首先指的是澳门文学所拥有的广阔的发展空间，拥有精神创造的大天地。澳门毗邻香港，背靠内地，面向大海，是中西文化交汇的地区，也是世界文化中特殊的一角，这里的生活有多种方式，多种色彩，这里的文学也有多种选择。我们看到，澳门作家正是从澳门与世界的深刻而又广泛的联系中认识自己脚下的这片土地的，例如在《澳门笔汇》创刊号上就可以读到这样的诗句：

> 船身 葡国式
> 船帆和船舵 中国式
> 十六世纪一艘三桅船
> 徐徐下水
>
> ——韩牧《澳门号下水》

随着澳门号进入历史的航道，作者思绪所进入的不是古老，不是封闭，却是一个广阔的时空，因为：

> 大西洋 中国海
> 始终是相连相通的
> 光辉也罢 屈辱也罢
> 四百年是非逝去的水
>
> ——韩牧《澳门号下水》

如果把诗歌看作文学的窗口，那么从诗创作方面去了解澳门文学，也许是我们最好的切入点了。澳门拥有众多的诗人，这也许是一般人所始料不及的，云惟利、凌钝、陶里、汪浩瀚、洛飚、黄永晖、江思扬、懿灵、庄文永（流星子）、高戈、淘空了、胡晓风、谭任杰、冯刚毅（云独鹤）、佟立章、梁雪予（梁披云）、紫鸢、忆韦、胡培周等，这些在《笔汇》上"亮过相"，人们已经熟悉或不熟悉的诗人名字，已经构成了一个可观的诗人群，况且还有很多尚未"亮相"的诗人，使人感到诗坛拥有更多的潜力。纵览这二集《笔汇》中的诗创作，至少使人能够感觉到，澳门虽小，但澳门的诗是属于广阔的世界的，所以他们能够站在北京古都城头上放歌，俨然是几千年文明的评判人（云惟利《北京杂诗之四》），亦能够在海角天涯与人类历史最亢奋的心灵发生共鸣（高戈《哨音》）；他们可以"道是无晴却有晴"地做现代都市生活的讽喻者（流星子《城市之恋》），亦可以重返泥泞的乡村，拾回飘逸的旧梦（淘空了《给诗人陶里》）……在这些风格多样、情调迥异的诗作中，读者也许经常会碰到引发畅想的诗句，例如：

今晚是荒凉假期的最终时刻
我守候一线晨曦和一声软语
越洋电话没有为我急诊长相思

——陶里《孤客夜话》

再如：

落地时是孑然一身，
真是孑然一身如远游的僧人。

——云惟利《寄云峰》

在这些诗中，我们时常有这种感受：诗人作诗并不是在某一时一地冥思苦想，而实在是在不同时空中穿梭，其情思，其韵律，其滋味，都是从不同时空的交接、碰撞和体验中来的。而这种情景不单单是表现在诗的内容方面，而且已经深深浸透到了写诗的过程之中，形成了在诗歌形式方面的突破和革新。像莫淡然的《有这么一回事》、洛飚的《老人与海》、懿灵的《最前卫的牛肉面》、胡晓风的《夜渡》、庄文永的《格子里的四维》、陶里的《夜猫》等，都会迫使诗评家从中西方多种文学传统中去追寻它们的美学意味。

在这里，我们或许能更深一层理解大文学的意义。中国古代早就有以大为美的观念。所谓大，首先就要有大胸怀，犹如大海容得下百川灌河，在创作中吸收各种营养，尤其是勇于接受和消化新观念、新形式和新技巧，走出一条自己的新路。有了大胸怀，才能有大文学，才能出大作家。

对于这一点，我对于澳门文学中的小说创作抱有更大的期望，因为在我眼里，澳门本身就犹如一部历史传奇，上下几百年桑田沧海，包含着许多令人回味无穷的人间故事。而这一历史传奇的真正承担者或许不是诗，而是小说。其实，从二期《笔汇》所载小说来看，澳门并不乏有情调有才华的作家，例如鲁茂、林中英、洛琳、周桐、张兆全、郑重等人的创作，都有不俗的表现。

从内容上来看，这些小说主要集中在两个方面，一是都市人，特别是较底层人的生活处境和心理状态，例如鲁茂的《海畔芳草》、林中英的《因为我曾选择过》、周桐的《胜利者》、淡如的《珊珊》、洛琳的《墙》、张兆全的《"艳尸"心绮》、鲁茂的《似花非花》等；二是表现大陆新移民或偷渡客的生活情景，例如郑重的《钓鱼》、张兆全的《跛得与闭眼女神》、林中英的《重生》等。这些作品都有一个显著的特点，就是作者注意在流动和交错的生活中表现人的心境。这种交错和流动有不同阶层的变化和接触，也有不同地域和文化的冲突，在这种情景中，人的心境往往处于极不稳定和平衡的位置，随着生活一起起伏颠簸，如《海畔芳草》《胜利者》《墙》等就是最好的例子。再如林中英的小说，特别注意透视不同处境中的人生，从而能够拨开飘浮在生活表面的一些浮萍，揭示人心内在的困惑。

这一切都使我们对澳门的小说创作寄予厚望。尽管目前的小说创作尚未出现更厚实的作品，尚未展现澳门更深刻的传奇，尚未发挥在纵横交错的历史生活中蕴藏的更大潜力，但是我们已经看到了对于这一切深刻而又广阔的追求和寻觅。

更应该提及的也许是，这种追求和寻觅已经成了澳门文学中的一种自觉意识——这特别表现在澳门的文学评论和研究中。在这二期《笔汇》中，我们就已经看到了芦荻、杨秀玲、丁韶柏、廖子馨、黄晓峰、危亦健、黄亦谋、殷长松、梯亚等人的文章，都给人耳目一新之感。我尤其欣赏评论中那种对现状不满足，追求更高层次文学的态度，尤其欣赏那种起点很高，力拓新境界的批评风采。

澳门很小，这谁都知道，但是澳门文学创作的胸怀和境界不小，这也将会有越来越多的人知道。作为一种地区性的文学现象，这不仅为人们贡献很多独特的作家和作品，而且理应引起更多的文学研究家的注意。

（原载《光明日报》1999 年 7 月 8 日）

之四十一

关于网络文学

随着互联网的贴近生活，文学也获得了新的沟通方式和天地，但是文学还是文学，作品还是要人去写的，其质量的高下和感人程度也绝不取决于电脑的价钱或者上网的次数。相反，倒是作品的质量会直接影响着网络文学的价值和生命力，如若没有好的作品，网就会成为一个文学创作的垃圾袋，没有人会去光顾。所以作家是否到网上去遛一圈，当然非常重要，但是真正重要的是对文坛、对作家将来的挑战。

首先是对目前文坛的挑战。当网络形成之后，就必然在某种程度上解除了对文学时空的某种限制，在一定程度上消除了"发表""不发表""能发表""不能发表"的界限，减少了文学交流之间的流通环节，使得创作者和读者获得相对更大和更自由的双向交流和选择。也许在不久的将来，知名作家不需要和杂志打交道，不再需要杂志和出版社的"隆重推出"和一些批评家有意识地"炒作"，他们完全可以通过自己的网站来和读者交流，并获得自己的收入，真正实现作家作品与读者的直接见面。而新晋作家也不用去找关系、托友人去发表自己的作品了。

因为在目前的文学状态中，杂志和出版社不仅起到某种必要或不必要的对作家作品的组织、遴选和检查作用，而且是文学流通中的法定经纪人。尽管那时候作家还是作家，还需要必要的文学杂志和出版物，但是我相信靠文学之外的本事来占据文坛的人会越来越感到无聊。因为文学和文人的轻而易举被淘汰，必然会成为日常生活，而用不着得到文坛有关的认定。

与此同时，在网络的文学时代，文学的样式必然会发生大的变化，如今所约定俗成的小说、诗歌、散文、评论之类的界限，恐怕会越来越模糊了，文学很可能向双向交流的方向发展，也越来越具有个性即兴发挥的广阔天地和可能性。文学创作和文学讨论可能会会聚一堂，形成新的多种多样的文学会议和团体，所谓私人写作和阅读空间不得不给予新的定义。

所以，所谓文学和文人的不自由，恐怕就有新的内容了。有"网"自然就有被网住和套牢的危险和问题，而作家会不会由此就成为"网虫"更令人深思。也许这个问题的提出还为时过早，但是文学被网住是长期令文人痛苦的事情。假如你坐在家里，打开了电脑，上了互联网，你和很多很多人通话，但是你根本不知道自己和谁通话，而你的所有声音、所有机会、所有作品其实都被"网"所控制和赐予，除此你根本一无所有，那你又会怎样呢?

其实，上网阅读文学作品和在公园里独自捧着一本小说可能完全是两种感觉，两种心理状态，前者会给予我们许多新的体验，但是也会使我们失去许多旧的但是很好的感觉，比如将来的读者也许永远无法体会到19世纪淑女闺秀阅读浪漫小说的情景，尽管他们也在阅读同一本小说。所以，在网络上"公开的文本"的背后，却隐藏着很多无法公开的秘密。

不过，完全没有必要对网络文学抱恐惧心理。其实，网络目前还是一种时尚，至于文学则已经存在几千几万年了，你可以把网络理解为一种新的媒体，新的传播和储存方式，新的书籍、书箱、书橱、书店，甚至图书馆、文学讲习所和研讨会，但是你不能如此来理解文学，因为文学永远离不开人的心灵，人的活生生的感受和体验。即便网络不久就会成为一种日常生活，但是文学依然是文学，人们不再谈论的会是网络，而不是文学。

（原载《解放日报》1999 年 12 月 19 日）

之四十二

话语转换与现代文学

对中国文学来说，20 世纪是一个翻天覆地的时代。这个时代的显著特点之一，就是文学话语的变化，这不仅表现在新的话语体系的出现，使文学进入了一个新纪元，而且表现在新的话语与传统的思维模式的冲突与联系之中。前者使我们充分体验到了文学的突变性，话语的转换能够那么显明地划开两种文学或两个时代的文学的界限，新文学的面孔迥异于旧文学；而后者表现了文学发展潜在的连续性，话语转化在传统与现代之间可能扮演一种模糊的、模棱两可的角色，一方面和传统的、旧的话语产生冲突，另一方面可能与旧的传统的思维模式产生新的联结，由此构成了新旧文学在交替中交融的复杂过程。

显然，面对这个转换过程，我们刻意地分列出两种不同的话语体系并不十分困难，比如传统话语与现代话语，保守话语与革命话语，阶级话语与个性话语，知识分子话语与工农兵话语等，由此我们也会很容易触及 20世纪中国文学变异的契机。然而，这很可能被理解为一种革命的思维方式，或者说用一种革命的思维方式来总结和把握历史，极有可能与历史中最激进的观念发生共鸣，比如陈独秀在 1917 年的《文学革命论》一文中就提到了"三大主义"——推翻雕琢的阿谀的贵族文学，建设平易的抒情的国民文学；推倒陈腐的铺张的古典文学，建设新鲜的立诚的写实文学；

推翻迂晦的艰涩的山林文学，建设明了的通俗的社会文学。

话语的突变无疑是现代中国文学发展中最明显的事实，但是是否可以把 20 世纪初的新文学运动理解成一种"言语革命"或话语转换则是另一回事。这不仅因为话语本身具有历史性和当代性双重特征，可以被理解为一种权力，同时可以被权力所利用，而且因为话语转换过程本身是有条件的，其中有不同的文化因素在起作用；就拿新文学的发生来说，最早的觉醒因素或许并不在话语方面，而是在精神方面；新的话语是在人们对精神的渴求中悄悄进入文学的，也就是说，文学精神的空虚（旧的思想已受到普遍怀疑，而新思想并没有及时补足）会给新话语进入文学带来机会。这时候，文学也许并不需要突出的语体革命，新话语照样可以占据空间。

这里，鲁迅的《摩罗诗力说》是一个很好的例子。这篇文章于 1907 年用文言文写成，属于白话文运动之前的作品。文章开首就是尼采（Nietzsche）的一段译文："求古源尽者将求方来之泉，将求新源。嗟我昆弟，新生之作，新泉之涌于渊源，其非远矣。"这正好说明了这篇文章本身就是一个"古源"和"新源"混合的作品，所谓"新生之作"正是在旧的语体中孕育而成的。在这篇两万多字的论文中，我们可以发现一些关键词（key word）极富现代新潮色彩，比如这篇论文中使用最多的是"自由"一词，达到了 31 次，其次是"精神"（25 次）和"独立"（15 次）。再下来是"爱""道德""思想""英雄""真理""革命""文明""国民""社会"等，出现频率都有 7 次左右。除此之外，"思想感情""普遍观念""自尊""博爱""自强""破坏""改革""消极""平等""反抗""理想""人类""人道""正义"等今人常用词语也频频出现。与此同时，我们可以发现，在同一文章中，新旧词汇可以同时表达某一相同或相近的概念，比如在表示人的心理世界方面，鲁迅便用了"灵台""神智""人心""灵府""思维""精神"等多种词语，其中"灵府"出现了 5 次，而有关祖国的词又有"宗国""故家""宗邦""古国""故国""故土"等多种说法。这篇文章鲁迅是用古文言写的，但是无论是从当时还是今天看来，所表现的精神思想是非常现代的。

这个例子至少可以说明两点：第一，话语转换的动力之一是对思想的渴求；第二，话语形式并不完全决定文学精神的新与旧。由此也就出现了"新瓶装旧酒"或者"旧瓶装新酒"的问题。

十年后，白话文运动正式爆发，拉开帷幕的是胡适的《文学改良刍议》和陈独秀的《文学革命论》，这两篇文章在历史上几乎同等重要，推动了文学话语体系在本质上的突变，但是从意向上来说有不同的意义。且不论"文学改良"和"文学革命"的区别，就从话语所承担的精神内容来说，就有极大的不同。

胡适是从纠正当时的文学弊病入手的，提出的"八事"基本可以归入"话语"问题，涉及了话语内容（须言之有物）、话语来源及其合法性（"不摹仿古人，须讲究文法，不作无病之呻吟，务去烂调套语，不用典，不讲对仗，不避俗字俗语"）等方面，胡适立论的基点是"一时代有一时代之文学"，所以把话语的生命力和合法性确定在时间维度之内，从过去古典时空中搬到了"当下"。也就是说，在胡适看来，文学的现实生命力来自当代性，其话语合法性的标准也只能是"当下"生活的需求，符合"当下"的审美要求，对此，胡适还用了"活文学"一词。在这里，我们可以明显地感受"话语"的时态问题，胡适《文学改良刍议》的重心就是如何把中国文学从"过去式"形态中解放出来，变成一种"现在进行时"的文学。所以他提倡"与其用三千年前之死字（如'于铄国会，遵晦时休'之类），不如用二十世纪之活字"。

可见，时间性是中国现代文学中一个特殊尺度。话语因此具有了不同的时代意味，比如现代的或者传统的，新潮的或者僵化的等。反过来说，话语本身又由此构成了一种标准，人们用来确定现代与传统的界限。如果说前者加强了文学的时间感和新旧之间的界限，那么后者则混淆了话语和思维模式之间的区别，助长了人们仅仅用话语形式来判断文学的习惯。言词决定和显示一切，而行为和动机则被忽视。

所以，在这种情况下，话语在转换过程中很容易失去文学性和独立性，而成为一种其他社会要求的承担者，进而可能成为被操纵的工具手段。

就这一点上，我们可以重新理解陈独秀对白话文运动的倡导。在《文学革命论》中，文学第一次承担了革命的重任，陈独秀把中国政治上三次革命"虎头蛇尾"的原因，归结于"精神界根深蒂固之伦理道德文学艺术诸端"没有进行革命，他说："今欲革新政治，势不得不革新盘踞于运用此政治者精神界之文学。"由于这种价值判断，话语转换问题一下子变成了政治和文化态度问题，其意义不仅在于文学本身，而在于革命的需要。可见，话语成为一种被利用和操纵的工具，在它转换过程中是很难避免的。换句话说，中国现代文学中的话语转换本身就借助了社会政治变革方面的要求和力量，否则它也不可能进行得那么迅速和激烈。

这正是陈独秀的功绩，也是他的局限性。文学的力量被夸大了，而新话语迅速取代旧话语，是因为迅速与社会革命潮流融为一体，成为革命的"急先锋"。

由此，在中国现代文学中，话语转换极有可能游离于文学与审美之外，有时甚至与之发生矛盾和对立。话语转换的指向不是艺术和审美意义上的，而成为社会革命和政治的风向标。文学作品的价值与意义也不在于美学上的开拓和创新，而在于对时代政治和社会生活的影响力。

在这里，我还想举出另外一个例子来分析，这就是林纾的《致蔡鹤卿书》。过去人们只强调其反对白话文，却很少留意作者对于文学与话语的几点看法。第一，他并不认为"覆孔孟，铲伦常"就能使中国必强，进一步讲，他并不认为中国贫弱的原因在于使用文言文，用"更侈奇创之谈""生过激之论"的方式可以救中国。换句话说，使用了白话文，是不是中国就因此强大了呢？第二，他并不认为西方新观念处处与中国传统观念相冲突，相反，"外国不知孔孟，然崇仁、仗义、矢信、尚智、守礼，五常之道，未尝悖也，而又济之以勇"。也就是说，西方文化和中国传统文化在内涵上有共同之处，并非由于话语不同就毫无共同之处。按照林纾的说法，对使用白话文赞同与否，和推动社会进步一事无直接关系。古文不碍于社会进步，而他之所以反对白话文运动，是出于对传统道德丧失的恐惧感，并为古人鸣不平。

现在看来，林纾的看法并非没有一点可取之处，至少他对话语转换保持了一种距离感，并没有把话语的新旧与整个文化价值体系、思维方式的变革等同起来。

但是，这里出现了更深层的问题，这就是话语本身意义的不稳定性，主要是表现在"文"与"道"的关系上面。在这里"文"可以理解为词和言说方式，而"道"是其负载的文化内涵，在过去传统的语境中，"文以载道"曾是不成问题的问题，但是到了五四运动时候，则出现了"不知道是道，文是文，二者万难并作一谈"（刘半农《我之文学改良观》）之说。刘半农原义是说旧文学仅从四书五经中尽举孔孟之言，不能算是文学，却反映了当时一种普遍的对言语的看法。也可以说，言语的分裂（言说与语义）是话语转化中的一个重要现象，由此在相当一部分文人中产生了文化忧虑。

最明显的是林纾，当他看到白话文取代古文的时候，就面对一个传统道德到底能否存在的问题，也就是说，如果用新话语来解释或表现旧的道德，那么旧的道德是否还真正存在？虽然他说"若化古子之言为白话，演说亦未尝不是"，但是白话《论语》是否能和原本《论语》相提并论？在话语转换中，意义失去了过去固定的依据，可以被解释成多种形式，歧义现象无处不在，阐释和被阐释构成了一种泥沼，人们再也找不到最初的"原义"。传统的经典经过了现代话语的重组之后，成了一种五彩的万花筒，尽可以表现各种新奇的拼图。

这是话语转换后的危机。新的话语可以对传统经典进行千百种复制，但是距离纯然的"国粹"必然越来越远，使后者越来越成为一种虚构。可见，话语可以表现一切，但是也可以解构一切，淹没一切，使一切永恒不变的东西变得虚假、模糊、模棱两可。当我们用一种新的话语来表达过去的经验的时候，真实的"过去"已经消失。

在文学中，这是一种话语的悖论，"死亡"和"新生"的可能性同时存在，而获得"合法性"就成为一种意识形态中的争夺战，尽可能利用话语的锋芒来击退对方。但是，话语的锋芒到底来自何处？是不是来自话语本身？这就是另一个值得探讨的问题了。如果我们不是在一个民族、一个国家范围内讨论问题了，那就不可避免地牵涉到另一个源流——外来文化的影响。鲁迅在《摩罗诗力说》中所引的"将求新源"，指的就是这个。

以上我所涉及的只是 20 世纪初第一次大的话语转换，它使得中国文学从古典走向了现代。但是，这只是转换的开始，因为话语的流变还在持续，有些方面甚至出现了重复。言说方式和内容一直在动荡不定之中，并没有获得片刻的平衡。有时候，话语只代表了时尚；有时候，时尚操纵着话语。我们在"当下"获得的意义，并不能在历史过程中确定下来。在历史中，我们又不得不持续面对一些问题：（1）话语转换是否意味着文学思维方式的转换；（2）话语转换的内在动力来自何方；（3）话语转换是否是文学时代性最明显的标志；（4）话语权力和权力话语在现代文学中的转换和区别。

这一切都有待于在持续的历史探讨中才能获得答案。

（原载《文学评论丛刊》1998 年第 2 期）

第 四 辑

之四十三

知识与话语状态的批判

米歇尔·福柯（Michel Foucault）和胡风在话语上显然不属于一个系统，但是他们都涉及了20世纪一个重要问题，即对于人类所建立的知识体系的理解和批判，也就是建立什么样的知识观的问题。福柯对现代文化的质疑及其理论就是在这种特殊知识背景下产生的，有其顺应人类文化发展要求的一面。

认识这种背景非常必要。

简单地说，人类对自然和自我的认识，总是在不断寻求最佳角度，这也就构成了人类思想文化不断演进的过程。比如，人类最初是从自然和神的角度认识世界的，慢慢扩展到了宗教、政治、经济、文化等各个方面的关系。而从文艺复兴以来，人们越来越意识到知识系统的重要性。一个国家和民族的处境和地位最终取决于其所达到的知识层次和文化水平。这也就为我们观察和了解世界提供了一个新的角度和起点，这就是要考察和研究其所拥有的知识系统以及人们对于知识的态度。现代社会正在创造一个"知识万能"的神话，知识不仅是权力和财富的源泉和基础，而且支配着人们对于世界的态度。正因为知识有如此重要的意义，所以它在社会意识形态的地位也越来越高，人们把它转化成各种标准和规律，用来支配一切。正是在这个过程中，人们忽略了一个问题，这就是对知识本身的追问，即知识本身到底意味着什么?

于是，伪知识出现了，用权力制造的"知识"出现了，非人性化的知识出现了，而紧接着，在"知识"和"文化"旗号下的人类悲剧出现了。如果没有福柯，人们也许至今没有意识到问题的症结所在。

显然，福柯比海德格尔更有前瞻性。海德格尔的思想最终并没有摆脱神学的逻辑，但是福柯发现了在现代社会中，即便是神学也往往打着知识和科学的旗号。甚至可以这么说，在今天的世界上，知识已经成为一种广告词，几乎没有一种经验和论说，包括气功、特异功能、东方神秘主义等，不以知识的面目出现。但是人们并不一定知道知识是什么和怎么来的。这里也许隐藏着一个秘密：按照传统的观念，知识就是对于客观真理的认识，而人们恰恰就是由此产生了对于知识的迷信，从而误认为任何被称为"知识"的东西就是真理。其实，正如福柯所意识到的，人类的任何知识都是人为创造出来的，它们是经过人们一系列的观察、定性、检验、认证、描述和阐释过程而形成的体系，所以真实的现存的知识体系并不是绝对真理，而只是一种符合特定社会需要和平衡规则的、能够介入社会实践的话语体系。正因为如此，知识的存在并非一定与真理相关，而是依存于某种特殊文化语境的话语体系。

这样，福柯实际上把知识和真理分离开来了，而显露它们之间的一个非常复杂和广阔的地带——话语。话语和真理并不是一回事，而且决定一个社会话语体系的最根本的因素既不是诸神，也不是真理，而是人类社会状况的更强大、更实在的力量——权力。由此我们可以如此理解，一个国家和社会的知识状态其实不是孤立的，它不仅取决于这个国家和社会的教育状态，更是由这个国家和社会的权力状态所决定的，知识状态和权力体系及其状态是密不可分的。例如，在专制政治体制统治下，其知识状态也必然受到极大的限制，不可能是真正意义上的现代知识状态。

所以，所谓"知识权力时代"的来临，实际上是人们对于历史的一次重新检索和认识，它首先表现在从根本意义上对知识本身的重新认定和反思。其理论意义表现在两个方面：一是时代的演进凸显了知识的价值和地位。在过去漫长的历史发展中，社会权力的决定力量似乎是暴力而不是知识，而知识是被决定和认定的。随着社会的发展，经济实力和金钱似乎起到了更明显的作用，任何权力都必须有金钱的支撑。而到了信息化的后工业化社会，金钱可以在一夜之间化为乌有，而知识和信息则成为名副其实的第一生产力。

福柯意识到了这一点，他敏锐地感觉到了知识和权力结盟所可能产生的结果，而人类正面临一个权力知识化和知识权力化的新时代。这是一种非常重要的思想。由此我们联想到胡风的命运，其中就蕴藏着知识与文化的悲剧。在胡风生活的时代，知识逐渐被意识形态化了，不再是单纯的知识，它越来越成为政治的工具，而对它的判断也越来越取决于权力的意志。久而久之，所谓文艺理论和批评本身就被"格式化"，有了一整套符合权力意志需要的机构、理念和标准。这也就是一种独特的文艺理论知识系统和话语建立的过程，也是消灭个人性意志和话语的过程。而胡风在这个过程中以个人的主观意志和权力意志对抗，最终为权力所不容。

奥修（Osho）是一个宣扬东方文化的知识者，他特别注重内心的修炼。但是他的理论也有外向性的一面。他曾说过，人在什么情况下才能成为奴隶？只有一个办法，这就是让他感到自己有罪，而且这种罪最好是自己无法克服的。于是基督教就在人体中建立了两个自我，一个是永远无法摆脱的原罪的自我；另一个是不断克服和监视这个"有罪自我"的自我。所以，真正的权力和统治力量不仅仅是从监狱和枪杆子中来的，而且是一种文化及其"知识"的力量，是它们建造和维持着一种人们自我约束和监视的机制；也正是有了这套机制，监狱和枪杆子才能合法地存在。比如基督教的原罪来源于人的性欲，就是一种人之为人无法摆脱的罪孽，所以需要在一种更强大的力量上帝面前一一服罪。

在很多情况下，权力正在成为知识的腐蚀剂，使社会的知识殿堂成为权力的附庸，并制造出为权力者所用的所谓"知识"体系，而知识和教育也越来越成为支撑权力合理性的工具。

所以，要建设一个合乎人性发展的社会，当务之急就是重新检讨我们的知识结构、体系、框架和观念。显然，怎样使文化和知识具有如此魔力，这是人们需要探讨的问题。福柯之所以热衷"知识考古学"就包含着对这个问题的探讨。毫无疑问，知识和权力的联姻早就是一种事实，只不过人们没有充分给予关注罢了。也许在这里一直隐藏着某种历史的"禁忌"，权力者总是试图把自己的权力说成是天经地义的，也不容许别人怀疑或揭穿所依赖的那套知识和话语体系。所以就制造了种种不容改变和置疑的"从来如此"的观念和理论。而福柯对于人类知识系统的质疑正是从这一点开始的。他看到了在创造知识的人为过程中，权力及其意识形态因素的介入和作用，把知识放在了历史文化各种因素交互作用的情景中进行考察，深刻揭示了知识体系形成的"官僚化""权力化""意识形态化"的特征。

于是，我们不得不面对一个问题：在崇尚知识和科学的今天，是否需要进一步使知识纯洁化，使知识不至于过分权力化、官僚化和意识形态化。我相信，在今天知识和科学竞争的时代，发展不再仅仅取决于对知识和科学的态度——因为意识到知识和科学的巨大作用已成为共识，而在于其知识状态的纯洁性。所以，我们有必要对知识进行重新审视和定位。

所谓知识或许有两种意味，一种是经过人类实践的某种检验和认定，被人们现实的思想状态和文化心理所认可的知识状态；另一种则是对于人类理想状态的终极追求和认定。而这两者之间经常出现矛盾和冲突，新的知识和话语系统总是试图挑战和取代旧的，并且动摇这个社会的既定的价值体系和标准，所以知识始终处在人类自己的考察与质疑之中，而只有这种知识状态才是人类正常的有活力的状态。尤其在今天，世界处于"知识爆炸"时代，几乎所有的欲望、话语和理念都以知识的面目出现，人们更有必要对知识进行检索和辨别，看它们是否是真正意义上的知识，是否真正有利于人性的健康生存和发展。所以，建立健康的知识观和知识状态是非常重要的。

正是在这个意义上，"话语"显示了其独特意义——尽管它还是一个颇多歧义的概念，但是就福柯来说，他所强调的是观念产生的实践性及其文化意义，他是从人类文化生存、发展的整个过程来认定它的意义的。话语实际上是介于知识和权力之间的一种文化存在，它一方面需要必要的知识体系的支撑和说明，另一方面必须合乎某种社会权力和意识形态的制约和要求，所以它不是纯粹的知识的产物，而是一种颇具文化和时代意味的存在，具有社会生产的可操作性。

因此，在福柯看来，人类的自由发展就是不断从既定的话语系统奴役中解脱出来，这是一个不断突破权力话语所规定的"禁区"和"领地"的过程。例如，所谓癫狂不是一种纯粹的自然病理现象，而是社会权力与知识理念相互交接而限定的某种观念，所以不同社会的癫狂现象是不同的，过去的癫狂在今天也许就是正常的。再如社会对于合法和非法的界定同样如此。福柯本人是同性恋者，而同性恋过去在一些国家一直是非法的，但是没有谁去认真追究过这种"非法"是如何确定的，而又如何把它从"非法""癫狂"的领地中解救出来，变为正常和合法。所以，他对于这个问题非常敏感。由此他认为，在人类生存环境中，知识和话语状态越专制，人疯狂、非法和犯罪的领地和可能性就越大，人的自由创造天地就越小；人类只有不断对既定的话语质疑，不断突破它们的局限，才能不断获得新的自由空间。

在文艺理论及批评领域，同样存在着不断突破旧的话语系统的过程。而这不仅是一个文学问题，也是一个文化和意识形态问题，需要我们对其所依赖的整个知识理念和系统进行检索和重新认定，进行一次思维方式的解脱和解放。

（原载《上海文学》1999 年第 12 期）

之四十四

新学统：关于"新青年"的含义

在 20 世纪初，"新青年"曾是一个振奋人心的口号，它不仅是一个杂志的名称，更是一个时代的足音，它穿越几千年中国的文明历史，唤起了人们心中对青春活力新的向往，使一个民族的新生在一个古老文化躯壳里探出了头。但是，如今谁又能像孔子一样站在历史河道旁感叹"逝者如斯夫"呢？虽然历史脚步匆匆，晃眼已过百年，但是那个"新"字对青年一直是一个很有鼓动性的字眼，它今天仍然因为理想而令人心动，因为牺牲而令人感叹和因为挫折而令人惶惑。

"到底什么才叫作新青年？"——这仍然是我们今天思索和奋斗的内容。

数不清的现代名词和话语摆在我们面前：走出家门、破除封建礼教、科学、民主、自由、革命、创新、独立、批判、打倒帝国主义、建立人民民主国家、奔赴北大荒、建设新新疆、穿牛仔、戴墨镜、丁克家庭、单身贵族、考托福、玩电脑、南极历险、太空遨游……也许有很多答案，也许没有答案，也许答案是互相矛盾的，也许每天每人的答案是不相同的。

不过，正是在这个过程中，我们走过了模仿的年代、循环的年代、适应的时代和反叛的时代，如今进入了一个能动的时代；在这个时代里，一切没有现成的、完整的答案，没有完全供人模仿的标本，也没有完全可供照搬的经验，完全可以依赖的和完全可能摆脱的传统；一切需要我们用自己的思考去理解，用自己的尝试去面对，用自己的创新去确定。其实，这也是人类历史走过的路：因为生存，我们模仿大自然，按照祖先用生命换来的既定的经验、规则和观念行事；因为发展，我们学会了适应也学会了反叛，在牺牲和放弃自己一部分的同时，获得另一部分的繁荣和昌盛。但是，如今人类已经无可模仿，也不愿让自己的任何一部分成为牺牲品。要么就是共同的繁荣，要么就是一起灭亡，因为我们面临着的是全球性和全人类性的问题，我们需要的是共同生存和发展的空间。

也许这就是"新"。它不仅是指新青年，更是指向了新人类，其中有新中国人、新美国人、新巴基斯坦人、新南非人等全世界的人；这里面不仅有新的愉快、新的幸福和新的希望，更有新的忧患、新的痛苦和新的绝望。而把这一切连接起来、沟通起来的就是一代又一代的思考、发现和创新。

但是，我们能够彼此认识吗？能够彼此交谈吗？能够自己认定自己吗？我们能够理解舞台上传来的如泣如诉的小提琴音乐吗？我们能够理解彼此对宇宙间数字近乎狂热的迷恋和追求吗？难道中国古老的《易经》果真能与现代的计算机沟通吗？为此，我们得首先思考新的语言，发现新的语言和创造新的语言。而它们应该是人类能够彼此相知和理解的语言，能够相互交谈和发展的语言；它们不仅是把全世界人们联系在一起的桥梁，而且反映了人类共同的价值标准，能够把人类的智慧聚集在一起，创造人类共同享用的物质和精神财富。它的属性是人类（Human）的，宇宙（Universal）的和未来（Future）的；它也许不属于任何一种民族语言，但是任何一个民族都能够理解它和用它来交流。

其实，人类早就在构建这种语言了。它们就是艺术、科学和人道。它们原本就是人类各民族、各种文化的创造物，但是当今正在以一种巨大的力量聚集起来，通过教育，通过知识的交叉和交流，更通过人类智慧的重新理解和发现转化为一种人类的新语言。谁掌握了这种共同语言，谁就进入了一个新的天地。所以，中国京剧能够在纽约受到欢迎，澳大利亚芭蕾舞团正在上海大剧院上演《堂·吉诃德》，而比尔·盖茨在中国也有许多"知音"，世界上每年都有许多人自愿参加联合国救援活动。

可见，"新"是创造的产物，它包含在每一个个体生命的欲望之中。它就扭动在城市的大街小巷，好动、求知、不安分，但是这不足够；它得通过学校、图书馆、实验室，把个体的欲望变成人类的共同语言，使生命得以敞开，使它的创意得以实现。所以，人类的血似乎流得越来越快了，地球似乎越来越小了，知识似乎越学越多了，心理上的压力也越来越重了。"新"追赶着青年跑，而青年驱赶着时代跑，时代又催促着社会方方面面的标新立异，由此形成了一个相互驱赶混合追逐的连环套。

这就是新青年创造的新世界。

但是，最后的结果呢？难道那些没有受过教育，缺乏知识、欲望和创造的潜力，仍然被封闭在狭小的知识文化时空中的人就不配这个"新"字？不，他们也是。因为"新"只有在他们存在的意义上才是有价值、有前途的；而他们接近它的过程，也意味着正在消灭它，把新与旧的鸿沟逐渐填平。

（原载《南方日报》1999 年 7 月 22 日）

之四十五

"尝试"的魅力

随感之一

又读《尝试集》。这是新文学史上出版的第一本个人白话诗集，对于其中的诗，并没有感到特别的激动，但是其"尝试"二字仍然使我浮想联翩。我想，胡适本人当年最看重的也就是这两个字，所以专门作了《尝试篇》作为诗集的"代序二"，其中写道："我生求师二十年，今得'尝试'两个字。作诗做事要如此，虽未能到颇有志。作《尝试歌》颂吾师，愿大家都来尝试！"

这是20世纪初的文字。无论对胡适个人，还是对于一个时代来说，"尝试"都是一个激动人心的开始，标志着一种突破，一种风气之先。因为经历了几千年封建专制统治的中国，实在太缺乏"尝试"，太需要"尝试"了。拿鲁迅的话来说，这是一个"搬动一张桌子"也要付出血的代价的社会，非礼勿听，非礼勿视，人们不敢想，不敢说，不敢做，不敢越雷池一步，所以可以"天不变，道亦不变"，吃人的礼教可以永世长存。

随感之二

由此，我从"尝试"想到"冒险"。在危机的情况下进行"尝试"，或者去做某种不可能成功的事情，就是"冒险"。很多艺术家都用不同的语言表达了相同的理念。鲁迅一直呼唤着敢发新声的"精神界战士"和敢于冲破一切束缚的文坛闯将；郁达夫曾写过如此的文字："艺术家是灵魂的冒险者，是偶像的破坏者，是开路的先驱者。"

徐志摩也不例外，他是一个提倡"灵魂的冒险"的诗人，他要在"沙滩上种花"，即使根本无望成功，也要拼命一搏。"新月派"诗人办的《诗刊》第 2 号（期）上的《序言》里一段文字给我留下了深刻印象："……我们是要在危险中求更大更真的生活，我们要追随潮流的推动，即使肢体碎成粉，我们的愿望永远是光明的彼岸。能到与否至有否那一个想象中的彼岸完全是另一个问题，我们的意识守住的只是一点志愿的勇往，同时我们的身体与灵魂在这骇浪的击撞中争一个刹那的生存，谁说这不是无上的快感？"

从某种意义上说，"尝试"和"冒险"对真正的艺术家来说，不但会带来一种"无上的快感"，而且本身就是一种美，一种价值。

随感之三

由此我又想到了"实验"。在 20 世纪 80 年代，"实验"二字犹如世纪初的"尝试"，在文学创作和批评领域突破了一种又一种禁锢，开拓了一片又一片新的艺术疆界。实验小说、实验话剧、实验诗歌、理论探索等，标志着一个新文学创新和繁荣时期的到来。当人们怀着各种各样激动心情评论王蒙的"意识流"，讨论袁可嘉的"现代派"说法的时候，很多小说评论家所争相提及和引用的是福斯特（Foster）的《小说面面观》和高行健的《现代小说技巧初探》。而后者的文学活动之所以受到关注，完全是因为高行健几乎是一个天生喜欢实验的作家。而"实验"，在当时不但是一种令人激动和关注的事情，而且是一种冒险，会带来刺激，也会遭到批判。但是高行健乐此不疲。他不但在小说创作方面大胆探索，引起了广泛关注和争议，而其在戏剧方面不断实验，连续推出了《绝对信号》《车站》《野人》等剧作，每一次都能给人以新颖的艺术感受。

戏剧的艺术突破更难。因为戏剧艺术本身需要更高的艺术才能，所以别林斯基（Belinsky）才把戏剧类的诗称为"最高一类的诗"，戏剧是"艺术的冠冕"。难道高行健想摘取艺术冠冕上的明珠？

我一直想专门写一篇关于高行健又关于艺术"实验"的文章，因为我相信很多从 20 世纪 80 年代走来的人，都从高行健的"实验"中感受到了超越其作品的意义。而这种意义正是构成一个新的具有创造性的文学时代的最重要的基础和动力。

随感之四

尝试、冒险和实验，我想这是中国现代文学的基本精神，也是现代艺术发展的主要特点。尽管它们在不同历史时期有不同的说法，不同的内容，但是表现了同一时代的精神和美学追求，冲破传统，蔑视常规，突出个性，注重创意。在美学观念上，它颠覆了传统的艺术的"模仿说"和"反映论"，催生了一种新的艺术意识。

然而，在中国，它们的价值并不是一下子就被人们所认识、所理解和所接受的。如果说中国的现代化过程充满了艰难、曲折和凶险的话，那么艺术上的尝试、冒险和实验同样承担着这种历史的重负，必然也会遭到各种各样的排斥、误解和反对。

其实，即便今天的学术界，也未必真正认同和意识到了它们的真正意义和价值。例如在以往出版的种种文学史中，往往对于尝试、冒险和实验性的文学创作和理论关注不够，甚至忽略了它们的历史价值和艺术功绩。

我想，应该有一本记录中国现代作家大胆突破、勇于尝试、敢于"第一个吃螃蟹"的文学史。

随感之五

确实，无论是尝试、冒险，还是实验，都得做好让人家挑剔和批评的准备，因为"第一次"很难成就成熟、完美的作品。所以，胡适在"尝试"新诗之时就已经意识到："莫想小试便成功，那有这样容易事！有时试到千百回，始知前功尽抛弃。即使如此已无悔，即此失败便足记。告人此路不通行，可使脚力莫浪费。"

这是一种很到位的想法。但是我以为这同胡适当年作的新诗一样，"很像一个缠过脚后来放大了的妇人"，难免有很多顾虑和保留。

事实上，就艺术作品来说，由什么来评定它的成熟和完美呢？反观中国文学史，那些流传下来的、有价值的作品，有哪些能够符合这些条件呢？鲁迅的《狂人日记》、郭沫若的《女神》、郁达夫的《沉沦》、曹禺的《雷雨》，岂不都是带有"第一次"性质的创作？也许正因为它们的尝试、冒险、实验和创新，使它们拥有了自己独特的价值，给文学史增添了亮色和光彩。

还是胡适在《尝试篇》的开首写得好，"'尝试成功自古无'，放翁这话未必是，我今为下一转语：自古成功在尝试！"

随感之六

所以，尝试、冒险、实验、创新，这是 20 世纪现代中国文学发展的一种自然趋势和逻辑，所谓现代中国文学也就是一系列不断尝试、冒险、实验和创新的过程。文体的尝试、灵魂的冒险、创作的实验、艺术的创新，构成现代中国文学演进的四个乐章。

创新是可贵的，但是首先得有尝试、冒险和实验，否则就是空中楼阁。

也许过了一百年之后，人们会把我们这个时代简单地称为一个"尝试的时代"。

由此我想到了高行健和刘会远《绝对信号》中的那列行进中的火车，就是一个不断变换灯光、场景和意象的历史舞台，一切都处于不确定的尝试和冒险之中，但是一切都向着未来的光明。

记得剧本中最后一句台词是："小号，吹得再热情些，再嘹亮些呀！"

（原载《当代散文精品1999》，广州出版社，1999年）

之四十六

参与世界文化的创造

随着文化保守主义的兴起，复兴和发扬传统文化的口号成为时髦。虽然这一口号与现代主义后现代主义毫无实际冲突，但是在现代中国文化时空中形成了剑拔弩张之势。至于学术研究，谈传统文化者很可能鄙视西方现代文化，而谈论现代主义或后现代主义者必定是传统文化之大敌。

其实，这种思维方式正是人们对现代文化产生困惑的根源之一，我们可以把它称为一种"文化多疑症"：总是害怕别人的文化会吃掉自己的文化。但是，值得欣慰的是，虽然西方文化大量涌入中国已一个多世纪，中国传统话语已被大量的西方新概念和新术语所淹没，中国的言语方式已今非昔比，但是中国文化还是中国文化，并没有变成西方什么文化，只不过和世界文化贴得更紧了，有了更多的参与和对话的共同话语。就此而言，后现代主义进入中国，日后也必将成为中国文化的一部分，而中国文化绝对不会依附于西方后现代主义。

问题在于什么是传统文化？在如今现代文化发展阶段，传统文化是以什么方式留存和发展的？这是整个世界文化所面临的问题，例如对于地方色彩的崇拜，本来是欧洲 20 世纪出现的一股新思潮，在中国却是一种根深蒂固的观念。与此同时，被公认为代表当今世界文学中一个高峰的"魔幻主义"文学却发生在拉丁美洲一些并不十分发达的国家。而我们如果不能超越时空界限去了解拉丁美洲多民族、多文化的创作背景，不能由此去理解这些作家的文化素质和精神状态，就不可能理解这一文学奇迹。

阿根廷文豪豪尔赫·路易斯·博尔赫斯（jorge luis Borges，1899.8.24—1986.6.14）对传统的看法是很有代表性的。他指出，"认为阿根廷诗歌必须具有大量阿根廷特点和阿根廷地方色彩，是错误的观点"，因为"真正土生土长的东西往往不需要地方色彩"。他对这样一种情况相当不满："民族主义者貌似尊重阿根廷头脑的能力，但要把这种头脑和诗歌创作限制在一些贫乏的地方题材之内，仿佛我们阿根廷人只会谈郊区、庄园，不会谈宇宙。"

博尔赫斯对于阿根廷传统的认识最为精彩地表现在这里：

> 那么，阿根廷传统是什么呢？我认为我们很容易回答，这是一个不成问题的问题。我认为整个西方文化就是我们的传统。我想起美国社会学家索尔斯坦·凡勃伦（Thorstein Veblen，1857—1929）的一篇文章，讨论了犹太人在西方文化中的杰出地位。他问这种杰出地位是不是可以假设为犹太人天生的优越性，他自己的回答是否定的；他说犹太人在西方文化中出类拔萃，是因为他们参与了这种文化的活动，但同时又不因特殊的偏爱而感到这种文化的束缚……①

博尔赫斯的文化境遇和中国的情况有相类似之处。阿根廷作为一个发展中国家，同样处于一种多种文化的碰撞和交织之中，传统与现代的问题同样困扰着当地的文化人，而博尔赫斯（还有其他一些拉美作家的情况也相似）的出类拔萃之处正在于没有受本地传统的束缚，而是在人类文化的大范围中认识和确定自己的传统。这是一种新的文化观念，也是一种第三世界文化觉醒的体现，它所追求的是和"欧洲"在文化上的"平起平坐"，

---

① 博尔赫斯：《阿根廷作家与传统》，博尔赫斯《巴比伦彩票》，王永年译，云南人民出版社，1993年，第12、14、15页。

和欧洲人一样参与世界文化创造。因为狭隘的对传统的理解，总是用各种理由强调自己与欧洲国家的差距和不同，让人们接受自己处于特殊的状态中，不可能和欧洲人共同讨论一些人类问题，无法直接参与世界文化创造。

就此来说，对于中国现代文化中的传统意识也应该重新清理。一些貌似对中国传统文化重视的观点，实际上是不利于文化发展。例如，由于中国特殊的国情，由于中国还没有发展到西方发达国家的水平，就不能或不应该参与讨论现代主义或后现代主义文化，实在是一种奇怪的看法。假如深入进行分析的话，这种对于传统和国情的固执，恰恰表现一种文化心理上的自卑，似乎中国现代文化只能谈论 18 世纪的古典主义、19 世纪的浪漫主义和现实主义，而没有资格和欧洲人一起谈论 20 世纪乃至 21 世纪的现代主义和后现代主义，如果你要谈的话，马上就有人来责问你："你是真的还是伪的？"

当然，如果你是黄头发、蓝眼睛的话，会少了这层麻烦；如果你生活在欧洲或美国也当别论。其实，进入 20 世纪之后，传统本身的内涵已发生了重大改变。例如，当我们重谈五四以来的新文学传统时，就不可避免地涉及许多外国文学因素。换句话说，传统的概念本身就已改变，它不再局限于某一时一地，某一种国家和民族范围之内，而具有了世界文化的因子。

这种情况不仅发生在中国，更发生在欧美国家。比如美国，传统和历史已不再是以白人或西方文化为中心的单一概念，而演变为一种多元的文化概念，它的构成和渊源来自不同国家和民族的文化。

更值得注意的则是中国当代文化的巨变。中国文化已经从过去传统的框架中解脱出来，迅速地走向世界，其开放的气度和广度是前所未有的，所以它有一种更强烈和更敏感的时间感和空间感，不仅世界上发生的一切在中国会产生回响，而且中国发生的一切也会影响世界。从这个角度来说，西方的现代主义和后现代主义不仅必然会在中国有反响，而且中国的反响也会影响整个世界的文化变革。

所以，我们正在创造一种新的传统，这一传统的最大特色就是向世界开放，和世界其他国家的文化紧密关联。在这个过程中，我们不能不对传统有新的理解，从单一的传统观念中解脱出来，而接受一种新的"传统多元化"的观念。所谓传统多元化，就是说任何一种传统文化的来源和构成都是由多种文化因素构成的，其中包含着数种"传统"的内容。数种"小传统"可能构成一种大传统，一种"大传统"文化又可能划分或发展为数种"小传统"。

中国现代文学，就是"多元传统"汇合的例证。我们不仅有几千年汉民族文化的传统文学，还有不断交叉出现的各种少数民族文学，更有 20 世纪产生的新文学传统，后者的内涵表现得更为广泛，其中掺杂了英国、法国、美国、俄罗斯、日本等多个国家的传统文学因素，因此构成了中国当代文学"多传统"的发展基础，如果我们把视野扩展到海外华文文学，那么完全可以像博尔赫斯（Borges）那样断言：我们应该把宇宙看作我们的遗产。

因为今天的文学创作和文化交流，就将构成明天的传统。从这个意义来说，传统不仅属于过去和现在，更属于未来。我们应该用未来的眼光来看待传统。

（原载《文论报》1995 年 3 月 1 日）

之四十七

论批评的发现

一

20世纪,被人们称为一个文学"批评的时代",但是,对于批评本身的理解和把握并没有令人信服的理论。相反,批评成了一个万花筒,各种各样批评理论争奇斗艳,从结构到解构,从形式到自我,从人性到文化,形成更加光怪陆离的局面,令人无所适从。因此,一个批评的时代,同时是一个困惑和怀疑的时代,是一个旧的批评模式和观念不断被摧毁和瓦解,但新的批评观始终没有建立起来,甚至建立不起来的时代。有时候,人们甚至对批评产生一种"游戏人生"的感觉,它只是一种意识的自我炫耀或者商业意义上的推波助澜,像阳光下的泡沫能够闪闪发光但顷刻就会消失殆尽。而批评家成了一种新的迎合者,而不是发现者,他们不仅在一个信息时代眼观六路、耳听八方,时刻准备迎合各种各样新的理论和新的话题,而且极其注意迎合新的无奈和困惑,可以把媚俗扮成先锋的姿态,然后从先锋迅速转向无可奈何的媚俗。在文坛上招摇过市,神出鬼没。

这是批评时代的悲哀,或者说是这种过于夸张所造成的悲哀。批评意识无限制地自我膨胀,自然会把自己推向各种极端,进入一种高处不胜寒的境界,而批评家的过度自恋差不多成了一种时代病。这可以从各种各样的批评文字中发现它的症状。半个世纪之前，批评家说自己可以脱离社会、不谈人生，逃避思想会引起非议，但今天已成一种时髦，大可脸不红心不跳地进行自我宣扬，仿佛这就是一种批评无所不为的极致。遗憾的是，由此批评进入了一种无从发现的境界，它失去了对象，也就失去了从对象中发现美，发现文学魅力的可能性。

这就是重提批评的发现的意义和企图。从某种角度来说，批评本身就是一种发现，一种对美、对艺术和文学魅力的发现，由此给人们（也给自己）一种愉悦，一种提示和感悟，使人类生活多一份美的光彩和美的现实。在这个过程中，美、艺术真理和文学魅力是具体的，多种多样的，它们有的是明显的，但更多的是潜在的，隐藏在各种各样的艺术关系之中，包括生活与作者、作者与作品、作品与读者、读者与阅读、阅读与文本、文本与文化、文化与批评（对这些关系的发现构成了现代各种各样的文学批评理论和方法）等，批评家的任务就是以自己对美和各种艺术关系独特的感悟和洞察能力，把它们揭示出来，显示出来，使美得到丰富和完善。批评和创作在发现美这一点上有共同点，又有极大的不同。创作家的着重点是描述美，描述过程构成了作品的生成。他们是在具体生活中发现具体美，然后再通过具体的描述来创造美，而批评则更注重于发现，而这种发现的区域是无所不包的，凡是和艺术创作有关的一切，都是批评家涉猎的对象和范围。也许正是这个原因，20世纪被称为一个"批评的时代"言符其实，因为正是在这个世纪，批评疆域的扩展是前所未有的，它已经从作家作品扩展到了整个人类文化，批评家在这个时代更需要有"百科全书"的知识和胸怀。

这是批评家相当自豪的地方。因为批评的发现可以面对某一具体对象，但是并不受某一具体对象的限制，批评可以在任何一方面独辟蹊径，达到自己的目的。批评家具有更大程度和范围的自由度，它不拒绝不完整的、有缺陷的作品，而是通过自己的艺术感悟和洞察力，从具体的艺术对象中发现更宏远的艺术理想和信息，从缺憾中召唤完美。

批评史就是一个不断发现的过程。从美的形式到内容，从有限到无限，从个别到完整，从个别角度到多种角度，从艺术表象到人心深处，古今中外的批评家不断向人类贡献自己的发现，拓展着美的天地。一种艺术境界的发现往往与一种美学价值的确定紧密相连，批评家最欢欣鼓舞的时刻，也正是其在艺术世界及其关系中有独特发现的时候。为此他可能追寻得很久很苦，因为它们隐藏得太深太久，终于有一个时刻或者一个契机使他如愿以偿。

这是一个显示批评价值的时刻。因为把对美、艺术理想和文学魅力的发现，看作是一种重要的批评价值尺度或者一种很高的批评境界并不为过。批评可以被看作是一种审美判断、一种对美的阐述，也可以理解为一种对艺术的分析和陈述，各种不同的看法其实都有一席之地，都有可能兼容。问题是如何判断，阐述什么，是否为人们提供了一种新的审美经验或者方式。

批评的发现是在对象和批评家自我之间同时进行的。在某种情况下，对象的发现也是一种自我发现，在实践的批评活动中，两者之间并没有明确的界限。而一旦把它们割裂开或对立起来，发现的道路就会出现断裂或障碍。极端的对象依赖会导致对象的重复，批评很容易成为一种对对象毫无节制的阐释和展示，沦落为对象的附属和点缀，这种情况在对于经典作家作品的研究中最为常见，由此很多活生生的艺术世界在无节制的顶礼膜拜之中，成了权威的殿堂，批评家成了权威的守护者或者堂前跪拜的小童，丧失了那种美的自由和艺术的灵气。

很多有资历的批评家都是以研究某个经典作家起家的。这并不奇怪。因为古今中外的一些经典作家作品确实在某一方面达到了美的极致和高峰，是后人无法企及的，批评家能够不断从中发现新的东西。但是，这种情况确实又给许多平庸的批评家提供了庇护，他们可以自命为某个神祇的守护神，占山为王，时时处处以某种既定的艺术标准评判一切，俨然摆出一副不可侵犯的样子。中国有句古语叫"挟天子以令诸侯"，批评家也可以借一个经典作家来评论一切，判断一切，以获得自己的权威地位。这时候，一些大师的作品已不再是活生生的艺术，而成为一种咒语或者权力话语。当批评界变成一个个城堡、一座座庙堂的时候，批评家非常容易成为某种话语的俘虏，他只能依靠某种权力话语来生存，在既定的话语迷宫中自我迷失。其实，批评从来没有，也不可能完全脱离世俗。而世俗对批评家来说，就是一种既定的文化，它就像无边无际的汪洋大海，包围着批评的航船，顺流漂泊总是容易的，但你如果想要寻觅新的奇境，就不能不冒一定的风险。

二

其实，20世纪是一个探索冒险的批评时代。批评为了摆脱传统的、既定的批评模式和规则的束缚，一次又一次地冲击粉碎传统的话语形式，一番又一番对经典庙堂进行反叛，构成了20世纪批评时代的奇观。当我们回顾过去的时候，会发现一切都被怀疑过了，解构过了，到了现今已无所不被怀疑，无所不被解构了。在这个过程中，批评的自我被分离出来，并且被推到了一种极致。"我"——自从尼采高扬"超人"的旗帜进入文坛之后，成为很多批评家崇尚的姿态。这也许是一系列反叛的开始，但是它的尽头是无边无际的荒原。

批评走向了荒原。批评家从原来庇护自己的城堡和庙堂中走了出来，抛弃了传统的批评思想和方式，企图以纯粹的独立自我方式出现，在艺术天地争得一个独特的地位。他们怀疑一切，分析一切，解构一切，在拆除和颠覆所有传统的话语神话的同时，斩断了自己与某种特定的文化传统的血脉联系，失去了过去的精神家园。

很少人意识到这条反叛之路会带来多少迷惘和痛苦。在这个过程中，批评家一路发现的都是"囚牢"和"监狱"，它们一层层地囚禁着批评，从"意识的囚牢""现实的囚牢""阶级的囚牢"到"语言的囚牢""文化的囚牢"，无不构成了对批评家自我的束缚。批评家一路披荆斩棘，不断追求一种自我的完全实现和展现，但在不断的惊奇之后仍是不断的失望。

其实，纯粹的完全的自我，是 20 世纪创造的另一个神话，是借助于人们对于无限自由的向往建构起来的。

这个境界竟然就是荒原。荒原的批评家也就是前卫的批评家，边缘的批评家。当一切既定的基础，包括特定的传统，特定的现实，特定的历史和文化，特定的语言和习惯，成了批评中被否定、被解构的对象时，批评家必然自己把自己推向了荒原和边缘，成了被放逐的对象。批评家作为"无家可归"或"有家不归"的漂泊者，因为原来精神文化意义上的"家"已经不存在，或者无法再认同了。

在某种意义上，批评家也是文化漂泊者，他们流浪在现实的边缘、文化的边缘和语言的边缘。当年艾略特（Eliot）创作《荒原》，实在成了一种对批评的预示，批评家从历史主义的原野走向了自由的荒原。

批评成了游戏，就像孩子摆积木一样，可以随时有一种新花样但随时推翻它。可惜的是，批评家不是小孩，不再能满足这种虚构，而即使是小孩，也有玩厌的时候。在荒原上玩积木，似乎是一件滑稽的事，批评家手中的"积木"不过是虚无的、无真实意义的"形迹"，而自己所建造的一切只是一种"白色的神话"（德里达语）而已。

批评的幻觉在这个时代恐怕是最常见不过的一种文化现象。批评家大踏步地走上舞台，向人们宣告自己已斩断了传统，撕裂了语言，但是还没有从舞台上走下来就已看到传统的河道弥漫着语言的网络铺天盖地，自己根本无法回避和逃脱。幻觉一旦消失，批评界再次恢复一片荒原的景象。有人指出文化也是一种泡沫现象，幻觉式的文学批评是其中的一个特例。批评的幻觉不仅与一代批评家的自恋息息相关，而且经常表现为一种自觉的自欺，仅仅为了显示自己，去发表一些连自己都不相信的推论。

如今荒原的意象已经消失了。如果说最早的一批走向荒原的批评家仍有一种悲壮色彩的话，那么后来制造幻觉的批评家已是一批媚俗之辈。因为制造幻觉是由一系列有意识的操作过程构成的，从造势、包装、推出，到呼应、宣传，批评活动再次沦为一种被操纵的工具。从这个意义上说，对于权力话语的批判和解构，并没有真正解除对批评的束缚，反而导致了批评的失落。批评由此成了一种包装，而不是一种发现，一些批评家可以利用它和艺术之间的血缘关系，借助美的言辞和外表来推销低俗，实现艺术之外的目的。

特别是在一个文化转型时期，先锋很快转换成媚俗，两者的界限早已经模糊不清。问题并不在于它们各自存在是否合理，而在于它们到底给文学带来了什么惊喜。文学口号的发明和提出，在今天已没有什么意义，关键是一个操作过程及其条件的获得，谁能获得更优先的话语权和位置。当一个批评家感到自己需要包装而又去包装别人的时候，批评的沦落已经不言而喻了。

可惜，这是一个包装时代。批评需要独立的智慧和勇气，而包装更在于流行的技巧和创意。前者是要发现美及其规律，后者在于发现市场及其价值。在现实生活中，两者的存在本来并行不悖，但是两者的结合生产出了一系列不伦不类的怪胎，给文学增加了许多华而不实的摆设。文坛上的"浮夸风"也由此兴起，各个小圈子，各个地方都在包装口号，包装作家作品，通过媒介搞"满地开花""重点推出"；批评家成了"化妆师""火枪手"，盛行笔谈、对话和新闻发布会，表面上热闹非凡，大师辈出，力作巨著层出不穷，但实际上一片空洞，只是一场场文化上的假面舞会。

包装的批评造成了文学的浮夸，而浮夸又直接依赖权力与金钱。在一些包装批评最风行的地方，人们甚至感到"文革"式的宣传又复活了。批评成了一种有组织的包装行为，根据某种意图精心策划，一声令下，一起出动，在媒介上造成声势，由此来创造一种宣传效应。在这里，"包装"和宣传是一个意思，前者不过以金钱作为后盾和目的，而后者则是权力。

显然，这里没有对美的发现，而只有对美的遮蔽，文学批评再次成为金钱和权力的依附和工具，并没有真正走出十几年前的困局。而更残酷的是，批评在追寻和发现自我的漫漫长路中，经过那么多的艰难险阻，经历了荒原和漂泊，最后还是退回到了原地，不得不屈服于生存处境的限制和欲望的诱惑。

自我无法面对。在批评活动中，一个完全自由和自然的自我不能不处于一系列与现实、语言、文化的搏斗中，却不能把自己建立在一系列被否定和抛弃的废墟之上。因为否定和废弃了一切，也就意味着否定和废弃了批评。面对荒原，批评不能自弃，而要展开美的生命；在边缘漂泊，也要寻找和建设更充实的精神家园。而这一切，都不能离开对美的发现和创造，批评只是以此为目标和源泉，才能找到自己的自在和自信，获得自己自由和自在的生命形态。

三

所以，尽管批评的方法多种多样，形式千姿百态，观念千变万化。但是，发现美并阐述它，完善它——这是批评的魅力，是它生命活力的源泉，批评一旦失去了它，也就失去了自己的价值和生命。

当然，不能否定批评的功利性、社会性及其他一些特性，但更着重的是来自批评自身的满足感。这种满足感来自它的自在和自信、自得和自新、自由和自然。因为美就是一种自由和自然。自由才能自然，自然才能体验到自由，而且美永远是自在的、常新的，属于每一个具体个性的。

毫无疑问，如果说把发现美、发现文学的魅力看作批评的职责，也看作它的生命活力的话，那么必然牵涉到如何给批评定位的问题。就在最近，还有人提出了寻找"批评的根"的问题，汪政、晓华在《中华读书周报》上发表题为《批评的根》，指出在这个问题上，"恐怕一开始就产生了相当的偏颇"，"我们老是纠缠在批评的个性化问题，纠缠在批评的方法论问题上，其实，我们早就应该认识到批评是一种相当独特而敏感的人文学科，对它本质的理解似乎不能仅仅从它现代的、已经获得了独立的学科形态出发，而且可以溯源到它未成年时代、作为其他学科的从属的时期去理解。"

这种寻根追底的提问十分精彩，可惜作者得出的答案十分古老，再次把批评的"根"归结到哲学。这和把批评归结于社会学、人类学、政治

学、伦理学等没有什么两样。批评也许有"根"，而且必然和哲学等各种
人文学问都有密不可分的联系，但是这并不能削弱或否定它的独立性，也
不意味着它没有自己独特的"根"。如果把批评者看作一株独立大树的话，
它的根就是美，就是对艺术的发现。而这个根扎在文化土壤之中，一切哲
学、社会学、伦理学、历史学甚至美学，都是滋养它、支持它的沃土，而
不是它的根。所以，批评的目的和哲学等其他人文学科不同，它有自己独
特的价值取向。

20世纪批评的困惑常常有相同的情形。为了从传统的限定中解脱出
来，批评家只顾不断否定旧的方法，又不断尝试新的方式，结果一次又一
次卷入社会学、心理学、语言学、文化学的涡流之中，反而失去了对自己
本原的追寻，远离了艺术本身，远离了对美的发现。

对美的发现不排斥社会学、哲学、心理学、语言学、文化学的介入，
但是它不是对社会道德、哲学概念、心理学术语、语言学规律的讨论和判
断。许多令人生厌的批评大概就是这样，下笔千言万语，但离美万丈千
里。还有一些批评家，热衷对口号概念的"发现"和论争，结果搞来搞
去，自己也感到不知所云。所以，批评的失落也就是美的失落，艺术魅力
的失落。

显然，对批评家来说，美不管表现为神话还是幻觉，都是具体的，呈
现和隐藏在生命的艺术形态和活动之中。批评不排除神话和幻觉，但是不
去制造它们，而只是通过开掘和阐述把其中的美和魅力揭示出来。有时
候，在美的东西被制约被遮蔽的情况下，批评家甚至会不顾一切摧毁和解
构往日的神话和幻觉，还给世界一个美的真实。

所以批评重在发现。20世纪，与其说是一个文学的批评的时代，不如
说是一个发现的时代。过去的偶像摇摇欲坠，而现代艺术画廊经过一场疯
狂涂抹，人们已难找到何处能通向美的归宿，文学，期待着批评，并把这
个时代赋予了批评家，让他们在前沿开路搭桥。

这是世纪给批评出的难题。发现的意义在于创新，批评家已不可能像
过去那样稳操胜券，处处可以引经据典，用过去的理念和标准来阐述美和

艺术，甚至不能用现在流行的眼光来分析和评判。批评家不再能充当偶像的守护者或者某种理念或集团的代言人。批评家由此也不能不告别过去近似世袭的领地，去当云游四方的美的探索者和冒险者。这时候，发现的可能性首先取决于批评家个性的审美能力和视野。他不仅需要超越过去的束缚，而且能够拒绝今天各种各样包装的诱惑，在生活中在作品中在生命中发现独特的美和魅力。

发现是从遮蔽中发现，从无有中发现，从荒原上发现，是用心智的艺术之光去照射去探微。这是一个连续的过程，批评家必须迎战封闭、虚假和冷漠。

在这个过程中，批评家不可能完全自由，批评的氛围和途径也有局限性，但是美的生命状态是自由的和自然的，批评家要想接近它，发现它的奥秘，必然要解除一层层遮蔽和束缚，使其本原有所显露。也许正是不自由的批评和自由的美构成了发现过程的张力，批评家也许只能像古代夸父逐日一样追寻和发现美，留下的遗产是一片后人赞美的桃林。在这个意义上，批评的发现又是一种对美的完善。由于各种各样观念文化的限制，人们往往只能从某种框架、模式和类型中去认识美，把美看作某一种民族的、文化的或者宗教的东西，由此制造各种各样限定的学说，把这一种美和那一种美分离开来甚至对立起来，使它们互不流通互相隔阂，处于一种不自由的状态，而批评家要穿越这一切，去发现自由自然的美的存在。

（原载《社会科学》1996 年第 7 期）

之四十八

造就新的学术传统

广东社科联所办的《学术研究》马上就走过四十周年历程了。若论"刊到中年",《学术研究》除了更加稳健踏实之外,给人的感觉是"越活越年轻"了。我和《学术研究》是同时代产物,而与其交往的十余年时间,又正值改革开放大潮在广东涌起,是广东经济和学术发展最辉煌的年代,所以颇感有缘。

至今我还记得很清楚,1985年当我刚到广东暨南大学任教,广东社会科学研究界正酝酿着突破旧格局,走向全中国的热情。《学术研究》在其中担负着重要角色。广东文学评论界此时也是最兴奋的时刻。正是在《学术研究》同仁的热情支持和参与下,广东不仅成立了"广东青年批评家协会",而且出版了一本《广东文学批评新潮专号》,集合了当时一批有生气的批评家。

如今,当我们回顾的时候,80年代广东文学辉煌历程仍然令人难忘。当年意气风发的这群人,如今绝大多数成了广东文化界的骨干。我相信这也是《学术研究》值得自豪的地方。在此后的日子里,虽然全国学术界的创新热情逐渐低落,但是《学术研究》始终怀抱着自己那种纯真的学术理想,在坎坷中不气馁,在低迷中不松劲,不断提高自己的学术品位,给人们留下了深刻影响。

我想，要办好一个学术刊物，就要有坚持自己独立性的信念，坚决不顺俗的耐心和毅力。我在《学术研究》编辑同仁身上就经常发现这种魅力。尤其在广东，学术研究处在一个特殊环境中，权力和金钱不断围绕着和诱惑着学术刊物的学术活动。对一个学术刊物来说，它既不能完全脱离时代的要求，同时又不能随俗媚俗，丧失自己的独立性，这确实是一种困难的面对和选择。这也就更需要办刊物的人有韧心，又有平常心。所谓韧心，就是坚持学术第一、品位第一，这也是自己的立身之本，需要长期坚持长期积累。所谓平常心，就是不为急功近利所动，能够平淡对待方方面面对学术研究所造成的阻力和压力。如此，在《学术研究》倡导下，广东学术已开始形成一种朴实、宽容和创新的学风，进入切实持续发展时期，我衷心希望它能够在南方起到学术支柱作用。

事实证明，一个学术中心的形成，离不开在学术研究中有远见卓识的学术刊物；而一个有如此能力的学术刊物，又离不开团结和聚集一群有学术功力的专家学者，由此形成互相借重、水涨船高的局面。这样的情景将对整个南方学术发展和精神文明建设起到关键作用，所以我期望着《学术研究》不仅能够继续容纳不同思想和学术流派的充分竞争，而且更能够把全国第一流的学术成果吸引过来，造就广东开放、包容和创新的学术传统。

（原载《学术研究》1998 年第 2 期）

之四十九

追根溯源：性在人类文化发展中的意义

一、性的解析：多种文化承载

从弗洛伊德开始，性就成为文化，包括文学关注的一个焦点，作为人性的焦点，也是社会文化的焦点。其实，从人类社会一诞生，性就有了其多种多样的社会性、文化性。性就不仅仅是性，而是文化的载体、人性的焦点、文明的尺度、幻想的根据地。所以弗洛伊德才把它变成了一门学问，这是我们特别要注意的。就拿最敏感的政治来说，性也从未寂寞过，比如，中国古代就有"秦晋之好"，性早就与政治紧密关联了，至于后来的"和亲"，性更成了政治行为与文化行为很好的结合体。

至于在西方文学中，性也扮演着敏感的角色，每一次社会变动和文化变革，都会牵扯到它，性成了社会文化与文学发展重要的风向标。在古希腊神话中，我们就能感觉到性具有的特殊文化价值，比如特洛伊战争就是为一个美女海伦而挑起的。也许今天的政治家、历史学家可以说，这是当时争城夺地的一个借口，但是谁也不能否认性在人类文明包括政治活动中的重要作用。古代的战争无非就是为了争夺土地、财富和性资源，这就是政治和战争的起源。所以，人类的性绝对不是纯粹动物性的、自然的，因为在它上面附加着土地、财富和权力。我们不知道这是人类的悲剧还是喜剧，但是可以肯定地说，这激励和促进了人类的进步，人类对于性的欲望和占有，必须通过对于土地、财富和权力的占有而实现。

这就是人与动物的根本区别。动物获取性权利的途径是单一的，就是凭力量，看谁能够战胜群雄，人类则不同，一开始也是靠勇敢、靠体力，但是后来加入了技巧、工具和智慧，逐步远离了原始生活，进入了文明社会。所以，今天讲"知识就是力量"，就是一种文明升级的结果。而在现代社会中，知识与工具的竞争，头脑与智慧越来越重要，人们已经不再像过去一样靠单纯的勇力和武力取胜了。一般历史学家和人类学家，也是依据这些来衡量人类文明进步的。由此说来，把人类原始社会描述为一种"无阶级""无政治""无等级"状态，是很难站得住脚的；至少在性权力上面，连猿猴群落都是有等级的，所以，原始部落的首领自然在性方面拥有更多权力。有了更多权力，自然有了更多后代；有了更多后代，自然有了更大的力量，于是也就有了维持首领地位的人力（暴力）基础。嫡系后代也就成了法定的首领，再也不用通过动物性的拼杀赢得首领地位了。

但是，这到底意味着人类的进化还是退化，仍然是一个值得探讨的问题。例如头脑的高度发达和过分发展，是否带来了人的身体与感官的自然退化，目前已经引起了人们的注意。一个简单的例子，早几天，就有一个牙科医生抱怨，现在孩子牙病的发病率上升非常快，我问为什么，他说如今人们生活好了，科技发达了，吃肉再也不像过去一样用牙撕了，而是做得软软的。由此我想起了小时候读过的一则动物寓言。说的是在一个大森林，住着一个残暴的狮王，有尖利的牙齿，经常无故欺负森林里的动物，动物们非常气愤，但是又无可奈何，因为谁也不敢挑战狮子的勇猛，最后它们只好去请教聪明的狐狸，狐狸就教给他们一个聪明的主意，这就是每天都给狮子送上可口松软的食物，使狮子足不出户就能享受到一切。狮子非常得意。结果一年后，狮子身体也发胖了，牙齿也退化不利，再也撕咬不过其他动物了，结果动物们一拥而上，把它除掉了。

人类是不是就是那头狮子呢？如果是，那狐狸又意味着什么呢？这很难说清楚。但是，我想有一点是肯定的，人类身体的退化，也许已经成为一种现实。如今先进的交通工具可以把人从地球东边送到西边，但是不能阻挡人类眼睛、牙齿和嗅觉的退化，大量的近视眼、蛀牙以及其他感官退化现象比比皆是，不孕、早产和畸形儿也已经引起人们的普遍关注。当人类用试管和培养剂顶替人们躯体的时候，是否就是人类自身的终结呢？

性，当然是其中最敏感的因素之一。因为克隆技术出现，从某种程度上，就意味着性作为繁衍后代自然功能的终结。这也意味着过去附着在这一功能上的所有道德观念和价值尺度的解构和颠覆，人们不能不寻找新的价值和尺度。由此可见，性从来没有单纯过，其具有承载多种文化的性质与功能，但是在以往的文化和文学研究中，由于时代的禁忌，一直以一种隐蔽和隐讳的方式存在：它一直发挥着它的作用，但是没有得到认真、专门的解析，是弗洛伊德学说真正打破了这个禁忌，使人们能够进入文化心理的"密室"看个究竟。

二、性的冲突：身体的文化战争

所以，讲文化，研究文学，都不能离开性，离不开身体。文化到底是什么？据说学术界至今已经有几百种定义和说法，都有一定的道理。而我在这里恐怕没有资格另外再发明一种说法。不过，我愿意特别强调两点。第一，从本原上讲，谈文化必须以人为基点，为原点，也就是说，文化是人创造的，文化是以人为中心的，为本的，文化离不开人；同时，这意味着人要为自己创造的文化负责任，要不时检讨和反思自己的文化，创造更好的文化。因为人无完人，人类也会犯错，所以人所创造的文化也不可能完美无缺。不能搞"文化完美主义"，一提文化就神圣不可侵犯，就是永恒，不能反省和批判。

第二，从文化渊源上讲，文化离不开身体。这一点也是我所强调的。也许对于古人来说，这并不值得强调。文化离身体太近了，服饰、羽毛、纹身、图腾、甚至后来的岩画、壁画，几乎都贴近身体，包括亚当、夏娃最早遮羞的树叶，也许就是文化起源的最初象征。可以说，在相当长历史时期里，文化就是对于动物性的超越，因而特别重视对身体的引导、监督和调整，用文明的方式来陶冶身体，防止动物性的爆发和回归。我们甚至可以说，这时候的文化和文明就是套在狗脖子上的皮套，为了防止它重新回到原始森林中去，不能不勒紧它，束缚它。

其实，讲到这里，我们也许会发现文化某种隐蔽的，或者长期被隐蔽和隐藏的本质显露出来了——这就是对于身体的征服和争夺。征服是指某一种文化对于身体的教化和驯服，使人能够按照一定的文化规则和文明理念来要求自己，安排自己的生活。就此来说，所有成功的宗教、道德和政治的基本目的是相同的，都是让人们自觉地约束自己，能够甘心情愿地"为××而献出一切"，首先是自己的身体，不怕"粉身碎骨"。争夺是指不同文化之间的竞争和冲突。所谓文化上"谁战胜谁"的问题，就是一个争夺人心的过程，最终就是能够通过"心"去成功地控制身体，获得人力资源。

因此，我认为一切文化的最终目的就是对于身体的争夺和占有，使身体得到认同，得到归宿，不断获得驯化、指导和调整。这就是人性。人性就是文化的身体。这一点在中国文化中表现得最为明显。文化就是"以文化之"，用礼仪道德来感化、影响、教化未开化的野蛮人；到了孔子，就提出了"以德服人"的主张，这就是"远人不服，则修文德以来之；既来之，则安之"。孙子甚至把这种理念用到了军事上，他认为百战百胜还不能算善战，真正善战者是"不战而屈人之兵"，其实就是夺敌军之心，用文化的方式化敌为我，化敌为友。再举一个例子，就是荀子，他认为"人道之极"就是礼，因为人生有欲，如果不能养欲和控制欲，那么天下会大乱。所以他在《礼论》中开头就说："礼起于何也？曰：人生而有欲，欲而不得，则不能无求，求而无度量分界，则不能不争。争则乱，乱则穷。先王恶其乱也，故制礼仪以分之，以养人之乐，给人以求。使欲必不穷乎物，物必不屈于欲，两者相持而长，是礼之所起也。"由此我们也就明白了，中国为什么如此重视"男女之大防"，因为这是人欲之焦点，必须首先摆平不可。而在这里，我们也可以发现古人对于人欲之平衡的见解，这就是"养欲"和"节欲"必须平衡，必须互相结合，不能让人饿着肚子干革命，越穷越高尚，那是做不到的；做到了也必然是虚伪的，或者是对于人性的摧残。所以孟子早就意识到了"有恒产才有恒心"的道理。当然，荀子的一些想法也过于理想了，比如他把"不争"看作礼仪的目的；或者说用礼仪来达到人们"不争"的状态，这似乎太难做到了。无论何时，让人不争很难，问题是如何争，是否有一种比较公正、公平，让大家能够接受的氛围和状态。所以，后来鲁迅就反对老子"不争"的说法，认为中国之所以落后，就在于国人"不争"，甚至心如死灰枯木。而鲁迅就是要"争"的，一生都在"争"，而且"争"的层次很高，因为他所面临的状态很严峻。

西方同样如此。基督教的原罪就是身体之罪，信奉上帝就是为了用灵魂来战胜身体。恶魔和撒旦就藏在身体里面，并且不断用肉体和欲望来诱惑你，通过控制你的身体来达到罪恶的目的。其实，在早期基督教思想中，对于身体之欲的限制与节制，比中国还要严厉。所谓"圣徒"，首先就是严格按照基督教教义生活的人，禁欲、苦读、修行、行善，这是他们的基本生活，也是几千年来大大小小的教会、教堂和修道院得以久存于世的价值基础，它们不但创造、保持和延续了西方文化的基本典籍，而且一直是其价值观直接体现的典范。至于说到西方的忏悔意识和自我约束，奥古斯丁（Augustine）的《忏悔录》是最好的读本，其中所表达的对于信仰的执着、身心之间的矛盾与冲突，实在让人感动。也就是说，"人为之人"是一个过程，而且在很长一段历史时期内，人为了真正脱离动物界，建立自己的意识，获得自己的尊严，不得不采用了某种"克己"的方式，给身体建立规范，给欲望戴上镣铐，使"人成之为人"。这也许为孔子"克己复礼"思想提供了一种西方的解释，所以我们讲人类思想是相通的，相通的基点就是人，就是人性——首先是人的身体。

所以，随着文明的发展，文化延伸得越来越远了，与身体之间的关联越来越模糊了，甚至产生了某种与身体作对、视身体为不洁以及和身体唱反调的文化。反过来说，文化与身体从一开始就处于一种紧张关系之中，相互依存，又互相冲突，这正如荀子所说的，既要"养"之，又要"绳"之，"法"之，"规矩"之，没有规矩不成方圆。但是这两方面并不存在着天然的、永恒的平衡和和谐。如果这"绳""法""规矩"等过度了，甚至伤害到了身体；或者以牺牲人的身体为代价去成全所谓的"文化"，那么，人、生命和人性本身受到了威胁，人们的"身体"会自动做出反叛的举动，并策动人们的精神意识也进行反叛。比如鲁迅的小说《祝福》就透露出了这种信息。这时候，人的"身体"就会发出声音，首先通过感觉、感情，继而通过各种各样的精神方式向既定的文化发出挑战，提出要求，并通过新的文化创造赢得自己的伸展空间；而新的文化、有生命力的文化，也正是因为呼应了身体的新的要求，从而赢得了身体的响应和归顺，创造了新的天地。所以，没有人的可以有人，没有军队的可以有军队，新思想新文化可以把身体调动起来，集合起来，形成变革社会的巨大力量。正因为如此，我们习惯把新社会的建立叫作"翻身得解放"，人类社会所有的变革和革新都首先是为了"翻身"，把身体从压迫和束缚中解放出来。

三、性的艺术：生命与情感的呼唤

所以，人类也许没有精神的身体存在，这就是我们所说的"行尸走肉""没心没肺""禽兽不如"等；但是，没有身体的精神难以存在。换句话说，无论是一种思想、理论或观念，一旦完全脱离了身体，失去了身体的回应，没有了身体的支撑，也就失去了其生命意味和价值，必然是虚伪的、苍白的、没有活力的。假如某种思想、道德、理论或观念，无论以如何高尚、理想的名义，一味去鼓动人们去奉献身体、自愿舍弃生命，或者粉身碎骨，那么，我们更要保持警惕了。古人云，身体发肤，受之父母，不敢毁伤，孝之始也。人之身体受之父母，一皮一毛都是宝贵的。因为这是生命的基础，也是人的尊严的基础，不能不珍爱之，宝贵之。

但是，这是否意味着要否定"杀身成仁""舍生取义"的价值了呢？当然不是。这种人及其自我牺牲的精神，永远是令人敬佩的。因为真正的"仁"和"义"都与人的生命相关，而且他们是用自己的牺牲去拯救他人，而且，这种自我牺牲应该是一种个人选择，是万不得已，绝不是为了鼓动别人去"杀身"，去"舍生"，或者，光喊口号，写文章，自己却躲得远远的；或者别人牺牲了，自己享受成果。

正是在这个过程中，性成为身体的焦点，因为它最敏感、最私密，最能体现人的生命状态，与人的生命意识紧密相连。古人云，"食色，性也。"但是性与食还是有区别的。食是所有动物生存的基础，是生命存在的根本；但是性还意味着生命的延续与未来，并且直接与文化状态与人生理想相关，是人类存在的终极方式。

所以，遮盖亚当私处的那块物件到底意味着什么，至今是一个值得探讨的问题。在人类原始阶段，也许正是那块小小的遮羞物，把人与动物区别开来了。但是，它到底是为了遮羞，还是为了自我保护、珍爱，恐怕还难以说清楚。"遮羞"是后来文化的定义，但是遮蔽了其真实意味，它们原本表达了人类最初对于未来（后代）的重视和憧憬，所以性器官成了最早受到人类呵护的器官，因为它们意味着生命的未来，需要保护，这原本没有什么感到羞耻的。这一点的佐证是现存的人类早期性崇拜图腾遗址，表达了早期人类对于性这种特殊的重视。但是，以后的文化修正和改造了这种意识，性成了羞耻的象征。如果这一点开启了文明门扉的话，那么文明的软弱和缺陷也同时确定了，人类要拔着自己的头发上天，但是根底永远扎根于土地。中国说，天为阳，地为阴，大地象征着母体、生育；而阳根必须扎根于土地。基督教则设想了天堂和地狱，天使生活在天堂，撒旦来自地狱，但是他们永远分不开。

焦点的意义不仅在于它处在人与兽的接合部，它可以充分人性化，也可以堕入野性的深渊；还在于性是有知觉的、有选择的，并且直接与人的情感世界相关，是大痛苦和大快乐的源泉。因此，当文化、社会不符合人的生存和发展状态、压抑和限制到人的生命状态的时候，性会最早发出抗议的声音。例如，文艺复兴时期的性，就带着强烈的叛逆色彩，它被中世纪教会制度压抑得太久了，一旦冲脱而出，就带着一种不可思议的力量。例如《十日谈》中的性，就是一种人性的标志，它用"快乐"撕破了中世纪盛行的贞洁带，激发了人们对于世俗生活的追求。这时候，对于性的证明，就是对于人性的证明。但是，我们在茨威格（Zweig）笔下，又能体验到另外一种情景——对于爱的证明。性是情感的通道。这和米勒（Millet）笔下的性相映成趣，因为后者笔下的性已经充分商业化了，它用金钱包裹，用金钱交换。

即使在充分政治化的语境中，性也不会失去其尖锐的艺术意义。我们说它"尖锐"，是指它不可回避，直指人类的内在感受。比如在昆德拉（Kundera）的作品中，性具有了政治意味，表现了专制政治及其话语如何渗透到了人的日常生活之中，如何影响了人的最本能的意识。人们即使在做爱，也不能忘记一切，仍然不能摆脱心理上的恐惧感。人们期望遗忘，无非是为了得到片刻的快乐。为此要跑到遥远的地方去，甚至冒着生命的危险。这点我们在《生命中不能承受之轻》中已经读到过了，性是最后一根救命稻草，可以忘却，可以暂时摆脱压抑，摆脱追问，承受任何生命之轻——这也是我们所有卑微的人还能活着并时而快乐着的原因。而最坏的政治与社会，那就是连这一点都不留给人们。

这就是本能的不可征服、不可取代和不可磨灭。本能是人之所以为人的最后的根据地，有它，就有感觉，有感情，有日子可过；同时，它是所有艺术所依据的源泉，因为它之不可征服、取代和磨灭，它通向生命的最深层，最本源，具有对社会、文化与人生的穿透力。昆德拉做到了这一点，他用性穿透了政治，把最日常、冠冕堂皇的东西与人生最敏感、最私密的东西联系在一起，表现了现代社会中人性所遭遇的尴尬与悲剧。

所以，好的作家具有可以把性与整个社会文化凝聚在一起的能力，使作品喷射出积郁于人性深处的泥浆；虽是泥浆，但由于其炽热的情感之火，使它能够发出灿烂的光亮。

四、灵与肉的跷跷板

其实，性是一切文化的"原码"之一，各个时代的解读都不一样。比如，在传统的现实主义与浪漫主义作品中，性成了灵与肉争夺的焦点。甚至形成了一种理念，即美好的性必然是美好感情的结果，如果性与爱有矛盾，分离了，就是人的悲剧。后来，弗洛伊德出现了。性被单独列了出来，它如果被压抑了，就会做梦，就会造成一系列心理疾病。所以自慰得到了肯定，至于"美好感情"则成为一种理想，它能够使性更完美，但是并不能解决人的日常生活需要。也就是说，灵和肉是可以分开的，人类大多数还是"肉"的动物。这就为性解放制造了口实。

弗洛伊德让现代艺术踏上了灵与肉的跷跷板。

流行文化几乎就是这跷跷板上的游戏，一头是性，一头是钱，这就是美国好莱坞文化最显著的特点和模式。看哪头能够把哪头跷起来。因为钱与性是现代社会欲望的焦点，是衡量一个人生活质量的基本定位和价值标准。好莱坞影片多半抓住了人们的这一共同向往。一对情侣，经过奋斗，不仅终成眷属，而且意外发了财——这是最好的结局了。但是这个模式到了东欧就未必那么合适，因为商品化、市场化还没有到那个地步。于是，昆德拉笔下的性有了政治深度。在严酷的政治背景下，性心理处于病态与扭曲状态，与人的心灵发生了分离，成为一种宣泄的通道。中国的状态有没有这种情况？中国作家目前写性的很多，但是还没有出现像昆德拉那样的作家。

当然，昆德拉在性问题上也是有困惑的，所以在描写中会不断表现怀疑，实在难以理解和把握人的性活动的实质——它到底与人们经常所强调的美、善与心灵有什么必然的联系呢？如果简单地把它归结为灵与肉的冲突，并不能真正解决这个问题。理论似乎一直在性问题上毫无作为，确实是灰色的。性具有原始性、野性，几乎不受任何固定理论的规范，政治很难完全控制它，拥有多种多样的存在方式和文化意味。性最具有反抗性，如果压抑它，惹怒了它，连上帝的旨意也不遵循；但是性又具有选择性和敏感性，与人的生命意识紧密相关，也就是说，它最能显示人的心灵。如果说，人的性状态直接关系到人的生命状态，是人们生活质量的一把尺子的话；那么，人的生命意识与情感状态又最直接地体现在人的性要求、性选择与性状态之中。

所以，我控制不了我的性——就连托尔斯泰也无法回避。这也是安娜悲剧的肇事者。尤其对于专制政治来说，性是最难以征服的，所以总是花大力气在这方面做文章。但是，这个东西来自人本身，不可能根除；而只要它存在，人的生命意识就存在，就会呼唤完整的生命与人性，引发人们在精神上、心灵上的躁动、追求与创新。这时候，身体上的要求，就会转化为精神、思想、文化上的变革，破除旧框框，酝酿成新的思想和社会革命。

这就是性的力量与魅力。过去，我们只强调心灵对于肉体的引领作用，习惯于用心灵来衡量、统帅肉体，但是很少去真正了解、理解和尊重肉体；甚至在做出诸如"粉身碎骨"之类重大决定之时，也忘记了去认真咨询一下身体的意见，因而造成了心灵、意识和意志的独断，也造成了人类历史上的很多悲剧，包括为宗教、为信仰、为政治而战的数不清的战争行为。所以，弗洛伊德的重大贡献，就是让人们注意到了自己身体的存在，把人类的原始生命力揭示，解放出来。这对于现代艺术的发展起到了很大作用。首先增强了我们对于人本身的了解和信心。人是可以被异化的，但是其最原始的生命意识很难根除。比如《悲惨世界》中的警官沙威，几乎完全模式化了，但是内心还留存着一丝人性的东西。所以，性不仅仅是性，性是一种文化，有时候还是一种理想和追求。

之五十

文学课堂：文学、文化与女性主义

女性主义是当代最重要的文学思潮之一，自然对文学的影响很大。我们说"文学是人学"，也就是说，文学应该与人的存在及其状态密切相关。正如胡适先生所说的，"大凡文学有两个主要分子：一是要有我，二是要有人。有我就是要表现著作人的性情见解，有人就是要与一般的人发生交涉"。（《五十年来中国之文学》）而这个"人"应该是活生生的，具体的人。这就是男人和女人。

应该说，男女两性及其差异是人类最基本的构成和区别，也是构成人类感情世界丰富多彩矛盾冲突的根源。但是，值得人们思考的是，几千年来，人们并没有认真思考过这个问题，尤其在社会科学领域，人们似乎完全忽视了男女之间的差别，避而不谈男女在社会生活中不同的需求和不同的社会定位。而所有的哲学、伦理学、政治学以及各种理论学说都似乎是人类的共同理想。根本没有考虑男人的道理并不一定是女人的道理。男人在一定程度上也不能为女人设计道理和规则。因此，历史掩盖了某种真实，在人类意识形态中制造了某种谎言和虚假的真理。这是因为以往的所有道德真理和意识形态，都建立在这样一个基点上——作为人类另一半的女性的缺席，或者她们只是作为被分配的资源而不是人类的主体出现的。这也为社会和意识形态中的权力分配提供了合理的依据。男人可以根据自己在社会结构中的地位来分享这种资源。女性主义就是在这种情况下产生的。它原本不是一种文学或者哲学，而是一种要求分享权力的呼声。应该说，这也是人类理性启蒙的成果之一。人类既然提出了"天赋人权"概念，人人都要平等，那么女人就应该和男人一样平等地分享一切，应该有自己作为女人的天赋女权。但是，"天赋人权"并非老天送来的，它仍需要女人自己去争取。而也许只有自己才是真正属于自己的。

实际上，女性主义是一种对社会新的推动力。因为人类长期受制于传统观念和生产方式的限制，无法摆脱生存的恐惧感，所以不能不建立和维护一种受制于暴力的两性关系。实际上，男性在这种关系中获得了某种权利和满足感，但是也不得不付出很大的代价。有个美国人就写过一本书叫《男人力量的神话》（*The Myths of Man Power*），抱怨女性太不体谅男人的处境，因为男人为了养家报国一直在付出牺牲，几乎所有危险的工作都是男人承担的。所谓男人的权利和优先权不过是一种让男人心甘情愿承担牺牲的神话而已。这种说法未必能够站得住脚，但是说明了一个道理，如果女性不解放，男性也未必活得幸福愉快。男性束缚了女性，也等于捆住了自己。更可悲的是，男性在统治和剥夺女性过程中，也处心积虑按照自己的理想塑造女性，但是，除了遭到女性的反抗之外，很少给自己带来满意的效果。相反，造就了越来越多的复仇女神来惩罚自己。即使在今天流行的小说中，仍有许多这样的形象。神话中的"蛇"，代表着欲望和诱惑，几乎成了女性的代名词。因为一个人的自由感和责任感是相互联系的，一个没有自由的人也没有什么责任感。被剥夺自由的人只能产生两种心态，一种是感恩心态，基于给予的某种满意的状态；一种是怨恨，因为它得到的与预期相反。她们之所以不可能自己承担后果，在于她们的权利从来没有这种选择。同时，感恩就会无条件地顺从，导致兴趣和创造活力的下降；而怨恨则产生背叛和报复。这都不是人类所期望的人生状态。西蒙娜·德·波伏瓦（Simone de Beauvoir）所写的《第二性》，我总觉得不仅是在写女人，而是在写人类某种悲剧状态，只不过女性承担的更多而已。就此来说，波伏瓦所唤醒的不仅是女人的自觉，也在唤醒男人的自觉。

　　但是，为什么进入父权社会以后女性会落到这个地步呢？这确实是个问题。波伏瓦的贡献就在于，她从人类编织的神话开始追问这个问题，进行了追根探源式的分析。它的意义不仅在于揭开了女性受歧视和压迫的历史秘密，而且揭示了人类某些意识形态的荒谬性，因为人们由此意识到，过去人类所认可的一切真理都是建立在男女不平等基础上的，因而必须得到修正。这也说明人类并没有完全摆脱互相残杀的状态和心态。因为人类与动物世界的区别就在于是理性还是暴力占主导。而在今日社会，无论是对异性资源的分配还是女性所拥有的择优权利和过程，都带有很大的偏见和局限性。它们仍然是引起社会不公正的一种因素。

　　萨特在和波伏瓦谈话中谈到，男人事实上并不一定在乎社会所有人对他的尊重，但是非常在乎女人对他的尊重。在西方神话传说中，影响最大的战争就是女人引起的。而女性在被剥夺情况下如何得到补偿，则是了解当今女性心态的一个重要窗口。例如张爱玲的《金锁记》就揭示了这种女性悲剧，一个曾经被剥夺自由和幸福的女性一旦有条件和机会之时，就会以百倍的疯狂来获取补偿。她们与男人所期望的圣女贞女神话恰恰相反。其实，正如波伏瓦所说，现存的神话是男性社会所创造的，或者说，至少是经过男性社会选择和加工的，巾帼英雄多半也是男性的幻想。这也就提出了又一个问题：在此之前，是不是还有不同的神话？如果有，是什么样的神话？为什么没有留下？是被遗忘了还是被删改了？所以，对女性主义的研究不仅是一个现实课题，而且是一个历史课题，它意味着对人类自身历史的深入探讨。认识女性也是认识人类自身。以往对女性的定位，是一个文化和意识形态过程，从家庭定位，阶级定位，到知识定位，无不以某种社会需要和权力意志为旨归，无不掩盖和忽略了女性的某种真实状态和自然本性。换句话说，人类还没有找到自己真正的母亲，以往的人类历史在某种意义上说是"只有其父没有其母"的历史。因为人类并没有真正找到"母亲"的感觉，并没有真正理解女性。波伏瓦《第二性》的意义就在于对以往的历史理念提出了质疑，开始重新思考文化和意识形态。

　　至关重要的是这代表了一种人类思维方式的变革。过去一直是男性的思维方式主宰世界，人类习惯于用男性的眼光和方式来看待世界和解决问题。这样的世界历史够长了，该结束了，取而代之的应该是一个更女性化的，平和的，随意的，自由的世界和生活方式。或许用女人的"叽叽喳喳"来解决问题比用男人的棍棒枪炮要好。如果是这样的话，男人也不必再在不得已情况下逞英雄，付出不情愿的牺牲了，而女性主义及其思维方式的张扬，将有助于改进和完善人类的价值标准和生存状态。

（原载《深圳特区报》1996 年）

之五十一

文学课堂：艺术批评与"心灵视野"

一、读作品：自己去找水源，自己到山泉中去打水

读作品是研究文学的基础。用某种理论来解释作品、套作品，也可以做文章，但是生命力短暂。所以，无论研究风气如何变，读原作，细读，互相比较，获得自己的真实感受，这是研究的基础。

首先，读出自己与众不同的真实感受，就不是一件易事。俗话说，100 个读者，就有 100 种莎士比亚，但是你真的能达到那 100 种的一个，就不简单了。作品原本是有个性的，而你又能读出自己的个性来，品出与众不同的味道，就是一种境界。尤其是一些年轻的研究者，作品读得不多，更容易受到某种理论与观念的诱惑，好像抓住一个理论或者观念，一切问题就解决了，就比别人有优势——思想上的优势。这其实是很可怕的，因为理论会代替他们的个性感受，甚至会消除他们内在的丰富的感受力与理解力。

如果我们能够细读一些大家的作品，就能获得对于那个时代文学状态的某种感受，比如托尔斯泰、陀思妥耶夫斯基就是这样的作家。因为他们是大家，他们的作品中包含着某些特别的基因，就像种子一样，把他们的文学精神、艺术特点，撒向大地，在各种各样的土地上，经过不同文化的

培育，结出不同的果实。再比如弗洛伊德，他的理论也是通过个案研究得来的，所以才有生命力。所以，细读经典作品，能够帮助我们把握艺术原创的精华，避免简单地用别人现成的理论来套作品。如果这样，文学研究也就不可能有原创性。而由于中国特殊的文化境遇，往往存在着这种思维定势，就是用现成的理论来套作品。过去写文章，首先就是领袖们的语录，而现在则用什么新思想、新精神或者新理论。当然，我们现在的关键并不是要用或者不要用什么理论，好的理论总会促进我们的思维和研究，给我们带来好处的；而在于突破某种思维模式。而要突破它，首先就是自己深入研究对象与资料中去，自己去找水源，自己到山泉中去打水。这个水源就是作品。细读作品是我们的基础。细读一部好的作品，终身受益，一辈子用得到它。这就是功底。

二、读人性是一个重要的角度

读文学作品，有多种角度；而读人性是一个非常重要的角度。为什么呢？因为好的文学家总是因人而写，甚至为人而写的，人生、人情、人的价值、人的变迁，总是最能感动艺术家和读者的。陀思妥耶夫斯基的贡献，就表现在他对人性的思考与挖掘，尤其是对人性内在结构的双重性、多重性、矛盾性的挖掘与表现，为我们认识人，也为文学世界打开了一个新的窗口。这甚至是托尔斯泰试图打开而没有打开的。托尔斯泰同样是一个伟大的作家，但是他在对于人的体验与认识上并没有完全突破过去的思维逻辑，为了维持某种人性美的理想，他或许还不忍心撕开人心表面蒙着的理性面纱，进入人性的黑暗世界中去。所以，托尔斯泰作品中也有心理独白，但是总是人物在解释自己，总是清醒地为自己所作所为寻找理由；而且这种理由总是能够指导他们的行动。这就为人物活动与外在行为，提供了一种一致的关系，也就为人的理智提供了一种庇护，似乎一个人怎么想，就是怎么做的。而心理独白往往是在人物遇到重大问题，或者在某种特殊境遇中出现的，因为这时候头绪复杂，需要思考，而目的无非是向人们展示其这样做的理由，例如安娜在自杀时就是如此，托尔斯泰为她安排了长长一段心理独白，就是为安娜这个不符合基督教教义的行为辩护。这当然是一种自我突破，因为托尔斯泰是一个虔诚的基督徒，而基督教把自杀看作大罪。托尔斯泰原本也是把安娜看作一个不洁的女人，但是在写作过程中态度发生了转变。所以，在《安娜·卡列尼娜》中，存在着一种情感与观念的矛盾与张力，并且导致了艺术手法上的变化。

但是，陀思妥耶夫斯基就有所不同。他在人的身心之间发现了一个漫长的距离，人之所想并不决定人之所做，所想和所做并不统一。比如《罪与罚》中主人公杀人的情节。在美国广播公司录制的《发现》（Discovery）中有一个专题片《杀手》，就是专门探讨这一现象的，人的有些行为并不受大脑的控制。陀思妥耶夫斯基不是医学家，但是他的文学创作甚至比医学科学更早地揭示这一现象，即人之内部存在着一个异己的自我，这个自我有时候会控制人的行动。这就把人类对于自己的认识，大大推进了一步。可以说，19世纪文学比较注重揭示人类一些共同的东西，包括共同的美，共同的情感主题；但是进入20世纪，有些艺术家开始注重变异，注重与众不同的人性状态，去体验、发现、展示、描述某种不同于常规的生存状态。比如卡夫卡、马尔克斯、博尔赫斯等人的创作，都由其对于人类生活的独特发现和描述而令人注目。

人性是复杂的，任何一种固定的认识模式，都不可能穷尽人性的奥秘，都有可能成为艺术家表现人性的心理障碍。而人类对于人性的认识，往往也与社会发展同步。世界的多极化、多样化与多元化，立足点是人性的多种多样。不仅要承认，而且要接受这一点，并且为这种人性的丰富与张扬创造空间。在这方面，文学艺术往往是最敏感的。比如，对于正常人的界定，过去与今天就有很大不同。也许在传统社会中，穿一身不同的衣服，就有可能被视为异类，遭到排斥，受到打击，但是现在已经不同了，社会欢迎人们穿不同的衣服，甚至标新立异。人性也是一样。而正因为一些艺术家的创作，一些过去被视为"不正常"的人，甚至是狂人、疯子、变态者，如今已经，或者正在获得自己的生活空间，成为社会人性状态的正常的一部分。因为对于人性的认识越深，宽容越多，人与人之间的沟通与理解也就越来越多，人性的空间就越来越大。当然，在这个过程中，艺术家不仅做出了贡献，也付出了代价。因为他们的创新，尤其在人性方面的一些独到的发现，往往惊世骇俗，最先受到社会陈见与偏见的抵触和不容。

三、美好的人性总是柔弱的

世界上每一个民族、每一个人，都面临一个问题，即如何对待和自己不同的人，是用自己的思想模式去影响他，改造他，还是寻找一种彼此沟通与理解、和睦相处的方式。其实，这也是一个基本的艺术问题。我们看到，很多艺术家很有才华，但是在这方面存在很大问题，他们总是在寻找或坚持某种最"正确"的思想标准或模式，并且总是用这种标准和模式来衡量不同的人，去改造整个世界。这种方式现在已经证明很难被人们、被历史所认同。

关键是如何对待自我。现在讲"无中心"，讲"边缘"，可以说是对于过去绝对的"自我中心论"的一种反省。当然，从思维角度来说，不可能无"中心"，自我就是中心，每个人都是从自我出发，并根据自己对于世界的看法来思考的；但是，这并不是说自我就是标准，就是绝对正确的，就一定要用自己的方式去改造别人。所以现在要讲"边缘"，用"边缘"的眼光来看世界，强调"互联"，强调"网络"，营造一种宽泛、互相包容、联系、沟通的状态。艺术就应该是这样一种状态。不要去争夺统治权、话语权，包括你认为非常正确的、十全十美的理念、思想和状态。因为艺术是自然的，不是强加的，美的东西你可以去欣赏，但是不能强迫别人去欣赏；一旦强迫和强加，美就变质了，就不再是美了。

而从人性和美的角度来说，美好的人性是软弱的，而且应该是软弱的。这是我的观察和思考。如果一个人很强，能够左右事物左右人，总是能够消灭对手，取得最后的胜利，也就无所谓美了，甚至这种美是有局限性的，是值得怀疑的。美好的东西多是软弱的，短暂的，容易失去的，所以人类才需要艺术，用艺术的方式把它们固定下来，变成精神上的永恒。

所以说，中国的生活哲学是艺术化的，因为中国人历来以柔弱为美，讲究精神胜利法，即使在现实中是软弱的、失败的，但是在精神上并不言败。其实，人性柔弱并没有什么不好，至少是无害，不会出希特勒式的人物；而且，正是柔弱的人支撑着这个世界，给人们创造很多美好的东西。我总觉得这个世界一个最大的问题，就是对于强人的畏惧和崇拜，这一点甚至形成了一种可怕的思维逻辑，用强权、武力和实力去制造"真理"，维护思想霸权和学术权威。

崇拜强人和畏惧强权，就无所谓艺术了。结果就是一切，胜利就是一切，整个人类都卷入权势、利益的争斗之中，人性变得越来越坚硬、残酷和冷血——这是人性真正的堕落。所以，要正确理解"实践是检验真理的标准"的意义，不能把它简单地套在艺术身上。利益驱动的强人原则、胜利原则，并不是艺术和美的最终理想。所以，我们应该对于过去中国文学中的英雄模式及其概念进行探讨，不能以所谓"必然胜利"为依归，论英雄，更不能过于强调时势、世俗、功利价值。还是那句老话，美好的人及其人性是柔弱的，一般并不见得在现实中得势得利，得到最后的胜利，就像陀思妥耶夫斯基《白痴》中的梅什金一样，他会引起人们永远的同情，但是人们未必会在现实生活中选择这种人生。

四、艺术与宗教情怀

人性的柔弱与宗教有很大关系，因为只有人意识到了自己的软弱、自己的罪恶和自己的局限性，才会求助于宗教，才会对于上天、上帝以及各种各样神奇力量产生敬畏感，并产生精神上的依赖感。而对于强人来说，对于一个不会承认自己软弱、罪恶与局限性的人来说，宗教是没有意义的，与其去信仰虚无的神灵，不如信自己，不如自己成为神灵，借助各种人世的力量，行使上天、上帝的权力、权威与力量。其实，原始宗教就是这样产生的。人类的自省，使自己意识到存在的缺憾和局限性，包括自己向大自然的索取与自相残杀造成的罪恶。而善良与美的愿望，又总是那么脆弱，那么经不起欲望的诱惑，经不起恶的力量的打击，人们才把它们寄托于宗教，让上天或上帝来拯救自己。

因此，宗教情怀最早就是一种善的象征，软弱的人把软弱的善良寄托于宗教，创造了一种精神支柱。这在中国同样如此。有人说中国没有真正的宗教，这是从信念形式与层次上而言的；而中国人中间存在着的某种宗教情怀，在本质上与世界是相通的。信教的，或者是虔诚进行膜拜的，几乎都是社会上最软弱的人群。这在南方最为普遍。在祈福拜神的漫长路途中，最常见的是那些柔弱的乡村妇女，她们是社会上最弱的群体，没有人关注她们，所以她们对于这个世界，尤其是其中的恶，最感到无能为力；但是她们在精神上同样需要一个支撑，所以选择了宗教。

同样的道理，艺术家往往也是社会上最弱的，这是由于他们虔诚地信仰世界上美与善的缘故；得势、得利、比别人过得有权有势，反而会使他们心里不安，过得不好又使他们感到不满；他们所追寻的心灵理想，恰恰是没有什么现实功用的；所以他们只能选择幻想、选择虚构、选择艺术。有人把艺术称为"第二宗教"，是为那些敏感的、聪明的，但是又执着于自己的理想、沉耽于自己幻想之中的人，提供庇护的。而这些艺术家往往就是用自己的执着、用自己的幻想，满足了人类在精神上对于美与善的怀念与追求。

这就是我们追寻的艺术之魂，文学之本。艺术与艺术家都是软弱的，一旦他们成了气候，成了有权有势的人，也就意味着他们艺术追求、艺术生命的终结，正如老子所言："胜而不美，而美之者是乐杀人，夫乐杀人者则不可以得志于天下矣。"

当然，艺术和宗教是相通的，但是并不相同。艺术家并不见得信上天和上帝，并且为上天或上帝的存在而生活和奋斗，而是为自己、为人性而生存与奋斗的。艺术家意识到的善与美，是与人性的存在状态紧密连在一起的，而不是和上天与上帝同在。所以，艺术以及艺术家的痛苦，就是人性的痛苦，就是人类在特定时期内所遭受的普遍和个别的折磨和痛苦，就是社会的不公，历史的局限，生活的曲折，人生的不幸。

五、艺术与美不相信物质贫穷

艺术与美在现实中是柔弱的，但是在精神上是长久的，这也许正如老子所说的"虚而不屈，动而越出"，艺术就是以在现实中的无为、无用，来实现人的精神上的永恒和大用的。

但是，这是否意味着人类生活越艰难、物质越贫穷，艺术与美就越崇高、越突出呢？

未必如此。实际上，在这个问题上，长期以来就存在着一种很深的误解。物质与文化、财富与精神，原本就不存在着绝对的统一与对立，但是处于不同历史状态，人们自然会产生不同的认识，并可能形成某种成见。比如，近代以来，由于中西社会与文化的冲突，西方列强仰仗其强大的经济与军事实力，极大伤害了中国人的自尊心，于是产生了"西方物质文明先进，中国精神文化优胜"的说法。这原本是为了维护文化自尊心，带有很大情绪化色彩的说法。后来，也许由于阶级斗争观念的影响，"有钱人"成了革命的对象，于是又形成了一种偏见，似乎"有钱"就是丑恶，贫穷就是美，就是善，使物质文明与精神文明相互对立，财富与艺术相互对立，造成了艺术理论与批评两难的困境。

其实，艺术与美是人的一种普遍内在追求，既不能证明富裕就是美，就是善，也不能证明越是贫穷越是美。而值得讨论的是，贫穷可能会使人更加注意物质方面的需求，在一定程度上不得不放弃在精神上的追求。这原本是一个简单的道理。但是，我们的文学理论常常混淆了物质与艺术的关系，经常站在所谓"贫穷"立场上，把矛头对准"纯艺术""象牙之塔""学院派"，以便证明自己更能代表"广大人民群众"的利益。这种情景有点可怕，最终会削弱人类社会对于美的追求，把人们对于社会的不满最终转嫁到艺术和艺术家身上。"文革"时期，很多人就是受到这种思想逻辑的误导，把艺术家和作家押到审判台上的。

当然，不能说"越贫穷就越美"，也不能说越有钱、越富有，就越有艺术性。况且，我们现在确实面临物欲横流、吞没一切的精神危机。但是，我们要坚信人对于美的追求是没有止境的，而且社会越发展，人的物质生活越富裕，这种需要就会越迫切，越趋向更高的层次。所以，艺术使命不是关注物质，其价值也不是由财富来证明和决定的，它总是关注人性，关注人的精神。在漫长的历史发展中，富裕与否始终是一个相对的概念。早期的吟唱诗人，到处流浪，但是总得有一碗饭吃，关键是唱得好不好，能不能打动人心，在民间走动是这样，到宫廷表演也是如此。

厌恶物质，也许最后会厌恶艺术本身。托尔斯泰到了晚年就陷入了这种矛盾之中。作为一个道德理想主义者，他开始不能容忍自己比一般人奢华得多的物质生活，并且由此开始怀疑和否认自己的艺术创作。由此，他和中国的老子走到了一起，从19世纪的俄国回到了公元前200多年的中国，他写了《艺术论》，认为艺术创作与奢华生活一样虚伪、无聊和应该抛弃。没有人能够解除他内心的困扰与痛苦，最后这位伟大的作家就是在这种困扰与痛苦中死去的。当然，托尔斯泰至死都是一个伟大的艺术家，因为他始终忠实自己的内心，不是说一套（比如厌恶物质）做一套（处心积虑追求财富）；他否定的是外在的媚俗的艺术，始终坚持的是内心的艺术。而在中国，有太多的"为民请命"的作家批评家，但是最终获得荣华富贵、得官封爵的还是他们。

六、艺术观念与"心灵视野"

把自己对于美和艺术，首先是艺术作品的体验、感悟和理解，用话语、文字，甚至图解的方式表达出来，就是艺术研究和批评。而在这个过程中，艺术观念与心灵视野是相互联系的。艺术观念的重要性已经人人皆知了，但是心灵视野问题没有得到强调。所谓心灵视野，指的是一个人由其独特的胸怀、才华与知识储备所决定的综合艺术素养和能力，由此决定了他对于艺术与美认识、表达的深度与广度。一个人，如果仅仅把握了某种艺术观念，而没有一定相应的心灵视野作为基础和支撑，其观念就仅仅是观念而已，不可能转化为富有美学感染力与穿透力的研究与批评成果。

艺术和美具有永恒的魅力，并不局限于知识的限制，但是观念并非如此，一般来说，观念直接来自并依赖于某种知识系统而存在。这就必然与不同的生活环境和资源、与知识的流动与更新程度，产生密切的联系。就当今世界而言，东方国家往往存在观念的空洞化、教条化问题。比如在当年俄国，托尔斯泰就面临着信息闭塞、思想封闭等问题，他很难找到新的思想和知识资源，来解决自己心中的困惑。中国同样面临着这种问题。我们观念更新了，有了新口号、新概念、新目标，但是相应的知识水平和储备跟不上；用旧知识、旧基础来解释和运用新观念，自然会形成很多似是而非的结果。观念似乎还是那个观念，但是内涵发生了变化。中国现代文学发展也存在着这样的问题，第一代是专家学者，学贯中西的不少；第二代多是革命者，一般是大学生，或者大学教育也不完整，但是其中不少确实是天才；第三代是工农兵，基本上是自学起家，受到的教育谈不上完全；"文革"后的第四代好一点，但是远远达不到学贯中西的程度，学养与人格都不乐观。所以说，有人说延安时代的文学比不上"五四"时代，新时期也不会出大家，这并没有什么可争论的。这就是知识水平、基础和氛围造成的局限性，它们在一定程度上决定观念的"真"与"假"，决定一个时代文学艺术批评与创作的实绩。

还可以说得宽泛一些。现代中国文学受俄罗斯文学影响很深。"五四"新文学运动原本直接接受了西方文学的影响，但是后来逐渐选择了俄罗斯，走向了革命，最后形成了"一边倒"，西方文学乃至文化成了被拒绝和批判的对象。直到新时期，中国再次开放，才从苏联模式中走出来，开始学习和借鉴西方文化。这当然和地缘文化关系有关，但是从更深的层次来看，都离不开视野的局限。因为从世界范围来说，现代化过程从欧洲、俄罗斯、远东和中国，呈现一种阶梯性发展状态，其社会、文化和知识基础与结构都有不同差异，中国从西方转向俄罗斯，其实反映了中国大多数文人的一种心灵选择。

所以，不能迷信观念，要不断扩展艺术的心灵视野，其中包括其知识水平、思维结构和心灵意识。这三者决定了人的生命状态。尤其对于艺术研究和批评来说，心灵视野的广狭深浅，是和一个人的生命意识紧密相关的，表现为一个人的综合素质。所以，鲁迅很早就提出要"立人"，不能再像阿Q一样生存与感受，因为鲁迅受到新文化的影响，体验过不同的生存状态，所以对于生命有新的期待，不可能再容忍和接受人生的奴役状态。由此也可以说，要真正把握艺术和美，首先要从整体上提高自己的审美能力，用自己的心灵去感悟作品和作家，不能仅仅靠观念，靠新口号和新名词，醉心于对于艺术作品和现象命名——这是当代中国文艺研究和批评中最常见的。

（这是作者1998年3月26日给研究生上课时所讲，带有随意性，由刘金涛先生根据录音整理成文，发表时有所修订，并加了小标题。）

之五十二

文学课堂：关于作家的良知与人格

一、关于作家的良知与思想深度

读经典作品，能够使我们抓住时代的敏感脉搏，而这也是文学作品能够抓住人心的关键点。所以，郭沫若在《女神·序诗》中就唱道："女神哟！你去，去寻那与我的振动数相同的人；你去，去寻那与我的燃烧点相等的人。"因为这振动点、燃烧点，就是作品引起作者共鸣的地方。而昆德拉的作品之所以能够如此持久地引起中国读者的欢迎，也在于它在中国找到了共同的振动点和燃烧点。从具体语境来说，这就是知识分子的共同体验与感受。从世界范围内来说，东方国家的专制体制要比西方具有更悠久的传统，表现得更为普遍和严重。这也就使得这些国家近代以来知识以及知识分子的处境相对艰难一些。因为愚昧是专制的基础，知识的成长会瓦解和解除专制的思想基础。

从总体上说，昆德拉的作品揭示了知识分子在这种专制状态中的人生困境。知识分子拥有知识的眼光，却没有使用知识话语的权利，他们的精神处于不断被戕杀、围攻与监视之中，只能自我扭曲和自我虐待。这对于自我意识正在不断增强的中国读者来说，无疑有着相通的感受、体验和反省。通过阅读昆德拉，每个中国读者会扪心自问：我是谁？我从哪里来？

我将要到哪里去？

当然，昆德拉作品的意义，具有世界性。他面对的是具体的专制，揭示的却是心灵在物质、权力和意识形态网络中的异化过程。这种情景不仅发生在波兰，而且发生在所有现代国家。他的作品实际上戳穿了现代国家的神话，对于现存的整个世界的权力机制提出了质疑。通过阅读他的作品，人们能够意识到，即使在整个世界连成一片、各个国家互通有无的情况下，知识以及知识分子的状态也未必能够改善，个人的话语权也未必得到保障。比如官僚体制中的官官相护，国家之间经济的强强联合，都是在利益驱动下进行的。这将形成一个更加广阔的权力控制网络，独立的知识分子将无处可逃，也许在不久的将来，所有的政府都会不欢迎流亡者，因为它们不会因为接受、庇护和支持一个毫无力量的个体，去损害国家关系，牺牲更大的国家利益；即使流亡到了别国，也丝毫不能改变自己的处境，因为这里已经没有正义与道义，只有政治与经济的交易。就此来说，昆德拉独特的生活体验，确实比一般作家深刻，眼光也更加开阔。

所以，昆德拉作品的深度，不仅来自知识的力量，更来自良知。这就是昆德拉高于一般流亡作家的地方，他经历过磨难，但是他并不把这种个人磨难的结束，作为艺术探求的终点；而是继续探究其产生的根由，并把它扩大到整个人类的境遇之中。就此来说，个人处境的改善，物质生活的升级，并不能磨灭他的悲剧感和独立性，使他放弃自己的良知与判断。

由此，我们引申出一个问题，即作家境遇的改变对于其对于社会态度以及艺术追求的影响。中国有许多经受磨难的作家，他们也曾在创作和批评中表现一定的社会批判态度和对于人性的洞察力。但是，这种批判往往十分有限度，并且往往随着自身处境的改变而改变。一旦自己处境改变了，得到了好处或优厚待遇，那么对于社会的批判也成了"过去时"，一切悲剧都发生在过去（因为发生在自己身上），而现在和将来似乎已经是"黄金时代"（因为自己处境已经得到改善），很少出现能够穿越时代且具有一定历史意味的文学作品，因为他们对于人性悲剧的批判与探求，实际上随着他们境遇的改变已经终止了；这种终止不仅是一种时间的终止（其前与其后是两个时代），而且是一种精神上的终止，他们关心的命运不再是整个世界和人类的命运，而是个人的机遇和得失。由此，即便从正面来说，他们的作品也带一定的"时尚"性，引起轰动只是因为当时时代的风潮所致，由于兴奋，大家纷纷谴责"旧社会"，欢迎新社会。

我并不是说作家应该永远和社会对立，我想说的是，一个作家对于人性悲剧与社会黑暗的认识，绝不能停留在个人遭遇的时间范围内，更不能以个人得失成败为标准。一个人的人生沉浮，甚至一代人的沉浮人生，都是有特殊历史机缘的，它当然能够在一定程度上反映历史的进退，但是，并不能一下子就改写历史，改变社会的整体结构与面貌。比如，监狱的进进出出，并不等于冤狱不再存在。你能够出来当然是拨乱，但是刚刚进去那个人（顶替你？）未必不是另一轮悲剧。作为一个作家来说，应该有更深远的历史眼光，把自己社会批判延伸下去，深入下去，从历史的线索中洞察现实的悲剧，在个人悲剧体验中找寻拯救整个社会的力量。否则，历史的变幻，翻手为雨，覆手为云，很容易断送一些天才的艺术生命，磨难可能摧毁一些人，平反和重用又会磨灭一些人，能够穿越地狱与天堂的真正的艺术家寥寥可数。

二、关于独立人格：肉身与灵魂

在讨论到当代中国文学创作缺乏深度的时候，很多人会涉及作家人格的独立性问题，并且能够列举出大量的事例，包括一些五四时期涌现出来的作家，他们曾经极力张扬过个性和个人主义，后来发生了转变，成了主流意识形态的支持者，他们的创作实绩前后也发生了巨大的变化。前期是辉煌的，后期却多是应景之作，实在令文学家不敢恭维。

但是，是否有理由以今天的姿态来声讨这些作家了呢？我想未必。因为转变不仅有物质和现实基础，而且有文化基础、思想基础。中国原本就缺乏个性主义与个人主义传统，文人都期望得到主流社会的认同，并把自己汇入正统体制之中，建功立业，终成正果。所以，即使"五四"时期，新文学作家的创作多半来自社会责任感和历史感，是为了再造社会和社稷；只是处于那样一个生不逢时的腐败时代，赤胆忠心非但得不到赏识，反而遭到不断打压和迫害，"公车上书""七君子"的命运就是明证。中国是连君主立宪都搞不成，才走向共和的；而共和之路又无自由而言，这才兴起了革命。至于当时作家多接受了西方思想之影响，也应该具体分析。就大多数作家来说，这也是"借力打力"，借助西方思想来抵抗和批判中国封建专制与礼教伦理观念。所以，他们的思想是矛盾的，内心是痛苦的，在精神上有失落感。因为西方的这些思想毕竟不是从他们内心、从中国文化土壤中长出来的，他们在理智上接受它们，但是在情感上还是有距离的。

这就决定了他们最终还是要回到自己的"家"——终得正果，只有像鲁迅那样少数桀骜不驯的作家，最终会选择"过客"的追求。但是，这又是一条多么艰难与绝望的路啊！谁愿意忍受那一生的艰辛、贫穷和潦倒呢？这一点，鲁迅在小说《孤独者》中写得非常清楚。人的一生是短暂的，它有极限，谁都想在现实中得到回报，除非他是圣徒，或者像圣徒那样活着，没有人生欲望，不食人间烟火。难道我们能够如此来要求和指望当代中国作家吗？况且还有很多难以想象和言传的现实社会的因素和原因，是无法让他们继续坚持自己人格独立的。

也许这就是沉重的肉身。中国原本就是一个"食色"民族，再高的信仰最终还是要落实到生活上来，落到实际和实践上来。所以，从文化和意识形态方面来说，这造就了一种追求功利性与实用性、崇拜物质性的倾向，形成了媚俗的基础。这是中国走向现代化的内在驱动力，但是在精神文化领域造成了种种缺失和悲剧。这是不是迈向现代化过程中国家必然要付出的代价呢，这个问题我还没有考虑清楚。但是，作家独立人格的丧失，是当代中国活生生的现实。如今它已经变成了一种体制和机制，渗透到了作家学者的日常生活之中。例如在教育上的重理轻文，在学术研究中的急功近利，在文学创作中的紧跟形势，在文学批评中的轰动效应等。

　　这就存在着一个人格独立的现实基础问题。因为独立需要空间，人格的实现也需要条件。如果独立人格失去了依托，甚至失去了基本的生存条件，就谈不上实现自己。况且中国文化的传统就是"官学合一"，长期以来，文学创作的社会需要与个人功名紧密相连，犹如"读书做官"一样名正言顺。这一方面，为社会与意识形态的同一与稳定起到了天时地利人和的作用，另一方面瓦解和淡化了人们的心灵追求和精神价值。

　　就中国文人来说，独立的人格意识，产生于现实处境穷困潦倒之时，因此不得不另谋个人存在空间。也就是说，不是文人不遵守社会需要的法则，反抗传统价值观，而是首先社会辜负和抛弃了他们，使他们不能不另寻他途。鲁迅小说中的孔乙己就是最好的例子，他的身世与遭遇向一代人敲响了警钟，宣告了传统文人道路的虚幻与终结。孔乙己一生按照封建科举的社会要求苦苦追求，但是腐朽的社会不能最终给予他最基本的人格尊重。这不能不使他的后人，包括鲁迅，重新选择自己的人生道路。鲁迅后来写下了"荷戟独彷徨"的诗句，因为失去了传统，失去了社会群体的支撑，所以只能出来和别人单打独斗。

三、文人的生存危机

　　于是，出现了文人的生存危机问题。可以说，所谓当代文人独立人格的丧失与缺失，归根到底，都涉及文人的生存状态。假如我们把独立人格认定为一种正面的品质，认定为一种对人性的肯定和完善，那么，就没有理由相信作家会自愿放弃它。实际上，对于很多当代中国作家来说，放弃独立人格，即使能够在物质上、身份上获得一定的回报，也是一个痛苦的过程，要经历一系列的考验与打击。

　　这也是我们珍惜作家人格独立的理由之一。尽管我们可以举出很多例子，说明坚守独立人格在中国的艰难；但是，我们同样可以用很多事实来说明，一个作家如果失去了独立人格，并不一定就真的活得好，活得轻松，活得有意义。相反，永远悔恨的心境、无法排解的内心痛苦，以及永远的遗憾，将是书写在生前死后永远的悲剧。

如果我们不用一种怜悯的态度来谈论这种悲剧，那么我们一定要找到为作家灵魂开脱的现实理由。

在《现代汉语词典》（商务印书馆，1979 年）中，对于"人格"条目的解释有三种，依次是：（1）人的性格、气质、能力等特征的总和；（2）个人的道德品质；（3）人的能作为权利、义务的主体的资格。但是，如果考察一下中国当代批评状况就会发现，人们往往把人格归结为一种道德品质，甚至是一种高尚的道德品质，而往往忽视了其作为"主体的资格"的意义和内涵，所以，调子似乎很高，但是实际上没有现实存在的根底与基础。因为"主体的资格"首先是一种存在状态。如果作家连主体地位都谈不上，不能把握自己基本的生活状态，就不可能获得做一个独立的人的资格，也就谈不上道德品质的高低。而在一段时间内，作家的生存和生活基本被政府、组织、机关所掌控，不能不依赖供给状态，又怎么谈得上独立人格和精神呢？所以，依赖权力或权势获得高位的作家，也未必是幸福的，其中一些人，是由于他们先前取得的成就，在社会上的影响力等因素，被权力者视为某种资源或可利用的；另一部分，则由于他们正在以此谋求较好的社会地位。第一部分人，为了谋求某种舒适的生活，不仅为自己，更是为家人为后代，也得放弃自己的独立人格。

这是一个等级社会的必然状态。因为在这种等级序列中，权力永远是首位，而支撑权力的是军队、警察、经济、社会，文学艺术属于最低层；所谓最低层，就是最没有独立地位的，没有力量和权力讨价还价，不能自己养活自己的。所以，有人把知识分子比喻为毛，"皮之不存，毛将焉附"。说"文人无行"，说"戏子无德"，原本都是因为其社会经济地位所致。除非作家能够从权力机制与控制中解脱出来，成为社会自由人，能够自己养活自己；否则，独立人格和自由思想只是空谈。

四、自我认定与社会认同之间的悲喜剧

谈到人格的独立，常常会使当代文艺理论与批评遭遇尴尬，似乎这已经成为中国文学一时无法解开的死结。其实，这是作家在现代社会生活中遭遇的普遍问题。比如昆德拉与鲁迅，他们活在不同国家、不同历史时期，但是都要面对着社会对于作家人格的考验，他们的作品从不同方面揭示了人格丧失或放弃的悲剧。因为人格，尽管有其社会性，但是最终是属于个人的，坚持与放弃，最终是一种内在的心理行为。换句话说，一个人的轻与重，尽管有社会认定的标准，但是最终不是由社会判定的，而是来自一种自我认定：尽管这可能出现堂·吉诃德或"超人"式疯子，但是谁也无法完全否定这种认定。

这就出现了自我认定与社会认同之间的矛盾。如果两者一致，那当然就是平衡；但是如果社会根本不认同你的自我认定，那么会出现倾斜。鲁迅和昆德拉都在与这种倾斜作战，而且永远无法获得那种心理上的平衡。比如《独孤者》中魏连殳就是如此。当社会不认同他、并压迫他时，穷困潦倒，他无法承受；但是当他趋同于社会，社会认同他时，飞黄腾达，他更感到痛苦。昆德拉同样如此。他笔下的每一个人物，都在和社会作战，也在和自己作战。比如，"笑忘"，就是阿Q心理的某种同构，企图用主观努力把悲剧转化为一种喜剧。我们几乎都生活在这种喜剧与悲剧的交织之中，都在力所能及的范围内把人性的悲剧转化为喜剧。昆德拉无非更明确地告诉我们，我们最终都是悲剧，而我们最终能够做到的无非是如何把它演绎成一种喜剧，一种笑声。

但是，如果再深入探讨呢？假如你演绎成功了，原本以为自己已经战胜了社会，但是你突然会发现，你的成功恰巧又是你的丧失，无论你的"笑忘"还是你的逃亡，都是社会的胜利，作家的自我认定最终无法超越社会认同的帷幕。当然，对于中国读者来说，昆德拉的作品会给予一种新

的启示，这就是用一种新的角度来思考知识与权力。在一个知识就是力量、就是权力的社会里，对于知识的信念成为一个决定因素。权力的力量、范围和效用，实际上是由人们的思维状态决定的，人在多大程度上迷信它、依赖它、信奉它，它就有多大的力量，就能在多大程度上控制人。知识也同样如此。如此如果成为惯性，就会成为作家内在的精神禁锢。

（这是作者 1998 年 6 月 4 日给研究生上课时所讲，带有随意性，由刘金涛先生根据录音整理成文，有所增补与修订，并加了小标题。）

之五十三

文学课堂：文学艺术的"自由心"

一、"开光"：佛心与文心

艺术需要自由，那么研究艺术要有自由心。自由心不同于小聪明，不同于心机，因为真正的艺术家往往不是"痴"就是"死心眼"。到高校来读研究生，当然要拿学位，要结识一些学界中人，但是最终是要找到自己的心智与艺术相通的路径。佛教中讲究"开光"，一般是活佛或高僧才能给别人开光，形式很简单，其实就是摸一摸你的头；但是意义不简单，这是要打开你的佛性，拨开尘世积淀在你心灵上的灰尘泥垢，使你的心灵能够与真谛沟通。有的人一辈子念佛，还是进不了佛的世界，因为心灵还没有打开。搞学术，尤其是研究文学艺术，也是一样。求师、读书、切磋，当然要在知识、方法、思路等方面有所收获，但是，最重要、最根本的，就是要开启自己心中的诗心、文心和自由真诚之心。

诗心、文心，原本人人都有；因为它们来自人们的内心深处，来自人们对于自由和真诚的深刻渴望，是人的本心和本意。但是，由于各种原因，它们被遮盖了，遮蔽了，甚至有时觉得它们与生活与现实相背，距离遥远，不能自觉，而学习的最根本也是首要目的，就是重新敞开心灵，自己能够发现它们，使不自觉成为自觉，甚至成为某种理性意识，通过某种理论表现出来。所以说，好的文艺理论与批评，就是一种诗心、文心与自由之心的发现。

所以，学问不能仅仅注重表面，只注重一些知识、理论、方法的学习，而要注重内心修炼，在心灵上开启一个窗口。再好的方法都会过时，再多的知识都不够用，况且它们还会成为心灵上的障碍或局限——但是，一颗赤子之心，一种能够感受艺术之美的心灵状态，是最难得的，一辈子受用的。我想，一个好老师，无非也就是能够起到这样的作用：在学生心灵上开一个天窗，使其能够对于艺术、诗意、文学之心、真诚之心有向往，有共鸣，能够对话，并把它们灌注到自己的文章之中。这就是我们所说的灵气或者灵性，我们很难给它们下定义，但是文章中有没有或者有多少，人们是可以感觉到的。

这也就是艺术的特殊性。艺术需要灵性，它发自内心，讲究真诚真性情，所以并不是所有人都适合搞艺术研究的。有的人就是无法感受艺术与美，不是人不聪明，而是缺乏那种真诚自由的心态，心灵没有真正敞开，很可能被很多世俗观念、功名之心、思想教条蒙住了，他们可能成为好的辅导员、律师和法官，但是不能成为好的文艺理论家和批评家。他们的努力甚至会伤害艺术。知识不足，可以学习；方法陈旧，可以换方法，换思路；但是没有诗心和文心，或者自己有了，却不好好保护它，珍惜它，就很难在艺术研究上有所成就。这是难以补救的缺失。我为什么要说自己要爱护自己的诗心和文心呢？因为世俗社会经常会诱惑我们，蒙蔽我们的心智。当我们接受一次诱惑，放弃一次心灵的真诚，就等于多一次心灵的堵塞，次数多了，心灵自然就会被遮蔽，谈不上灵性也谈不上灵气了。这一点似乎和佛性也是相通的。所以，做学问，尤其是研究文学艺术，需要超脱一点，目的是修炼和保护心的状态，能够真正感受和领悟艺术之美。

二、创造力与自由之心

讲到诗心、文心，我们总是强调一种自由之心。因为艺术是一种创造性的心智活动，所以它需要自由；没有自由，就没有艺术。当然，好的艺术理论和批评也有这样的特点：它们总是能够给人以启发，为人们提供和开拓更广阔的空间和更自由的想象；而绝不是为人们提供某种定律，限制人们，一定要人们去遵守的。

那么，对艺术创作来说，自由到底是一种尺度还是一种品质，或者是一种空间概念呢？也就是说，我们应该从什么角度入手去了解自由之心呢？我想，它首先是艺术家或批评家的一种人格和心态。因为粗看起来，自由，尤其是心灵自由，是一个虚幻概念，无法给予它一个确定的说明或者明确的衡定。但是，当我们把它落实到具体的作家或作品身上，就会承认它不是虚幻的，而是一种具体状态。比如，不同的人由于不同生存和教育状态，在思维和想象能力和范围方面就有很大区别，确实有一个敢想不敢想、想到想不到的问题，有人就是走不出某个思维的圈子，转来转去，还是绕不出来。除了学识、见识之外，这里就有一个自由心的问题。其实，所谓思想的创新，心理的解脱感、解放感，都是人的自由心的一种表现或实现，没有自由，就谈不上创作；心灵的自由程度，就是一个人甚至一个时代创造性的阈限。这也许是一个无限的过程，人类不断向更大、更高、更深的范围扩展。自以为是，作茧自缚，就不可能走出怪圈，进入自由之境。

怪圈都是自己给自己设定的。这里涉及一个身心结构问题。身心结构是文化的产物，不同文化会产生不同的身心结构，但是人之本真、激情、新的遭遇或新的知识，都会帮助人们不断突破这个结构。所以，对每个人来说，不断打破原来的身心结构，不断从旧我中突破出来，是非常重要，也是非常难的。比如，过去作家身心受到奴役，习惯言不由衷，用假嗓子来说话或唱歌，在创作上不由自主地成为某种传声筒或留声机。时间久了，也就会假久成真，自以为自己当时很真诚，确实就是如此想的。其实，一个人从来没有真诚过，又如何知道自己是否真诚呢？当一个人自己无法真正拥有自己身心之时，如何能够真正体验到自由的真谛呢？反过来，我们应该检讨人类文化可能产生的恶作剧，它们会把一种固定的思想模式，用某种外在的强力，压入人的身心结构之中，首先是文化心理之中，压得天衣无缝，使人不知道自己，甚至忘记、忽略生命本能，自己控制、压抑自己的身心，直至把自己的生命送上死路。这样说来，自由不是一种说教，而是一种生命状态，一个人首先意识到自己的生命存在，才能意识到自由的意味和意义。假如他还没有真正意识到自我，还没有把自我掌握在自己手里，自己有独立性和主控权，那么就谈不到自由心以及自由创造了。因此，我在这里强调自由心，首先就是强调不断检讨文化和意识形态，防止某种文化和意识形态用某种方式，把一个不是你的你强加于你。

三、说出你的"与众不同"

文学艺术之所以比其他学科更强调自由，因为它崇尚与众不同。不论是一个作家或是批评家，其价值就在于能够感受到一些属于他自己的一些特别东西，发现别人难以发现的人生、人性的一些奥秘和曲折，能够唤起人们对于自我、社会常规的怀疑，促使人们去用新的感触和思路去反省社会与人生，检讨文化和更新自我。也就是说，文艺提供给社会的人生或人性版本，应该是独特的，不是一般人经常看到的，总有一点什么不一样，可能令你不舒服，也可能令你惊叹。

这就是与众不同。但是，对于大多数读者或观众来说，这只是一种感觉，未必能够清晰地表达出来，并说出来为什么。说出来的就是批评家；而能够再加以概括、升华和凝练，并提出某种观点和观念的，就是理论家了。这就是文学硕士或博士努力的方向。不过，20 世纪以来，文艺批评与理论都面临着新的挑战。在这以前，文艺理论与批评受到哲学思想的支配与影响，在形态上尤其注重发现共同的东西，千方百计从个别事物和现象中抽出一般的、普遍性的规律与理念，并加以演绎与总结，以期用来指导文艺创作和批评活动。这条思路现在已经走到尽头了。如今，人们对于所谓普遍的理论已经感到厌烦，期待文艺理论批评能够提供更独特、更具有个性化的成果。因此，发现差异和不同，哪怕是微小的差异和不同，并生发它们，扩大它们，成为现代文艺理论批评的热点和焦点。越是被认为是没有普遍性的东西，意义就越大，对人们产生吸引力就越强烈。因为差异意味着某种与众不同，意味着为世界增添了一点新东西。而如果某种理论、理念、感觉，已经普泛化了，人们都认同了，已经成为日常生活的一部分（这实际上就是所谓"一般""共同"意义的实现），那也就意味着其生命历程将要结束了。

这是因为如今世界变化更快了，需要人们不断发现差异，不断满足人们对于丰富性、多样性的需求。这也在一定程度上改变了我们文艺理论批评的价值观与出发点。过去，我们满足于接受某种新理论，提出某种新口号，并把它们灌输到社会上去，民众中去，但是现在已经不再那么受欢迎了。发现差异，就是注重个别，理解少数，发扬个性，去发现过去未被重视，甚至忽视的人与事，尊重他们，研究他们，把他们的意义挖掘和倡扬出来。比如，20 世纪获得诺贝尔奖的作家，几乎都基于他们创作的独特性。例如福克纳，他写的是美国南方社会生活，而且在感觉和细节描写上特别与众不同。美国南方特殊的生活气氛、情愫，就活在他的感觉之中，他用非常感性的方式写作，有时候就像一个长不大的孩子，需要保护，需要理解。否则，他写不出那样具有个性魅力的形象。

（这是作者 1998 年 5 月 28 日给研究生上课时所讲，带有随意性，由刘金涛先生根据录音整理成文，有所修订，并加了小标题。）

之五十四

文学课堂：读书·溯源·传承·创新

一、研究性读书，首先要追根溯源

研究性读书与一般读书有所不同，其中一点就是溯源。因为任何一种学说、理论和观点，都有它的来龙去脉。一般人听听就是了，但是如果你要进入研究，要有所传承，要进一步发扬光大，就得更深刻地理解它，知道它的根底与来源。过去提倡"批判地继承"，我同意；但是我不赞成先批判，一开始就批判；相反，我赞成把批判放在最后，先继承，然后追根溯源，把它弄个透心亮，然后再去批判或批评，提出自己的观点。实际上，一些经典的东西，有境界的东西，并不是人人都可以随便批评或批判的，你首先得能够把握它们，达到同样的境界。这就很难了。比如，我给你们讲的一些东西，都是来自钱谷融先生的；有些文章我已经读过多遍，主要观点也非常熟悉了，但是还是未必能真正讲到点子上，更谈不上有所发挥和创新了。为什么呢？因为一些字面上的东西容易掌握，无非就是那么几条，但是是否真正了解和把握了其历史内涵，并且在实践中有切身体验，则是另一件事了。而一个人真正有学问，并且能够把书本上的学问变成活学问，就非得贯通历史，知道事情的前因后果不可。

因此，读书首先要溯源。从字面追下去，到历史中去寻找答案。你会发现，越是高深的学问，精辟的观点，经典的论说，历史就越深厚，线索就愈复杂，答案就愈多样化。这就是学问，就是研究的开始。实际上，一些大学问，说到底，焦点就集中在一些基本问题上，甚至是一些常识，但是后来形成了各家不同的流派，一般人注意或接受的是结果，但是做学问就要知道源流。万万不可一开始就批判，就否定，就提出自己的见解；因为那是靠不住的，而且往往会妨碍你真正了解、理解和学习对方。所以，读书第一要虚怀若谷，老老实实、真心实意去学习别人，了解别人，把别人的东西学到手，然后再看自己有没有资格和能力去批判。

比如，我们讲"真诚"，似乎是一个很简单的观念，但是如果你没有深究，就等于什么都没学，什么就得不到。因为"真诚"有多种来源，也就有多种含义和意味，有历史的也有现实的。钱谷融在文学创作与批评中强调"真诚"，就与海德格尔有所不同。为了弄清楚这一点，我们就得去读王国维、庄子、《世说新语》，而海德格尔可能就没有接触过这些东西。不同的思想资源和来源，自然会有不同历史渊源与现实意味，会形成不同的理论个性。比如，钱谷融先生的理论文章就不像一些西方理论家那样注重名词术语，显示哲学功底。因为钱谷融先生受魏晋文学影响大，喜欢《世说新语》，向往诸如嵇康、阮籍等人的风骨性情。《世说新语》就是一本记述加言论的小品集，表达了作者的审美情致，其中有性情，有格调，有风骨，有境界，有智慧，钱谷融先生就喜欢这些，所以他不赞成，其实是不愿意把文学理论或批评写得很哲学，很难懂，他甚至不赞成过分强调文学的思想性，他不但强调文学创作应该能够给人以愉悦、快乐，而且希望文艺理论与批评能够写得美一些、生动一些，至少读起来不那么费劲，让人读不懂。就这一点，钱谷融先生过去就批评过我，因为初写文章，喜欢搬一些西方理论名词。在那个时代，也是一种风气。

所以，钱谷融先生所讲"真诚"，有自己特殊的心得与追求；我们求学，首先就得有传承；而且不是一般地传承一些观念，应该从学术渊源和体系上加以探讨。这就是把一般观点转化为学说的过程。在读书中，有人，特别是急功近利、为"用"而学者，往往仅仅注重于观念、观点甚至名词术语，但是并没有懂得和把握其学说，更没有把它们变成自己的学说。这就是研究性读书与一般性读书的区别。其实，能够建立学说的大家，都不会忽略历史资源的支撑，都会在研究中建立自己的历史渊源，或者叫谱系关系。比如周作人写《中国新文学的源流》，就是在中国历史中寻找自己新文学观念的根底的，他找到了"性灵派"，心有灵犀，在传统与现代之间确定了自己的位置。胡适又何尝不是如此。为了求证自己白话文主张的合法性，他不仅借助了西方进化论的观点，而且在中国古代文学史中追根寻源，从古诗源、白话小说一路追下来，终于为白话文在历史上立足讨了一个说法。

二、读书贵在读人，读生命

讲到这里，我还是要强调读书不能首先用"批判"的眼光与心态。因为这已经是我们社会的一种"时代病"，直接影响甚至断送了中国学术的传承。一个明显的事实是，现在导师难得找到诚心求学问的学生。过去不说了。一些学生政治上进步了，就以为自己的思想比老师先进、正确，到老师门下就好像到了"阶级斗争"第一线，读书听课都用一种怀疑、批判、消毒的心态。由此中国一代大师、名家在学术上失去了传承，学问上几乎后继无人。他们实际上没有真正意义上的学生。当然，现在情况已经大为改观。但是，在意识形态、在思想方式，尤其在人们（包括学生）心理意识中，要彻底改变这种情景恐怕还得很长时间。对此，我并不以为学术面临的最大挑战是商业化、市场化，我甚至对于一些学术研究中的功利化、世俗化倾向也抱理解态度；关键还是对学术的诚心问题。这里有一个预设的心理定位问题。什么叫"批判"的眼光与心态呢？就是你首先以为自己有一套理论、思想或观念模式，可以去裁定别人（老师），甚至在还没有把握别人（老师）的学问内涵之前，就可以说"不"。如果再加上社会上其他一些因素的影响，这怎么能够传承学问呢？学术研究，当然要创新，不能一味模仿；但是，你如果把创新看得太简单了，把创新简单理解为批判和"唱反调"，并且以批判为前提，就误入歧途了。世界上能人无数，加上几千年的文化积淀，创新谈何容易！而且创新的前提与基础就是历史，就是前人的成果，而绝对不是大批判开路。在这方面，徐中玉先生写过很好的文章，总结了几十年中国学术研究的经验教训，非常值得吸取。

诗心、文心、学术之心，都是一种真诚之心。这就是钱谷融先生所强调的。而对于钱谷融先生来说，真诚不仅仅是一种理论观念或尺度，也不仅仅来源于某一种理论；而主要来源于自己对于作品的阅读和体验，来源于自己生命与文学作品的交接。所以，钱谷融先生的学问有一个特色，就是注重艺术感受和生命体验，不是从理论到理论。从理论到理论没什么不好，但是在中国容易空洞化，缺乏生命感。所以借鉴理论，得有一个消化和理解过程；这种消化与理解最深刻的表现，就是与自己的生命意识融为一体，吸收到自己的生命之中，成为自己生命的一部分。比如，王国维的《人间词话》，确实吸收了西方的一些文学理论，但是其中有他对于文学的切身体验，有血有肉。我们不仅能读到理论、审美感受、心灵波动，甚至能感受到他的身影与躯体，"独上高楼""衣带渐宽""为伊消得人憔悴"，难道不是吗？

所以，读书贵在读人，读生命。如果我们读一个大师，能够加深对于人的理解，能够对一个独特的生命有所感悟，那么就必定有所收获，也必定能够冲破一些观念的束缚，包括来自作者作品本身的一些局限，感受比一般理论更深层的艺术本原的东西。也就是活水，生命之水，艺术之源。而在生命深处，你就会感到人是相通的，艺术大师与我们是相通的，所有的知识和理论是相通的。

如今文化开放，学习和借鉴西方理论有了更好的条件，但是也存在一些问题，就是从理论到理论，缺乏文学感受，缺乏审美体验，缺乏生命意识，没有活生生的艺术力量。这是由于人们对理论过分迷信造成的。由于我们在现代化进程中处于后起地位，很多理论思想都是从西方引进的，所以就形成了一种理论先行、观念先行的文化态势，什么变革、改革，都是从"先进思想"开始，实际上就是从引进思想、转变观念开始。这就形成了一种定势，理论观念成了敏感问题。这在文艺理论和批评方面造成了某种负面影响。过分迷信理论观念，就是其中最显著的。

但是，我们应该看到，文学艺术不能光靠理论观念，好的作品更不能是理论观念的传声筒和复印机。这种错误一个世纪以来已经犯了许多次了，文坛也已经批判了好多次了，但是还是屡批屡犯，持续到现在。为什么呢？一是国门大开，新理论新观念层出不穷，花样更多了，文艺趋新也永无止境；加上人们趋新的心态，文化市场总是有需求的。第二则是理论家批评家的推波助澜，他们趋"新"，也不断吹捧"新"，找些标本来证明自己，这就形成了创作界与批评界互相借重的情况，那些不"新"的作家作品自然非常寂寞，无人问津。这就更加鼓励了一些作家的"创新"欲望。

三、创新来自生命本身

文艺的生命在于创新，其之所以比其他学科更强调创新，在于它更注重人的生命体验，更不受既定的理论观念的束缚和限定。这种创新，是对于生命本身的肯定，表达了人类永恒的向往和追求，是没有时空限制的。所以，艺术创新不是从理论到理论，尤其是在某种先进理论思想指导下就能实现的。正是从这个角度来说，一个艺术家对于生命本身的体验、感悟与认识，比什么都重要，比如曹雪芹，他可能不懂得什么高深的理论，但是他对于生命的理解要比一般人深刻广阔得多，所以他写出了《红楼梦》。如果用那些新理论、新观念来评价曹雪芹，必然会不得要领，甚至会贬低他、批判他，实际上他已经遭受过批判了。

所以我提倡有生命感的文学理论与批评。我喜欢卢梭、尼采、王国维、郁达夫、鲁迅等人。他们文字中有生命活力，体现了他们作为一个活生生的、有血有肉的生命个体的存在，你可以用完美的人格理论批评他们的心理缺陷，用先进的理念找出他们文章的毛病，但是他们的艺术生命永存。这很难否认。相反，那么多高尚的道德家，"先进"的理论家，崇高得不得了，结果不是暴露自己的虚伪，就是落入政治或意识形态教条的陷阱之中，自己也不能自拔。

为什么要特别注意理论的陷阱、特别强调生命感受呢？这要从很多方面来理解。首先，生命不同于理论观念。思想、理论、观念，后者当然是重要的，是重要的生命表现和形式，但是它们不能代表生命，而且经常是浮在生命意识表层；因为它们善变，会随着时代、环境等各种因素而变，就像时装一样。一个人也可以根据时代、环境等需要来选择思想、理论和观念，在很短时间内决定自己赞成哪一种。换句话说，它们是可以由人主观选择决定的。但是生命不同。它是一个整体，有自觉的部分，例如思想、理论等，还有不自觉的部分，也就是混沌的、自然的、本能的部分，例如情感，就很难用思想、概念来决定，你爱上谁讨厌谁，往往是说不清的，甚至常常与你的思想、理论、观念相矛盾，相冲突，因为思想、理论和观念往往是人为的、人造的、主观的，但是生命却是自在的，有许多不自知的东西。生命是不能用思想来穷尽的，所以思想有不断发展、变化和创新的可能和余地，而艺术创作拥有超越思想、理论和观念的魅力。艺术感染力的无穷，经典作品的永远，都在于它们不是用概念包装，也不能用理论穷尽的；它们体现为一种生命形态，拥有无限可能性，包藏着生命本身的秘密。比如说，鲁迅的《狂人日记》，过去人们从中读出了反封建的意味；而现在人们重读，又发现了其中人性被异化的内容，读出了文化的困境与灾难。这是后现代主义理论提出的命题，而鲁迅当时还不知道后现代为何物。当然，我们不能由此得出结论，《狂人日记》就是后现代主义的作品，但是这明显地提醒我们，理论、思想和观念不能代替艺术生命，不能以此来判定艺术创作的艺术价值。艺术创新首先来自生命体验和感受，艺术家与批评家都不能过于迷信思想和理论，从观念到观念。

谈到后现代主义，我们不能不谈到文化。因为文化现在是一个全球性的话题，而且与人的生命状态密切相关。正因为如此，我们不能不去重视它，研究它。后现代主义实际上就是从人的存在意识中引申出来的，海德格尔、萨特等都很重视人的生存状态，并且揭示了在现代社会中人的存在的悲剧现实。但是，是什么最终导致了人的悲剧状态和现实呢？是什么把人变成了"非人"呢？当然不是自然，也不是外星人，而是人本身，确切地说，就是人创造的文化。现代人所面临的是文化悲剧，从鲁迅笔下的"仁义道德"，到海勒笔下的"第二十二条军规"，都是人自己创造和制定的，它们最终成了限定人、束缚人和戕害人的囚牢——文化的囚牢。人类在自己历史长河中，创造、制定了多少理念、礼仪、规则和纪律啊！过去，人们总是把这些称为文明，称为比动物更高级的象征与证据，谁怀疑和反对它们就大逆不道，从来没有意识到它们会成为人本身悲剧的根源，人的存在可能与自己创造的文本之间、话语之间、传统之间和文化之间产生矛盾和冲突，生命的痛苦和悲剧就在于它要背负这些文化和传统的重负，在生出来之前就布置好的文化圈套中辗转反侧。

不对啊，生命不是自由的吗？萨特不是说"存在就是选择""选择先于存在"吗？这里哪里有人选择的余地呢？文化早就渗透到孕育人的子宫中去了，父母在你还没有生产之前，就想让你当音乐家，就已经布下了文化模式的天罗地网，怎么可能有人的自然发展，有自由选择的权利呢？

这确实太令人震撼了，简直有点要和人类文明算总账的味道。但是，如果我们仔细倾听一下，真正走访一下人们目前所面对的高度体制化、规范化、条理化甚至数字化的社会生活，难道听不到其中透露出的来自生命本能的呼救声吗？如果社会真的成为一种文化牢笼，人的一切都处于规范之中、监视之中、交易之中，就像昆德拉所揭示的，那么人间如何能够再有森林，再有人们海阔天空的人生呢？这时候，自然与自由就会逐渐自动退出人类的生命，退出人类社会，退出我们的字典。

这就是我们面临的新的生存危机，新的生命悲剧。非自然化，非自由化，非生命化——非人性化。这是现代社会人类精神困惑的根源，也是我们强调文艺创作与批评关注生命本身的原因。有生命感和生命力的作品，能够使人们不断从中感受到新东西，尤其是生命中缺失的东西，并且成为新的思想、理论和观念的生命来源。其实，正如我们在读书中感受到的，真正的有价值的思想、理论和观念，都不是从现成的概念中来的，它们同样离不开生命，而且大多是理论家生命体验的表达和象征，它们的根扎在生命之中。

四、找到自我的生命感

所以，读书的收获，取决于我们自己的生命的成长。也就是说，读书也是一种自我生命的挖掘和领悟，你在领会和理解作家作品的时候，也是用自己的生命去沟通，去融合，去共鸣，是一种双向的交流活动，无论是追根溯源也好，阐述评价也好，都得用自己的生命感去抵押，去投入；假如你的生命还处于某种遮蔽状态，蒙昧状态，还没有被照亮，被打开，那么，就谈不上去发现对象中的真谛，理解生命中的奥秘。什么是启蒙？什么是教育的最根本目的呢？就是解蔽，就是打开人的心智，敞开人的心灵，让他的生命能够接受、感悟和理解外面东西，并且把自己内在的能力、能量发出来，回馈宇宙与社会。

这就是真诚的底线，其实就是自我的生命感，取决于自己反省、感觉、认知、理解、表达自己生命的状态程度。钱谷融先生有一本自选集，题为《艺术·人·真诚》，据我所知，这个书名是经过一番斟酌的。因为钱谷融先生一直坚持讲"为艺术而艺术"的，但是这个"艺术"到底意味着什么，是各人有个人体验和理解的。钱谷融先生讲的"艺术"，是以"人"为本的，"文学是人学"；而这个"人"又是以"真诚"为本的。真诚是最基本的，没有真诚就什么都谈不到了。所以，无论对于文艺创作和批评来说，钱谷融先生都一直特别强调真诚二字，强调主体的价值，他在20世纪60年代就写了一篇短文，曰《不可无我》，强调文艺的自我意识和主体意识。反过来说，正是有了这个"我"，并且坚持对于人生和艺术的真诚态度，钱谷融先生的文章才拥有了生命力。好的学问家都是如此，都把自己的生命投入了研究之中，对象之中，并且感受了自己的生命，甚至重新发现了自己的生命，才使自己的研究或成果拥有影响人、感动人的力量的。这就是我们常说的"以心比心""以心换心"，还有"扪心自问""精诚动人"等。比如王国维做学问就是如此。他是用自己的心血和生命做学问的。这就是名师风范。我们说，求学要投名师，因为名师的起点高，眼界宽；其实最根本的还是一种精神境界，一种属于自我的独特的生命感。

这就是说，读书、做学问，都要"用心"，但是这"心"不是人人相同的。雨果说，世界上广阔的是天空，而比天空更广阔的是人的心灵。这话并不是说人人的心都比天空、海洋更广阔，而是说人心是可以无限伸展的、扩大的，并不是一定，也不是必然。实际上，人心可能十分狭小，像针尖那么大，小得不得了。人们常说"顶真"，就是"顶针"，斤斤计较，针尖对麦芒，寸利必计，寸土必争，有多少人的心比天空、比海洋更广阔呢？所以，做到真诚也实在不是一件容易的事，很多人都把雨果这句话记在心里，写在文章中，但是从来没有真正面对自我，用真诚之心去体验它。

真诚不真诚，倒不是让你去高标准、严要求，做多么高尚、无私、善良、完美的人，这不仅是做不到的，做到了也是一种灾难。真诚，就是做一个自然的、真实的，并能够面对自我、不断探讨、反省和发现自我的人。这首先是一个平常的人。因为这样你才能有生命感，继而能够用自己的生命去感知、理解他人的生命。比如，名利之心，人人有之；食色之欲，人之天性，你为什么一定要否定它们，甚至根绝它们，或者千方百计掩盖它们、压抑它们呢？前几年，文学界有人提出要"回避崇高"，结果遭到了一些人劈头盖脸的批判，说这些人堕落，丧失了精神价值。但是，如今回过头来看，哪一个鼓吹"崇高"的人回避了名利、金钱和权位了呢？换句话说，一个全然"无私"的人，又如何去理解那些千千万万"有私"的人呢？所以，这里讲真诚，讲的就是生命感，就是对于生命整体的体验、感悟与理解。生命是有血有肉的，有需求的，有欲望的，艺术家不同于宗教家，不同于道德家，就在于此。要说中国的文艺理论与批评不尽如人意，我想就是说教家、道德家总是占上风，他们讲了那么多的"崇高"，结果自己做不到，甚至从"最高"到了"最低"，让大家失去了信念。

我是赞成提倡"人文精神"的，但是我更加强调"人"的真诚，是有血有肉的生命体。不是崇高的名词。而且，在中国社会，要特别警惕一些人继续以"高尚的道德"面孔来压抑、肢解和断送人的生命意识。也就是说，人文精神，首先要回到自然的人、本原的人和真诚的人。这已经很难了。对于一个从事艺术创作和批评的人来说，这又是基础的基础。我们做不到，至少可以心向往之。因为唯此，你才能有心、用心去感受生活和作家作品。有心还是无心，用心还是没有用心，文章还是可以感受得到，看得出的。思想可能落伍，方法可能过时，观点可能陈旧，但是你在文章中留下的真诚，留下的心的痕迹，是难以磨灭的。做学问，最后可能光照于世的，也许就是这点痕迹——生命的痕迹。

所以，古人总是强调做学问首先要做人。这个人不是神人、圣人，而是真诚的人。因为精诚才能动人。这不仅是道德标准，而且是一种专业要求。己所不信，勿施于人；己所不为，勿教唆他人。你得从你自己的生命出发。求师求学都是如此。有时候，你会觉得自己跟大师、跟经典有距离，可能是学识、经历，甚至文化隔阂问题，但是也有很多情况，是心的状态问题。自己的生命还处于遮蔽状态，还怀抱着一套世俗欲望和心计，还困在一些教条模式的笼子里，又如何与大师对话，与经典进行心灵上、精神上的交流并产生共鸣呢？我经常遇到这样一些人，好像生来就是学术批判家、评判家，还没有读懂人家，就能提出更好、更深、更完美的理论。俗不可耐但是理直气壮。我不是说大师、经典不可以批评和批判，我是说做学问首先要以心换心，真诚向学，有敬畏感，把生命放进去，这样你才能领略到学问的精神和境界，而不仅仅是言辞、观点和理论。

（这是作者 1997 年 12 月 11 日给研究生上课时所讲，带有随意性，由刘金涛博士根据录音整理成文，重新整理时有所修订，并加了小标题。）

之五十五

文学课堂：文学史与“现代性”的陷阱

一、我不赞成写当代文学史

研究文学，不可能回避文学史，不论你写不写。但是，现在写文学史，那你就难免回避一些基本问题。比如什么是主流，主流之外的作家作品怎么办，甚至有一些很难回避的作家作品，人家现在在海外很有名，或者过去曾经很有影响，你怎么处理。早几年，有人提倡“重写文学史”，引起很大反响，实际上文学史从来就是不断重写的，为什么要专门提出一个口号，还引起如此多的反响呢？因为这不是文学问题，也不是文学史问题，而是一个意识形态问题。所以，在现在中国，写文学史可能写得很容易，也可能写得很难。

首先面对的一个概念是“主流”。这不仅是概念，而且是一种标准，一种意识形态，一种话语权。所以，写中国现当代文学史比其他文学史更难。如果你不按照既定的历史框架去写，就要承担风险；况且冲破过去的框架，建立新的框架并不是一件易事。除了一般观念问题之外，还有一个资料问题，因为现成的资料往往是为现成的文学史观作注脚的，而一些必要的资料不是被遮蔽了，冷冻了，就是被遗忘的，需要重新挖掘、梳理和发现。这是一个很艰难的工作。所以说“重写”不是一件容易的事。

　　当然，你也可以说，用当代性的眼光来看、评价原有的资料，也是一种"重写"；但是，我们这里要讨论的是：当代性能不能代替历史性？写文学史要不要注意回避当代性？换句话说，当代性有没有局限性？显然，当代性不能代表历史性，否则，司马迁写《史记》就用不着担风险了。写历史需要识见，就必须与当代现实保持一定的距离，甚至持某种怀疑、审视的态度。不能用当代的标准、价值观来写、评价当代。这就是难度。写历史，既不能单纯地怀旧守古，也不能追求当代时尚，所以是一件非常慎重的事，非得有大才、大眼光、深厚的功底不可，不可轻易为之。当然，我也不希望任何人为了写文学史去学司马迁，去冒风险，去承受太多的牺牲。那没必要，文学只是文学而已。

　　我赞成"重写文学史"，除了觉得这是历史常态之外，还有一个与很多人相通的看法，这就是，过去写的文学史很少有好的，能够站住脚的。为什么出现这种情况呢？很多人认为是观念陈旧，资料不齐，缺乏现代性或当代性观念等，而我则持有不同看法。我认为最重要的问题恰恰在于太讲究所谓"当代性"了，"都是当代性惹的祸"。当然，"当代性"是现在流行的新名词，过去并非叫当代性，也可能叫"反封建""时代性""革命性""阶级性""民族性""现代性"等，但是都突出了一种当代意识或现实要求，都强调那个时代的所谓先进性，生怕"跟不上时代""被火热的现实生活所淘汰"；结果那个"时代"很快过去了，其文学史也自然过时了，不能不重写了。因此，"五四"以来，中国文学史写作就呈现出一个怪现象，"当代性"越强，就越能名噪一时；越是名噪一时，也就越淘汰得快，越是站不住脚。就此来说，就连胡适的《白话文学史》也不能幸免。这种文学史不仅多数都是急就章，很快被淘汰，而且往往留下了对于历史的伤害，用观念的刀子把历史肢解个七零八落，后人要复原历史要费很大的劲。现在的情况就更不乐观了，不仅人人觉得自己能写文学史，争着写文学史，而且是抢时间，争速度，搞"大会战"式的分工协作，昨天的作家作品，今天就出现在了文学史中，文学史确确实实成了"当代史"了，青史留名了。我不知道这些文学史能在历史上留存多长时间，但是肯定比不上胡适的《白话文学史》。

所以我一直不赞成写当代文学史，学术研究应该给自己留一点历史空间，给历史多一点时间选择。至于编成教材，成为一种通用的教科书，成为课堂上的条条框框，更是对于历史和学术不负责的态度。第一，当代人给当代文学下历史结论不适当；第二，这样妨害了当代学者对于一些边缘性、零散化作家作品的独立挖掘和评论；第三，也是最有害的，就是极容易形成某种新的主流话语或框架，限制整个当代文学研究的广度和深度。所以，我赞成对于当代文学进行探索性、专题性、地域性研究和教学，拓展当代人对于当代文学进行多元化、多向度、富有个人和地域特色的鉴赏与探究。经过一段时间比较充分的探索和研讨后，再写文学史。

二、用历史眼光研究当代文学

为什么"当代性"在现代中国如此有号召力呢？解答这个问题并不容易。但是，我们可以从以下几个方面来考虑这个问题：

第一，长期以来形成的对于"新观念"的迷信，认为理论思想能够决定一切，而这种理论思想一定是当代的，代表世界最新思想体系的；有了它，历史当然不是过去的历史了，不仅需要重写，而且写起来一点也不难。最典型的莫过于过去高校学生集体写作的文学史。这种思维模式的形成恐怕还要追溯到"五四"，对于"进化论"的过分推崇。再一个就是中国社会与西方接触后的具体情况，这就是在思想理论上"引进"与影响。这是一个大课题，需要从整体上进行研究和解答。

第二，对于中国历史的"厌恶"与"恐惧"。中国是一个历史大国、文化大国，具有悠久的文明史。但是，近代以来，这个大国堕落了，落伍了，在西方列强面前连面子都保不住了，于是在社会各个方面都出现了反省、反思和革命。于是在意识方面就出现了一个大转变，过去国人引以为骄傲自豪的东西，现在突然成了头上"烂疮疤"，艳如桃花但是令人避之不及，其中就生成了一种普遍观点，即认为中国被"历史"和"文化"害了，历史包袱太重了，不减负不行。于是，历史在某种情况下成了替罪羊，成了被不断怀疑甚至批判、抛弃的对象。在这方面，鲁迅可能会第一个受到质疑。不过我还是认为鲁迅是伟大的，因为鲁迅批判历史，批判传统是直接针对社会现实的，有根有据有社会现实依据的，他抓住了历史与现实的联系。鲁迅有这样的勇气和胆识。但是，后来人未必能做到这一点。他们把历史当作替罪羊，为了"先进"而批判历史，轻视历史，这就往往用所谓当代性代替历史性了，眼睛就盯在现实需要上，盯在风头上，盯在一些新理论新观念上，不知道历史虽然沉默，但是还是有发言权的。沉默是有力量的。

第三，也是最基本的，这就是现实功利性的驱动。正像我上面所说的，当代作家作品还在眼前，为什么那么多人去争着写文学史呢？无非是为了争先，争权威，利用历史名义争那个话语权。再说，为"当代"说话、立言，更是现实与时代的头等需要，虽然有时候有点磕磕碰碰，但是关注点无非是现实关系与要求。所以，当代文学研究与批评是最容易出现宗派的，因为在学术方面几乎没有什么争论的，争的无非就是宗派，谁是主帅，真正的权威；争的就是名利权。这一点，至少可以追溯到"左联"时期，为了一个共同的政治目标，但是大家还是争得你死我活，你败我伤，恩恩怨怨几十年，学术成就说不上，但是"争斗史"流传至今。至于当下的中国当代文学史，尤其是文学批评史，将来如何写，是不是以前的延续，我看很难说，也许差不多。当然，我在这里说了也白说，被名利权迷住心窍的人，你提醒他一下，他还要跟你没完。但是，反过来说，古代文学、外国文学并不是不争，而是争不到那个份上，因为其本身就距离现实比较远，远水解不了近渴。我有时候也听到搞古代文学研究的人抱怨，说社会对他们重视不够，说他们花了很大工夫开发出的成果无声无响，结果搞现当代文学的一篇什么狗屁文章就有名有利，真是不公平；我也觉得不公平，但是这也许是一种做学问的幸运，至少可以避开很多无聊的争斗，以及由于争斗带来的风险。有时候，这种争斗可一点也不讲仁慈的呀！况且，这位老兄没有想到的是，狗屁文章可以使你风光一时，但是也可以构成弥天大罪，让你倒霉一生。所以，当代文学研究可以做，但是最好有一种平常心，用做古代文学研究的心态去研究、审视现当代文学，把作家作品放在历史长河之中去看，离热闹的文坛尽量远一点。我赞成搞古代文学的人多接触一点现实，了解一下当代意识，但是更强调搞现当代文学研究的人一定要有历史眼光，多到历史时空中去游荡一下，这样不仅会加深你的学问功底，更能放松你的文化神经，开阔你的学问胸怀，使你能够淡然于文坛的名利之争，坦然一笑，心广神逸。很多事情都会烟消云散的。

三、关于现当代文学研究的文学史意义

那么，当代人就不能写当代史了吗？如果这样，现当代文学研究的意义到底在哪里呢？说实话，我也没有想透这个问题，更不要说有什么说法了。过去读《论语》，不理解孔子为什么别人问了半天，而自己最后所向往的却是暮春时节去郊外游玩；现在有点明白了，做学问的人并不是对自己所做的一切都明白的。也许没有什么比人生愉快更重要的事了。所以，谁也不能说当代人不能写当代史，谁愿意写谁就写，谁也挡不住，我只是从学科和教学角度来谈谈自己的意见而已。这也应该是允许的。换句话说，当代人写当代史有局限性，但也有其不可替代的优点和优势。比如，当代人是当代生活和文学的亲历者和目击者，有着更直接、生动的体验和体会。这是后代人所不能具有的。况且，当代人写当代史，自然会为后人留下前人如何看文学、看文学史的资料和证据，为什么不能写呢？当然能写。问题在于，写当代史应该具备哪些必要的条件与资料？写什么以及如何来写？这倒是应该首先关注和搞清楚的问题，然后才谈得上写文学史。

实际上，无论是现在写还是将来写，当代文学研究的状态与质量都会直接影响文学史写作，直接关系到其资料的齐与全、眼光的宽与窄、价值的高与低，正如我上面所说的，当代文学研究者是"亲历者"和"目击

者"，其第一手的资料、当下的感受和体验是后人难以取代的；就像我们现在写清代、近代文学史，当时学问家、研究家的评论、评说、叙述、争论等都是非常珍贵的资料，我们今天写文学史在很大程度上不仅依赖这些资料，而且受制于这些资料。如果前人的研究资料贫乏，在文学评论、鉴赏、反响方面有很多空白，我们就不得不扼腕感叹"天不助我"；如果由于种种原因，前人忽视了一些有价值的作家作品，甚至使有关资料无人保存，早已遗失，无从查起，那么，我们又不能不感到遗憾。比如，有关曹雪芹资料的缺失，就造成了无法弥补的历史遗憾，它不仅影响了后来文学史的写作与质量，而且在中国文化人心理上留下了长期难以弥合的伤痕，似乎越是有造化的中国作家必然是当时那个时代的悲剧，而一些有名有姓、有记载、风光一时的文人都很差劲，至少赶不上曹雪芹。

所以，现代文学研究的意义重大，不论你是否写当代文学史，都会对于当代文学史写作的质量，甚至对于中国历史发生作用，可能是功德无量，也可能起到不好作用。责任重大，任务繁重，这也是我不赞成写当代文学史的原因。我想，如果你的有限精力能够放在具体的作家作品的阅读、发现和探索上，而不是急于把一些作家写到文学史上，也许有可能减少上面所说的一些遗憾、缺失和灾难，对于文学史的写作增加一份资源。再说了，对历史还是应该慎重一点。过去我写过一本《中国现代文学流派发展史》，有一位学历史的友人在饭桌上就嘲笑我，说中国社会科学研究什么都比外国滞后，就是你们现当代文学史比谁都进步，昨天某位作家的作品才摆到书店书架上，今天就已经进了文学史了。我当时简直感到无地自容。一桌好菜，没有了胃口，可惜了。他这话当然有点夸张，但是它点醒了我。近年以来，现当代文学研究一直叫得很响，经常炒出一些话题、口号，但是，是不是越来越不像学问了？不扎实了？太时尚了？

四、文学史与当代性的悖论：作为现当代文学的
"亲历者"和"目击者"

　　于是，我提出了"文学史与当代性的悖论"这个问题，大家可以讨论。这主要还是针对当代文学史的。如果仅从字面上，这里的悖论是明显的，前面一个当下的"当"，后面一个历史的"史"，自然就是一种矛盾。不过，如今已经是现代甚至后现代文化时代，如果拘泥于字面，那我们就不活了。不仅彻底的唯物主义是无所畏惧的，新潮学人也是无所顾忌的。字面上的悖论不能说明问题。所以，我并不是反对，而是不赞成写当代文学史。如今是民主自由时代，人人都可以写当代文学史，但是最好不要搞重大工程、指定教材，把很多人力物力花在上面，并且形成风气，形成权威，形成集体门派。像20世纪50年代搞中国现代文学史一样，我总是有点战战兢兢。

　　因此，悖论不悖论，只是提醒我们注意当代与历史的关系，不要忘了，在中国，历史可能是一种重负，但是，当代也会成为一种遮蔽，使我们割裂了历史，看不清未来。这样的风光一时、名噪一时的文学运动、口号、作家作品，实在太多了，但是，每一个身陷其中的人，似乎都以为自己在书写历史，而且是新的历史。所以，上面我提到的当代文学的亲历者和目击者，也并不好当。古诗云，不识庐山真面目，只缘身在此山中。因为人的眼光可以是大的，但是眼睛却长得很小，一片树叶就可以障目。所以，荀子早就意识到了，人往往就是"蔽于一曲，暗于大理"，而遮蔽人眼光与心灵的东西不要太多，故为蔽，欲为蔽，恶为蔽，始为蔽，终为蔽，远为蔽，近为蔽，古为蔽，今为蔽等，一个人要超越这么多遮蔽是很难的。巴尔扎克曾经说，他写小说就是当一个法国社会的书记，过去总觉得这调子定得太低，现在才觉得这可并不容易。没有谁能够像巴尔扎克一样，真能当好这个书记，真实地写出当时法国社会的生活状态。他不仅为后人写文学史，而且为后人了解当时法国社会状态提供了不可多得的活生生的资

料，包括马克思，很多政治家、思想家和经济学家都从巴尔扎克那里受惠不少。我想，我们搞现当代文学研究的，如果能够像巴尔扎克一样，成为中国当代文学的一个称职的书记官就已经不错了。

我的观点当然是保守的。但是，要真正破开历史的、自我的遮蔽，看清楚中国当代文学的真实情况并非易事。这里至少要包括三个层面的内容：第一，就是直接显露出来的主流文学，浓墨厚彩，处于比较明显的地位。这一部分的资料最好收集，也是最多、最完全、最具有当代性的。但是，这部分由于直接与意识形态交接，所以其历史价值还有待于考验，有没有资格成为中国的历史遗产、为子孙后代享用，还需要考察。换句话说，这些作家作品处于这种态势，你把他们写不写进当代史，都无所谓，它们明明亮亮地摆在那里，在那里发光发热。

第二部分是属于过去被忽略的，一直没有得到公正评价的。比如"右派文学"、胡风等人的文学创作和理论等。应该说，这种工作是必须做的，近年来当代文学研究在这方面的成就也最为显著。这一部分不仅是前一部分必要的补充，而且形成了一种鲜明的对照，一阳一阴，互相映照，有重要的历史价值。不过，冤枉归冤枉，反思归反思，平反归平反，但是如何评价这部分作家作品真实的历史意义和美学价值，则是另一回事，还需要进一步研究，还没有到下结论的时候。

第三部分则是至今还未发现或逐渐被发现的作家作品，这也许是藏在水面下的冰山，需要当代文学研究者和探险者花大工夫，费大气力的。我相信这一部分中有很多属于边缘性的、地方性的作家作品，他们写出了有价值的作品，但是并没有能得到重视。还有一些作家作品，这些年来流向了港澳台和海外，也是不容忽视的，收集他们的材料就更有难度了。中国文化深厚，地域广大，地灵人杰，藏龙卧虎，但是中国社会和文学界至今"中心"性很强，处于"中心"的自然容易声名远播，处于边缘状态的自然要吃亏得多，所以很多藏在民间的边缘性、地域性的优秀作家作品，不能不忍受长期的寂寞和孤独，难以进入学者的眼帘。这当然是由中国当前社会文化状态决定的，但是是否与我们研究界、批评界状态有关呢？不论怎么说，真正好的当代文学史不能缺这一块，这一块是基本，是基础。

这也是我不赞成写当代文学史的另一重要原因。搞文学史的人，首先要尊重历史，要有清醒的意识。很多事情搞清楚还需要时间，需要我们付出辛勤的努力。好在中国社会现在越来越明朗，意识形态越来越开放，人们也能越来越真实宽容地对待历史的本来面目，再加上一些人的不懈努力，至少不会再使曹雪芹那样的作家生平资料无着、遗漏于文学史之外了。

（这是作者 1997 年 6 月 18 日给研究生上课所讲，带有随意性，由刘金涛先生根据录音整理成文，重新整理时有所修订，并加了小标题。）

之五十六

"做一只特立独行的猪，挺好"

接触到玉猪是若干年前的事了。那是被考古界定名为"红山文化"遗址中出土最多，也最为典型的一件玉器，其耳朵肥大，眼睛圆圆，加上扇形眼眶和突出的吻部，真是十分惹人喜爱。

但是，我始终感到纳闷的是，尽管学者在考证中发现，属于五千多年前的红山文化，确实有着养猪、依赖猪、感激猪甚至崇拜猪的习俗，但是还是不承认这是只玉猪，而是给予它一个美称——"玉猪龙"。尽管这样一来，猪升华为了一种龙的意象，似乎猪假龙威，玉猪的文化意义和地位获得了空前提升，有了更显赫的文化价值和诠释的空间，但是结果却不仅混淆了不同文化之间的原生状态和特点，而且其到底是猪还是龙也成了一个问题。

猪就是猪嘛，其本身有自己独特的意味和特点，为什么一定要和龙搭上界呢？其实，活在五千多年前的、属于新石器时代文化的红山人，不仅不会把猪当作龙，也不会把自己雕刻的玉猪称为玉猪龙，更不会认同如今学者们从自己的文化想象出发津津乐道的所谓"玉猪龙"的文化意义。

那么，又是何时猪失去了自己独立的文化身份，攀龙附凤，与龙有了瓜葛了呢？于是，从玉猪到玉猪龙，不仅意味着华夏文明的一种漫长的历史文化整合过程，而且体现了人类文化发展在某一个历史阶段的共同特征。可以想见，玉猪龙这个名称的出现，凝结着后人的一种文化想象——体现了一种正统的"龙文化"对于史前文化的重新归类、编码和虚构过程，由此构建了中国现存的、被人们普遍认同的文化意象传统。可以想象，至少在周代之前，华夏文明还依然呈现出一种多种文化图腾意象纷呈的局面，还没有形成统一的龙图腾崇拜的意象，在不同诸侯、部族甚至氏族的旗帜和礼器上，还堂而皇之地飘扬或镌刻着自己的图腾意象，是猪的就是猪，是熊的就是熊，是狗的就是狗，但是随着文化交流和整合范围的扩大，这种情况逐渐改变了，很多诸侯、部族甚至氏族或主动、自动，或被迫，放弃或改变自己的图腾崇拜，攀龙附凤，依附或融合于一种更为强势的文化系统之中。这种情景不仅发生在东方，也同样发生在西方。最典型的莫过于基督教的出现，竟然使精妙绝伦的万神殿成为一片废墟，里面各种各样异教的图腾神像都遭到了毁坏。

显然，这种情景已经引起了历史学界的关注。著名历史学家李学勤在2006年6月的一次题为"最新考古发现对古代研究的影响"演讲中，就特意提到了中华文明"多线条起源"的问题，指出最近中国考古学的最新发现对古代研究有着深刻影响，国内不同地区的最新考古成果，证明了中国文明的形成和发展历程是多元的，也是多线的。这不仅说明灿烂辉煌的中国古代文明是各地区、各民族共同缔造的，而且意味着长期以来人们认为的中国历史文化单元、单线的观点到了改变的时候了。这是因为他对于中华文明追索得越远越深，就会越发感到以往的历史观念的局限性和褊狭性；就会越发意识到，要想真正回到历史的原生态，领略、理解和诠释中华文明的丰富内涵，就必须冲破和超越这种思维观念上的局限和褊狭性，从而进入一个新的历史视域。①

---

① 这一演讲详见2006年9月的《解放日报》，其中虽然没有专门谈到猪，却谈到了一件趣事与此有关："1973年，我参加了郭沫若先生领导的一个工作。住在复旦大学，我走到了人民广场，忽然看到一张招贴，是上海博物馆的，有一个青铜器的照片，是豕形的卣，我没见过这样的青铜器，然后到上海博物馆，才知道那件青铜器是从广西选来的。不久之后，在武鸣又出土了青铜器，继而在兴安也有出土发现。商文化所及之地还不止如此。"

还好，中国还留存着呈现那个百兽竞技、万神起舞时代的无数精美的青铜器，遗憾的是，由于历史资料的缺失（很多都是被后人作为异端销毁和删除了）和既定的思维方式的限制（"攀龙附凤"不仅体现在日常生活中，而且渗透到了历史研究、文化考古和艺术欣赏之中），人们对于它们的解读和理解显得非常浅薄，甚至牵强附会。例如，在关于龙意象的起源和命名中，这种既定的思维方式就表现得非常普遍，人们总是喜欢以"求同"理念来代替甚至掩盖其中不同的文化特色和元素，用所谓"龙"来强化或拔高其文化价值。这一点，我们从1973年在内蒙古翁牛特旗三星他拉村出土的一件玉器的命名中就能领悟到，这件玉器玉呈墨绿色，体呈C字形，猪首蛇身，吻部高昂，毛发飘举，极富动感，应是原始社会红山人的神灵崇拜物，但是是否就是我国目前所知玉器中最早的龙的形象则是需要认真考证的。所谓"华夏第一玉龙"实际上只是体现了一种既定的文化想象而已。与此同时，一旦面对一些无法产生此种联想的精美绝伦的历史遗产之时，学界就几乎难免面临"失语"的窘境，例如"三星堆"出土的大量青铜器，就对于中国现存的传统历史观念提出了挑战。

"玉猪"的命运，也难免遭受同样的坎坷。其实，这种情景在中国文化研究中并不少见。例如，在对于贵州苗族地区的龙崇拜现象的研究中，就呈现出了同样的情景。人们在当地发现，贵州苗家的龙崇拜现象不仅源远流长，而且与中原汉族传统相比有所不同，其中最明显的是龙意象的泛化现象，几乎各种动物都可以被称为龙，例如力气大的象龙，辟邪的蜈蚣龙，吐丝的蚕龙，还有牛龙、猪龙、鸡头龙等。① 由此我们不难发现，这种动物图腾崇拜中与龙联姻的现象相当普遍，它们一方面为地域文化的存在保存了基因，另一方面也丰富了正统和主体文化的内涵。显然，学者们津津乐道的名为"胡氏贵州龙"（为纪念其发现者胡承志先生而命名）的

---

① 这种现象是否和民间传说中的"龙性好淫"有关还有待于研究。据说龙好淫，可与天下万物交，与猪交则生象，与牛交则生麟，与马交则生龙马，与人交则生龙子龙孙，比如传说尧帝就是人与龙交所生。这种说法在现今贵州少数民族中还相当流行。

古生物,生活在远古三叠纪,绝灭于七千多万年前,比侏罗纪的恐龙还要早,恐怕与后来华夏大地出现的龙崇拜毫无关系。所以,尽管贵州龙化石的发现极大丰富了我们对生物进化的认识,激发了我们对意象龙的想象,但是依然无法断定这些动物到底与龙有什么实际联系。

值得思索的是,从地理上看,红山文化遗址(也就是玉猪的出土地)与贵州苗族地区相距甚远,而且形成了在物质文化遗产与非物质文化遗产的相互印证,在文化心理和思维方式方面有着惊人的一致。但是,为什么会发生这种一致?在这种一致中又隐藏着什么样的文化秘密?其在中国文化甚至人类文化的生存与发展中扮演着什么角色?这不仅需要我们重新审视历史文化的真实状态,而且引起了我们对于现存的、流行的文化理念与知识系统的怀疑、反思和检视。十分凑巧的是,在写这篇文章的时候,正好读到摩罗先生在《随笔》2007年第一期上的文章《主流的力量有多大》,其中正好谈到贵州苗族的生活和文化状态:

> 十几年前,挪威有关部门跟中国有关部门合作,在贵州梭戛的长角苗寨建立了一个生态博物馆,试图对苗族的生活方式和文化形态进行保护和研究。梭戛生态博物馆建立起来之后,当地苗族人借助这个窗口与外部世界的交流越来越多。为了改变自身的贫困,他们急于与外边的主流文化认同,对自己民族的文化有点漠不关心,他们的男性青年纷纷到外边打工,脱下自己的民族服装,穿上汉服,做最艰苦的工作(大多是挖煤)。他们不说自己是苗族人,只希望取得跟汉族一样的待遇。他们的下一代最大的理想就是通过读书考学,脱离苗寨,过上城里人的富裕生活。对于酒令歌,几乎没有人再感兴趣了。他们的女孩子也热衷于上学,至少要上到小学毕业或者初中。她们再也不想学习刺绣,也不再喜欢穿自己民族的服装,即使在自己的吊脚楼里吃饭休闲,她们也爱穿着汉族服装。

在继续列举了其他种种类似的文化现象之后，作者感叹道：

男孩不爱酒令歌，女孩不爱刺绣，男孩女孩都不爱自己的民族服装，他们的民族文化将如何保护和传承？

为此作者不仅为弱势的民族文化传承感到担忧，而且为中国传统文化的命运感到焦虑，因为面对西方强势文化的冲击，中国文化人的知识结构正在而且已经发生着变更，很多元素和特色已经或者正在消失。

而这一切都会使我们再次回望几千年前就发生的同样的文化过程。也许在文化认同和创新方面，原本就不存在古今、新旧和中西之分，而对于文化丰富性的认同和传承最终取决于人类自身的心灵和知识状态，并直接受制于人类价值观的发展。

所以，玉猪改称"玉猪龙"是必然的；猪图腾不与龙联姻也难，否则连这个生肖也有被剔除的可能。由此说来，活到猪年，恰好属猪，确实不容易，做猪难，做一只特立独行的猪更不容易，最好能够和更为辉煌的动物沾点亲才行。况且话说开去，把玉猪叫玉猪龙，也蛮好，就像人们常常为自己起名为"子龙""威龙""某某龙"等一样，无非讨个吉利，添个念想；再说广点，也与如今很多学者写文章一样，一定要引用西方某个大家、某个流派的理论观点一样，无非是为了使自己的话语更具有合法性或权威性，与真实和真理的探究毫无关系。问题是，你千万不要由此去追究有关猪的文化身份及其独立性问题，理所当然地接受对于猪的当下的这种"约定俗成"的思路和诠释。

不过，你要真是一个脱尘拔俗的人，不愿攀龙附凤的人，并且不幸真的属猪，那么别忘了这句话就是了：

做一只特立独行的猪，挺好！

后记

深浅不一的足迹

——关于新时期文学批评的个人体验

　　"新时期"作为一种颇有认同感的历史定位，在文化以及文学研究中已经有颇多成果，而且日益受到关注。而在我看来，所谓新时期，犹同新文学运动一样，可能仅有十年左右的时间，即在 1976 到 1989 年之间；但是，在这里，我却把它延伸到了 20 世纪末，主要是由于个人记忆的缘故。因为就我来说，时代前行了，我却依然活在 20 世纪 80 年代，纠结于新时期文学与批评的种种矛盾冲突中。

　　当然从 20 世纪中国文学发展历程来看，新时期文学批评堪称一次历史大潮，拥有丰富的内涵，很难以一种个人的眼光和视野予以整体性的描述，况且观史和论史都需要一定的时间距离，以便脱离和超越一时一地的现实、观念和心理的局限性；但是，尽管如此，无论从历史和现实角度来说，个人的历史体验与记忆依然是一种不可或缺的文化资源和宝藏——这是由于它们才是最切实、最生动和最珍贵的历史足迹和遗产——而历史最终不过是不可计数的个人体验和记忆的综合、抽象和发现而已。

　　而不幸的是，这种个人历史体验和记忆，又极其容易失落、忘却和被扭曲，因为其不仅需要一种个人的珍惜和对个人记忆的文化尊重，需要一种集体的文化真诚和包容的文化氛围与精神，还需要一种孜孜不倦、微妙元通的学术态度，以及付出艰辛的劳作。

所以，要对于20世纪中国文学批评的历史有所认知，不能不注重个人的历史体验和记忆，不能不从具体的历史细节和情节开始。

这也是我出版这本论文集的缘由之一。实际上，作为新时期文学批评的亲历者和参与者，我虽然也写了一些文章，参加过一些活动，但是多半都是一些应时应景之作，远远谈不上有什么理论质量和贡献；即使如此，这些文章也多半是在师友们指点、鼓励和帮助下写作和发表的。如果说得更深透一点，由于自己特殊的文化背景，从小在新疆伊犁长大，对于微妙神通的中国文化所知甚少，根本不知道中国社会与文化有多深，有多险，一直处于大潮的边缘，从来就不是所谓的"局中人"和"圈中人"，因此，我的所作所为所写所想多少有点异类，始终不入主流和主体的法眼。况且我又是一个自由散漫且光喜欢热闹的人，既不温柔敦厚又不能善解人意，自然也难免经常说一些不合时宜的话，做一些不合时宜的事。

这或许是我的天性，我并不必为此感到懊恼，而使我时时感到懊恼的倒是我从此走上了文学研究和批评这条路，不但在大学课堂上教授文艺理论和批评，还要不时做这方面的研究，不时考虑这方面的问题。实际上，自1988年出版第一本论文集《艺术形式不仅仅是形式》之后，我虽然陆陆续续也写过很多文章，但是再没有出版论文集——这里面固然有许多社会现实的因素，但是个人经历和思路的彷徨、纠结和混乱也是重要缘由之一。尽管我没有"失忆"，尽管我还一直在坚持自我的思考，但是曾几度落入历史的迷津，不知路在何方；也曾多次回顾历史，企图重拾文学的激情；当然，这一切似乎都是徒劳的，除了时间的阴影日益浓重，自己开始步入老年的那份惆怅之外，剩下的恐怕也只有对于时代和记忆的怀念了。

而就在这份怀念中，我重温了当年的记忆。没想到的是，在新时期，我曾写了大大小小近200多篇文章，发表在大大小小的文学报刊上，而如今其中的很多报刊已经停刊和消失了，少数依然存在的报刊也许再也不会跟我约稿，或者刊登诸如此类的批评文字了——一个时代或许早就消失了，其中包括很多的人和事，历史的激情和现实的纠结，还有人性的温暖、友谊、误解、算计、远走高飞和难以脱身，等等，或许都构成了那个时代的点点滴滴，犹如那个时代挂在墙上的闹钟的声音。

于是，我从中选取近60篇文字，算是新时期文学批评的记忆，内容主要是作家作品评论和关于文学批评本身的讨论。此时，我想起了鲁迅小说《药》结尾处的情景，那坟头上出现了红白相间的花环。

其实，我清楚地知道，记忆更像是那只"哇"的一声飞走的乌鸦。

是为后记。

2012年8月6日于华东师大闵行校区